Lo que **ella dejó**

Narrativa
contemporánea

Richmond, T. R.
     Lo que ella dejó / T. R. Richmond ; traductor, Andrea
Moure Bejarano. -- Bogotá : Panamericana Editorial, 2019.
     428 páginas ; 23 cm. -- (Narrativa contemporánea)
     Título original : What she left.
     ISBN 978-958-30-5968-1
Novela de suspenso 2. Misterio – Novela I. Moure Bejarano,
Andrea, traductor II. Tít. III. Serie
823.92 cd 22 ed.
A1650525

     CEP-Banco de la República-Biblioteca Luis Ángel

Primera edición, febrero de 2020
Título original: *What She Left*
Edición original en inglés publicada por primera
vez por Penguin Books Ltda.
© The Operative Word Limited 2015
El autor ha adquirido sus derecho morales.
Todos los derechos reservados.
© 2019 Panamericana Editorial Ltda.,
de la versión en español
Calle 12 No. 34-30
Tel.: (57 1) 3649000
www.panamericanaeditorial.com
Tienda virtual: www.panamericana.com.co
Bogotá D. C., Colombia

Editor
Panamericana Editorial Ltda.
Edición
Alejandra Sanabria Zambrano
Traducción
Andrea Moure Bejarano
Fotografía de carátula
© Shutterstock-Dmitry Laudin
Diagramación
Martha Cadena

ISBN 978-958-30-5968-1

Impreso por Panamericana Formas e Impresos S. A.
Calle 65 No. 95-28. Tels.: (57 1) 4302110-4300355. Fax: (57 1) 2763008
Bogotá D. C., Colombia
Quien solo actúa como impresor

Impreso en Colombia - *Printed in Colombia*

Lo que **ella dejó**

T. R. Richmond

Traducción ANDREA MOURE BEJARANO

PANAMERICANA
EDITORIAL
Colombia • México • Perú

A Isabel. Por todo.

**Dedicatoria de *Lo que ella dejó* del profesor
J. F. H. Cooke, publicada en septiembre de 2013**

*Dedicado a Alice Salmon (7 de julio de 1986-5 de febrero de 2012)
y a Felicity Cooke (16 de octubre de 1951-).*

    *Sin la primera, este libro no sería nada; sin la segunda,
yo tampoco.*

**Artículo publicado en la revista del Consejo
para las Artes, *The Operative Word*, 2001**

*¿Qué hay en un nombre? Esa es la pregunta que pedimos a los
adolescentes que respondieran en 1000 palabras para el concurso
de Nuevos Talentos de este año. Este fue el escrito ganador presen-
tado por Alice Salmon, de quince años de edad.*

Mi nombre es Alice.

Podría dejarlo así. Sé lo que quiero decir con eso. Soy yo, Alice
Salmon. Alta, apariencia normal, pies grandes, cabello que se on-
dula con la simple mención del agua, con un aire a oso de peluche
para abrazar. Aficionada a la música, auténtico ratón de biblioteca,
amo estar al aire libre, aunque muera con solo ver una araña.

La mayoría de la gente me dice Alice, aunque ocasionalmente soy
Al, Aly o Lissa, este último lo detesto. Cuando era niña solía tener
montones de apodos como Alí Babá y Ice y, mi preferido, especialmente cuando mi papá me decía así, Ace.

Mi tío me dice Celia, que es un anagrama de Alice, aunque con-
fundo la palabra *anagrama* con anacronismo.

"Eso soy yo", dice mi papá si alguien dice "anacronismo".

Me gusta saber cosas como esas, aunque mi mejor amiga, Megan,
diga que parece que me hubiera tragado un diccionario. No es que
me guste tratar de impresionar, pero es algo que hay que hacer si
se quiere estudiar Inglés. Si obtengo las calificaciones necesarias,
me encantaría ir a Exeter o a Liverpool, aunque no me importa

adónde con tal de que sea lejos de Corby; claro que adonde sea que uno vaya probablemente habrá gente tratando de escapar de *allí*.

Voy a ser franca, no puedo esperar a irme; mi mamá está metiendo sus narices en mis asuntos todo el tiempo. Ella cree que es porque se preocupa por mí, pero no es justo que sea yo quien sufra por su paranoia. Agregué esta última frase después de que leyó este texto, y nunca va a verla porque no voy a ganar.

¿Tal vez lo que hay en mi nombre es la música que me gusta (hoy he escuchado *Dancing in the Moonlight* unas cuatrocientas veces) o los programas de televisión que veo (están ante la mayor fanática de *Dawson*) o mis amigos o el diario que escribo? Tal vez sea lo que recuerdo de todas esas cosas, que no es mucho porque mi memoria es pésima.

¿Será mi familia? Mi mamá, mi papá y mi hermano, quien solía decirme *a lice*[1] o *Mice*[2] o *Malice*[3] como si fueran las bromas más graciosas del mundo. Tal vez serán mis hijos, aunque no voy a tener ninguno, muchas gracias: con todo ese vómito y popó y cosas asquerosas. Ni siquiera tengo novio, aunque si el señor DiCaprio está leyendo esto, estoy libre el viernes…

"Cambiarás de opinión", dice mamá acerca de los bebés, pero dijo lo mismo sobre los espárragos y no lo he hecho.

Tal vez sean las cosas que planeo hacer, como viajar, o las mejores cosas que ya he hecho, que me llevan al día en que fui voluntaria en ese lugar para sordos (¿pueden ver mi aureola?) o posiblemente las peores (¡no hay ninguna posibilidad de que las confiese!).

Podría contarles acerca del mejor día de mi vida. Es difícil, tal vez fue cuando Meg y yo fuimos a ver a Enrique Iglesias, cuando conocí a J. K. Rowling o cuando mi abuelo me llevó a ese pícnic sorpresa para mi cumpleaños; pero el problema con el "mejor día de mi vida" es que solo cuenta hasta el momento presente, y mañana

---

1. N. de la T.: "un piojo", en español.
2. N. de la T.: "Ratones", en español.
3. N. de la T.: "Malicia", en español.

podría ser mejor, por lo que debería decir "hasta ahora" en lugar de "de mi vida".

A veces uno puede expresar qué es un objeto aparentando no hablar sobre él (lo busqué, se llama apófasis), por lo que tal vez lo que hay en mi nombre son las cosas que podría estar haciendo en lugar de esto, como mi tarea de Matemáticas o sacar a pasear al señor Woof.

Solía desear que más personas famosas se llamaran Alice. No superfamosas, porque entonces cuando alguien dijera el nombre todos pensarían en ellas, como si te llamaras Britney o Cherie, sino más bien medio famosas. Está Alice Cooper, pero es un hombre y ni siquiera se llama así. También está *Alicia en el país de las maravillas*, a quien yo solía citar, decía cosas como "curioso y retecurioso", pero mi frase favorita siempre fue aquella sobre no ser capaz de explicarse a sí misma porque no es a ella a quien realmente puede ver, aunque yo nunca la haya entendido.

Supongo que además soy lo que estoy escribiendo, que puede que no sean más que tonterías. Le pedí a mi mamá que lo leyera, solo para revisar la ortografía, y me dijo que era genial, aunque la primera y la última línea me hicieran parecer una alcohólica, pero esa fue la manera en que ella lo interpretó.

Mamá dijo que había unas pocas secciones que yo debería reconsiderar, pero no tiene sentido enviarlo si está lleno de mentiras; aunque acepté quitar las groserías del texto, había muchas en el primer borrador (¡este es el séptimo!). También uso demasiados paréntesis y signos de exclamación, pero esos sí se quedan en su sitio porque de otro modo (repito) no sería como yo escribo.

"A veces me aterra lo mucho que nos parecemos", dijo mamá después de leerlo. Bueno, no es la única. Algunos días, aunque trate de ocultarlo, ella se la pasa lamentándose por toda la casa como si el mundo se fuera a acabar (sí, esta frase también la escribí después de que ella lo revisara, ¡a propósito de la policía del pensamiento!).

Papá cree que debí haber caído de cabeza cuando era una bebé, porque él y yo a duras penas tenemos alguna cosa en común; aunque a ambos nos encanta el salmón, lo que es gracioso porque se podría decir que eso nos convierte en caníbales.

Mi nombre es Alice Salmon. Cinco palabras de las mil en este texto. Espero ser más que doscientas veces esas cinco palabras. Suponiendo que no lo sea ahora, espero un día llegar a serlo.

Terminaré esto ahora y me preguntaré quién soy. Lo hago con frecuencia. Me miraré en el espejo. Me tranquilizo, me intimido, me gusto, me odio.

Mi nombre es Alice Salmon.

* * *

Primera parte

Algo que va pasando
y se detiene

Foro de Internet StudentNet
de la Universidad de Southampton,
5 de febrero de 2012

Tema: Accidente

¿Alguien sabe qué pasó junto al río? Hay policías y ambulancias por todos lados.
Publicado por Simon A., 08:07 a. m.

Es cierto. El sitio está lleno de policías. Johnny R. salió a remar y cree que toda la ribera está acordonada.
Publicado por Ash, 08:41 a. m.

Ojalá que no haya habido un accidente. Esa presa siempre ha sido una trampa mortal. La universidad debió haberla cercado apropiadamente hace años. Un perro se ahogó allí apenas el mes pasado.
Publicado por Clare Bear, 08:48 a. m.

Tal vez sí sea una trampa mortal, pero hay que estar tonteando o tener muy mala suerte para caer en el agua a pesar de esas barandas.
Publicado por Woodsy, 09:20 a. m.

Aparentemente es un indigente.
Publicado por Rebecca la Bióloga, 09:45 a. m.

En Twitter dicen que era un chico que estaba en una despedida de soltero y subió al puente por una apuesta. Se golpeó la cabeza al caer y quedó inconsciente. Yo solía pescar en esa parte del río... Es terriblemente frío en invierno. Con unos pocos segundos allí seguro te ganas una hipotermia. Las corrientes son muy fuertes. Te arrastran hasta aguas profundas a menos que seas un excelente nadador.
Publicado por Graeme, 10:14 a. m.

Ese puente solía atraer a muchos suicidas. En serio.
Publicado por 1992, 10:20 a. m.

Deberían cerrar la boca, banda de buitres. Imaginen lo que sentiría la familia si leyera toda esta mierda.
Publicado por Jacko, 10:40 a. m.

Difícilmente su familia va a estar aquí. ¡Solo perdedores como tú y yo, Jacko, que no tenemos vida privada!
Publicado por Mazda Man, 10:51 a. m.

Mi hermano es bombero y dice que era una exalumna llamada Alice Samson.
Publicado por Gap Year Globetrotter, 10:58 a. m.

Era una chica del curso de mi hermano llamada Alice *Salmon*, una chica de lo mejor, según dicen todos.
Publicado por Harriet Stevens, 11:15 a. m.

Hay muchas Alice Salmon en Facebook. Solo una parece haber estado aquí en la U. No hay nada nuevo en su muro desde ayer en la tarde cuando escribió: "No puedo esperar para ir esta noche a Flames". Entonces, ¿seguía viviendo en Southampton?
Publicado por KatiePerryfan, 12:01 p. m.

¡Por Dios! Acabo de enterarme de lo de Alice Salmon. No la conocí y estoy devastada. ¿Tenía hijos? Por favor, que alguien me diga que NO ES cierto.
Publicado por Anita la Huerfanita, 12:49 p. m.

Hay montones de policías en el área. ¿Por qué hay tantos? ¿No fue un accidente?
Publicado por Simon A., 1:05 p. m.

Hola a todos. Estuve en su curso, si es "esa" Alice Salmon. Vivió en Portswood y luego en Polygon en su último año. Trabaja para los medios en Londres, aunque nunca me pareció que tuviera ese perfil.
Publicado por Gareth1, 1:23 p. m.

¡La llamábamos "Alice el Pez"! No puedo creer esto. ¿Qué tal una página de tributo en Facebook?
Publicado por Eddie, 1:52 p. m.

¿No se supone que los peces saben nadar?
Publicado por Smithy, 1:57 p. m.

Come m****a, Smithy, este no es el momento. Imbécil.
Publicado por Linz, 1:58 p. m.

¿No estaba saliendo con un tipo de Soton? Tenía pecas, ¿cierto? ¿Usaba muchos sombreros?
Publicado por la Normalita, 2:09 p. m.

La universidad hará una declaración oficial dentro de poco sobre el tema, hasta entonces es inapropiado que este sitio aloje cualquier comentario, suspendo de inmediato esta conversación.
Publicado por el administrador del foro StudentNet, 2:26 p. m.

* * *

Carta enviada por el profesor Jeremy Cooke, 6 de febrero de 2012

Estimado Larry:

Escuché las noticias por casualidad. ¿Puedes creer que lo vine a *escuchar por casualidad* en la sala de profesores? Uno escucha por casualidad que un colega tuvo un accidente menor con su auto nuevo, que Tesco está planeando abrir una nueva supertienda en la carretera de circunvalación o que tu parlamentario ha perdido su curul en unas elecciones parciales, pero no una muerte.

Fue esta mañana, y yo estaba absorto en el crucigrama de *The Times*.

—Nombre de pila para un código, nueve letras —murmuraba—. Siete vertical.

Nadie respondió. Me esperaba el purgatorio de tres horas de clases con los de primer año. A mi alrededor, las conversaciones seguían como antes.

—¿Qué pasó con lo de esa exalumna muerta? —comentó Harris. Hubo silencio mientras todos esperaban su próxima declaración. El pequeño presuntuoso siempre ha sabido cómo causar un efecto en la audiencia—. Apareció ayer por todos lados en la televisión. Ahogada en el río.

Había pasado desapercibida para mí. Casi no veo las noticias; son en su mayoría desinformación sensacionalista y deprimentemente predecibles. Creía que la evolución debía habernos hecho más civilizados. Además he estado ocupado con el cavado doble en el jardín.

—En *Points South* afirman que ella era una buena nadadora —agregó alguien.

—¡Sí, pero recuerda que en *Points South* también afirman que el calentamiento global no está sucediendo! —contestó alguien más.

Nada puede avivar tanto una conversación en la sala de profesores como una muerte. Me pregunté si reaccionarían igual cuando me haya ido.

—Yo solía darle clases —dijo alguien del grupo de Literatura—. Era la chica Salmon.

Sentí que mis manos, que sostenían el periódico, se aflojaron. Por Dios. Alice no. No, Alice no, cualquiera menos mi Alice.

—Muy aficionada a Plath, predeciblemente —agregó—. Una buena chica. Brillante.

Más voces. La encontró un paseador de perros; inicialmente creyó que era una bolsa de basura. Una teoría cada vez más creíble es que estuvo en una despedida de soltera y algunas de las asistentes habían estado divirtiéndose en un bote.

—¿Es la Alice Salmon que se fue en 2007? —pregunté de la manera más indiferente que me fue posible.

—Esa misma —dijo Harris.

—Alice, Alice, Alice, pero ¿quién carajo es Alice? —dijo riendo uno de los estudiantes de posgrado, evidentemente en broma.

"Esto no te incumbe, Jeremy —me dije—. Ya no más. Concéntrate en el crucigrama. Ve a darles clase a ese rebaño de reses de primer año sobre diversidad transcultural en las relaciones familiares. Ve a tu cita en el hospital, luego a casa y cocina ese róbalo". El problema, Larry, es que la imagen de Alice estaba fija en mi cerebro. Traté de imaginarla serena y en reposo, como Ofelia en la pintura de Millais, flotando bocarriba, con su vestido bailando sobre los remolinos del agua. Excepto que el río Dane no es el arroyo claro y fresco imaginado por John Everett Millais; es sucio, traicionero y lleno de desechos y ratas. En el tiempo que me tomó dejar de resolver otras tres pistas del crucigrama (solía terminarlo mientras acababa una taza de café, pero aparentemente estoy olvidando información en estos días), ella se había convertido en alguien diferente a la persona que yo recordaba: ahora jugaba tenis con el condado, tenía un carácter muy fuerte y hablaba francés con fluidez. Nada de esto era cierto hasta donde yo sabía.

—Según dicen estaba muy buena —dijo uno de los nuevos.

—Por Dios —dije abruptamente—. Escúchense, son como buitres.

—No te lo tomes tan a pecho, amigo —se mofó.

Alguien trajo a colación la broma de que el pelo y las uñas nos siguen creciendo después de muertos, pero que en cambio las llamadas telefónicas disminuyen, lo que llevó la conversación a temas tangenciales: el servicio de salud y Leveson, la última ronda de las negociaciones salariales, la situación en Siria. Recordé su graduación. El hecho de que yo asistiera no llamó la atención de nadie. ¿Por qué habría de hacerlo? Yo era un miembro respetable de la facultad. Pertenecía al círculo influyente; era parte de la decoración. Solo fui a desearle buena suerte a la promoción de 2007, a verlos salir seguros al mundo. Permanecí de pie, en silencio, en la parte de atrás (si alguna vez llego a tener un epitafio, será ese) y observé a Alice, toda una adulta y lista para irse. Se veía maravillosa con su birrete y su toga. Me habría encantado ver a su madre allí también, pero o bien no la vi o ella me evitó. Elizabeth. *Pobre* mujer. ¿Cómo se habrá enterado? Presumiblemente por la Policía; de seguro habrán ido a su casa en lugar de llamarla por teléfono. Solo Dios sabe cómo la afectaría; era un alma frágil en el mejor de los casos. Recordé cómo se veía cuando lloraba. Estoy hablando de su mamá, Larry, no de Alice. El peculiar mecanismo de su dolor: la manera en que su rostro cambiaba al igual que todo su cuerpo. Dejé caer el periódico. Estaba al borde del llanto, no había podido llorar por veinticinco años.

—*Endeavour*[4] —gritó Harris desde el otro lado de la sala.

Nombre de pila para un código. *Endeavour.* Era el nombre del inspector Morse.

Tenía razón. El sabiondo tenía razón.

Discúlpame por desahogarme contigo de nuevo, pero eres la única persona con quien puedo ser sincero. El simple hecho de tomar mi bolígrafo (una carta escrita a mano,

---

4. N. de la T.: *Endeavour*, nombre de la precuela de la serie estadounidense *Inspector Morse*.

¡qué encantadores dinosaurios somos!) y comenzar con mi saludo habitual me hace sentir muy aliviado. No hace falta que use formalidades o que me reprima, puedo ser yo mismo. Aprecio que no tenga que pedirte que evites mencionar esto, pues en este momento inevitablemente habría repercusiones.

Ella no merecía morir, Larry.

Cordialmente,
Jeremy

* * *

Biografía en Twitter de Alice Salmon, 8 de noviembre de 2011

Tuitera ocasional, compradora frecuente. Opiniones propias (la mayoría de las veces). Manipular con cuidado. Si las encuentra, devolverlas al remitente. Entre tanto, un latte espumoso…

* * *

Fragmento del diario de Alice Salmon, 6 de agosto de 2004, 18 años de edad

Me hubiera gustado tener padres normales.

Mamá irrumpió en mi habitación más temprano de lo que acostumbra y se dejó caer sobre la cama para ensañarse conmigo.

—¿Cómo te sientes? —preguntó.

Lo último que necesitaba era un discurso. La habitación se movía de lado a lado.

—Deja de ser tan controladora —le contesté.

—Solo estoy preocupada.

La quiero mucho, pero si me amara tanto como ella dice, me daría un respiro. Simplemente no soporta verme pasando un buen rato.

—Cuando estás así de borracha suceden cosas malas —dijo dándome un golpecito en la frente.

Ahí estaba de nuevo, creyendo que la vida era una sucesión de desastres por ocurrir. Bueno, puede que así haya sido para ella, pero no será de ese modo para mí.

—Cuando estás sobria suceden cosas malas —respondí de manera enigmática.

—¡Escúchame por una vez, Alice!

Eso también era una calumnia, porque pasé la mayor parte de mi vida haciéndolo, no tenía alternativa.

—No puedo esperar para mudarme —dije.

Estaba contando los días. Al terminar septiembre me iría a Southampton. Mamá insistía en que no debía ir allí, repetía que tenía que ir a Oxford, que era una locura rechazar un cupo allí. Era tan típico de mi madre, repartir consejos de inmediato, siempre y cuando no le afectaran a ella. Lo importante es que se hiciera realidad lo que ella había imaginado para mí: la dedicada estudiante de notas perfectas que consigue un buen esposo y 2,4 hijos, o que se convierte en una monja abstemia.

Bueno, no hay manera de que me vaya a Oxford con un montón de estirados. Además ella está insistiendo en que debo estar en casa antes de medianoche el próximo viernes, y el miércoles anunció de manera inesperada que no estaba segura de que yo vaya a V.

—Tal vez *deberías* beber. Podría ayudarte a ser menos aburrida —le dije.

Ella comenzó a recoger mi ropa del suelo, encorvada como una abuelita, para arrojarla frenéticamente en la cesta de la ropa sucia. Estaba muy malhumorada.

—¡Por Dios, deja mis cosas quietas! Siempre me estás criticando.

Luego hizo eso de morderse el labio y verse desinflada como un globo al final de una fiesta.

—Me disculpo por preocuparme por el bienestar de mi hija. ¡Me disculpo por quererte!

—No quise decir eso sino…

—¿Exactamente qué quisiste decir?

—Eres tan mojigata —dije para exhibir mi palabra favorita del momento. Solía incluir una palabra nueva cada vez que escribía en el diario cuando era niña, idealmente una multisilábica o erudita (la primera habría podido ser una de ellas), y complicadas recomendaciones que habrían impresionado a cualquiera que se encontrara mis garabatos, aunque no permitía que nadie siquiera se les acercara. Todo lo que había en los viejos diarios desapareció, se quemó, ¡y esta, querido lector, es la decimoctava edición mejorada! Es lo que la gente no ve de mí. Como la caja negra de un avión. De seguro también escribo esto porque nadie aquí me escucha, y también debo ser invisible.

Mamá dice que me va a extrañar mucho después de que abandone el nido, y hace que me imagine a mí misma como un pichoncito, uno grande y feo como el de un avestruz o una cigüeña, no uno elegante y gracioso.

—¿Por qué *no* bebes? —le pregunté.

—Es una larga historia —dijo—. Es complicado.

Pero incluso eso me molestó. Yo era la que tenía una vida complicada. Todo lo que ella tenía que hacer era ir a su estúpido trabajo en la sociedad constructora usando una escarapela que decía "Elizabeth Salmon, asesora hipotecaria", y darles dinero a quienes no podían permitirse pedir un préstamo o no dárselo a aquellos que sí podían. Nunca hablaba de lo que había estudiado en la universidad, pero con seguridad era un millón de veces más interesante que trabajar en un local de quinta. Pensé de nuevo en V., los textos que enviaba Meg, las fotos de Pink y de Kings of Leon en el escenario, entre todos los brazos extendidos bajo el sol, y sentí que ardía de ira.

—Solo estás celosa —le dije.

—¿De qué exactamente?

—Del hecho de que tengo una vida propia. Esto parece un cementerio.

Me quedé dormida tan pronto como ella salió de la habitación.

Un poco más tarde bajé a la cocina y mamá estaba atiborrando el lavaplatos. Mordisqueé una tostada.

—¿Cómo te sientes? —preguntó—. Podríamos salir a caminar después si quieres. El aire fresco ayuda.

Mastiqué mi tostada. No sabía a nada, pero me hizo sentir náuseas.

—Alice, dime, eso que dijiste no lo piensas de verdad, ¿cierto?

En ese momento no podía recordar exactamente lo que *había* dicho. Algo dentro me había impulsado a decir y a hacer lo que no debía, y ahora me sentía muy mal. No solo por la resaca, estaba mal. Puse mi mano sobre la manga de su bata de color rosa desteñido (papá se la había comprado para un cumpleaños; yo le ayudé a escogerla, bueno, yo la escogí *por* él), me sentía avergonzada. Se me ocurrió que tal vez ella simplemente no era feliz.

Le di un fuerte abrazo y lloré un poco, y ella siguió abrazándome.

—Ya pasó, querida —dijo frotando mi espalda—. Desahógate. No ha pasado nada. Los padres deben ayudar a que sus hijos crezcan, pero también deben dejarlos ir. Algún día lo entenderás.

Hice una mueca de desagrado.

—Eso es lo que nos espera —añadió—. Debes aprender muchas cosas antes. Para empezar, está la universidad. Imagínate, mis dos bebés lejos, en la universidad.

No vemos mucho a Robbie ahora que está en Durham. El muy suertudo ha estado en Australia este verano; me envía fotos de las playas y mensajes como: "¿Qué tal está Corby, perdedora?".

—Perdón por lo de antes —le dije—. Soy muy tonta.

—Eres digna hija de tu madre.

Estuvimos un rato navegando en Internet, visitamos los sitios de la Asociación Nacional de Estudiantes y de algunas universidades para revisar lo que se supone que debería escoger (¡la lista se hace cada vez más larga!) y observar las fotos de chicas jugando *hockey* o caminando en parejas o tríos entre los edificios de ladrillo, con libros bajo el brazo o lanzando al aire sus birretes. Todo parecía irreal. Pronto voy a mudarme.

—Estarás bien, cariño —dijo mamá leyendo mi mente—. Estarás perfectamente bien.

"Tal vez esto —pensé sentada en la mesa de la cocina— sea nostalgia —el zumbido del lavaplatos, el olor del piso de madera de pino, el chasquido del calefactor—. Tal vez sea esto lo que voy a recordar, lo que voy a extrañar".

El señor Woof apareció y se acurrucó en mi regazo. Es como si incluso él supiera que me voy.

—Alice, ¿cómo te sientes cuando bebes? —preguntó mamá.

Estuve a punto de decir que terrible, pero recordé la noche anterior. Estaban tocando los Peppers, uno de los chicos estaba bailando en una mesa y yo había tomado un enorme trago de ponche. Saboreé la piña y me di cuenta de lo increíble que habría sido que todo permaneciera así por siempre.

—Creo que me hace sentir que soy mejor —dije—. No como soy, no como Alice.

—Querida —dijo—, es una ilusión. Lo que sientes cuando estás llena de ginebra no es real.

—Odio la ginebra —contesté.

—Ojalá yo también la hubiera odiado —dijo dibujando una sonrisa a medias—. *Esto* es real. La mañana siguiente, el arrepentimiento, la vergüenza, nosotras discutiendo, eso es lo peor, aunque lo superemos, siempre lo vamos a superar. Mira lo hermosa que eres —añadió mientras pasaba su mano por mi cabello como solía hacerlo cuando era una niña.

—Detesto discutir contigo —dije.

—Yo también.

—¡Eres la mejor mamá de todas! —dije riendo y sonándome la nariz.

—¡Tú eres la mejor hija de todas!

* * *

**Carta enviada por el profesor Jeremy Cooke,
7 de febrero de 2012**

Larry:

Dos cartas en dos días ya debe ser un récord, considerando nuestra correspondencia reciente.

Es espantosa la manera en que una muerte saca lo peor de la gente. Los estudiantes en verdad se han dado un banquete con este asunto de Alice, a pesar de que ninguno de esta camada la conoció en realidad. Como podrás imaginar, los rumores están fuera de control en el campus, y el asunto ha sustituido al clima ártico como principal tema de conversación. Los estudiantes se han volcado a sus teléfonos, portátiles y iPads para lanzar sus teorías. Sacuden sus cabezas y asienten con entusiasmo en la cafetería y en las salas de lectura, pateando la nieve y chismorreando en grupos mientras se congelan en el patio afuera de mi oficina. Y de nuevo, viejo amigo, uso la palabra *patio* —ese hábito ostentoso que cultivé cuando tenía pretensiones de Oxbridge—; en realidad es un espacio de concreto por el que los estudiantes deambulan sin rumbo, una metáfora apropiada para su futuro, si es que llegan a tenerlo.

El lunes había regresado de la sala de profesores a mi oficina y, para evitar tener que dar clases, fingí estar enfermo (lo que es irónico) y busqué información sobre Alice en Internet. Había muchas personas llamadas Alice Salmon, pero pronto encontré a la que me interesaba. Las redes sociales estaban inundadas del tema, ¿quién dijo que loro viejo no aprende a hablar? Es así como funcionan las noticias en estos días, un gigantesco y grotesco juego del teléfono roto. Chismorreo, fragmentos de conversaciones, información reciclada y escuchada por casualidad mientras se hace un crucigrama. Pero solo son tonterías: ella no era una rubia extrovertida, no era una abanderada del feminismo, no era de lo mejor de la prensa británica. Todo era tan reduccionista. He visto que la han descrito como una persona despreocupada, perfecta, irresponsable, desafortunada, estúpida, en forma, gorda, hermosa, única.

"No —me escuché murmurando—. Basta ya".

¿Acaso es así como los jóvenes viven su duelo en estos días? Ese psiquiatra con quien me relacioné brevemente hace muchos años (debió haber sido poco después de conocer a la madre de Alice, como podrás recordar) solía decir que el dolor debía ir a algún lado.

Leí todo lo que encontré escrito sobre ella o lo que ella escribió. "Tas junto a los ángeles", escribió alguien en su muro de Facebook y sentí una ligera punzada de tristeza. Al menos revisa tu maldita ortografía. Corté y pegué todo en mi escritorio y experimenté una extraña sensación de satisfacción, de calma. Allí estaba. Tenía un pedacito de ella. De repente me di cuenta de que si yo había descubierto todo esto después de unos pocos minutos, ¿cuánto habría podido aprender si hubiera ahondado un poco más? Me gusta pensar que todos somos más que la suma de nuestras partes. Incluso yo, un académico de 64 años que nunca ha tenido del todo claro su lugar en el mundo.

Acabo de releer este mensaje, lo hice en voz alta porque me gusta tener una idea de la cadencia. Sin embargo hay algo muy desagradable en el sonido de la voz propia, es como escuchar a otra persona. Las vocales desfallecidas y pegajosas de la escuela pública, sin rastros de Edimburgo. Es extraño que ese sea yo, que sea mi voz. El *Viejo Cookie*.

¿Es eso lo que esos pobres estudiantes han tenido que escuchar durante todos estos años? He estado tratando de recordar la voz de Alice. Un acento difícil de ubicar. Padres que han ascendido socialmente. Inflexión de escuela secundaria. Impregnada de risas. ¿Adónde se fue esa voz que una vez me dijo: "¿Por qué me trata como si fuera alguien especial?".

Difícilmente podría contactar a Elizabeth, pero podría acudir a sus amigos y colegas. Podría ir donde su hermano. Lo encontré en la página web de su compañía, junto con una biografía resumida y una foto en blanco y negro. Robert. No se parece mucho a su hermana o a su madre. Tampoco fue difícil ubicar a sus amigas. Trabajan en mercadeo, finca raíz y finanzas; algunas tienen familias incipientes, con pequeños Georges y Sophies. Los hijos que Alice nunca iba a tener. Uno por uno los contacté. "No nos conocemos —comenzaban mis mensajes—, pero tenemos algo en común...".

Investigar, registrar, cotejar: esa es la labor del antropólogo. Larry, ¿será posible darle algo de consuelo a la familia, incluso de felicidad, si yo pudiera juntar algo de esta información? ¿Devolverle un soplo de vida? Hacerla bailar de nuevo, porque siempre fue una bailarina. Debió haber heredado eso de su madre, a Elizabeth le encantaba bailar.

Sería excelente escuchar tu opinión sobre esto. A pesar de tus credenciales, siempre has sido mucho más sensato que yo, y has sido visto como —así suene espantoso— "un hombre del pueblo", aunque yo te haya visto como exclusivamente *mío*. Has sido la única persona a quien he podido recurrir. "Inspiración" es una palabra sobreutilizada, pero eso es lo que has sido para mí. Nunca me has juzgado.

Nunca podré pagártelo, a pesar de que esta semana incluí a tus hijos en mi testamento.

¡Ah!, el placer de escribir a mano. Cuando era niño solía preocuparme que el estilo de mi letra siempre estuviera cambiando. Temía que nunca sería un adulto hasta que mi estilo fuera constante. Entonces sería yo, formado. ¿Cómo desarrollan las personas hoy en día su sentido de individualidad cuando todo lo escriben usando teclados? Estoy decidido a mantener correspondencia contigo de esta manera. Es una de nuestras tradiciones, uno de nuestros secretos. Uno de tantos.

No debe sorprenderte saber que esta noticia sobre Alice me ha dejado devastado.

No voy a pretender lo contrario, ¿por qué debería hacerlo? Sin importar a quien más hayamos engañado, *nunca* nos hemos mentido uno al otro. Ese fue nuestro pacto, nada de mentiras. En un mundo en el que los secretos son omnipresentes, nuestra sinceridad ha sido una de las pocas cosas constantes de la vida. Eres una especie de brújula que marca mi rumbo.

"Cómplices", nos llamaste en broma alguna vez.

He guardado toda la información en una carpeta llamada "Salven a Alice". Llamarla así me provoca risa. Darle nombre a una pieza siempre ha sido una de mis partes favoritas. La primera respuesta de una de sus amigas llegó diez minutos después.

Olvídate de Ofelia, es Alice Salmon a quien voy a pintar.

* * *

Publicación en el blog de Megan Parker, 6 de febrero de 2012, 22:01 p. m.

Compré una tarjeta, pero ¿qué escribo? ¿Cómo puede una tarjeta ofrecer el más mínimo consuelo? Alice está muerta. Alice, mi mejor amiga, está muerta. Nunca antes supe de alguien de mi edad que hubiera muerto. Es tan injusto, tan irreal, como si me hubieran dicho que hay una jirafa en el jardín. No puedo dejar de llorar. ¿Cómo es posible que te hayas ido? ¿Cómo es que moriste y otras personas siguen vivas? Respirando, comiendo y caminando por ahí, asesinos y violadores y escoria como esa. No puede haber justicia cuando alguien tan maravillosa como tú puede morir. No te fuiste por un día, una semana o un mes, o incluso todo el verano como cuando trabajaste en Center Parcs, sino para siempre. No me permito pensar cómo debió haberse sentido eso o cuánto pudo haber durado.

No podía estar sola y por eso vine a casa, junto a mamá y papá. Él piensa que debe hacerse una autopsia, porque siempre se hace una cuando alguien muere de manera inesperada.

"Pobre chica, tener que pasar por eso también", dijo.

¿Dónde estás? ¿Adónde te han llevado? Sé de algunos lugares en los que no estás: no estás en la cima de esa colina en Los Lagos, conmigo, con Chloe y Lauren, con nuestras manos sobre el vértice geodésico. No estás en ese restaurante tailandés al que solíamos ir en Clapham High Street ("un restaurante, ¿qué tal?, Alice, ¿ya somos adultas o qué?"). No estás en el minibús en esa gira del club de *hockey* cantando "Amarillo". Habrá tantos lugares en los que ya no estarás. De nuevo, la jirafa en el jardín, el hecho de que *no* estás. Pero cuando miro, no hay nada, solo el columpio oxidado en el que tú y yo solíamos jugar, contándonos secretos y haciendo planes para cuando creciéramos. Pudiste cumplir solo unos cuantos de ellos y justo cuando estabas aprendiendo a vivir la vida, chiquilla tonta y loca, se te acabó abruptamente. No es justo, pero si te decía eso respondías que el mundo no era justo, que estaba lleno de injusticia, y que si las personas abrían sus ojos lo verían.

Publiqué la tarjeta para tu mamá y tu papá. Una estúpida tarjeta con una flor rosada en la cubierta y la frase: "Mis más profundas condolencias" escrita debajo. Parece algo surreal que sea por *ti* que expresemos nuestras más profundas condolencias. Van a extrañarte tanto. Robbie también. Desearía saber qué querrías que hiciera con respecto a Luke, si odiarlo o no, porque una parte de mí estaba segura de que volverían a estar juntos.

Hemos sido amigas desde que teníamos cinco años. Juntas en las vacas gordas y en las vacas flacas… siempre decías en broma que tú eras la vaca gorda y yo la flaca… en la escuela, y a pesar de los novios estúpidos, incluso tuvimos que ir juntas a la universidad. No porque fuéramos cobardes sino porque Southampton era un lugar tan grande y era fabuloso tenerte allí, ¡aunque tú siempre fuiste parte del grupo de los populares, más que yo!

¿Quién va a llevarme por el camino recto y a decirme que soy rara por el hecho de que me gusten los hombres mayores? Solías decir en broma que éramos un par de casos perdidos, ¿no es cierto? Tú soportando lo que sea que tenías con Luke, y yo esperando a George Clooney, pero lista para aceptar a Harrison Ford si no quedaba de otra.

"Todo aquel que es alguien muere a los veintisiete años", dijiste después de la sobredosis de Amy Winehouse, pero solo lo hiciste para incitar al debate. Hacías eso con frecuencia y ni siquiera llegaste a los 27. Morir es una palabra horrible, detestable. Hay todo tipo de teorías por ahí, pero ¿por qué estabas junto al río para empezar? Odiabas el agua.

Alice, cariño, espero que no te moleste que escriba esto en el blog. Probablemente habrías hecho lo mismo.

"Sácalo —solías decir—. Escupe el dolor. Devuélvelo al mundo".

Hablé con Chloe y Lauren. No hablamos mucho, solo lloramos. Llamé también a tu mamá y a tu papá, pero pasó a correo de voz. Ahora todas tenemos que ser fuertes por ellos: tu adorable padre con sus locos suéteres y esa manera de decir Al-ice, haciendo una pausa entre "Al" e "ice", como si estuviera haciendo una pregunta.

Y tu mamá, tu hermosa mamá, un potente motor de mujer, de quien eres la viva imagen en tantos sentidos, pero ya no vas a parecerte a nadie nunca más. Terminó, fuiste, se ha trazado una línea después de ti, en la última página de tu libro, y hay un enorme agujero donde debes estar tú, y esa risa y ese DESASTROSO gusto musical y esos HORRIBLES *leggings*.

Te llamé al celular porque quería escuchar tu voz. "No estoy. Obviamente. Pero me encantaría hablar contigo, entonces, por favor, déjame un encantador mensaje y estaremos hablando muy pronto…".

Mi mamá entró y me dijo que tenemos que recordar los buenos momentos, porque de esa manera la gente perdura. Miré sobre su hombro hacia el columpio oxidado.

"Hay una jirafa en el jardín", dije.

Ella debió creer que yo estaba loca.

Una luz se apagó. Te amo, Alice Palace…

* * *

Artículo publicado en *Anthropology à la Mode*, agosto de 2013

"Por qué exhumé el pasado"

El profesor Jeremy Cooke pasó de ser un académico desconocido a un personaje famoso en doce meses. En este escrito personal, él explica con franqueza cómo el descubrimiento de un cadáver avivó su "investigación" y cambió su vida para siempre.

Difícilmente fue un momento de inspiración, pero quizá era lo más cercano que iba a tener a eso.

Había estado en la biblioteca donde vi a un estudiante escribir sus iniciales en la humedad condensada del vidrio de una ventana. *R. P.* Robert Pearce, creo que era su nombre, aunque es irrelevante.

Había quedado fascinado con las letras y, después de que se fue, me hallé insertando una I entre ellas. Una de las bibliotecarias me sonrió de manera incómoda. "El Viejo Cookie —probablemente pensaba— es un excéntrico". Me senté en la silla aún tibia que había dejado el estudiante. El RIP permaneció allí por horas, y lo mismo hice yo. Debí quedarme dormido y, cuando desperté, había desaparecido. RP – RIP, habían estado allí y luego ya no estaban. Fue ahí cuando me di cuenta de cómo todos hacemos esto a diario: dejamos un rastro, una huella, una marca. *Nuestra* marca. Consideré si sería posible reconstruir una vida a partir de fragmentos como esos. ¿Reconstruir a una persona, volver a armarla a partir de esquirlas descifrables como esas? Porque tenía la oportunidad perfecta. Una vida, en realidad una muerte, en mi propia puerta. Allí, justo en mis narices. Alice Salmon.

Fue definitivamente, para decirlo de alguna manera, "el momento". Ver a ese geógrafo escribiendo con el dedo sus iniciales en la humedad de la ventana y sentir ese impresionante, rápido y poco conocido deleite de una idea nueva. Había sido unos días antes de que Alice, como con eufemismos se dijo en algún relato, "se fuera al agua". Había sido, como el forense se tardó en concluir, entre la medianoche y las 2 a. m. del 5 de febrero de 2012. Pero había sido ocho años antes, en el otoño de 2004, cuando ella vino aquí por primera vez. Por supuesto, para todos en general, y de hecho para mí también al principio, ella no era más que una de las miles de estudiantes de primer año que yo había visto a lo largo de décadas. Recuerdo haberla visto las primeras veces en esos términos: alta, cabello largo, llamativa.

Se ha dicho mucho de nuestra "conexión" en los últimos días, pero al margen de eso ella era perfecta para mis propósitos en muchos sentidos. No solo por la manera en que murió, sino por el momento en que vivió. La manera en que nos comunicamos ha cambiado más en los últimos veinticinco años (en una generación) que en los mil años anteriores. Internet ha reescrito las reglas. Su generación ha visto ese cambio, ha *sido* ese cambio.

Como es natural, yo no tenía idea de adónde me iba a llevar esto, pero no estaba teniendo en cuenta la ley de las consecuencias imprevistas. Hasta donde sabía, iba a ser una obra honesta e idealmente esclarecedora, que con certeza exigiría sensibilidad. No se trataba tanto de demostrar una tesis. Tan solo aspiraba a mapear una vida, la de ella. Sí, debido a nuestra "relación", pero más porque ella era como el resto de nosotros: complicada, fascinante, única, humana.

"No es algo muy intelectual que digamos", comentaron uno o dos de mis colegas.

Pero al diablo con ellos. Por una vez seguí a mi corazón. Quería ver qué había quedado de esa adorable y hermosa chica, lo que dejó, lo que quedó. Después de todo, no fue sino hasta hace relativamente poco (vale la pena recordar que en términos evolutivos, casi todo lo es), a menos que se fuera un noble o de la realeza, que la vida y la muerte de las personas pasaban sin ser registradas. *Desapercibidas*, más allá de la familia cercana y un pequeño grupo de amigos. Seríamos recordados breve tiempo por quienes nos sobrevivieron, pero más allá de eso, *nada*.

No me embarqué con exactitud en una "investigación", no en el sentido tradicional. Es una descripción demasiado pomposa que sugiere un enfoque más metódico del que yo podía —o quería— aplicar. "Obsesión" fue una palabra que otros fueron rápidos en usar y tal vez había algo de verosimilitud en ella. Emulando el lema de los *scouts*, he hecho lo mejor.

Todos mis "hallazgos" están en mi libro. Fue necesaria una ligera edición para evitar la ambigüedad, pero confío en que lo que quedó sea representativo, si bien no del todo completo. Espero que haya sido justo con ella y, de manera más crítica, que le *traiga* justicia. Porque ese es mi sincero deseo, que el contenido sea tratado como evidencia.

Tenía veinticinco años, pobre chiquilla preciosa, cuando se fue al agua.

Es perversa la manera en que el mundo solo suele interesarse en alguien cuando se ha ido, pero siempre ha sido así.

Es irónico que esto me haya convertido en una celebridad menor. Todo mi trabajo en etnolingüística y en lenguas sami pasó desapercibido más allá de un pequeño círculo de académicos. De repente me buscaban. Sky News envió autos a mi casa a horas absurdamente tempranas para arrastrarme a estudios donde jóvenes rubias me aplicaban maquillaje en las mejillas para que las cámaras "me amaran". Sus preguntas con frecuencia se referían a un "viaje": de ella, mío, de ellos, todos parecen estar en medio de un viaje en estos días. Antropólogo. Todos se aferraban a esa palabra. Era como si les diera autoridad, autenticidad. "Tenemos a un antropólogo: uno de verdad, en vivo, aquí en el estudio".

Pronto, no solo tenía demanda para pontificar en mi área de especialidad, me hallé discutiendo todo tipo de temas de actualidad. Afganistán. El aborto. El nuevo iPhone; incluso una vez, en el Canal 5, nuestra obsesión con la televisión diurna (una ironía que claramente no vio el productor).

Mis empleadores tenían un conflicto ante esta popularidad recién descubierta: gracias a mí les rendían pleitesía, pero todo este asunto de Alice era una bendición a medias con todos esos periodistas acosando en la facultad, de la misma manera en que lo habían hecho en mi casa.

Actualmente, así es como me presentan. El antropólogo de Alice Salmon. El hombre que desenterró la verdad acerca de la chica del río Dane. Una vez, incluso, el científico convertido en detective. Alice y yo nos habíamos convertido el uno en corolario del otro. Una nota al pie en la historia de cada uno. Aunque siempre habríamos sido eso de todos modos.

Una primera versión del libro está sobre mi escritorio, la cara de Alice me observa desde la cubierta. Si alguien decide leerlo, para el momento en que le dé vuelta a la última página sabrá la verdad acerca de Alice Salmon. Fui prudente al asumir que cada palabra era estrictamente cierta porque las de aquellos cuyas vidas fueron tocadas por ella son en sí mismas subjetivas, entremezcladas con amor o, como descubrí en algunos casos, con odio.

En general, las personas han sido de gran ayuda, incluso cuando les expliqué que sus aportes podían terminar siendo de dominio público. Fui claro desde el primer día, no iba a suavizar nada. Aparecería todo, sin importar lo vergonzoso o chocante que pudiera ser. Ese enfoque lo extendí de manera resuelta a mi propia vida.

Dada la situación en la que estaba, era inevitable encontrar algo de oposición, pero no habría podido predecir la reacción de algunos sectores, los intentos de saboteo a mi trabajo, que mi reputación iba a ser mancillada de manera sistemática y que mi esposa se iba convertir en un objetivo. Me llamaron sacrílego, me catalogaron como un pervertido, me acusaron de querer exhumar a los muertos. Pero el *Homo sapiens* tiene el deber de hacer eso. De lo contrario no sabríamos nada de Tutankamón o de Machu Picchu. Sin ese sentido inquisitivo de la curiosidad, sin esa permanente desconfianza, nunca habríamos sabido nada de las pinturas rupestres en Lascaux; no habríamos podido contemplar esos magníficos toros paleolíticos corriendo ni sorprendernos con la auténtica maravilla de verlos adquirir vida ante nosotros, ahora y hace 17 000 años. Espero que aún me quede tiempo de volver a verlos por última vez. Espero con ansias el próximo capítulo de mi vida, aunque vaya a ser corto.

Si bien procuro no sonar como catedrático, lo que llamamos "comunicación" actualmente, el habla, en realidad se originó hace unos 100 000 años. Los medios no verbales evolucionaron hacia los verbales. Escribir fue un paso trascendental. Nos dio la capacidad de registrar, de recordar. Aceleró la difusión del conocimiento. Al mismo tiempo fue la evolución y lo que la aceleró. Es lo que distingue a los humanos y define cómo vivimos y quiénes somos. Alice era una comunicadora brillante. Yo estaba decidido a permitir que ella hablara por sí misma. Como alguno de mis antiguos colegas lo dijo con una inusual sagacidad: "Deja que ella sea su propia historia".

También me gusta pensar que soy una mejor persona que antes de que todo esto comenzara. Definitivamente soy menos pretencioso, aunque tal vez el hecho de asumirlo es una señal del nivel de pretensión.

Cuando paso mi dedo sobre la cubierta del libro, evito mi inclinación natural a concluir que, como cualquier libro, es inadecuado: las páginas, la tinta formando figuras, lo blanco tornándose amarillo, el papel desmenuzándose y desintegrándose. Toda una vida de por sí. Recordé su poder, su potencial. Recordé que la justicia llegará. Debe hacerlo.

También recordé que los seres humanos a los que nunca he conocido, a los que ni siquiera puedo imaginar, van a sostener esta insignificante ofrenda en la palma de sus manos (no soy tecnófobo, pero soy de una generación que lo concibe como un objeto corpóreo y tangible más que como algo electrónico). Recordé que seré escuchado, que le hablaré a extraños, y mis palabras se conectarán como tejido fibroso entre nosotros. Tal vez lo que estoy buscando es la absolución. El resarcimiento. El perdón. Por supuesto, hay una persona en toda esta triste saga a quien nunca jamás perdonaré.

Posiblemente había un poco de verdad en esos comentarios después de todo; sobre la razón por la que escogí a esa chica, y por qué quería y necesitaba reconstruirla de nuevo. Para que ella viviera. Porque eso es lo que todos ansiamos, ¿no es así? Sentir que somos importantes. Que somos deseados. Que hemos sido notados. Que hemos marcado una diferencia. Que somos extrañados. Que cada uno de nosotros es recordado. Para sentirnos, como habrían dicho mis colegas en su viejo departamento, *bendecidos* en este mundo.

Pero más que esto. Más que eso y menos que eso.

Simplemente, que cada uno de nosotros es *amado*.

Alice Salmon, RIP.

- *Lo que ella dejó*, del profesor Jeremy Cooke, será publicado el próximo mes por Prion Press, con un precio de £9.99. Los lectores de *Anthropology à la Mode* obtendrán un descuento si ordenan un ejemplar llamando al número que aparece en la página 76.

* * *

"Frases favoritas" en el perfil de Facebook de Alice Salmon, 3 de noviembre de 2011

"Sé la heroína de tu vida, no la víctima".
  Nora Ephron

"La verdad duele por un instante, pero las mentiras duelen por siempre".
  Anónimo

"Todos hemos oído que un millón de monos aporreando un millón de máquinas de escribir eventualmente copiarán todas las obras de Shakespeare. Ahora, gracias a Internet, sabemos que eso no es cierto".
  Robert Wilensky

"La juventud es un sueño, una forma de demencia química".
  F. Scott Fitzgerald

* * *

Anotaciones de Luke Addison en su computador portátil, 8 de febrero de 2012

Nunca supiste que te iba a proponer matrimonio, ¿cierto? Bueno, agrega eso a la lista de cosas que nunca te dije. La noche en que me confrontaste por lo de Praga, la noche en que dijiste que debíamos tomarnos un descanso uno del otro, yo llevaba un anillo en mi bolsillo. Lo había estado planeando por semanas. La mañana siguiente iba a decirte que empacaras un bolso de viaje. Iríamos a la estación, luego a Gatwick, luego a Roma. Todo estaba reservado.

—Luke, voy a hacerte una pregunta y necesito que me respondas con sinceridad —dijiste antes de que tuviera alguna oportunidad—. ¿Puedes prometerme que lo harás?

—Por supuesto —contesté. Me imaginaba cómo se veía tu rostro, cómo te verías cuando te explicara que no necesitabas ir a trabajar el lunes. Lo había arreglado con tu jefe, todo estaba listo. Era delicioso saber que los dieciocho meses que habíamos pasado juntos solo eran el comienzo. Sí, puede que aún fuéramos un poco jóvenes, nadie formaliza las cosas hasta poco antes de los treinta años en estos días, pero ¿por qué esperar? No eres la única que puede ser impulsiva.

—Durante el fin de semana de *rugby* que fuiste a Praga, ¿te acostaste con alguien?

El aire se escapó de la habitación. Me senté a los pies de tu cama mientras sentía el estuche en mi bolsillo, el peso rígido de forma cuadrada. No podía mentir, no a ti.

—Al, no fue nada.

—¿Quién era ella? —preguntaste con un tono inexpresivo y de resignación.

Habían pasado siete semanas desde que nos habíamos conocido. Sabía exactamente cuánto tiempo había pasado porque decidí que si eran menos de dos meses me quedaría callado, si eran más confesaría.

—No importa quién era ella.

—A mí me importa —respondiste—. Créeme, ahora importa para ambos.

—Fue una chica en una despedida de soltera. Estaba borracho.

—¿Por qué no me dijiste? —preguntaste con un tono nuevo, duro, inflexible.

—Tenía miedo de que terminaras conmigo —dije mientras tocaba el anillo dentro de mi bolsillo.

Pensé: "¿Debo hacerlo?". No importa que hubiera que esperar hasta que estuviéramos en el restaurante en el Campo de' Fiori. Lo escogí porque era famoso por su *prosciutto*, tu favorito. La mesa estaba reservada, incluso le había dado propina al *maître*. Solo debía hacerlo. Demostrar cuánto te amaba, demostrar que lo que había ocurrido siete semanas después de habernos conocido no fue más que algo con una chica cuyo nombre escasamente podía recordar, en una semana que a duras penas podía recordar. Pero comenzaste a llorar y, cuando traté de acercarme, apartaste de un golpe mis manos y te dejaste caer por el lado de la cama, de manera que quedamos en ángulo recto. Imágenes de Praga regresaban a mi mente: el bar irlandés, ella y sus amigas en una mesa al lado de la nuestra, una calle adoquinada a media luz (eran casi las 4 a. m.) que doblaba a la izquierda, hacia mi hotel, y ella conmigo, esa chica de Dartford, ¿o era de Dartmouth? Jen, no, no era Jen. *Gill*. Todo había quedado tan lejos de mi vida real.

—No fue nada —repetí dando la vuelta y tomando tu mano. Vi que llorabas, el árbol de Navidad en miniatura titilaba en la cómoda sobre tu hombro. Más imágenes del viaje a Praga volvían a mí: el olor de los adoquines mojados, los letreros de *rohlík* en las ventanas de las panaderías, la sensación de que era el final de una era. Sabía que eras la indicada, Al. Lo supe incluso siete semanas después de haberte conocido, pero sabía también que representabas el fin de la persona que yo solía ser, los viajes al extranjero con los chicos, las sesiones de beber hasta las 4 a. m., los encuentros casuales en bares; no me arrepentía de eso. Iba a extrañarlo, pero te tenía a ti y eso sería mejor. En ese entonces te amaba, Alice, pero era como si tuviera que despedirme primero del viejo yo, tenía que echar a esa persona en grande. Una fiesta tremenda, la última.

—Creo que es mejor que te vayas —dijiste.

Imaginaba nuestro avión despegando de Roma con los dos asientos vacíos, el tuyo junto a la ventana porque te encantaba la vista.

—No siempre se puede tener todo, Luke. La vida no funciona así.

—Maldito Adam —dije—. Ese maldito bocón.

—Los secretos siempre se saben. —Te secaste los ojos. Dijiste que te habían encantado los últimos dieciocho meses. Pero ya teníamos más de veinticinco años y las relaciones eran demasiado importantes como para arriesgarnos a equivocarnos—. Tenemos que comprender cómo nos sentimos el uno con el otro.

—Sé cómo me siento —dije—. Te amo.

No iba a permitir que esto sucediera, no otra vez, no contigo. Me pregunté de nuevo si debía sacar el anillo. Decir: "¡Mira!", pero todo salió mal, lo arruiné. Además, tú ya habías tomado una decisión.

—Bueno, yo no —contestaste—. En este momento no sé si te amo. O tal vez sí, pero no sé si te amo lo suficiente.

—Soy la misma persona que he sido siempre.

—No, no lo eres.

Estabas a punto de salirte de casillas. Solo había visto eso una vez, cuando viste a ese hombre abofetear a un niño en un bus.

—Nunca dije que fuera un ángel.

—No te atrevas a hacer que esto parezca mi culpa, Luke.

—Solo fue a las siete semanas de habernos conocido ¡Por Dios santo! En ese momento ni siquiera nos referíamos el uno al otro como novios.

—Vete, por favor, solo vete. No puedo estar contigo por un tiempo.

—No estamos terminando, ¿cierto? No está sucediendo.

—Quiero que nos demos un tiempo. Sin mensajes de texto ni correos electrónicos, ni nada.

En otras circunstancias habría aprovechado para animarte diciéndote en broma: "Ni nada es una doble negación, eso quiere decir que sí puedo", pero las lágrimas corrían por tu cara. Faltaban solo dos semanas para Navidad.

—Ningún contacto por dos meses —dijiste.

Era un periodo de tiempo extraño, arbitrario y demasiado largo, pero me pareció mejor que la alternativa: nada *más* que fines de semana como el de Praga por el resto de mi vida.

—Ahora lárgate de mi apartamento.

Solías criticar a las personas con vidas amorosas complicadas. "Es muy simple —decías—, se ama o no se ama a alguien", pero te convertí en una de esas personas. Ese fue mi regalo para ti, y ahora estás muerta. Al, has estado muerta por tres días y es imposible. Dormir, levantarme, comer, ducharme, afeitarme, sentarme en el metro, contestar el teléfono no tiene sentido. Me dijiste que alguna vez tuviste una sensación como esa cuando eras adolescente, nunca lo entendí, pero ahora sí. Finalmente *finalmente* es demasiado tarde, tengo una pequeña idea de cómo debió haber sido eso para ti, cómo debió haber sido ser tú, Alice Louise Salmon, la chica que conocí el 7 de mayo de 2010 (¿ves?, recuerdo nuestro aniversario) en Covent Garden. Llegaste y te paraste junto a mí ("mi magnetismo animal", dije en broma después). Te sirvieron antes que a mí y dije: "Esta es de las que saben hacerse atender en el bar", y con la rapidez de un rayo respondiste: "¡Este es de los que parecen querer saltarse la fila!".

No podía soportar estar separado de ti cuando vivías, y ahora no puedo soportar estar separado de ti muerta.

Nunca fui de los que escriben cosas, pero decías que si nadie lo hiciera no podríamos compartir, aprender y mejorar. Por eso estoy aquí escribiendo lo que siento, como tú solías hacerlo, pues, según decías, eso podía hacer toda la diferencia.

¿Quieres que sea sincero, Al? Muy bien, lo seré. Tuve una pelea, en realidad *dos*. Nunca supiste de la segunda porque fue el domingo pasado, el día después de tu muerte, pero sabías todo sobre la primera porque fue contigo.

* * *

Correo electrónico enviado por Elizabeth Salmon, 3 de marzo de 2012

De: Elizabeth_salmon101@hotmail.com
Para: jfhcooke@gmail.com
Asunto: Aléjate

Jeremy:

No puedo creer que te esté escribiendo después de todos estos años. Juré que nunca más tendría algo que ver contigo, pero parece que quien sea que decida nuestro destino tenía un plan diferente.

Obviemos las formalidades. ¿Qué diablos está pasando? Escuché que estás recopilando información sobre Alice. Solo Dios sabe por qué. Me dicen que es para una especie de proyecto de investigación. Sinceramente no me importa, de lo que sea que se trate tienes que detenerte ahora.

Mi hijo que trabaja en una firma de abogados te escribió una carta. Le dije que yo te la enviaría, pero la arrojé a la basura. Estaba llena de jerga legal y resaltaba lo mucho que apreciábamos que respetaras nuestra privacidad, te pedía que desistieras de cualquier otro trabajo en el futuro y sugería de manera velada la posibilidad de acciones legales. Sé que no será necesario llegar a eso, pero te lo advierto.

Dicen que estás armando un libro de recortes. Bueno, escribe esto en el libro: "Estoy orgullosa de mi hija. No me importa lo que digan; estoy muy orgullosa de que haya vivido como quería vivir". Sin importar dónde me encuentre, a veces lo grito: "Alice Salmon era mi hija".

Entro a su habitación y se lo digo a su ropa y a sus CD y a su alcancía rosada con puntitos blancos. Le digo buenas noches y buenos días y sobre todo que la amo; también que puede que haya hecho algo tonto o estúpido, pero que no se lo reprochamos, en absoluto. Todo lo que hacemos es extrañarla terriblemente. Ninguno de nosotros controla por completo su destino y, si de cosas tontas o estúpidas se trata, soy la menos indicada para dar sermones, ¿no es así, Jeremy?

Siempre tendías a malinterpretar las situaciones, por lo que no debes poner en duda que el único motivo para este correo es decirte que detengas cualquier ejercicio extraño y macabro en el que te hayas embarcado. Ni siquiera voy a comentar el mensaje que me enviaste justo antes de su muerte. Sentimental, inoportuno y ofensivo.

Dicen que Dios cuida a los borrachos y a los niños pequeños. Bueno, Jem, ¿dónde estaba Dios el 5 de febrero? Si eres tan inteligente respóndeme eso. Mejor no, ni siquiera me respondas, simplemente déjanos a mí y a lo que queda de mi familia en paz. Si no puedes hacerlo por mí, hazlo por Alice.

Elizabeth

* * *

Fragmento del diario de Alice Salmon, 25 de noviembre de 2005, 19 años de edad

—Hola, Srta. Perspectiva —dijo el sujeto del curso de Mercadeo cuando salimos del salón de clases.

Me impresionó que recordara mis palabras.

—Soy Ben —dijo estirando la mano—. ¿Quieres un trago?

Lo dudé, no porque él no me gustara sino porque no me invitaban a salir con mucha frecuencia.

—Bien —dijo—. ¿Qué tal si somos algo que va pasando y se detiene?

Era lo que yo había dicho sin pensar unos minutos antes en la charla, cuando nos preguntaron qué se necesitaba para una buena foto.

—Muy gracioso —dije dándome cuenta de que soné como si pensara que él estaba bromeando, cuando lo que en realidad estaba pensando era en lo mucho que quería ir a tomar un trago con él. De verdad quería ir, prácticamente había sido una monja en primer año.

—Vamos —dijo él—, yo pago. Bueno, técnicamente el banco de mamá y papá, pero todo va al mismo lugar.

Cruzamos el estacionamiento y luego tomamos el atajo del callejón a lo largo del río hacia el centro. Era de tercer año, uno de esos típicos chicos fiesteros que veías por la ciudad usando disfraces, agarrando conos de tráfico, gritando y cargando a cuestas a otros. En el *pub* pidió una pinta de cidra para cada uno y también un Red Bull con vodka para él.

—Un poco intenso, ¿no? —dije.

Él ignoró lo que había dicho.

—Esa charla fue basura. He buscado en Google a ese tipo y no es precisamente Henri Cartier-Bresson, casi todo lo que fotografía son bodas y bautizos.

—No tiene nada de malo tomar fotografías de ocasiones felices. Supongo que solamente tomas fotos de zonas de guerra, ¿cierto?

Aún estaba emocionada por el seminario, lanzar palabras como "perspectiva" y "personalidad" era la razón por la que quería venir a la universidad; por eso y para conocer gente. Además podía sentir el efecto de la cidra, haciéndome más cariñosa y amigable.

—No hay posibilidad de que me arriesgue a terminar con una bala en el trasero.

Pensaba que tal vez si me tomaba lentamente otro sorbo largo y, al tiempo, lo veía a él hacer lo mismo, podría contagiarme de un poco de su confianza.

—¿Es lo que vas a hacer cuando te gradúes? —preguntó—. ¿Ser una fotógrafa?

—Eso quisiera, pero soy pésima con las cuestiones técnicas. Para el momento en que logro cuadrar la sensibilidad ISO, la toma ya se ha perdido. ¡Sería terrible como *paparazzi*!

—Prefiero ser un recolector de basura que un *paparazzi*. Bueno, en realidad no, los de la basura tienen que levantarse temprano. Prefiero ser un vendedor de drogas. ¡Al menos contribuyen con algo a la sociedad!

—¿Qué vas a hacer? —le pregunté.

Era de tercer año y muchos ya estaban buscando empleo.

—Dios sabe que soy inútil para muchas cosas. —Había algo infantil en él—. ¿Y tú?

—Me gustaría intentar con el periodismo. Lo mismo que el resto del mundo.

—No me digas que vas a trabajar para *Heat*[5], por favor.

—¡Claro que no, va a ser en algo mucho más sofisticado! Al menos en el *TLS*[6].

Ambos tomamos otro sorbo de cidra. Todo iba demasiado bien.

—¿Sabes? Siempre he creído que los medios deberían romper los estereotipos, pero lo único que hacen es reforzarlos.

—¡Qué profundo! —contesté, pero en realidad estaba pensando que sí lo era.

—¿Alguna vez has visto los canales que emiten noticias las veinticuatro horas? —continuó—. Me refiero a sentarte y realmente *verlos*. Lo hago con frecuencia porque sufro de pereza congénita y es una completa basura. Hasta los presentadores se ven indiferentes.

—Desinteresados.

—¿Qué?

---

5. N. de la T.: *Heat* es un canal musical de la televisión británica.
6. N. de la T.: Suplemento literario del *Times*.

—Lo que quieres decir es "desinteresados", no "indiferentes". Se supone que deben ser indiferentes porque quiere decir que son imparciales, pero lo que intentas decir es que no les importa nada.

—Vale —dijo.

—¿Qué vas a hacer, entonces?

—Probablemente termine trabajando para mi padre.

La manera lánguida y despectiva en que dijo "padre" me dio a entender que no era una opción deseable, pero tal vez era la única que tenía. Me di cuenta de que no estaba segura de si me iba a gustar este chico si llegaba a conocerlo mejor, pero recordé que no tenía que hacerlo.

—¿Qué hace tu padre?

—Trabaja en seguros.

—¿Trabaja en un centro de llamadas?

—Muy graciosa. En realidad asegura barcos.

—¿Se supone que eso debe impresionarme?

—Puedes sentirte como quieras. Deberíamos celebrar.

—¿Celebrar qué?

—Lo que te parezca. Haré un brindis tardío por el matrimonio de Carlos y Camilla, si hace falta alguna razón.

—Soy republicana.

—¡Vaya! ¡Qué sorpresa! ¿Qué tal haber logrado una ampliación del plazo para entregar mi tarea sobre patentes y propiedad intelectual? ¿Haber sobrevivido a una charla de un hombre que se cree Robert Capa? ¿Estar aquí en Southampton? ¿Habernos conocido tú y yo? Sí, esa es la mejor razón de todas.

Me gustaba la manera en que estaba sentado, con su cuerpo vuelto a medias hacia mí, una pierna doblada debajo de él y su brazo izquierdo extendido sobre el respaldo del sofá, detrás de mí. También la manera en que usaba sus manos, era tan animado.

—Estoy fundido. No he comido nada. Por cierto, no estoy sugiriendo que lo hagamos —dijo y después de una pausa—: *Comer*, quiero decir, no acostarnos. Aunque…

—Tendrías que contar con mucha suerte —dije.

Su comentario había llevado nuestra conversación a un nivel nuevo, uno en el que era posible un resultado diferente. "Podrías acostarte con este hombre, Alice". El pensamiento pasó por mi mente y él regresó a la barra.

—Y yo pensando que ibas a invitarme a una cena romántica —dije cuando descargó bruscamente otras dos cidras y dos tragos pequeños sobre la mesa.

—El que come hace trampa —dijo—. Me arriesgué, traje unas ginebras dobles. ¿Te había dicho que soy un inútil para casi todo? Bueno, hay algo en lo que no —dijo desapareciendo hacia los baños. Cuando regresó estaba sonriendo—. ¡Esta es una de las cosas que puedo hacer bien!

—¿Qué, orinar?

—No, lo que hice después de eso. —Se dio un golpecito en la punta de la nariz—. ¿Y qué tal si ahora nos besuqueamos?

Se inclinó hacia mí y nos besamos. "No es tu tipo", pensé mientras veía su firme y voluminoso antebrazo cubierto de pecas. Pensé que nunca iba a descubrir cuál era mi tipo.

—Bueno, ya fue suficiente acerca de mí. ¿Qué hace tu padre? —preguntó.

—Papá dirige su propia empresa de consultoría en planeación.

Luego pensé: "Qué tontería, no necesito la aprobación de este chico".

—O lo hacía, pero quebró —añadí—. Papá es ingeniero de calefacción.

—Lo lamento —dijo.

—¿Lamentas que el negocio haya quebrado o que sea un ingeniero de calefacción?

Algo me empujaba a provocarlo, me generaba una mezcla de desdén y de atracción que nunca había sentido. Otro par de tragos y podría hacer lo mismo que él, decir cualquier cosa y salirme con la mía.

—¡Embriaguémonos a cuenta del magnate de los barcos! —dije.

No pasó mucho antes de que regresara a la barra. Alto, unos ocho centímetros más alto que yo, que mido 1,75, y evidentemente se ejercitaba. Regresó con champaña.

—Sigues sin impresionarme.

—¡Entonces no querrás tomarte una! —dijo sirviendo dos copas.

La vida puede sorprenderte a veces, una tarde de martes y una bebida espumosa en un *pub* con casi nadie alrededor y este nuevo hombre, Ben (siempre me gustó ese nombre), con unos ojos asombrosos. Miré las burbujas y la palabra "decadente" apareció en mi cabeza.

—Me gustó lo que dijiste antes sobre las fotos —dijo—. Lo que ese tipo estaba repitiendo acerca de que su trabajo era documentar más que influir sobre la historia, eso era basura pretenciosa, pero lo que dijiste es cierto.

—De verdad, ¿qué vas a hacer después de que te vayas de Southampton? —le pregunté, intimidada de repente por lo que parecía venir a continuación.

—Lo menos que sea posible. No sé... tal vez trabaje en un bar.

Nos besamos.

—Eres... asombrosa.

—Apuesto a que se lo dices a todas.

—Claro que sí, pero a ellas no se lo digo en serio. A ti sí, Srta. Algo que Pasa y se Detiene. ¡Eh! No te muevas, regreso en un instante —dijo desapareciendo de nuevo en los baños.

Me sentí mareada y decidí que tenía que irme, que me acercaba al punto de no retorno. No a un punto del que *no pudiera* regresar, pero en el que hacerlo estaría fuera de mis manos. Hacía esto con frecuencia, era como verme cruzar una línea.

—¿Quieres un poco? —me preguntó cuando regresó.

—No.

—Vamos, vive un poco, suéltate el pelo.

Tocó mi pelo y me pregunté cómo sería la cocaína, cómo me haría sentir, cómo *sería* yo, ¿la misma persona u otra diferente? Comenzó a sonar "Holiday" de Green Day y me di cuenta de que no lo había hecho tan mal. Sentí una oleada de placer por ser yo. Había burbujas en mi nariz e incluso sentí que afloraba algo de afecto hacia quien era yo antes: la chica con el uniforme escolar gris y amarillo que gritaba "Odio todo" a través de la puerta de su habitación, en la que estaba colgado un afiche de Boyzone.

—Siempre me has gustado mucho —dijo Ben.

—¿Qué quieres decir con *siempre*? No me conoces desde siempre.

—Te conozco al menos desde hace una hora. Eso es suficiente.

—¿Suficiente para qué?

Puso su mano sobre mi pierna y la toqué: caliente, suave, huesuda. Nos besamos de nuevo, él me apretó y yo me deslicé hacia él mientras su peso hundía el sofá.

—Es bueno conocerte, Srta. Algo que va Pasando y se Detiene —dijo.

El tipo del seminario había preguntado qué *era* realmente una fotografía y como nadie respondía me preguntó a mí, la joven de la primera fila con la bufanda morada. Me sonrojé y dije con precipitación: "Un fragmento, como congelar el tiempo". Él dijo: "Muy poético", y preguntó si podía explicarme mejor. Fue ahí cuando añadí: "Como algo que va pasando y se detiene".

—¿Podemos ir a mi casa? —preguntó Ben.

—¿A tomar café?

—También.

Por un instante estuve a punto de marcharme, pero la champaña estaba haciendo efecto en mí y no había posibilidad de que regresara a mi casa. La compartíamos seis personas y era un basurero, y si no había nadie más estaría en *mi* habitación más temprano y eso aparecería de nuevo. *ESO*. La parte desagradable, sentirme miserable y alterada, sin poder dormir, y que un maltrecho tablero de corcho en la pared casi pueda hacerme sollozar. Nunca le daría la satisfacción de darle un nombre. ESO lo querría.

Ben puso su mano en mi muslo. "Alice, esto no es propio de ti", pensé. Nunca duermo con nadie en la primera cita. Vi nuestro reflejo en el espejo de cuerpo entero, entrelazados sobre el sofá marrón con una hilera de copas vacías sobre la mesa de madera.

—¿Nos vamos?

—Sí —respondí de la manera más casual que pude, aunque soné algo tímida, más parecida a como solía ser, pero él no me conoció antes, y se me ocurrió que si probaba un poco de cocaína no sería de nuevo esa persona.

—Quiero acostarme contigo —susurró en mi oído cuando nos pusimos de pie. Me sentí a un millón de kilómetros de esa chica de Corby que se preguntaba cómo tocaría a un hombre y cómo sería ella después de eso. Si se vería diferente o si sería diferente, así solo fuera para las personas que la conocían mejor como mamá y papá (no Robbie, ¡ese estúpido no habría notado si me hubiera salido una tercera pierna!).

—Hay más tragos en mi casa. Mucho más de todo —dijo tocándose la nariz.

—Soy una chica buena —dije riendo.

Su casa era una pocilga fría, bebimos vino blanco y luego vodka, puso a Eminem, y cuando los vecinos golpearon la pared él hizo lo mismo. Después roció cocaína sobre la mesita del café e hizo como en las películas, cortándola y amontonándola con una tarjeta de crédito. Luego enrolló un papel y rápidamente inhaló, vi el polvo blanco entrar a su nariz.

—Te toca.

—No demasiada —dije sintiéndome de repente más sobria, luego la ebriedad volvió a apoderarse de mí.

—Te aseguro que va a gustarte.

—Estoy asustada —masculló.

Me dijo que no fuera una niñita y luego: "No te preocupes, así está bien, absolutamente bien". La manera en que dijo "absolutamente" tenía ese mismo efecto lánguido de cámara lenta, excepto que ahora todo lo tenía también: la manera en que sus manos se movían, las sombras de las hojas del árbol que estaba afuera, dibujadas sobre la pared, incluso la música estaba algo deformada.

Me incliné hacia delante y pensé: "Una nueva Alice comienza hoy". Pero no debí haber estado muy unida a la anterior porque eso no me detuvo. Sentí una impresionante descarga mientras la aspiraba; la inhalé toda, como había visto en las películas, e inmediatamente me sentí mejor, todo era mejor.

—¿Se siente bien? —preguntó.

—Bien.

Uno de nosotros dijo algo acerca de magnates navieros e imanes para el refrigerador, y reímos y nos servimos vino tinto. Yo no sabía que estábamos bebiendo vino tinto y pensé que debía tener cuidado con esta cosa, podría llegar a gustarme demasiado.

Luego, esa mañana, mientras estábamos acostados en su cama, él dijo: "Esto es lo que llamo congelar el tiempo".

Había nevado y su calefacción no funcionaba bien. En mi cabeza aparecían imágenes de la noche anterior: él mordisqueando mi oreja y susurrando que era hermosa, sus omoplatos, abultados y huesudos. Preparó té, leímos los periódicos y anunció que se iba por el fin de semana, de regreso a Bucks o Berks, no recuerdo cuál, para los veintiún años de su hermano. Un trabajo en una carpa de eventos.

—Va a ser una noche monstruosa —dijo.

—Entonces, ¿cómo fue anoche?

—Fue un simple preludio.

"Pero nunca te acuestas con nadie en la primera cita, Alice", pensé.

Eso no me detuvo anoche.

"Nunca aspiras cocaína".

Ídem.

No había estado segura de si debía irme o quedarme para tratar de rescatar algo, de encontrar en él algún rasgo que pudiera adorar, además del hecho de que estaba en forma. Todo el mundo tiene alguno.

—De verdad, gracias por tu compañía anoche —dijo.

Tal vez fuera ese comentario, lo decía de verdad. Y había notado que lo hacía con frecuencia, eso de comenzar la frase con "de verdad". Pensé: "En algunos años estarás usando un traje en alguna oficina elegante y ya no seremos estudiantes". Traté de grabar esa habitación en mi memoria. La botella de vino con una vela, la planta muerta, el aviso robado de "hombres trabajando" apoyado entre el armario y la pared. Sabía que probablemente no volvería a verlo, o tal vez no podría evitarlo, pero quizá no de *esta* manera. Se había convertido en el tipo con el que me había besuqueado después de la charla de fotografía, del que las chicas se burlarían llamándolo señor Mercadeo o señor Algo que Pasa y se Detiene.

—Entonces, ¿eso es lo que vamos a ser? —preguntó—. ¿Amigos con derechos?

Yo había reído cuando escuché esa expresión en un episodio viejo de *Sex and the City*, pero ahora sonaba espantoso. Se estiró bajo la cama y sacó una bandeja con más cocaína.

—Es hora de una recarga —dijo.

Comencé a recoger mi ropa y a vestirme. ¿Era posible que hace tan solo dos años yo en verdad creía que acostarme con alguien era algo tremendamente importante? Añoraba un poco a esa persona. Al menos me hubiera gustado recordar si yo me había quitado la ropa o si él lo había hecho.

—De verdad, no te vayas. Me quedaré solo si te vas.

Aspiró una línea, luego preparó otra y me sonrió.

—¿Todo está bien? —me preguntó mamá a la mañana siguiente que dormí por primera vez con Josh. Ella sabía que él se estaba quedando; le caía bien a ella y a papá. Mejor malo conocido que bueno por conocer, era la opinión de mamá. Todos son malos, opinaba papá. En los pocos meses que estuvimos saliendo, él y papá se saludaban de mano cada vez que se veían, los dos hombres de mi vida. Se decían el uno al otro: ¿Cómo está la escuela? ¿Cómo está el trabajo? ¿Viste el juego del Manchester United? "Los hombres son tan parecidos y aun así tan diferentes", pensé un día mientras los miraba. Sus figuras eran incompatibles; Josh era delgado, de buen aspecto, y papá, más grueso. Se me había ocurrido que eso debía ser la adultez, mi primer novio.

—No dejes que nadie te trate como si no fueras valiosa —dijo papá. Ben, Ben con su empalagosa loción para afeitar y su piel irritada tras rasurarse estaba haciendo precisamente eso.

Me senté en el borde de su cama. La cabeza me palpitaba. Recordé la tarea que ya tenía tres días de retraso y que debía terminar hoy, y el silencio espacioso y brillante de la biblioteca. Miré la cocaína, luego a Ben, de nuevo la cocaína. Tal vez aún estaba un poco entonada. Pensé:

"Mamá y papá estarían horrorizados, pero no es gran cosa y ya lo he hecho una vez". La noche anterior crucé una línea, esta sería solo otra vez. Se me ocurrió cuál sería la palabra que escribiría la próxima vez en mi diario. Sería obvio, coca.

—Esa es mi chica —dijo Ben mientras yo inclinaba mi cabeza.

Se sintió tan bien que podría haber llorado.

Segunda parte

No hay una palabra para describir lo que somos

Carta enviada por el profesor Jeremy Cooke, 17 de febrero de 2012

Buenas tardes, Larry:

Solía creer que yo iba a llegar a una edad avanzada. Estaba convencido de que iba a ser uno de esos viejos que van por la calle principal arrastrando los pies con una cachucha y un abrigo sin importar cuál sea el clima. De esos que pierden la noción del tiempo y de repente miran sorprendidos el reloj y luego balbucen. De esos que cuando tratan de andar más rápido parecen un objeto mecánico mal armado. Que no notan los goterones de mocos en su nariz ni la saliva en su mentón; que tienen una estúpida acuosidad en sus ojos y que se sujetan de las mesas y las sillas, como si se resistieran a un mundo que gira más rápido y que cada vez es más incomprensible. Pero obviamente no. Es una masa en mi próstata, una masa dura y cancerosa. El doctor y yo examinamos los mejores y peores escenarios, y al escucharlo pronunciar palabras con las que, o bien no estaba familiarizado o que nunca había asociado conmigo (biopsia, metástasis y finasterida), decidí comprar flores para Fliss camino a casa, un enorme ramo con ásteres, iris y gipsófilas. Tal vez prepararía un asado, cerdo; siempre ha sido su favorito. Ella sabe, por supuesto, pero tú también deberías saberlo. La última tanda de citas me sirvió para darme cuenta de lo afortunado que he sido por tenerla a mi lado todos estos años.

Quería dedicarme a matar el tiempo tras mi retiro, Larry. Matar el tiempo en el jardín, con mi pala, en los anticuarios de Winchester, en la casa con mi taza de café que dice: "El hombre más gruñón del mundo". Me atraía bastante la idea de dejar a un lado mis preocupaciones con los combustibles fósiles y comprar un viejo auto deportivo, jugar al mecánico debajo del capó. Iba a comprarme un par de overoles (no estoy seguro de haber tenido uno), y dejaría marcas aceitosas de dedos en el hervidor. Incluso, Dios no lo permita, si terminara en un hogar geriátrico, formando una fila junto a la pared con otros residentes, como si estuviéramos esperando un pelotón de fusilamiento o sentados en círculos volteando naipes sobre alfombras escogidas para ocultar "accidentes". Incluso en ese estado —reducido, infantil, vergonzosamente acusado de ambiciones sexuales—, incluso eso habría sido mejor que lo que estoy enfrentando, la inexistencia.

Supongo que no debería quejarme, aun así llegaré a vivir más del doble que Alice. ¿Acaso no es esto un giro inesperado, Larry? Solía pensar que morir era algo que les sucedía a otros, como discutir en público o caer en bancarrota. ¡Tantos años de evolución y no hemos podido corregir la inexorabilidad de este defecto particular de los seres humanos!

"Me parece que hay un ligero cambio de línea aquí", dijo Fliss con suavidad cuando le informé mi plan de *recoger información* sobre una exalumna fallecida.

Ciertamente se ha convertido en una distracción que llenaba las grietas por las que, de otra manera, habría irrumpido el miedo. De hecho, todo estaba fluyendo en grandes cantidades, el pasado de Alice servido en fotos, correos electrónicos, mensajes de texto, trinos, anécdotas, incluso algunas teorías a medio elaborar, como la que afirma que consumía heroína. Pensar que solíamos ser nada más que algunos registros formales y objetivos en documentos de papel: un certificado de nacimiento, una licencia de conducción, un certificado de matrimonio, un certificado de defunción. Ahora estamos en miles de lugares, dispares pero completos, efímeros y aun así permanentes, digitales pero reales. Este enorme depósito de información *allá afuera*. Por Dios, es imposible volver a tener secretos. Nunca habríamos podido pasar desapercibidos si hubiéramos nacido cuarenta años después, mi amigo. Eso es seguro.

Algunos también han llegado en persona, buscando en sus escasos recuerdos o en sus bolsillos sucios, motivándome a tomar mi libreta o la grabadora de voz. Capturar estos detalles se ha convertido en una compulsión para mí.

—¿Usted es el tipo de Alice? —me preguntó una jovencita esta mañana, un sobrenombre que no me molestaba. Levantó su celular como en súplica—. Solo es un mensaje de texto, pero es el último que intercambiamos.

Tras revisar lo que había recopilado antes, reflexioné: ¿En realidad qué es esto? Esta foto de una amiga de la escuela de Alice junto a una carpa para su Premio Duque de Edimburgo. Esta foto de ella en un viaje al Museo de la Casa Parroquial Brontë ("Pobres residentes de Harworth, ni supieron qué pasó", decía el correo electrónico que la acompañaba). Esta nota de una pareja que vivía al lado de ella cuando era niña y solían "verla por encima de la cerca saltando de arriba abajo en su trampolín".

—Parece un obituario tardío —dijo Fliss.

—De hecho, lo es —respondí, imaginando lo escaso que sería el mío: unos cuantos párrafos en la revista de la universidad, unos centímetros en una columna en uno de los periódicos locales.

Estoy muriendo, Larry. Ahí lo tienes, lo dije. Me tomó un tiempo, pero puedo hacerlo ahora. No en el sentido de un estudiante de Filosofía que dice que "todos estamos muriendo", sino de verdad, *literalmente*. No es algo inmediato. Veré la próxima Navidad, la siguiente y quizá la siguiente a esa. Típico de mí, ¿cierto? Ni siquiera para morir puedo ser dramático.

Me pregunto cómo será en realidad el momento de la muerte. ¿Dónde será? ¿Cómo se sentirá? Con mi esposa junto a la cama, tomándome de la mano (o al menos así se ve en la televisión). Tal vez nunca sabré qué ha ocurrido. O peor, lo sabré, pero estaré desorientado y confundido, una transición complicada a… ¿adónde? Otra cosa que aquellos a quienes llamamos científicos inteligentes no han podido responder. No tengo la intención de partir con elegancia hacia ese descanso eterno, Larry. Es el momento de ser sincero, de aclarar las cosas. Acerca de Alice, acerca de mí, acerca de todo.

No estoy seguro de cómo han estado las cosas en tu universidad, pero aquí algunos en la facultad han sido bastante despectivos.

"¿Cómo va el *proyecto Salmon*?", preguntó alguien esta mañana, apenas ocultando su desdén. Pero al diablo todos ellos. Me he pasado la vida buscando la aprobación de mis colegas cuando ellos solo escuchan tus ideas para robártelas o regocijarse con sus deficiencias. ¿Cómo es que alguna vez disfruté la compañía de estas personas? Son como zorros que se huelen el trasero unos a otros.

Dudo que nuestras noticias, aunque graves, tengan alguna relevancia en el rincón del mundo en el que estás, pero no es imposible que te hayas enterado de partes de esta historia por otras fuentes. Los medios aquí se están dando un banquete con esto e ignoran la mitad de todo. Al menos por ahora. Perdóname si omito alguna cosa en mi relato, pero haré lo posible para ser exhaustivo y justo. Nunca confíes en el narrador, confía en el cuento, eso decía Lawrence. Bueno, deberás tenerme paciencia, porque mi memoria para los detalles no es como solía ser. Nunca te he mentido, no a propósito, pero creo que estaré tentado a ello en las siguientes semanas y meses. Me resistiré, te contaré incluso las cosas menos halagadoras, y mira que hay muchas de ellas. Falsedades, infidelidades, obsesiones, subterfugios. ¿Por dónde comienzo?

Tendré que ser cuidadoso, considerando cuándo fue la última vez que vi a Alice, pero debo hacer esto. Indudablemente, por tratarse de un retrato de Alice no puede tener un alcance ilimitado, sino tener presente la palabra japonesa *kintsugi*: la celebración de la ruptura, del error, la versión reconstruida que se convierte en parte de la historia de un objeto. Como obra póstuma no está mal.

Esta mañana, esta chica en mi oficina, sosteniendo su teléfono en la mano como si fuera un artefacto histórico. Su nombre es Megan, una hermosa jovencita que trabajaba en relaciones públicas.

—La quería mucho —dijo ella.

No podía dejar de pensar en cómo sería tener sus manos, con uñas rojas, tocando mi piel pálida.

—¿Ya no? —le pregunté—. ¿*Ya* no la quieres?

Es extraña la manera en que nos enredamos con las oraciones. Quería. Quiero. Sabía, sé. Deseaba, deseo. Unos amigos (los llamo "amigos", pero hace mucho tiempo que no tenemos contacto) perdieron a uno de sus hijos cuando era adolescente. Una de las preguntas que les resultaba más difíciles de responder después de eso, y tal vez todavía, es una de las más simples: ¿Cuántos hijos tienen?

—La quiero —dijo.

—Lo sé, querida —dije acercándome.

Ella retrocedió como si no hubiera nada más repulsivo en todo el mundo que un hombre viejo.

—¿Cómo? ¿Cómo lo sabe?

—Porque yo también la quiero.

* * *

**Artículo en *Nationalgazette.co.uk*,
6 de febrero de 2012**

Joven muere trágicamente cerca del puente que luchó por clausurar

Una joven murió cerca del puente por cuya clausura luchó.

Se cree que el cuerpo de la reportera Alice Salmon, de veinticinco años de edad, fue descubierto en un canal en Southampton temprano en la mañana de ayer (domingo).

Fuentes afirman que Salmon, quien había estudiado en Hampshire, pero que desde hacía poco vivía en Londres, regresó allí para una visita el fin de semana.

La Policía ha sido hermética, pero la teoría que ha surgido localmente es que la asidua asistente a festivales de música se separó de sus amigas y que estaba cruzando el puente después de un largo día de celebración.

En un cruel giro del destino, su primer trabajo en un periódico local, en el centro turístico en la costa sur, fue el cabildeo por una mayor seguridad en el sitio exacto donde se cree que encontró su gélida muerte.

En un artículo denominó el puente, que se encuentra a ocho metros sobre el agua y forma parte de una transitada vía peatonal, como "un accidente por ocurrir", e instó a las autoridades a elevar las cercas a lo largo de él. "La cuestión no es cuánto costaría, sino cuál sería el costo de *no* hacerlo", escribió la extrovertida Alice Salmon en el *Southampton Messenger*.

Sus antiguos colegas siempre la recordarán como una intrépida luchadora contra el crimen, una pasión que surgió a raíz de su campaña "Capturen al acechador nocturno", que llevó a la condena de un hombre que había atacado violentamente y sin piedad a una bisabuela de 82 años.

Como suele suceder en estos casos, las redes sociales pronto se inundaron de teorías. Un usuario de Twitter dijo que el puente era "el sitio ideal para darse un chapuzón ebrio en verano". Otro, que supuestamente conocía a la víctima, afirmó que ella tenía una "vida amorosa complicada".

Sus padres no hicieron ningún comentario cuando *National Gazette* los contactó, pero un vecino afirmó que ellos están "literalmente hechos pedazos".

También lea en esta edición:

• Un equipo joven para el debut futbolístico de Inglaterra
• Gran indignación con la retractación del Gobierno en su plan presupuestal
• Crisis en fábrica automotriz aviva los temores de despidos masivos

* * *

Anotaciones de Luke Addison
en su computador portátil, 9 de febrero de 2012

Cuando dije que había terminado en una pelea, Al, no fue así y tengo que aclararlo. No terminé en una pelea, *inicié* una. El pobre tipo no había hecho nada malo, pero le lancé un golpe y, a los pocos segundos, estábamos rodando por el suelo. Él era enorme —fue por eso que lo escogí— y estaba encima de mí, su puño estaba golpeando mi cara.

—Golpéame de nuevo, desgraciado —le gritaba yo.

Con cada golpe una explosión de dolor me hacía olvidar momentáneamente las pasadas veinticuatro horas. Tan pronto se detuvo, irrumpiste en el vacío y mi cara era un desastre, él se alejó sin un rasguño, aunque no es que quisiera hacerle daño. Ya hay suficiente dolor en el mundo sin cretinos como yo repartiendo más, como si estuviéramos esparciendo confeti en una boda.

Había estado en un *pub* de mierda por Waterloo. Acababa de regresar de Southampton. Mi mente estaba dispersa. Había agarrado una cerveza y estaba en la terraza cuando recibí la llamada de tu hermano.

—¿Dónde estás? —preguntó.

Por supuesto que no se lo dije. ¿Qué iba a decir? ¿Que acababa de llegar a Londres después de seguir a su hermana a Southampton? Solo contesté de la manera más casual que me fue posible: "Afuera".

Él sabía que nos habíamos dado un tiempo. Yo nunca le caí bien, no es que lo haya dicho, pero era obvio.

—Tengo una noticia terrible —dijo y no sonó como si lo dijera por primera vez.

Escasamente podía escucharlo, la terraza estaba repleta. Escuché que era algo imposible de asimilar, que los detalles exactos aún no eran claros, la noche anterior, completamente increíble, que sus padres estaban hechos pedazos… Me quedé allí inhalando el humo blanquecino de un porro, tan profundo como pude, sintiendo la estampida jadeante, una banda de adolescentes salvajes que hacían un círculo a mi alrededor. Pero ellos no tenían la menor idea de lo incapaces que eran de lastimarme. Yo ya estaba muerto.

—Vete corriendo a casa o voy a romper este vaso en tu cara —le dije a uno de ellos.

Era una sensación salvaje y estremecedora: la Stella[7], la hierba, la creciente necesidad de apagar la llama del dolor con más fuego.

Después, un mensaje de texto de tu mamá que decía: "Ven a vernos". Luego, más tarde, mientras la culpa me asfixiaba, llegó un tipo enorme al bar. Yo pensé: "Este servirá".

Esos dos meses en que estuvimos separados, Al, hice lo que acordamos, aclaré mi mente y descubrí lo que quería. No es que me hiciera falta hacerlo, ya lo sabía: eras *tú*.

Trabajé, ahorré mucho dinero, incluso vi algunos apartamentos para nosotros. No salí con nadie más, ¿y tú? ¿Quién carajo era ese Ben con el que habías estado intercambiando mensajes en Twitter? Obviamente me estabas ocultando algo cuando discutimos ese último fin de semana. Fue un arma de doble filo, Alice. Era nuestro futuro, no solo el tuyo, el *nuestro*. Ahora estás muerta, y quienquiera que sea ya no estás saliendo con él, ¿cierto? Tampoco te estás viendo conmigo. Eso es lo que los celos te hacen, eso es lo que pasa cuando te enamoras, y yo estaba enamorado de ti, Al. Lo de Praga no fue nada, fue una chica de un lugar que comienza con D, cuyo nombre ni siquiera puedo recordar, en un hotel de mala muerte. Apenas si cruzamos algunas palabras. Cuando ella estaba recogiendo sus cosas para irse, dijo:

—Estás enamorado, ¿cierto?

—¿Por qué dices eso? —pregunté.

—Porque no lo estoy y, cuando uno no lo está, puede notarlo en otras personas.

Casi esperaba que ella dijera una frase para explicar con exactitud lo que quería decir —tú definitivamente lo habrías hecho en una

---

7. N. de la T.: Stella Artois, marca de cerveza belga.

situación como esa—, pero la chica que no eras tú se limpió una lágrima o algo de pestañina de la comisura de los párpados y se fue de mi habitación.

Pero todo esto no es por ella, es por *mí*. Tengo que escribirlo.

"Si nadie hubiera escrito nada, no tendríamos a Jane Austen, e imagina lo que sería la vida sin ella", dijiste en una de nuestras primeras citas. No supe qué responder y me quedé callado porque no quería parecer inculto, ¡aunque pronto lo descubrirías por tu cuenta!

Las vidas son como ese intento de batir el récord mundial de dominó que vi en la televisión cuando era niño: una cosa fuera de su sitio cambia todo lo que sigue después. Si no hubiera ido a Praga, tal vez no habrías ido a Southampton o, aun si lo hubieras hecho, puede que no hubieras estado tan ebria o que no hubieras ido al río y, de seguro, yo no habría estado allí contigo. O tal vez me habrías enviado un mensaje de texto durante la noche, y yo habría notado que estabas borracha por tu mala puntuación. Eso habría sido un aviso y habría respondido: "Nena, ten cuidado" o "Vuelve con tus amigas". Usualmente, cuando estabas ebria, podía comunicarme contigo, pero a veces era como si estuvieras detrás de un vidrio.

Solías decir que yo era un borracho divertido, un ebrio gracioso, pero soy uno desastroso, asustado, enojado, y mi cara está hecha una desgracia, pero ¿por qué los demás no deberían ver lo que me he hecho a mí mismo, lo que me hiciste a mí, a nosotros? Solía imaginar cómo serían nuestros hijos, si sacarían mi nariz y tus pecas, mi mentón y tu pelo, mis orejas y tus hoyuelos. Solía tener esa imagen de nuestro futuro juntos, pero la destrozaste a pesar de que lo que hice en Praga fue algo que pasó solo siete semanas después de que empezáramos a salir, cuando ni siquiera éramos una pareja.

Es extraño que cuando me golpearon fue la primera vez que me sentí remotamente humano en casi dos meses. Desde que dijiste: "Quiero que nos demos un tiempo". Desde que dijiste: "Ni nada".

También es extraño que los de la Policía no estén haciendo más preguntas, que no sospechen más. Todo lo que están haciendo es buscar testigos, en especial quienes estuvieron contigo en la víspera de la noche del sábado. Supongo que no debe ser muy raro que una joven ebria muera. A cada minuto, todos los días alguien muere.

"Entiendo que ustedes habían estado separados por un tiempo —me preguntó una mujer policía—. Eso debe haber sido difícil. ¿Usted y Alice habían discutido?".

Me reí de eso, me reí con fuerza en su carita astuta, petulante e inquisitiva.

* * *

Fragmento del diario de Alice Salmon, 3 de noviembre de 2006, 20 años de edad

¡Estoy en París!

No había hablado con Ben en semanas, pero me llamó el miércoles y me invitó a ir de viaje el fin de semana.

—Estoy ocupada —dije—. Estoy trabajando en mi monografía.

—¿Y si te digo que vas a necesitar tu pasaporte?

No hay una palabra para describir lo que somos. No estamos saliendo, pero hacemos cosas juntos. No somos novios, pero de cuando en cuando actuamos como si lo fuéramos. Más o menos. Siempre ha sido lo mismo desde que lo conocí en esa charla de fotografía. Y aquí estamos en París.

—Es más bien pequeño —dijo acerca de la *Mona Lisa*.

—Sí, pero mira esos ojos. No deja que nadie se meta con ella.

Tuve que explicarle que la *Venus de Milo* era Afrodita, pero su único comentario fue que era una pena que no se hubieran esforzado lo suficiente para terminarla. Entonces, cuando solté una carcajada, él dijo:

—¿Ves? Te dije que un descanso de tu tesis te iba a hacer bien. ¿Cómo va lo de las temidas *heces*?

—Terrible. Siento que me estoy ahogando. ¿Por qué? ¿Te estás ofreciendo para ayudarme?

—¡Prefiero pisar mis propios testículos!

Subimos a la torre Eiffel, donde Ben me informó alegremente que si uno dejaba caer una manzana desde la parte más alta, mataría a alguien abajo. Luego visitamos el puente con todos los candados, el Pont des Arts, (¡sabía que mi certificación en francés iba a ser útil!).

—Las parejas los cierran y luego tiran la llave al río para demostrar el compromiso que se tienen —dije—. Dicen que si los amantes se dan un beso aquí, estarán juntos para siempre.

Se veía nervioso.

—No te hagas ideas raras, cara de pescado.

Sentí de nuevo ese tirón, la sensación poco satisfactoria de lo que este hombre y yo éramos. "Amigos con derechos", nos describió alguna vez. Pero pronto voy a tener veintiún años, él ya los cumplió. Está bien, los cumplió hace más o menos un año, cuando nos conocimos.

—Podríamos hacer eso más seguido —dije—. Es decir, como una pareja de verdad.

—Para mí está bien así.

Meg piensa que es un completo idiota, pero ella no ve (aquí viene lo cursi) lo que yo veo en él. Como cuando aparece en la puerta con flores o me presenta como la Srta. Algo que va Pasando y se Detiene.

—¿Sería tan terrible que saliéramos como una pareja normal?

—Pensaba que odiabas lo normal.

—No estoy proponiendo que sentemos cabeza y nos compremos un remolque. Simplemente estoy sugiriendo que podríamos ver algo más en el otro. Podría ser divertido.

—Me conoces, Pescado, no estoy buscando nada serio —dijo mirando hacia el agua—. Me gusta que sea cuando resulte conveniente.

Habíamos pasado un día increíble y ahora sabía que esta conversación me iba a carcomer. Aun si cambiáramos de tema, y claro está que lo hicimos, seguiría allí.

—Puedes cambiar —dije con una sonrisa forzada.

—No arruines el fin de semana —dijo.

—Entonces no me obligues a hacerlo.

"Jódete, Ben", pensé. Me merezco algo más que "cuando resulte conveniente". Pasé mi mano con detenimiento sobre los candados y se me ocurrió que tal vez sería allí, sobre el Puente de los Amantes, con las luces de la torre Eiffel titilando en la distancia, en la ciudad más romántica de Europa, donde nuestra "relación" iba a terminar.

Pero ya lo había pensado antes.

No debí haber venido a París.

Esa es una de las cosas más estúpidas que he hecho. Debí haberme quedado en casa perseverando con mi tesis (¡no hay duda de que la palabra nueva en este diario va a ser tesis!). El Dr. Edwards, mi tutor, cree que podría aspirar a tener una mención de honor, literalmente cree que tengo una percepción en extremo madura del trabajo de Austen.

"Eres una lectora sensible, Alice —me dijo—. Además tienes una evidente debilidad por las heroínas condenadas".

Su apoyo no impidió que me estresara. No sería tan malo si iba a desaparecer una vez la hubiera entregado, pero luego vendría la búsqueda de trabajo (para Ben esto no es un problema, porque no necesitas un trabajo si mamá y papá te financian). A veces se siente como si no fuera lo suficientemente lista como para estar al tanto. Quiero decir, puedo tener diez u once respuestas correctas en Mastermind, pero solo cuatro o cinco en *University Challenge*[8].

Si yo fuera un electrodoméstico, un iPod o una lavadora, me habrían retirado del mercado y me habrían regresado reparada, pero no se puede hacer eso con los seres humanos porque no venimos de fábricas. Y si miramos a quien me hizo —mamá, por supuesto—, ella está igual de mal, aunque si le pregunto cómo era cuando tenía mi edad, no abre la boca.

—No se trata de esperar a que pase la tormenta —dijo alguna vez—. Es cuestión de aprender a bailar bajo la lluvia.

Hasta hace un tiempo, solía estar convencida de que escribir este diario era una válvula de escape, pero no ayuda, no más que el hecho de ampliar mi vocabulario, porque puedo expresarme igual de bien que Stephen Fry y eso solo significa que tengo más formas (¡una verdadera cornucopia de formas!) para describir lo mal que me siento. Sin embargo, ninguna de esas palabras que él recita en *QI*[9] pueden hacer que *ESO* desaparezca. Solo le dan una nueva forma, un nuevo sonido.

Claro está que hay una manera de deshacerse del estrés. Más temprano miré hacia el baño de la habitación del hotel y recordé otro baño de hace unos años, mientras abría

---

8. N. de la T.: Programas de concurso en BBC Two.
9. N. de la T.: Programa de concurso en BBC Two.

en silencio el gabinete de las medicinas y sacaba su contenido (los apósitos, las gotas para los ojos, el cortaúñas, el paracetamol), lo ponía al lado de la bañera y luego disponía todo para formar una línea, como si estuviera moviendo mi ficha sobre un tablero de Monopolio (yo siempre era el perro Scottie).

Tuve escalofríos y levanté mi teléfono. Ben supuestamente había salido a conseguir cigarrillos, pero de seguro estaba en un bar. "Regresa", le escribí en un mensaje de texto. La noche anterior había sido como siempre tras nuestra conversación sobre el puente. No resolvimos nada. No cambió nada. Lo llamaba con delirio.

—¿Alice? —respondió como si estuviera esperando a alguien más.

Lo imaginé apoyado en un puente, llevando la cabeza hacia arriba, exhalando humo y pensando en mí, y me sentí un poco como un personaje de un libro, pero no pude decidir cuál: trágico y con defectos o valiente y poco dispuesto a tolerar las tonterías de nadie.

—¿Dónde estás?

—¡Comprando manzanas!

—En serio. ¿Dónde estás?

—Afuera.

Arrastraba las palabras. Decidí que esto definitivamente no podía seguir. Se había acabado, y darme cuenta de que era yo quien había terminado llorando hizo que me odiara un poco.

—Te estoy consiguiendo un regalo —dijo—. Te tengo una sorpresa.

Media hora después, otro texto: "Cuando regrese vas a tener que modelarme ese regalo del que te hablé".

Me sentí un poco emocionada, o tal vez avergonzada.

—¿Eres mi Afrodita? —me preguntó después mientras bebíamos el vino que ordenó a la habitación.

Es cierto, tengo una clara debilidad por las heroínas condenadas.

Estaba tratando de trabajar en mi tesis, pero la dejé a un lado para ver el campo pasar a toda velocidad y me dediqué a mi diario.

Cuando tenía doce, quince o diecisiete años, no era así como imaginaba que sería tener veinte años: en el Eurostar, después de haber pasado un fin de semana en París junto a un hombre que no era capaz de pronunciar la palabra "novia".

Ben estaba extenuado. Tan confiado, tan vulnerable, con su mata de pelo rubio y esos dientes blancos perfectos. Casi con total seguridad, no se movería hasta que llegáramos a Waterloo, entonces se despertaría, se alarmaría, se estiraría, buscaría su mochila y luego nos dirigiríamos a Southampton. Él desaparecería por algunos días, luego tal vez un mensaje de texto, algo tonto acerca de este fin de semana: Nina Simone en ese restaurante o la Venus de Milo o las manzanas. Sí, a él le gustará eso y va a recordarlo, que se puede matar a alguien dejando caer una manzana desde la parte más alta de la torre Eiffel.

Sin embargo, no va a recibir ninguna respuesta.

"Tenemos que permanecer juntos —dijo alguna vez, invadido de miedo después de que le grité—. Además —agregó recobrando la confianza de siempre—, ¡no hay forma de que termines conmigo porque realmente no estamos saliendo!".

Había pasado un tiempo más largo de lo usual después de esa conversación: meses en lugar de semanas. Pero yo seguía permitiendo que ocurriera, al final de una velada, la parte en la que la banda termina o como cuando te quedas de pie al lado de alguien en el consejo estudiantil, o el momento de la fiesta en una casa cuando te quedas sola con alguien en la cocina; lo agobiantemente inevitable de esto, de él y de mí.

Es tan típico de mí, hacer cosas aunque cada hueso de mi cuerpo esté gritando no lo hagas (¿pueden gritar los huesos?). Adquirir deudas. Llamar a mi arrendador parásito. Emborracharme en la fiesta de Navidad del Departamento de Antropología en mi primer año. Una parte de mí se alegra de no poder recordar más de aquello, pero otra parte más grande lo *necesita*. Solo me llegan imágenes. Canapés de anchoa. Charlas sobre algún descubrimiento en Indonesia, algo sobre los hobbits. Vino frío ("No está tan terrible", había dicho el profesor Cooke, aunque él hubiera preferido uno tinto, luego empieza a recitar nombres y variedades de uvas que bien habrían podido ser en otro idioma para mí). Más tarde tratando de leer una placa en la pared y las letras que bailaban desenfocadas. Risas y el Viejo Cooke diciendo: "Ya es hora de que te saquemos de aquí, jovencita".

Ben se retorció en su asiento y preguntó adormilado:

—¿Dónde estamos?

Me entristecía que no íbamos a poder rememorar este fin de semana juntos. Recordaríamos la misma cosa, pero desde diferentes perspectivas.

El Dr. Edwards siempre está dando lata con eso de la perspectiva.

"¿A través de los ojos de quién estás mirando? —pregunta—. ¿Quién es el narrador en esta historia? ¿Quién es el héroe?".

Ben se despertó, bostezó y se frotó la cara, y por un instante vacilé.

"Demasiado tarde", pensé.

—Somos los héroes de nuestra propia historia —dijo alguna vez el Dr. Edwards.

—O las heroínas —respondí—. No olvide a las heroínas. Después de todo, durante gran parte de la historia, Anónimo ha sido una mujer.

—Muy cierto. Una variación de una frase de Woolf, supongo.

Había sido un momento de inspiración. En mi historia era yo. Siempre yo.

—Podríamos conseguir *bagels* —dijo Ben.

Pensé: "Idiota, pudimos haber conseguido *bagels*, pero lo arruinaste. No hay una segunda oportunidad. O más bien, ya has tenido seis segundas oportunidades. No habrá una séptima".

Él no tenía idea de lo que le esperaba, casi sentí lástima por él.

* * *

**Correo electrónico enviado por el profesor
Jeremy Cooke, 4 de marzo de 2012**

De: jfhcooke@gmail.com
Para: Elizabeth_salmon101@hotmail.com
Asunto: Aléjate

Querida Elizabeth:

Siento muchísimo lo de Alice. Decírtelo puede no significar nada para ti, pero en verdad lo siento. Uno siempre está hablando acerca del poder de las palabras, sin embargo parecen tristemente inadecuadas en situaciones como esta.

Consideré enviarte una tarjeta de condolencias, pero concluí que sería más seguro no hacerlo, en especial después de mi imprudente correo electrónico anterior. Discúlpame si fui desconsiderado.

Puedo entender por qué eres tan protectora con Alice, ¿qué padre no lo sería? Pero tal vez debo explicarte de manera más precisa mi "investigación". La veo más como un tributo que como un obituario; ciertamente no se trata de exponer sus flaquezas, porque todos tenemos bastantes. Tú me conoces, Liz. Me interesa la gente con toda su variedad de detalles. Y no hay muchas que tengan detalles tan variados y brillantes como Alice.

Los trabajos semiacadémicos son como la vida. Resultan difíciles de evaluar sobre la marcha. Hay que ver los resultados finales, pero ¿cómo no sentir confianza con la cantidad de amigos y colegas de Alice que están presentándose para colaborar? Además, tienes mi palabra de que siempre trataré su recuerdo con el mayor respeto.

Debo enfatizar que este es un proyecto personal, no está siendo auspiciado por la universidad. Francamente, estoy harto de la academia, de su esnobismo y su estrechez mental. Por supuesto,

evito usar la palabra "investigación", pero no puedo dejar de
ser un académico, de la misma manera en que tú no puedes
dejar de trabajar en una sociedad constructora o que tu
esposo no puede dejar de ser un ingeniero de calefacción o
que tu hijo no puede dejar de ser un abogado. ¿Ves lo que quiero
decir acerca de nuestros rastros? Una breve incursión en Internet
ha revelado algunos de los tuyos.

Veo que tu hijo ha tenido dos niños (¡Cielos, Liz! Eres abuela)
y que es socio de una firma muy reconocida, lo cual es
un enorme logro para un joven de su edad. Quizá no debería
referirme a él como "joven", pero se llega a una edad en
la que prácticamente todos lo parecen; excepto los de la mía,
por supuesto, que comienzan a estirar la pata con alarmante
celeridad. Los funerales son la única ocasión en la que tengo algún
contacto con mis contemporáneos en estos días. He tenido que
ir a dos de esas condenadas cosas este año y apenas estamos en
marzo. Soy muy eficiente para ello: caminar, apretones de mano,
las incómodas primeras palabras, hasta los abrazos; como sabes,
nunca he sido muy adepto a los abrazos. Ya me sé el maldito
Abide with Me[10] de memoria.

¿Podemos vernos para tomar café? ¿O quizá algo más fuerte?
Podemos encontrarnos en algún lugar "neutral", si este sitio
aún alberga fantasmas para ti. Podría mostrarte algunos de
mis "hallazgos" (de nuevo, perdona que use esta palabra
tan insensible).

Si quieres saber mi opinión, creo que Alice, la verdadera
Alice, esa que he llegado a conocer en estas últimas semanas,
era muy diferente a la que la mayoría de la gente conocía.
Más profunda y compleja. Ella es extremadamente similar a ti.

---

10. N. de la T.: *Soporta conmigo*, himno anglicano que se suele cantar
en celebraciones religiosas.

¿Cómo has estado, Liz? Tengo entendido que te quedaste en Corby. No hay duda de que Southampton ahora parece algo muy lejano. Nunca huí, incluso sigo en la misma maldita oficina. Pronto será mi cumpleaños, uno importante, 65 años. Eso significa que tú debes tener 54 años. Mi salud no es muy buena, pero Fliss me va a llevar a cenar a un hotel campestre en New Forest. Sirven unos vinos tintos italianos fabulosos y el venado es espectacular. Vamos allí todos los años, nos sentamos en la misma mesa. Me gustan las tradiciones.

Ya nadie me dice Jem en estos días.

Cordialmente,
Jem

* * *

Publicación en el blog de Megan Parker, 8 de febrero de 2012, 21:30 p. m.

Este puede ser un enorme error, pero a veces hay que dejarse llevar por el corazón. "Publica y serás condenada", es lo que solía decir Alice.

Ella era una periodista de las decentes, una que trataba de hacer la diferencia. No hacía historias sobre las Kardashian o sobre el nuevo perro de Katy Perry, ni sacaba fotos de celebridades con manchas de sudor bajo sus brazos o tambaleándose fuera de los clubes nocturnos, y se sentía tan sorprendida por lo de las interceptaciones telefónicas como el resto de nosotros. Pero podía pasar semanas tras de alguien que hubiera despojado de sus ahorros a una anciana o de un constructor sospechoso que se hubiera escapado y dejado todo a medias por una prórroga, abandonando a su suerte a toda una familia. Por eso voy a hacer lo que ella habría hecho. Además, difícilmente podría empeorar las cosas.

"A veces te llega una respuesta sin siquiera saber cuál era la pregunta —me dijo Alice alguna vez—. Lo único que tienes que hacer es descifrarla".

La encontré en una caja con cosas que me dio su madre y que ella no se sintió capaz de ordenar. Eran cosas comunes, ejemplares viejos de *Cosmopolitan*, muchos recibos de H&M, una página impresa de JustGiving para una carrera que Alice estaba organizando, una tarjeta de "reserva la fecha" para una boda en el otoño y cosas del trabajo. Pero enterrada debajo de todo eso había una hoja de papel tamaño A4 con un Post-it adherido en el que Alice había escrito: "Recibido el 21 de diciembre de 2011".

He estado aquí sentada por dos horas tratando de decidir si publico esto en el blog.

Publica y serás condenada.

¿ME RECUERDAS, SEÑORITA "ENCIERREN A LOS DELINCUENTES"? ¿ESO TE HIZO SENTIR BIEN? ¿HACER QUE ARRESTEN A LA GENTE PARA QUE TODOS PODAMOS DORMIR EN LA NOCHE? ¿IR POR AHÍ DICIÉNDOLES MONSTRUOS A LOS HOMBRES? BUENO, TIENES QUE TENER CUIDADO O ENCONTRARÁS A TU PROPIO MONSTRUO. ¿QUÉ TE PARECE? ¿UN MONSTRUO DE NAVIDAD? ¿LES TIENES MIEDO A LOS MONSTRUOS? ¿QUIÉN TE CREES QUE ERES, PERRA PRESUMIDA? TÚ Y TU CAMPAÑA NO SABEN NADA DE MÍ. NO ME ASUSTAS. ¿TE ASUSTO? ¿CÓMO DUERMES? DEMASIADO BUEN COMPORTAMIENTO, YA ES HORA DE PORTARSE MAL. PREFIERO A LAS MUJERES MAYORES PERO TÚ SERVIRÁS. DE UN HOMBRE LIBRE.

Comentario sobre la anterior publicación en el blog:

Eres igual de PUTA que tu amiga. ¿Cómo duermes en la noche, Megan Parker?
UN HOMBRE LIBRE

* * *

Entrevista a Alice Salmon en la edición de otoño de 2005 de la revista estudiantil de la Universidad de Southampton, *Voice*

P: ¿Por qué escogiste tu carrera?

R: Un profesor me dijo una vez que la escuela puede hacer que nos enamoremos de un autor, pero la universidad nos ayuda a entender *por qué* tenemos una relación con él. Quería saber cómo era posible que alguien como Emily Brontë, prácticamente una ermitaña, tan joven, pudo tener tanto para decir. Ella no viajaba ni tenía Internet. Toda esa sabiduría cultivada en un diminuto rincón de un páramo en Yorkshire azotado por el viento. Tengo que recordar esa frase, me gusta: "¡Cultivada en un diminuto rincón de un páramo en Yorkshire azotado por el viento!".

P: ¿Estás saliendo con alguien?

R: No, pero escucho propuestas. ¡No es que tenga mucho tiempo para los hombres!

P: ¿El vaso medio lleno o medio vacío?

R: Definitivamente medio lleno. Pero si tú invitas, acepto que llenes mi vaso. Un mojito, por favor.

P: ¿Cuál es tu lugar favorito?

R: Southampton. Específicamente Flames los miércoles en la noche. Si no, cualquier lugar en el que haya que usar botas para senderismo.

P: ¿Quién te inspira?

R: La gente de Nueva Orleáns por reconstruir su ciudad después del huracán Katrina. Vi un video de una señora a la que sacaron de una casa inundada y tuvo que dejar a su perro; le dejó comida sabiendo que iba a dejarlo allí para morir. Bueno, no era una persona, pero mis ojos se llenaron de lágrimas.

P: ¿Te interesa la política?

R: Mucho, pero es incoherente y contradictoria en gran medida. ¡Y los préstamos estudiantiles apestan, por cierto!

P: ¿Qué vas a hacer cuando seas grande?

R: ¡Nunca voy a serlo, entonces no puedo responder eso! Bueno, me gustaría decir que garantizar la paz mundial, abolir la pobreza y curar el cáncer, pero probablemente termine siendo desempleada o una perpetua practicante. Y eso asumiendo que voy a graduarme, en este momento estoy retrasada con una tarea.

P: Descríbete en tres palabras.

R: Atrasada, leal, muy trabajadora (supongo que "muy trabajadora" solo cuenta como una).

P: ¿Qué cambiarías de ti si tuvieras una varita mágica?

R: Mis pies, mi pelo, mis hombros… ¿cuánto tiempo tienes?

P: ¿Qué te enoja?

R: Las cosas usuales. La injusticia. La violencia. El egoísmo. Incluso, yo misma. Además del café frío. No soporto el café frío.

P: ¿Cuáles son tus posesiones más valiosas?

R: Mi iPod, mi familia y mis amigos. No necesariamente en ese orden…

P: ¿Cuál es el mejor consejo que te han dado?

R: La suerte es creer que eres afortunado. Lo dijo alguien famoso, no recuerdo quién.

P: Si te ganaras £1 millón en la lotería, ¿en qué lo gastarías?

R: ¿Aceptan sobornos los profesores?

P: ¿Cuál es tu mayor logro?

R: Haber ganado un concurso de escritura cuando tenía quince años.

P: ¿Cuál es tu mayor arrepentimiento?
R: "Je ne regrette rien". O en realidad sí, pero si te lo cuento tendría que matarte…

P: Para finalizar, cuéntanos un secreto sobre ti.
R: Cuando era niña fingía ser alguien completamente diferente con los desconocidos, inventaba nombres nuevos y creaba una historia y una identidad nueva.

¿Quieres aparecer en esta sección? No te pagaremos nada, pero verás tus palabras en la revista más interesante de Southampton y tendrás tus quince minutos (bueno, quince preguntas) de fama.

* * *

Correo electrónico enviado por Elizabeth Salmon 18 de marzo 2012

De: Elizabeth_salmon101@hotmail.com
Para: jfhcooke@gmail.com
Asunto: Aléjate

El mismo Jem de siempre, no has cambiado nada, ¿cierto?
Tu trabajo, *tu* cumpleaños, *tu* vino; esto no se trata de *ti*. No me trates como a uno de tus estudiantes. ¿Debo sentirme impresionada por el hecho de que nos hayas buscado en Internet? Difícilmente es una revelación el que todos estamos allí, incluido tú. Algunas cosas no han cambiado. Es claro que los estudiantes siguen viéndote como alguien distante y engreído. Es obvio que el éxito con tu investigación en fonología te ha sido esquivo. Lo mismo puede decirse de tu alguna vez comentada Orden del Imperio Británico. No es agradable ver tus fallas en blanco y negro frente a tus ojos, ¿cierto? Me parece que es *tu* vida y no la de Alice la que necesita ser reconstruida. ¿Eres feliz? ¿Cómo está tu matrimonio?

¿La falta de hijos te atormenta? Verás, poner tu existencia bajo el microscopio no es agradable, ¿cierto? En otras circunstancias yo no imaginaría hacerte estas preguntas, pero eso es lo que estás haciendo con Alice. Tú eres quien nos ha puesto en esta situación. Todos tenemos cosas que preferiríamos mantener en privado. ¿No es suficiente con una autopsia? Suspende esto ya... por favor... ninguna de tus sofisticadas explicaciones o justificaciones intelectuales sirven.

Supongo que nunca ha llegado nadie a tu puerta a pedir unas palabras acerca de un familiar muerto, ¿cierto? David y yo sí tuvimos que pasar por eso. Los periodistas le dicen a eso el llamado de la muerte. Solían venir a buscar fotos, pero en estos días copian las que hay en Internet, y por eso lo que buscan son declaraciones. Cuando llevaba unas pocas semanas en su primer trabajo, Alice tuvo que hacer el llamado de la muerte a la madre de un niño que había fallecido por un auto que lo atropelló y huyó. Ella se negó. ¿Puedes imaginártelo? ¿Recién salida de la universidad, recién llegada a su empleo y enfrentarse así a su editor? Le dijo que no había sido para eso que había escogido ser periodista. Eso no la indispuso con su elección profesional, pero nunca hizo un llamado de la muerte.

Estoy harta de leer tonterías sobre mi hija. Corre el peligro de quedar sepultada por ellas. Estamos conscientes de los hechos. Tenía 210 mg de alcohol en su sangre. ¿Qué parte de la palabra "accidente" no entienden estos chupasangres?

Esta es una ironía para ti. Alice estuvo a punto de no ir a Southampton, le ofrecieron un cupo en Oxford, en Merton. Por supuesto que traté de hacerle ver las ventajas de ese sitio (cualquiera que no fuera Southampton estaba bien para mí), pero ella prefirió un lugar que fuera "real". Me alegra haberme ido de tu ciudad. La academia era una experiencia horrible y tribal. Un mundo demasiado pequeño, y yo (mi reputación) estaba arruinada.

No se trata de un ejercicio de unir los puntos, Jem, un artefacto arqueológico cubierto de polvo para que lo limpies y lo exhibas. Ella no es *tuya*. Suficientes personas ya se han obsesionado con su vida. Persigue a alguien más y deja en paz a Alice. No hagas lo que siempre hacías, dejarte llevar por una idea, confundir los hechos con la ficción, deformar el mundo para que se ajuste a tu realidad. No, ciertamente no voy a acompañarte a tomar un trago, lo dejé hace mucho tiempo y no creo que a mi esposo le guste mucho la idea de que nos viéramos en una situación social. Él es un hombre sensible, por lo que no le he mencionado nuestros correos electrónicos. Por favor, ten la delicadeza de mantener en secreto este contacto.

Iba a dar otro argumento, pero perdí el hilo... no te molestes en contestar, a menos que hayas descubierto cómo revivir a los muertos, aunque asumo que ni siquiera un reconocido antropólogo como tú lo ha logrado aún.

Te lo pido amablemente una vez más. Lo que sea que estés haciendo, no sigas. Si es necesario te lo ruego. Extraño demasiado a mi nenita, Jem.

Liz

* * *

Declaración emitida por el abogado representante de Holly Dickens, Sarah Hoskings y Lauren Nugent, 6 de febrero de 2012, 10:00 a. m.

Alice Salmon era una persona amable, generosa y maravillosamente cálida, y es incomprensible que ya no esté con nosotras.

Era brillante, hermosa y popular, y siempre nos sentiremos afortunadas de haber estado entre sus numerosos amigos. Sentimos el inmenso peso del dolor, pero nuestra tristeza y nuestra pérdida son insignificantes comparadas con las de su familia. No alcanzamos a comprender el dolor que deben estar sintiendo. Nuestro corazón está con ellos.

Como se ha comentado ampliamente, las tres pasamos la primera mitad de la noche del domingo con Alice en el centro de la ciudad de Southampton.

Por supuesto, hemos colaborado con las autoridades en todas las maneras posibles, y lo seguiremos haciendo. Estamos confiadas y esperanzadas en que pronto reconstruirán la trágica cadena de eventos que antecedieron a la muerte de Alice. Esto no la traerá de vuelta, pero puede darle un poco de consuelo a su familia. Por desgracia, nos resulta imposible arrojar alguna luz acerca de los movimientos o el paradero de Alice después de las 10:00 p. m.

Es una tortura pensar en lo que nuestra amiga pudo haber hecho o adónde pudo haber ido en las pocas horas entre ese momento y su muerte. Por el resto de nuestras vidas lamentaremos no haber cuidado mejor de ella y no haber evitado lo que sucedió después. Por eso, verdaderamente lo sentimos.

Todas pensamos que la manera en que podemos mostrarle más respeto a Alice ahora es no avivando aún más las llamas de la especulación. Por esta razón hemos decidido no hablar de ella en público. De hecho, es la Policía la que nos ha recomendado esta línea de acción. Entretanto instamos a todos a respetar el derecho a la privacidad de la familia Salmon.

* * *

Carta enviada por el profesor Jeremy Cooke, 30 de mayo de 2012

Me siento escandalizado, Larry.

Un pilluelo desaliñado se coló en mi oficina esta mañana y dijo:

—¡Eh! Usted es el tipo que está reviviendo a la chica muerta, ¿cierto?

—No lo describiría así exactamente —contesté.

Descargó una mochila sobre mi escritorio, sacó un CD, un par de tenis, un jarro y un arete.

—¿Qué diablos...?

—Traje algunos regalos —dijo—. Esto es de Alice.

—¿Te robaste esto?

—Es una manera de verlo. No es que yo le importara un comino a ella, ¡pero me volvía loco y al ver que no íbamos a tener nada decidí que al menos iba a agarrar algunos recuerdos!

—Si esto es auténtico, deberías entregárselo a Liz. Elizabeth Salmon, su madre.

—Es auténtico de verdad.

—¿Quién eres? ¿Cómo te llamas?

—Eso no es relevante.

—Claro que es importante, por la exhaustividad, para mis registros.

—Anóteme como un interesado —dijo—. Sí, alguien muy interesado. Los conocía a todos ellos —dijo—, a ella y a su grupo; de primera mano.

—¿Fuiste su compañero en la universidad?

—Sí, y compañero de casa también. Compartimos casa en segundo año. Soy un testigo presencial, amigo.

—Entonces, ¿ustedes eran cercanos?

—Así de cercanos. —Levantó su mano y cruzó los dedos—. Era así de cercano con ella, con sus amigas, con todos. ¡Le puedo contar todo lo que sé por un precio!

Sacó una camiseta blanca de la mochila y la desdobló. En la parte delantera decía: "Si en el cielo no hay chocolate, no iré". La sostuvo frente a su nariz, inspiró profundamente y como desvariando.

—Tengo de todo. Es como un tesoro.

—¿Es de ella? ¿Por qué la tienes?

—Era una casa grande, la compartíamos seis. Lamentablemente las cosas se perdían, se confundían —dijo con una sonrisa de lobo—. ¡Fue una chica con la que no pude acostarme! En realidad era sencillo, siempre estaba perdiendo cosas las noches que salía a emborracharse. Tomé algunas porque me hacía sentir más cerca de ella. No soy estúpido, fue una cosa a la vez. Hay que tener cuidado con lo que se hace, es como jugar con una güija.

—Difícilmente es lo mismo.

—¿Le van a hacer una placa?

—A las universidades no les agrada mucho hacerles publicidad a exalumnos que murieron en circunstancias dudosas.

—Entonces deben odiar lo que usted está haciendo, hermano. La está volviendo famosa. —Su mirada se perdió distraídamente—. Ella tenía un cuerpazo.

Solía sentir dolor al pensar en los hombres en su vida. Los primeros meses en que estuvo aquí sentía rabia con cada chico de primer año que veía, imaginándolos con sus mochilas y sus distintivos y sus sonrisas anchas, potencialmente poniéndole *sus* manos encima.

Recordarás bien mis preocupaciones en ese entonces, Larry. Un día la vi saliendo de los alojamientos. En realidad le pregunté a un guardia dónde se iba a alojar ella (D3 en Bates Hall) y la esperé por un largo tiempo. Casi la alcanzo. ¿Habría sido muy terrible que, mientras yo caminaba detrás de ella, hubiera estirado mi brazo para tocarla en el hombro o la parte baja de la espalda? ¿Tal vez haberla tomado de la mano?

—¿Quiere ver una de mis cosas favoritas en la colección? —preguntó. Sacó unas pantaletas moradas.

—Maldito degenerado.

—No diga eso. Tenemos mucho en común usted y yo. Además, se las habría devuelto, pero no le hacen mucha falta dónde está ahora, ¿cierto?

Tú tampoco eras indiferente a los encantos de las mujeres, ¿no es así, Larry? El perfume —que alguna vez dijiste con esa sensibilidad poética tuya— era comparable a lo mejor de Handel. Alguna vez confesaste que te sentiste atontado al mirar a las estudiantes desde la ventana de *tu* oficina, aunque hicieras estas observaciones con objetividad científica. Me gusta pensar en nosotros como en estetas. Además, después de pasar un tiempo lo bastante largo en un campus, hasta al hombre más feo y más inadecuado socialmente (claro, me refiero a mí mismo, no es tu caso) se le presentan ciertas "oportunidades".

—¿Qué planea hacer con todo lo que está reuniendo? —preguntó el chico. Miraba a su alrededor como si esperara ver una caja marcada con "SALMON A"—. Parece un rompecabezas gigante. Me pregunto cómo se verá cuando esté acabado. Pienso que ella se mató. Usted ya debió haber pensado eso, en el viejo harakiri.

Recordé el olor penetrante y estéril del consultorio de mi doctor, la manera en que yo había reaccionado ásperamente a la ambigüedad de su diagnóstico.

—No le estoy pagando todo este dinero por su mejor conjetura —estallé, mientras él agregaba notas en computador a mi creciente historia clínica.

El chico en mi oficina y yo nos quedamos sentados en silencio por unos pocos segundos. Luego, enfurecido con su actitud, dije:

—¿Sabes lo que realmente significa esa expresión?

—Claro, suicidarse.

—No, ¿qué traduce *literalmente*?

Me miró impávido.

—Es en japonés, quiere decir "corte en el estómago".

El chico no respondió. "Qué terrible debe ser no poder expresarse, pensé. Nunca poder ser escuchado". ¿Tal vez sea por eso que escribimos? ¿Por eso escribía Alice un diario? Lo expresó hermosamente alguna vez; dijo que no se trataba de levantarse para gritar "Mírame", sino más bien de pararse en medio de la multitud y gritar "Escúchanos".

—Una palabra más formal es *seppuku* —dije—. Esa es la forma escrita, pero harakiri se usa más comúnmente al hablar.

—Como sea. Lo que pregunté es si su investigación está considerando eso.

—No —dije, pero la idea había estado dando vueltas en mi mente. Los desesperados y los desplazados siempre se habían sentido atraídos por ese tramo del río (ocasionalmente me senté allí), pero era un caso claro para la Policía: ella estaba ebria, se resbaló, se ahogó.

—¿Por qué todos hablan bien de la gente cuando muere? Era una chiflada cuando estaba viva.

Acaricié el pisapapeles de piedra sobre mi escritorio. Un regalo de Elizabeth, el único recuerdo. Ninguna foto, ninguna carta (nunca nos atrevimos), solo este único y pesado objeto gris, más pequeño que la cabeza de un bebé, más pequeño que un puño. Todo ese periodo de mi vida reducido a esto: un pedazo de chert de la playa de Chesil y nuestros recuerdos, los vestigios de las reacciones químicas en los 1,5 kg de materia gris, gelatinosa, sensiblera y subjetiva que llamamos cerebro.

Él se levantó, se paseó por mi oficina, pasó su dedo sobre los lomos de algunos libros. *Hombre a hombre* del profesor John Winter, *Donde el cuerpo se convierte en cerebro* de Margaret Monahan y *Pintando el pasado* de Guy Turner.

—No toques eso —estallé.

—¿Quién escribe estas cosas?

—Entre otros, yo. Al menos he *contribuido* con algunos.

—El eterno segundón, ¿no? —dijo con una sorprendente perspicacia.

Un profesor se derrite por sus estudiantes: qué cliché tan enorme, ¿no es así, Larry? Pero ese día yo estaba persiguiéndola, con mi corazón latiendo más rápido, apretando mis dientes y mis puños. Era como si volviera a ser de nuevo un estudiante. Ella parecía nerviosa, con la ansiedad de una estudiante de primer año, pero se reía mucho, y aquellos que se ríen con facilidad siempre están bien. Quisiera poder reír más. ¿Te acuerdas de ese estadístico del que te conté, aficionado a la ginebra con angostura y a los chicos, que solía alojarse cerca de mí? Alguna vez me acusó de ser "un vejestorio". Yo lo tomé como un cumplido. Estaba perfeccionando mi actitud de demasiado-inteligente-como-para-considerar-gracioso-lo-que-los-demás-consideran-gracioso y la veía como un atributo necesario para el pensamiento original que aspiraba a desarrollar. Era terriblemente bueno para eso; lástima que no pudiera decir lo mismo de las ideas originales.

—Por Dios, aléjalas de mí —dije, señalando las pantaletas—. De quienquiera que sean.

—En realidad son de Alice. Puede quedarse con ellas —dijo—. Véalo como una muestra de mi buena voluntad, un regalo. Claro que nada es gratis en la vida, ¿no es así, profe? —Se reclinó en la silla y colgó las pantaletas sobre la lámpara en la mesa junto a él—. El amor no correspondido es de lo peor, ¿cierto?

En la pared, una foto de mi esposa. Otra de Milly, nuestra perra labrador de la década de 1990. Una foto en blanco y negro de mi madre y yo. ¿Qué podría saber ese chico de la foto de las cosas que iba a hacer y en lo que se iba a convertir? Estaba sonriendo, pero incluso entonces era una sonrisa recelosa. Supongo que nunca cruzó por la mente de él que podía llegar a su fin, su vida, esa cosa que lo despertaba en la mañana, que lo hacía prensar flores silvestres entre las frágiles páginas de la Biblia de su abuelo, que lo hacía contemplar con ojos asombrados los atlas y los microscopios. ¿Cómo podía él haber imaginado el momento en que llegaría el primer atisbo verdadero de la mortalidad? Las palabras de un doctor: "Los exámenes han mostrado unos resultados que debemos evaluar".

Hurgó en la pila de libros sobre la que habían caído las pantaletas.

—Vaya, estos son *enfermos*.

No estoy seguro de que hayas podido entender esa expresión, Larry, pero me parece que significa "buenos". Tampoco estoy seguro de si alguna vez podré ir a visitarte a tu gran país. Las personas en mi condición probablemente no deberían volar; dudo que sea aconsejable que estén tan lejos de casa y de sus doctores, sus tabletas y sus tratamientos. Estoy aprendiendo que es así como obra la enfermedad: te va quitando uno a uno tus componentes fundamentales. La capacidad para viajar, el deseo sexual, el propósito en la vida. Es como quitar cifras al azar en una ecuación o desbaratar un modelo molecular hasta que quedas con algo que no funciona, que no se parece ni remotamente a ti.

—Estos libros, esta oficina, usted es como alguien de una película. Es genial.

—Tomaré eso como un cumplido.

—Tómelo como quiera, pero tenemos que hablar acerca de la carta.

—¿Cuál carta?

Observé sus antebrazos, completamente cubiertos de tatuajes, de color rojo, verde, azul y amarillo.

—Supongo que eres consciente de que lo que has hecho ahí no tiene nada de original —dije cautivado—. Los seres humanos han marcado sus cuerpos por miles de años. Ötzi los tenía.

—¿Quién?

—El Hombre de Hielo. El cadáver de la Edad de Piedra que desenterramos en 1991. Tenía más de 5000 años.

—Vaya —dijo.

"No hubo ningún 'nosotros' relacionado con ese descubrimiento", pensé. De nuevo, yo había sido un espectador.

—Tenía ojos marrones, era de sangre tipo O, tenía 45 años de edad al morir, o cuando fue asesinado. Hasta hemos establecido cuál fue su última comida, gamuza. Se especula que estos tatuajes pretendían aliviarle el dolor. El pobre tenía artritis.

—Usted es uno —dijo.

—¿Un qué?

—Usted dijo que los seres humanos habían marcado *sus* cuerpos, pero esa es una manera rara de decirlo. Debe decir *nuestros* cuerpos porque usted es uno, un humano. Pero ya es suficiente de esa basura, ¿qué vamos a hacer con esa carta, señor Hombre de Hielo?

—¿Cuál carta?

—No se haga el inocente. *Su* carta. Usted es una celebridad local, amigo, imagine la que se va armar si los medios voltean a mirarlo. Lo van a atacar, a usted y a su esposa.

Escarbó en la mochila, sacó un pedazo de papel cuidadosamente doblado y lo deslizó sobre el escritorio, manteniendo su mano sobre él. Reconocí mi letra y el corazón me dio un pequeño vuelco. "Querida Alice", comenzaba.

—Sal de aquí o te voy a sacar —dije mientras la ira me invadía.

Me recordó cuando estaba en mis cincuenta o tal vez en mis cuarenta. Realmente *sentí* algo. Yo acariciaba el pisapapeles y la pregunta más peculiar se desplegó ante mí: ¿Qué sucedería si le descargo esto en la cabeza? Hacer que se vaya, callarlo, hacer que sepa lo que es ser mortal, finito. Froté mi rostro, recobré la compostura.

—Ella hacía que las personas se sintieran diferentes consigo mismas —dije—. Ella tocaba a la gente.

—A mí no me tocó. ¿Tal vez a usted sí? ¿Tal vez usted a ella? ¿Qué pasa? ¡Parece que hubiera visto un fantasma!

Larry, todo es tan complicado. Sabemos que es complicado, pero es aún *más* complicado de lo que habría podido ser.

He estado poniendo a prueba la teoría del suicidio de este pequeño vándalo, al igual que otras. Mi labor es reunir algo de inteligencia a partir de la locura, dar orden al caos. Es una vocación en la que he estado inmerso; de ahí, desafortunadamente, el largo tiempo que ha pasado desde mi última carta. Me harás algunas concesiones, ¿no es así? Porque me propongo retratar los patrones, pero mis habilidades cognitivas no son lo que solían ser.

Cada día se filtran detalles nuevos en mi mente, toman prioridad, pedazos del pasado iluminados en el terreno de la memoria, unas veces fiel y otras nublada. Pero me propondré demostrar fidelidad a los hechos, aunque sean sangrientos y lascivos. Todo está allí, encerrado en las cabezas y en los corazones de unos cuantos de nosotros, listo para ser extraído. Mi trabajo es sumergirme en los detalles, verificar, autenticar, corroborar, separar los hechos de las fábulas: mentiras, amor, resentimientos, adulterio, traición, asesinato.

Me senté tratando de respirar. Tratando de insuflar de nuevo vida en algo más que un cadáver.

Allí estaba, evidente e incontrovertible, la carta de amor y las revelaciones en ella: proclamando una amarga mezcla de actitud protectora y, bueno, algo mucho más impuro.

Jesús, ¿qué he hecho?

Cordialmente,
Jeremy

* * *

**Artículo en la página web del *Southern Eye*,
7 de diciembre de 2012**

Primer policía en la escena de la muerte de Alice Salmon renuncia tras llamadas "desde el más allá"

El expolicía que llegó primero a la escena de la muerte de Salmon ha hablado por primera vez sobre su desgarradora experiencia.

El valiente Mike Barclay le dijo a *Southern Eye* cómo contribuyó el episodio, que se rehúsa a abandonar los titulares casi un año después, a su renuncia a la Policía luego de casi tres décadas de servicio.

La investigación oficial continúa abierta, pero el exrepresentante de la autoridad afirmó que su primera impresión fue que ese incidente había tenido una "motivación sexual" porque "su blusa estaba desgarrada y subida".

Para el padre de tres hijos fue evidente de inmediato que se trataba de un cadáver, por lo que no intentó sacarlo del río Dane, sino que llamó a pedir respaldo. "Estaba preparado para caminar a su lado si flotaba corriente abajo, pero se enredó en los juncos —dijo—. El sujeto que llamó al 999 estaba sentado en el suelo en estado de *shock*, repitiendo una y otra vez que la había encontrado así. El sargento llegó y se hizo cargo, luego llegó su perro y todo el mundo: el Departamento de Investigación Criminal, los investigadores de la escena del crimen, el inspector operativo, los chicos con su equipo de buceo. Lo vital era acordonar el área: el andén, los escalones, el puente, básicamente la prioridad era la preservación de la escena y evitar que el público siguiera contaminando la evidencia".

La autopsia concluyó que la causa de la muerte fue el ahogamiento, y el médico forense reportó posteriormente que Salmon tenía alcohol y cocaína en su sangre. Luego de dar un veredicto "abierto", registró "abrasiones y cortes en su cara, rasguños en las rodillas y un hematoma grande producido recientemente en su hombro derecho".

"Incluso con la escasa luz y a cierta distancia, pude ver las heridas en su cara —dijo Barclay—. Me había aventurado a suponer que se trataba de un golpe con objeto contundente; era como si le hubieran dado puñetazos".

Barclay se sintió particularmente angustiado al escuchar el celular de Salmon. "Estaba en el lodo junto al agua y no dejaba de sonar. Quien la estuviera llamando no tenía idea de la noticia que iba a recibir —dijo—. Cuando se dedican treinta años a esto, uno se vuelve insensible, pero como mi hija menor tiene más o menos esa edad, me afectó".

El hombre admitió que las imágenes aún regresan a su mente, con frecuencia cuando escucha el tono de llamada "sonar" que tenía el celular de Salmon.

Concluyó: "Hay que lidiar con todo tipo de cosas en el servicio policial, pero ese caso me afectó como ningún otro. Al día siguiente era la fiesta de cumpleaños de mi nieta, y cuando ella sopló las velas de su pastel, yo también pedí un deseo".

* * *

Reseña de Alice Salmon en la revista musical de Southampton, *Stunt*, 2005

Los Dynamite Men son una banda que hay que ver.

Emergieron sobre el escenario en Pump House, pavoneándose y llenos de estilo para una presentación de sesenta minutos con canciones tremendamente entretenidas ante una concurrida audiencia de estudiantes.

Siempre popular, el sitio estaba lleno con sus fieles seguidores que se habían reunido para ver a este trío local.

Debo confesar que quien escribe no es del todo objetiva. Conocí al cantante líder en un bar en East Street y quedé tan anonadada como una fanática de 14 años. *Stunt* puede revelar que su verdadero nombre es Jack Symonds, tiene 19 años, viene de Hampton y es un lord Byron moderno, desaliñado y sexy con sus rizos oscuros, sus *jeans* ajustados y su perturbadora presencia en el escenario.

Por una hora el planeta giró más despacio. Las preocupaciones monetarias, el estrés por los exámenes y los arrendadores tiranos, todo se esfumó mientras el mundo quedaba reducido a la música que llenaba la sala y nuestros corazones. Le cantaron a las relaciones con la nostálgica y profunda "Morning, Morning", que se lamenta de "levantarme junto a una mujer desconocida. Me doy la vuelta en la cama y veo su cara. Ella no estaba sonriendo". Sonó la melancólica "Away", que habla de las dificultades y tribulaciones de dejar el hogar, ese instante cuando "lo que tememos se ve más pequeño, pero somos más altos, entonces nos erguimos orgullosos y seguimos de largo". Sin embargo las letras no están desprovistas de humor. Exploran lo que es estar sin un centavo, con la divertida y claramente autobiográfica "67p". Otra de mis favoritas fue "You Kill Me", un himno para un primer amor anónimo (¡chica suertuda!), alguien que "rompió mi corazón sin siquiera parpadear".

Tienen muchas influencias. The Libertines, Oasis, incluso un poco de Amy. Pero ellos han combinado todas estas influencias para producir un sonido único. El sonido de Dynamite Men.

Mi canción favorita fue "Hit", un mordaz análisis de la adicción, que mostró a un torturado Jack, solo sobre el escenario, describiendo con perfecta agudeza la sensación de claridad, alivio y envalentonamiento que las drogas pueden producir. "Es mi turno en el baño, mi turno para una tableta, como aspirar polen o tragar un pez brillante...".

Obviamente él no estaba solo, tenía a sus compañeros de banda Callum Jones, de diecinueve años, y Eddy Cox, de veinte años. Son amigos de la escuela y en algún momento, según dijo, se juntaron por el poder de la música para cambiar el mundo. "Pensamos que teníamos algo que decir", gritó.

Estamos escuchándolos, Jack. Estamos escuchándolos muy bien.

Mis fuentes en la industria musical me dicen que en este negocio hay mucho de suerte, y ahora eso es todo lo que separa a los Dynamite Men del éxito. Un estudiante de Matemáticas de diecinueve años la describió como la mejor presentación en la que ha estado, y aunque no necesariamente coincido (la de Pulp en el Apollo en Manchester se lleva ese galardón en lo que a la autora concierne), logra un cercano segundo puesto.

Es fácil entender por qué los Dynamite Men ya han conseguido seguidores leales en el circuito universitario. Jack pasa el rato con los asistentes en el bar después de las presentaciones (les encantará saber que la autora estuvo con él hasta que cerró, ¡todo en nombre de la investigación para *Stunt*!).

Me siento afortunada por haber visto a esta banda. Me sentí como si estuviera presenciando la historia de la música. Así debió ser cuando los Arctic Monkeys tocaron por primera vez. El tipo de momento del que la gente seguirá hablando en los años por venir. La noche en la que los Dynamite Men tocaron por primera vez en Pump House. Seguirán haciendo presentaciones explosivas. Seguirán haciendo ruido. Están destinados a ser una banda muy grande.

Definitivamente asistiré a todas sus presentaciones en adelante (¿a quién le importa el préstamo estudiantil?). El trabajo en la universidad puede esperar. La música como esta no. Además, como dicen los Babyshambles, *Fuck Forever* (Al carajo todo).

* * *

Publicación en el blog de Megan Parker, 12 de febrero de 2012, 21:30 p. m.

He revisado los mensajes directos de Alice en Twitter. Me alegra mucho que nunca seguiste mi consejo de cambiar tu contraseña, Salmonette… ¡Seguramente usaste la misma para todos los sitios en los que te registrabas! Encontré esta conversación del 15 de enero. Obviamente se la mencioné a la Policía, pero no ha servido de nada. Publica y serás condenada, ¿no es así, Alice?

De @HombrelibrestaLibre: No me he olvidado de ti, mi luchadora por la libertad.

De @AliceSalmon1: ¿Quién eres?

De @HombrelibrestaLibre: Ten paciencia, Señorita Atrapa *Delicuentes*. Todo a su tiempo.

De @AliceSalmon1: No me asustas.

De @HombrelibrestaLibre: *Tú* tampoco.

De @AliceSalmon1: ¿Quién eres o no tienes las pelotas para decirme?

De @HombrelibrestaLibre: Las tengo bien puestas, ¿quieres verlas?

De @AliceSalmon1: Eres patético.

De @HombrelibrestaLibre: Estás muerta.

De @AliceSalmon1: Deja de mandarme trinos o informaré a la Policía.

De @HombrelibrestaLibre: Me gusta tu sombrero *morafo*. Quisiera revolcarme contigo.

De @AliceSalmon1: Vete al infierno. Y aprende a escribir bien cuando estés allí.

* * *

Mensajes de texto entre Gemma Rayner y Alice Salmon, 14 de diciembre de 2011

GR: Siento lo de Luke y tú. ¿Quieres salir a correr para olvidarte del asunto?

AS: No puedo, tobillo destrozado.

GR: ¿Lesión deportiva?

AS: ¡De borrachera!

GR: ¿Cuándo?

AS: Donde Meg el otro día. ¡Desacuerdo entre las escaleras y yo! ¡Culpa de la baranda torcida!

GR: Peso ligero x.

AS: Te llamaré, será bueno ponernos al corriente. Necesito saber de tu búsqueda de apartamento. ¿Tal vez podamos correr suave en Battersea Park el fin de semana? x

* * *

Carta enviada por el profesor Jeremy Cooke, 10 de junio de 2012

Mi querido Larry:

El chico de los tatuajes regresó hoy. Pasé por mi oficina para revisar someramente algunos documentos de financiación que había descuidado, y ahí estaba, sentado adentro, fresco como una lechuga, como si esperara mi llegada.

—Tú —dije.

—Hola, Hombre de Hielo —contestó—. Supuse que querrías ver tu carta de nuevo. —La sacó de la mochila—. No estoy seguro de por qué la guardé. Tal vez tocó una fibra sensible dentro de mí. Descubrir que alguien más sentía algo por Alice fue bastante raro. Tuve un impulso muy fuerte de agarrar sus cosas. Un psicólogo le sacaría jugo a esto, ¿no es así? ¡Probablemente pensaría que estaba preparándome para deshacerme de la competencia!

Debí haber anticipado que el documento reaparecería, Larry, pero asumí que no iba a sobrevivir, que se perdería, se volvería indescifrable o se desintegraría por completo; después de todo, solo era papel.

—*Me encanta esta ciudad, me encanta esta* uni, *aun cuando algún bicho raro me dejara una nota bajo mi puerta, en la semana de bienvenida a los de primer año, declarándome su amor* —me confió ella una vez, cuando fue a mi oficina por un trago después de nuestra fiesta anual del departamento.

—*Qué perturbador* —contesté fingiendo no saber nada—. ¿*Polillas atraídas por tu luz?*

—*Más bien moscas alrededor de la mierda* —dijo.

El chico en mi oficina dijo:

—Hay que estar mal de la cabeza para escribir esto.

El bucle de una B. La punta alta y afilada de una A mayúscula. Mía, definitivamente mía.

—Ella pensó que era una broma, pero puedo identificar a un psicópata cuando lo veo. ¿Qué piensas, Hombre de Hielo? ¿Qué dice tu radar de psicópatas? ¿Una broma o un loco? Le apuesto a la segunda, ¿y usted? ¿A qué le apuesta?

Estaba jugando conmigo.

—Necesito tu nombre —dije.

—Me dicen Mocksy.

Él acariciaba mi nota; no tenía derecho a sacarla a la luz. Reconocí otra palabra, un giro de una frase, la construcción de una oración. En las manos apropiadas, el lenguaje es como un pequeño perfil de ADN, tan confiable como cualquier rueda de reconocimiento. Miré alrededor. Mi diploma, una fotografía desteñida con un ministro sin importancia, un recorte de una revista titulado "Cooke más cerca de un descubrimiento", aludiendo a una línea de investigación que resultó siendo inútil.

—En lugar de una firma hay un signo de interrogación. ¡Qué pésimo trabajo! Un signo de interrogación y una X (un beso); es el tipo de cosa que haría un niño.

Miré la X. Esos dos trazos cruzados. La vigésimoquinta letra del alfabeto, un signo para el diez, una variable desconocida, la primera letra de la palabra Cristo en griego. Un beso.

—Aléjate de mí y aléjate del recuerdo de Alice Salmon, ¿me escuchaste?

—¿Por qué? —preguntó—. Usted no lo hace.

Ambos observamos la hoja de papel. Una antigua parte de mí, tóxica, preciosa. "Querida Alice, no tengas miedo", comenzaba.

—Quinientas libras —dijo.

Ya perdí la cuenta de cuántas veces me he desahogado contigo, Larry; pero tenía, tengo, tan pocos confidentes. Todas esas páginas que dedicamos a Descartes y a Tomás de Aquino deben haber sido insignificantes comparadas con el espacio que he llenado escribiendo acerca de Alice en 2004, y antes de eso, a comienzos de la década de 1980, con mi desliz marital. ¿Recuerdas cuánto te rogué que me visitaras? ¿Que hicieras una misión de caridad, como un pesado san bernardo trayendo brandy y consejos sabios? Podríamos haber ido al Crown; podríamos habernos refugiado en el bar de atrás y los demás clientes no habrían podido saber si éramos unos perfectos desconocidos o los amigos más cercanos, y habríamos intercambiado historias con un vaso de ese horrible enjuague bucal espumoso y con sabor a nuez al que llaman cerveza.

—Quinientas libras —repitió el chico de los tatuajes—. O el señor y la señora Salmon van a ver una copia de esto.

La tomó y la alejó, y una sonrisa apenas visible se dibujó en la comisura de sus labios. Vi otra palabra y sentí una ligera nostalgia de cuando aprendí a escribir: la sensación de posibilidades infinitas, la primera ocasión en la que capté la idea de que nuestra comprensión del mundo, y el mundo mismo, dependían de las palabras que teníamos para explicarlos.

Recuerdo tan vívidamente cuando llegué a Bates Hall. El frío hueco de la escalera, sus corredores llenos de eco y las alfombras desgastadas. Me recordaba a Warwick. El olor de la comida trasnochada, chile con carne; la sección proustiana de mi cerebro iba a toda marcha. "No eres cualquier académico sin importancia", pensé mientras buscaba su habitación. Tenía una de esas etiquetas con su nombre sobre la puerta, como las de los niños. Si ella hubiera abierto, quien sabe qué hubiera hecho yo. ¿Decir hola? ¿Preguntar si se sentía cómoda? ¿Entrar? Caminé dando zancadas por el corredor, con mi cerebro dando vueltas: "No abras la puerta, abre la puerta, no abras la puerta, abre la puerta". Parecía vital que se lo dijera, lo exquisita que era. El hecho de que ella no lo supiera, por supuesto, hacía que lo fuera aún *más*. Era una copia al carbón de su madre.

Dios, cómo adoro a las mujeres. He venerado la forma de sus cuellos, el color de sus labios, el olor de su cabello. "Quiero revolcarme con todas", recuerdo que te escribí alguna vez. Como sabes, no solo me he sentido atraído por las *mujeres*; muchas veces te he contado mis pocos encuentros con compañeros estudiantes en Warwick. ¿Por qué será, Larry, que cuando recuerdo esos encuentros rápidos y mayormente insatisfactorios es con una sensación de vergüenza? Cientos de especies animales han demostrado ser homosexuales, aunque solo en una, *la nuestra*, existe la homofobia. Creo que cualquiera de esos hombres podría haberme llevado por un rumbo diferente. En cambio enterré todo eso, esa parte de mí, si *era* de hecho una parte mía, la parte que me había conducido a los parques públicos y a las habitaciones de desconocidos adornadas con los recuerdos de escuelas públicas, en su mayoría algo menos insignificantes que la mía. Es irrelevante ahora. Tomé mis decisiones.

Había redactado la carta de manera tal que esperaba que Alice no se asustara. Es sorprendente cómo se puede decir tanto o tan poco en nueve frases. Pensé mientras la escribía: "¿Estoy teniendo un ataque de nervios?". A menudo he tratado de entender cómo se sentiría eso. Quizá no sea tan dramático como uno se imagina, una serie de pequeños pasos imperceptibles e invisibles individualmente. Pero no me importó. Me habían visto, escuchado y sentido. *Yo*. El Viejo Cookie. Incluso si lo de ella se hiciera público, nunca se darían cuenta de que era yo y, además, no es que mi carrera estuviera yendo a ningún lado. Poco antes había sido descartado como director de departamento por un chico del Imperial College. "No es que no reconozcamos sus aportes —me dijeron condescendientes—. Es que el cargo exige un conjunto de habilidades diferentes a las suyas".

Fliss podía darse cuenta de que algo estaba mal. "Pareces preocupado", dijo la noche en que escribí mi carta. Me topé con un documental de Attenborough que por un tiempo nos satisfizo, luego subimos y ella leyó un libro sobre la flora y fauna de South Downs y yo pasé con distracción las hojas del mío sobre los últimos días de los iroqueses. Unos pocos minutos después ella estaba roncando y yo me dirigí a mi estudio y desenterré mi pluma fuente.

Fliss pensaba que mi amorío (perdóname por dar tantos saltos en la historia, amigo, pero así es como funcionan nuestros recuerdos) nos había fortalecido, pero nos atormentaba. El problema es que es de humanos ocuparse del Número Uno. Todos necesitamos estar convencidos de que somos el ser más importante del planeta; es un prerrequisito para la evolución. Es un diagnóstico muy pesimista, un síntoma de que posiblemente nunca se tendrán hijos, ¿tal como hiciste tú? Dicen que tenerlos enseña a poner a alguien antes de uno mismo. Seguro, he hecho sacrificios. Ver morir poco a poco a mi madre implica mucho de eso; mi padre y yo perdimos todo contacto mucho antes de que ese cruel bastardo muriera, pero si me hubieran dicho: "¿La vida de ella o la tuya?", ¿qué hubiera respondido? ¿Cómo lo habría hecho cualquiera de nostros?

Sí, he estado bebiendo, pero solo para calentarme un poco. El whisky *single malt* Balvenie que Fliss y yo hemos estado reservando para una ocasión especial. El problema es que nunca tuve una. Me he pasado toda la vida haciendo eso, Larry. *Esperar.*

¿Quizá esa vez que me escabullí en Bates Hall fue una ocasión especial? Sentirme vivo, vital, lo que es ser humano, un *hombre*. No me había sentido de esa manera desde hace años. A veces somos más que ciencia, ¿no es así? Más que mi antropología o tu genética. Confundimos la lógica. Es ahí cuando estamos en nuestro mejor momento, en el más hermoso. En el más peligroso también.

—¿Dirías que soy una buena persona? —les pregunté a los chicos en mi oficina esta mañana, al que estaba sentado frente a mí con sus tatuajes y al de aspecto ansioso en la fotografía sobre la pared.

—Déjeme decirle que quien escribió esto no fue una buena persona —contestó uno de ellos—. ¿Dónde están mis malditas £500?

Diez minutos después estaba junto a él en un cajero automático.

Cordialmente,
Jeremy

* * *

Fragmento del diario de Alice Salmon, 5 de agosto de 2007, 21 años de edad

Apenas si he terminado mi pastel de queso y papá ya se ha puesto de pie, golpeando su vaso.

—Su atención, por favor, solo por unos momentos. Parece que fue ayer cuando Lizzie salió a la carrera al hospital, y cuando digo a la carrera estoy siendo literal. ¡Nuestra hermosa hija estaba a punto de nacer en la carretera A427!

Mis padres habían reservado este fabuloso restaurante para mi vigésimo primer almuerzo, uno de esos sitios tan populares que tienen lista de espera, ¡y por eso la celebración tardía! Dieciocho de nosotros, entre familiares, padrinos y amigos de la familia a los que yo solía llamar tíos y tías aunque no lo fueran. Pedí el salmón ahumado escocés (¡mis tendencias caníbales!), que estaba delicioso, aunque me sentí tentada por las vieiras y la langosta con jengibre, de no ser porque soy una cobarde con los mariscos. Había terminado siendo una celebración doble porque acababa de irme y ya me habían ofrecido un trabajo.

Sí, hazte a un lado Kate Adie[11], estás viendo a la reportera *junior* del *Southampton Messenger*, Alice Salmon, que comienza a trabajar el 10 de septiembre.

—Estamos muy orgullosos de Alice —dijo papá—. Incluso se graduó con un *Second Class Honours,* división 1 —y le dio entrada a su broma favorita de la universidad—, ¡a pesar de que insistía en que solo obtendría un *Second Class Honours*, división 2[12]!

Después dijo que era un discurso espontáneo, pero no había manera de que eso fuera cierto, con todos esos chistes como el de que el primer gran logro de Gordon Brown como primer ministro era hacerme pagar impuestos. Era todo un humorista.

—Entiendo que la verdadera fiesta de cumpleaños se llevará a cabo el próximo fin de semana en Southampton, en un lugar llamado Flames —dijo papá.

Me entristeció un poco que él no pudiera imaginárselo: sus nichos y su madera, su pista de baile y sus rincones oscuros. Era el lugar para ir, nos habían dicho en la semana de bienvenida a los de primer año, donde pasaría tantas noches fabulosas.

—Hombres de Southampton, cuídense —agregó, y fue algo que la tía Bev obviamente interpretó como un código para "zorra", porque justo después se vino directo hacia mí para interrogarme sobre mi vida amorosa (ella forma parte del lado santurrón de la familia).

---

11. N. de la T.: Periodista británica, corresponsal de guerra de la BBC.
12. N. de la T.: Sistema de clasificación de los títulos académicos en las universidades británicas, donde *Second Class Honours,* división 1, es una calificación muy buena, superior a *Second Class Honours*, división 2, que también es buena.

—Te ves hermosa, Ace —dijo papá y empecé a llorar; luego dijo que no podía concebir a nadie más en el mundo que fuera como su hija ("¿No podía *concebir*?", gritó Robbie... un DVD de Peter Kay y ya se creía comediante) y que los había hecho sentir orgullosos, lo que me hizo sentir culpable porque en realidad no había hecho nada. Entonces, cuando dijo eso de que éramos una familia tan unida, me sentí muy mal porque me hizo pensar, me conoces *casi* por completo, y tuve el impulso de compartir lo demás con él: que nunca me había sentido bien del todo, como si todo fuera una gran farsa. Era por eso que beber era tan fabuloso, me hacía sentir del mismo tamaño que todos los demás, el alcohol y algunas líneas de cocaína, aunque voy a dejar todo eso porque ahora se trata de mi carrera. Pero me gustaría que papá se diera cuenta porque de otra forma solo estaría viendo la mitad de mí.

—No puedo creer que ese pequeño y precioso envoltorio llorón que Lizzie dio a luz en un área de descanso en la carretera, hace veintiún años, haya llegado a convertirse en esto... ¡Este precioso envoltorio llorón y ligeramente más grande!

Y cuando dijo lo poco que sabía en latín, *tempus fugit* (el tiempo vuela), mamá habló y dijo:

—Vamos, Dave. Dije que iba a activar una alarma de incendio si te tardabas más de cinco minutos.

—Gracias, Alice —dijo—. Solo gracias.

Rodeé la mesa, fui a darle un abrazo y me pregunté si él podía oler el vino y la cocaína que debía exudar a través de mi piel, como si dentro de mí ya no pudiera tenerlos más. Lo sentí como siempre había sido, grande, fuerte, suave, como mi papá.

Después de que logramos hacer que mi papá se sentara hice las veces de anfitriona y me acerqué a hablar con mis invitados.

—Haz crecido —dijo el abuelo Mullens cuando me acerqué a él.

—Me siento muy vieja.

—Espera a que tengas mi edad, entonces te sentirás vieja. —Una mesera le llevó medio vaso de cerveza—. Ser un viejo torpe tiene sus ventajas —dijo haciendo un guiño.

Me pidió que me sentara junto a él, movió con dificultad una silla, luego habló sobre mi abuela, cómo le habría encantado estar ahí. Habían pasado tres años, pero aún la extrañaba a diario, lo bella que había sido cuando la estaba "cortejando" y la recogía en su Ford Anglia, toda emperifollada, como si fuera Elizabeth Taylor, con su cabello largo y sus medias tobilleras. Él es así, puede tener esos asombrosos episodios de lucidez (esta va ser la palabra de hoy para mi diario) en los que todo lo que lo hace ser él sigue allí; pero luego tiene ratos en los que desaparece y me llama "Liz" y a mamá "Alice" y a Robbie "David".

—¿Cúanto conversan tú y tu mamá? —preguntó de repente—. No cotorrear, sino hablar de verdad.

—Lo hacemos poco —le dije.

—Los secretos siempre se descubren al final, aunque tome décadas. Los derrotas cuando permites que salgan a la luz en tus propios términos. —No le entendí, pero sucedía a menudo. Eso solía molestarme, aunque mamá decía que tenía que ser más comprensiva con él porque cuando envejecemos el cerebro deja de pensar linealmente—. Nunca conocí a nadie tan orgullosa como a esa muchacha, pero habla con ella, escúchala.

Vimos a mamá pasar de mesa en mesa, poniéndose al día con los amigos.

—¿Recuerdas cuando solías venir y sacabas a Chip? —preguntó el abuelo, y yo pensaba si hoy sería uno de esos días en que su cerebro no estaba pensando linealmente.

—¡Claro que me acuerdo, era un perro increíble! —Rob y yo íbamos a su casa para sacarlo a hacer ejercicio y cuando regresábamos el abuelo estaba mirando por la ventana, esperando, y Chip iba a acurrucarse en sus pies y él le daba golpecitos en la cabeza diciendo: "Buen chico, buen chico, buen chico".

Una tarde, cuando estaba en mi último año de secundaria, me entregó un sobre marrón. Insistió en que lo tomara. "Diviértete en la universidad", dijo, y más adelante, cuando estaba pagando mi alquiler o comprando libros, pensaba que era el dinero del abuelo Mullens; pero cuando compraba licor o cigarrillos, era del préstamo estudiantil.

A él le encantaba oír las historias sobre la universidad porque era lejana para él, entonces volvía a contarle algunas: la vez que pasé la noche en vela para terminar mi tesis, el cretino del arrendador que se escapó con nuestro depósito y el tipo extraño con los tatuajes que vivía en nuestra casa.

—Necesito que me hagas una promesa sobre tu mamá —dijo desviándose de nuevo por la tangente—. Que vas a cuidarla después de que yo me vaya.

—Ella es fuerte como un roble —dije usando una de sus expresiones.

—No es tan fuerte como ella cree. Tú eres igual. Pregúntale por su paso por Southampton. Pregúntaselo porque ella necesita que tú entiendas, ¡pero espera a que me haya ido, princesa, porque me hizo jurarle que guardaría el secreto!

—Pero ¿qué están murmurando ustedes? —preguntó mamá rodeándonos con sus brazos—. Parece que están tramando algo.

—Estamos hablando de ti, no contigo —dijo el abuelo haciéndome un guiño. Luego, cuando ella se fue, él sonrió con picardía y soltó una de nuestras bromas:

—¿Alguna vez te conté que abandoné la escuela a los quince años?

Era uno de sus días buenos. Un día lineal.

—Hola, Cara de Pescado.

Sus ojos vidriosos me recordaron los del abuelo, pero la causa era diferente: Ben estaba borracho.

—¿Qué estás haciendo aquí?

—Supongo que vine a hacerte visita. ¿No vas a invitarme a conocer a tu familia?

—¿Cómo supiste que estábamos aquí?

—No fue difícil, Lissa. No has hablado de nada más en Facebook toda la semana. ¿Quieres un cigarrillo?

Era como en los viejos tiempos, solo que ahora teníamos que salir a fumar, ese no era un lugar frecuentado por estudiantes y solo uno de nosotros estaba completamente ebrio. Tuve cuidado de que no me vieran desde el restaurante, nunca les había contado nada a mamá y papá sobre mi gusto por un cigarrillo de vez en cuando, y explicarles acerca de Ben no habría sido fácil, especialmente para papá.

—Entonces tienes un trabajo.

—Sí, no es exactamente en *The New York Times*, pero es un comienzo. Tampoco es una pasantía de mierda.

—Además puedes quedarte en el Hampton —contestó Ben.

—Eso probablemente sería un error. No se puede pretender ser un estudiante toda la vida. —Le expliqué que eso significaría dejar Polygon para ir a Highfield, y que me estaría mudando a un nuevo apartamento la próxima semana: £60 más a la semana, pero solo seríamos tres personas—. Después de todo, ahora soy una joven profesional.

—Me alegra que uno de nosotros lo sea —dijo—. Esto va a sonar raro, Lissa, pero... estoy orgulloso de ti, suena increíble.

Estaba convencida de que lo había arruinado porque en la entrevista había entrado en lo que mamá llama "modo cotorra", parloteando acerca de cómo me gustaría hacer cosas grandes como lo de la desaparición de Madeleine McCann y el tiroteo en Virginia Tech, y que me gustaba hacer reseñas de música, y que definitivamente me llamaba la atención hacer periodismo policial porque había demasiada escoria por ahí; estaba segura de que lo había arruinado, pero el editor asintió y dijo:

—Tenemos nuestra propia cuota de escoria en esta ciudad.

Me preguntaba cómo iba a ser esta nueva versión de mí. Esa que iba a llevar su pelo recogido, que iba a tener un escritorio en una oficina de planta abierta, que iba a asistir a reuniones del Concejo y audiencias en los tribunales, garabateando con la taquigrafía que esperaba aprender para Navidad. Puede que no me gustara necesariamente la vieja Alice (más bien la Alice joven), pero me había acostumbrado a ella: esa que no solía asomarse antes de las diez, que hacía sus tareas en horas de la madrugada, leyendo con

atención las discusiones en Internet sobre Plath y garabateando notas en los márgenes de los libros. Esa a la que le
encantaban los cócteles de pecera en los bares de Bedford
Place y los viajes los fines de semana con el club de *hockey* e
incluso este sujeto, aunque ya esté en el pasado. Me entristeció darme cuenta de que había terminado, las mañanas
tomando té sobre sofás raídos y mirando las fotos tomadas
con el teléfono la noche anterior, que transcurría (¡tal vez
esta pueda ser la palabra nueva para mi diario!) las tardes
en la biblioteca y las noches sobre pufs viendo *Lost* y *Deal
or No Deal*[13]. Los días y las semanas adaptándonos uno al
otro hasta que, de repente, ¡mi tesis!

—No puedo creer que te aparecieras de esa manera
en mi almuerzo. ¿No te da vergüenza?

—No —dijo Ben. Sonrió y recordé todo, él vestido
como Superman, la primera noche en que consumimos cocaína, nosotros en París. Todo era tan simple entonces;
nada más que clases y salidas nocturnas, y la enorme agi-
tación cuando él me preguntó si quería salir, sin ningún
compromiso, pero que iba a necesitar mi pasaporte. Luego
recordé cómo me había lanzado sobre él en la Plataforma 6
de la estación de Waterloo.

—*¿Estás terminando conmigo?* —*preguntó incrédulo.*

—*Sí.*

—*Puta* —*dijo y salió furioso.*

Al recordar que él pudo llamarme así sentí un estremecimiento de ira, pero eso fue hace más de seis meses,
es historia y he seguido adelante.

—Ya he descifrado qué tienes —dije.

---

13. N. de la T.: Programa de concurso.

—¿Lo que me hace irresistible?

—No, lo que te hace imposible. —Me sentí como el abuelo en uno de sus días lúcidos. Las cosas tenían sentido—. Es la manera en que nunca ves más allá del presente. Esta búsqueda constante de gratificación; como un bebé, como un animal.

—¿Cuál?

—¿Cuál qué?

—No pueden ser ambos. Soy como un bebé o como un animal.

—No seas imbécil.

—¿Qué tal si buscamos un punto medio? Digamos que soy un animal bebé. Vamos, Lissa, dame una oportunidad, vine desde lejos para desearte feliz cumpleaños.

Era tan típico de él, hacer todo el trayecto desde Southampton hasta Corby solo por un impulso. Podía imaginarlo atascado en esa pocilga de residencia estudiantil. Lo que solía ser una vida despreocupada pronto sería algo vergonzoso y triste. Finalmente, habiendo agotado todas sus posibilidades, regresaría donde sus padres en Londres: el apartamento de estilo georgiano con el enorme vestíbulo y un candelabro más brillante que cientos de zarcillos. Era cierto, pero destrozar poco a poco a alguien me hizo sentir más vieja que nunca, y no estaba segura de que me gustara.

—Recuérdame por qué me junté contigo.

—Porque soy maravilloso.

—Apuesto a que bajo la superficie sigues siendo el mismo enorme gallo presumido.

—¿Que tengo un enorme *qué*?

—Ves, es imposible tener una conversación adulta contigo.

—Al diablo los adultos, Lissa. Vamos a emborracharnos. Vamos a algún lado. ¡Será como un *after party*!

Recordé lo que el abuelo había dicho antes de empezar con todas esas cosas raras sobre mamá: tenía que vivir cada día como si fuera el último. Una vez comenzara a trabajar todo sería agua con gas, idas al gimnasio y dormirse temprano. Miré el salón en el que habíamos comido, ahora vacío y con las mesas despejadas, y traté de imaginar la próxima reunión familiar. Vi cómo mamá ayudaba al abuelo a subir al auto, levantó sus piernas y luego le alcanzó el bastón. Probablemente sería en su funeral.

—Sí. Por qué no —le dije a Ben—. Solo se es joven una vez.

* * *

Lista de reproducción de Spotify "Verano 2011" de Alice Salmon, 30 de agosto de 2011

"Post Break-UpSex"	The Vaccines
"Skinny Love"	Bon Iver
"Tonight's the Kind of Night"	Noah and the Whale
"Sex on Fire"	Kings of Leon
"Someone Like You"	Adele
"That's Not My Name"	The Ting Tings
"Just for Tonight"	One Night Only
"Sigh No More"	Mumford & Sons
"Your Song"	Ellie Goulding
"Mr. Brightside"	The Killers
"Dog Days are Over"	Florence and the Machine
"Last Request"	Paolo Nutini
"Sweet Disposition"	The Temper Trap
"Just the Way You Are"	Bruno Mars

"The A Team"   Ed Sheeran
"The Edge of Glory"   Lady Gaga
"Sleeping to Dream"   Jason Mraz

* * *

Correo electrónico enviado por el profesor Jeremy Cooke, 22 de marzo de 2012

De: jfhcooke@gmail.com
Para: Elizabeth_salmon101@hotmail.com
Asunto: Aléjate

Querida Liz:

Puede que te parezca difícil de creer, pero disfruté leer tu correo electrónico; me pareció extremadamente estimulante. Escúchame, una sola frase y ya estoy sonando como un profesor corrigiendo una tarea. Los viejos hábitos son difíciles de dejar. Gracias también por considerarme "reconocido". Habría preferido "estupendo", pero hay que aceptar los cumplidos como vengan.

¿Recuerdas los campos de *cricket*? Ahora son casas. ¿Y la sala de profesores? La única sala medio decente en la universidad y se apropiaron de ella para hacer una sede administrativa; unos paneles de roble y algunos parteluces de piedra evidentemente animaron a los inversionistas potenciales a deshacerse de su dinero para relegarnos a los soldados de a pie a un espantoso búnker de bloques de cemento. ¿Recuerdas esas cosas? Porque en este momento recordar es muy importante para mí. Tengo algunos problemas con esa vieja próstata. Típico de mí, ni siquiera puedo enfermarme de algo original.

He estado tratando de precisar cuándo hablamos apropiadamente por última vez. Nos topamos a comienzos de la década de 1990,

cuando tenías a Alice contigo, ¿no es así? Yo había estado
en Corby por una conferencia y había pasado a visitar tu calle
por curiosidad. Tuve que esperar un rato para verte.

—Alice —dijiste, permaneciendo notablemente serena después
de mi metida de pata contigo—, es un conocido de mami
que se llama doctor Cooke. Saluda al doctor Cooke, Alice.

Estiré la mano y ella la estrechó con indiferencia.

—Fui colega de tu mamá en la universidad hace mucho tiempo
—le informé a ella, como si la pequeña niña pudiera comprender
lo que era un colega, una universidad o hace mucho tiempo—.
Ya eres una niña grande, ¿no es así?

Yo no había tenido mucha experiencia con niños ni sabía cómo
hablar su lenguaje. Un lenguaje en sí mismo: una subcategoría
del nuestro.

—Tengo casi siete años —dijo.

Te reconocí en su voz.

—Voy a tener una fiesta de cumpleaños el domingo y va a haber
gelatina —dijo la niña.

Es curioso cómo esto ha permanecido en mi mente todos estos
años. Que iba a haber gelatina.

—¿Va a venir a mi fiesta?

—El doctor Cooke va a estar un poco ocupado el domingo
—interrumpiste.

—Es fabuloso verte, Liz. ¿Cómo has estado?

Te mordiste el labio, tus ojos lanzaban chispas, apoyaste la mano
sobre la cabeza de tu hija, suavemente la giraste hacia otro lado
y susurraste:

—Es un poco tarde para preguntar eso.

—Pero, pero…

—Pero nada. La manera en que estoy no tiene nada que ver contigo.

Alice detectó algo en tu tono porque se soltó, se dio vuelta y dijo:

—Los doctores te mejoraron.

—El doctor Cooke es un tipo diferente de doctor, querida —le dijiste—. Trabaja con las personas que vivieron mucho antes de que hubiéramos nacido.

—Pero ¿no estarían muertas?

—Muy perspicaz, jovencita —dije.

Un auto llegó a la entrada.

—Papi, papi, papi —gritó ella soltándose de ti para echarse a correr.

—¿Tienes hijos? —preguntaste.

—No. Nunca tuvimos. No fuimos bendecidos —dije usando la frase que Fliss y yo teníamos establecida. Pudo haber sido cualquiera de nosotros, le recordaba frecuentemente a mi esposa, a lo que ella respondía, "Pero *no fue* cualquiera de nosotros, fui yo".

—Veo que tú sí —dije.

—Sí —respondiste—. También tenemos un niño.

—Bien por ti —dije bruscamente, recordando ese lento y aterrador desasosiego, los exámenes, las teorías, las estadísticas. A esos doctores les encantaban las probabilidades.

Me quedé en el sendero, examiné al hombre de tu vida. Robusto. No era mal parecido. De tu edad. Recordé esos meses que pasamos juntos, casi diez años atrás. Nos saludó con la mano despreocupadamente, como si yo estuviera preguntando por una dirección, comenzó a descargar provisiones del baúl y sentí un repentino impulso por caminar hacia él y decirle: "Sé cosas sobre su esposa que usted ignora".

Entonces, ¿Alice rechazó ir a Oxford? Bueno, yo nunca fui. Imagino que eso generó discusiones en tu casa. Yo tenía las calificaciones necesarias, pero reprobé la entrevista. Obviamente ellos detectaron en mí, incluso a esa tierna edad, lo que estaba destinado a convertirme: bueno sobre el papel. Ya cuando tuve el Ph. D., supe que para ser verdaderamente brillantes los académicos necesitan tener alma.

¿No puedo persuadirte de que cambies de opinión sobre ese trago, Liz? Podría mostrarte los recuerdos de Alice que he venido reuniendo. Solo Dios sabe lo que el departamento de "soporte tecnológico" de la universidad debe estar sospechando sobre lo que estoy haciendo; mi correo electrónico no había estado tan lleno en años. Hasta ahora, mi fotografía favorita de ella es una subiéndose en la estatua que está afuera de los laboratorios de Biología. Es una constante batalla impedir que los estudiantes se suban a esa espantosa pieza de "arte", pero es imposible alejarlos. Ella tiene sus brazos alrededor del cuello de bronce y le está sacando la lengua. Bravo por Alice, burlándose de ese sujeto, un plagiario falto de originalidad.

Liz, ¿puedo hacerte una pregunta? ¿Cómo era ella en la época de su muerte? ¿En sus días finales estaba de buen ánimo? Es que, y perdóname por preguntar esto, mucho de lo que he leído se refiere a su estado mental.

¿Qué es eso que dicen acerca de que el periodismo es el primer borrador de la historia? Me pregunto si nuestra correspondencia es eso. El primer borrador de algo.

Esas palabras, las frases que crean, los sentimientos que transmiten.
Las verdades, o lo que sea que intercambiamos. Porque nada
es completamente objetivo y los hechos son mocosos huidizos.
Estamos mejor equipados para comunicarnos que cualquier
otro organismo que haya existido, pero puede decirse que no
somos mucho mejores en ello que hace 40 000 años, cuando los
neandertales se estiraron para dejar imágenes de sus manos en las
cavernas de El Castillo.

A diario fallamos al comunicarnos. Hablamos usando acertijos
de verdades a medias o cosas aún peores. Todos los días
desaprovechamos esa oportunidad maravillosa y hermosa para
encontrarnos unos a otros en la oscuridad y conectarnos.
Aún así, la única manera que tenemos para darle sentido
a la locura es a través de estas pequeñas cosas locas,
tontas, mágicas e irritantes a las que llamamos "palabras".
Son todo lo que tenemos.

Habría preguntado cómo estuviste después de que cada uno siguió
su camino, estuve a punto de hacerlo en muchas ocasiones, pero
no tenía idea de cómo reaccionarías o de si quienes te rodeaban
sabían de tu situación. Estaba enfermo de preocupación.

Naturalmente, mantendré la confidencialidad de tu correo
electrónico. Yo también pude haber olvidado mencionar
nuestra correspondencia a Fliss. Secretos, ¡verdaderamente
somos una buena pareja!

Me gustaría mucho verte, así sea para concluir esto.

Con afecto,

Jem

* * *

Editorial de la jefe de reporteros del _Southampton Messenger_, Alice Salmon, 14 de septiembre de 2008

Los residentes de Southampton pueden dormir más seguros esta noche. Liam Bardsley, el hombre que atacó a una bisabuela de 82 años de edad, fue sentenciado a cuatro años de prisión esta semana.

Este monstruo irrumpió al menos en cuarenta casas en nuestra zona durante una ola de hurtos que duró casi un año.

Dejó a su paso una serie de víctimas, entre ellas a la valiente octogenaria Dot Walter, quién se enfrentó al hombre de 36 años de edad cuando fue despertada por los "ruidos" en su cocina. Él la arrojó al piso y la golpeó, según la fiscalía, "al menos cinco veces en la cara" antes de escapar de la escena. Fue descrito en el tribunal como "una criatura inhumana que no mostró ninguna piedad".

Su lugar es tras las rejas. Todos nos preguntamos entonces por qué solo estará en prisión por cuatro años. Si se tiene en cuenta el llamado "buen comportamiento", podría estar de nuevo en las calles en menos de dos.

Los lectores que respondieron a nuestra campaña "Capturen al acechador nocturno" deberían sentirse orgullosos de su contribución para enviar este animal a la cárcel. Si ustedes no se hubieran acercado valientemente, nunca habríamos podido reunir tanta evidencia contra Bardsley, evidencia que la Policía describió como "vital" para construir el caso.

La fotografía que publicamos con la aprobación de la familia de Dot, tras el espantoso ataque, originó una avalancha de llamadas a la línea de ayuda de la policía (muchos de ustedes también se contactaron directamente con el _Southampton Messenger_).

La condena de cuatro años de cárcel que él ha recibido por hurto y lesiones corporales graves debería haber sido más larga. Incluso el doble habría sido muy poco para un hombre capaz de decirle a una anciana que "la destripo si se atreve a llorar".

Le pedimos al Gobierno que establezca penas más largas para los crímenes violentos contra los adultos mayores, y estamos trabajando con los parlamentarios locales que han prometido llevar el tema al Parlamento.

Las últimas palabras son para Dot, una de las mujeres más valientes que hayamos tenido el privilegio de conocer, quien en muchos aspectos es una pensionada típica, pero en otros es completamente única.

Cuando escuchó lo que había ocurrido en la Sala D del Tribunal de la Corona de Southampton esta semana, dijo: "Solo deseo que nadie más tenga que pasar por lo que pasé yo".

Cuando le preguntamos acerca de su reacción ante la sentencia para su atacante, ella respondió con sabiduría, dignidad y compasión: "Tendrá que dar cuentas cuando esté frente a su Creador".

- ¿Tiene información sobre un delito? Llame a Alice Salmon de manera confidencial al número que aparece en la parte superior de la página 7.

* * *

Anotaciones de Luke Addison en su computador portátil, 14 de febrero de 2102

La casa de tu mamá y tu papá era el último lugar en el que quería estar, pero no podía *no* ir. Eso simplemente habría generado sospechas.

—Te ves como si hubieras estado en la guerra —dijo tu mamá cuando llegué. Inventé algo sobre un accidente en mi bicicleta de montaña, pero después admití haber estado en una pelea—. Seguramente todos vamos a hacer algunas cosas de las que no nos enorgulleceremos antes de que esto termine —continuó—. Perdón por todas estas preguntas miserables que está haciendo la Policía, pero es su trabajo. Todos necesitamos lo mismo, cariño, la verdad. —Y la palabra "cariño" me lastimó porque pude imaginarla diciéndotela, yo nunca tuve mucha cercanía con mi mamá—. Significabas mucho para ella.

Tener su cabello rozando mi cara fue lo más cerca que alguna vez pude estar de ti.

Secretos, Al. Tantos secretos.

—¿Sabes que Alice y yo no estábamos juntos? —admití—. Teníamos algunos problemas.

Mi confesión rebotó por toda la cocina, golpeando las superficies blancas para retornar luego sobre mí. Habría sido raro no haberlo mencionado. Ellos se habrían preguntado la razón.

—Claro que lo sé. Somos una familia unida. Nuestra hija habla con nosotros. *Hablaba.*

—Entendería si prefieren que no asista al funeral —dije, esperando en parte que ella aprovechara eso.

—No, te queremos allí, al menos *yo* sí. Parto del principio de que ustedes dos se habrían reconciliado tarde o temprano. David tiene una opinión diferente, por supuesto.

Era raro estar en esa casa, esa casa en la que estuvimos tantas veces y que inicialmente sentí nervios de visitar; aunque no había razón porque tus padres fueron fantásticos, me ofrecían siempre mucho para beber, así fuera una horrible cerveza *pale ale*, y me aseguraban que no me considerarían un grosero si me iba a la terraza a leer todos los periódicos del domingo. La casa en la que cuidamos al perro, donde nos bañamos juntos, donde me mostraste tu vieja chaqueta de la escuela y yo dije en broma que te la pusieras para mí, y tú me llamaste pervertido, y nos las arreglamos para meternos en tu cama sencilla a las dos de la tarde, y tú cuidadosamente apartaste tu conejo de peluche —eso era tan típico de ti— y luego nos quedamos acostados mirando por la claraboya las nubes que se deslizaban por el cielo.

La casa estaba llena de personas que te amaban, tu nombre aparecía en cada respiración, en cada frase, en cada habitación. Todos reaccionaron con incredulidad cuando vieron mi cara. Tu madre me rodeó con su brazo y me llevó al jardín. Todas esas personas y tu madre encontraron tiempo para *mí*, y yo le expliqué cuánto me odiaba a mí mismo. "No lo hagas —dijo ella—. *No lo hagas*". Pude haber sido diferente, *mejor*, si hubiera tenido unos padres como los tuyos. Sentí un arrebato de cariño hacia ella, por el hecho de que no sintiera desprecio hacia mí por lo que había hecho. Después fui al garaje donde tu padre estaba puliendo una pieza de madera en su mesa de trabajo y le dije:

—Gracias por permitirme estar aquí.

—Debes agradecérselo a mi esposa. Si fuera por mí te habría lanzado por esa ventana. —Miraba un pequeño cuadro de vidrio descolorido—. ¿Por qué no pudiste mantener la maldita verga en los pantalones?

Él nunca va a perdonarme, no puedes culparlo por eso. Yo nunca voy a perdonarme. Y eso que él no sabe ni la mitad de todo. Nadie lo sabe.

Cepillaba la madera; las virutas caían sobre el piso y se acumulaban alrededor de sus zapatos.

—Veinticinco —añadió él—. ¿Qué edad es esa? Respóndeme, pequeño bastardo.

Alzó su puño y yo pensé: "Golpéeme. Golpéeme como lo hizo el hombre aquel del bar. Nos podría hacer bien a ambos". Pero su brazo se desplomó y él dejó escapar un sonido como de un animal herido.

—¿Cómo pudiste hacerle esto a mi niña?

No puedo creer que quieran que esté en tu funeral, como si estuviéramos emparentados o fuéramos familiares cercanos, o estuviéramos *casados*. Eso es otra cosa que no sabes, Al. Iba a volver a proponerte que te casaras conmigo por segunda vez, la mañana en que te fuiste a Southampton. Habíamos estado separados por casi dos meses, como habías insistido. Sin ningún contacto, esas fueron las reglas, tus reglas, pero yo iba a darte una sorpresa. Iba a disculparme, a explicar, a hacer que entendieras. Habrías quedado pasmada, pero de buena forma, creo yo. En esos dos meses me di cuenta de que hay una persona especial para cada uno y tú eras esa persona para mí, Alice Louise Salmon. Olvida el viaje a Roma. Iba a hacerlo allí mismo en la puerta de tu casa. Pero Soph abrió la puerta y dijo que no estabas.

—¿Adónde se fue?

—A Southampton.

La posibilidad de toda una vida sin que el uno supiera dónde estaba el otro me llenó de desesperación. "Tengo que encontrarla", pensé. Tengo que encontrar a mi Alice y proponerle que se case conmigo. Soph me miró con sospechas. No estaba seguro de qué le habías contado a ella. Ciertamente yo no había divulgado lo que estaba sucediendo.

—¿Puedo ir a su habitación?

—No.

—Ella está aquí, ¿cierto? —dije, y la preocupación de que estuvieras con otro hombre creció dentro de mí—. ¿Con quién está?

Insististe en que no había nadie más cuando me echaste a patadas, cuando estuvimos por última vez en tu habitación y tú llorabas, y el árbol de Navidad en miniatura titilaba y yo te sacudía. Lo siento, no pude evitarlo. Perdí el control de tanto que te quería. Allí me juraste que no había nadie, pero ¿cómo iba a saber qué creer?

—Es en serio, Soph. ¿Con quién está?

—Pregúntaselo tú mismo si estás tan desesperado. Pero ella no te habla, ¿cierto?

—Lo siento —dije intentando otra estrategia—. La extraño. Tienes que ayudarme. Por favor.

—Ahora la extrañas —dijo Soph, entrando de nuevo.

La idea apareció en mi mente. "Ve a Southampton". Saqué mi teléfono. Inicialmente fuiste Alice S., porque Alice Kemp ya estaba allí, pero una vez fuimos novios oficiales te cambié a Alice y a ella a Alice K, y cuando llevábamos bastante tiempo saliendo te convertiste en Al. Te envié un mensaje de texto. "Nuestros dos meses están por acabar. Me está matando no verte. Tengo algo importante que decirte".

Me quedé una hora con tu mamá y tu papá, y pensé que era lo mínimo que podía hacer, pero tuve que volver a esta mesa, esta mesa, esta cerveza. Ante mí siguen apareciendo imágenes tuyas: tú en el London Eye, bebiendo champaña a las diez de la mañana cuando

Kate y Will se casaron; diciéndole a un hombre en el metro que correra su gordo trasero para permitir que una mujer embarazada se sentara; bailando en la cocina en esa fiesta en Peckham; tu aspecto de venado asustado cuando me viste junto al río ese sábado, tu voz, tu aroma; tú, arrastrada por el agua, arrastrada por esa agua fría junto con todos nuestros secretos.

Ahora solo me siento borracho y aturdido, y cuando haya terminado estas cervezas y este porro seguramente no veré tu cara que me mira, lastimada y aterrada desde el borde de tu cama o desde la mesa en la que nunca llegamos a sentarnos en el Campo de' Fiori o desde esa agua oscura. Estaré sentado en mi cocina e incluso la ira se habrá ido, solo quedará el zumbido del televisor, la leve pulsación de las heridas de mi cara y el eco intermitente de un hombre llorando en la habitación.

Estuve largo tiempo afuera de tu apartamento. Soph seguía mirando por la ventana para ver si ya me había ido. No respondiste mi mensaje. Regresé a la estación del tren. "Te gustan las sorpresas —pensé—. Te daré una tremenda sorpresa".

* * *

Publicación en el blog de Megan Parker, 20 de marzo de 2012, 18:35 p. m.

He estado hablando con uno de los profesores de Southampton sobre ti, Alice.

No lo recordaba de la época en la que fuimos estudiantes, es el profesor Cooke, pero al parecer ha estado allí desde 1820 y creo que ustedes dos alguna vez se trataron brevemente. Tiene esta idea genial de hacer una especie de *collage* acerca de ti. A menudo solo nos reunimos para charlar, pero en otras ocasiones en verdad investigamos, contactamos a personas, verificamos fechas y precisamos cosas que escribiste, que dijiste o hiciste. Mi mamá cree que es bueno que canalice mi dolor de manera positiva, aunque tú dirías que no son más que sus tonterías del yin y el yang.

Me sentí como una traidora al comienzo porque es algo tan personal, pero tenemos que hablar y acallar todas las cosas estúpidas, desinformadas y maliciosas que se han dicho sobre ti.

—Somos los guardianes de la memoria de Alice ahora que ella no puede hablar por sí misma —dice él y tiene razón.

Siempre dijiste que te gustaría estar en un libro, ¿no es así? Eso es lo que va a ser esto, el libro acerca de ti.

Dijo que no debía escribir mucho sobre mí o sobre él en el blog, porque esto es acerca de *ti*, no de nosotros. Y para que funcione de verdad debemos ser observadores, objetivos en vez de subjetivos; pero, en las diez veces que ya he ido a visitarlo, le he preguntado cómo puedo ser objetiva si eras mi mejor amiga.

Para ser honesta, no puedo creer que le esté contando a él tanto acerca de mí, pero uno puede abrirse con un extraño de maneras que son imposibles con alguien cercano.

Me recuerda a un personaje de una comedia televisiva, la figura del "tío" socialmente torpe. Estoy casi segura de que sus estudiantes probablemente lo detestan pero está hecho para Radio 4[14]. Te encantaría su oficina, Alice, con todas las paredes cubiertas por completo de libros, tiene *miles* de ellos. De hecho, te encantaría Jeremy porque es una de esas personas superinteligentes que ha estado en unos lugares increíbles. Por Dios, estoy hablando como una colegiala enamorada, ¿cierto?

Jeremy, si está leyendo esto (que es algo muy probable porque me felicitó en mi blog), sea bienvenido a un club muy exclusivo, del que solo forman parte seis personas. No me puede reprochar nada de esto porque su "hipótesis" es que la verdad debe imponerse sobre todo lo demás. ☺

14. N. de la T.: Radio 4 es una cadena de radio de la BBC, que se caracteriza por tener algunos de los programas más antiguos.

Escúchame, Alice Palace, haciendo bromas mientras tú estás muerta hace apenas siete semanas. Le pregunté a Jeremy si eso me hacía una mala persona, y me dijo que si lo peor que había hecho era reírme de los recuerdos felices, entonces no había hecho nada demasiado terrible.

Te habría gustado la manera en que él siempre pone las cosas en un contexto histórico, Lissa. "¿Cómo va a cambiar la historia el hecho de que mi mejor amiga está muerta?", le pregunté una vez, y me tembló de verdad la voz. Entonces me abrazó (no es un hombre corpulento pero *parece* que lo fuera, ¿tal vez de eso se trata la presencia?) y dijo que debía sentirme orgullosa de haberte tenido como mi mejor *amiguita*. Yo le enseñé esa palabra, incluso hice que dijera *fresco*. Te parecería muy chistoso. Dijo que lo usaría con sus estudiantes o con su doctor, y eso está bien, ¿no es así? Yo era, soy, tu *amiguita* y siempre lo seré.

Él ha estado muy interesado en las amenazas que estuviste recibiendo y dijo que hice bien en ponerlas en mi blog. Es inevitable que hubiera personas que se sintieran heridas y resentidas contigo considerando la naturaleza de tu trabajo. Él dice, sin embargo, que debo ser cuidadosa al hablar con los medios porque tienen su agenda propia. Pero yo no me dejo engañar con sus trucos, y la manera en que les haga llegar la información es irrelevante, todo lo que importa es que se conozcan los hechos.

La razón por la que más disfruto mis encuentros con él es que son otra excusa para pensar en ti. Lo hago todo el tiempo, cariño, pero es como si tuviéramos periodos reservados en los que podemos concentrarnos solo en ti. Tengo que confesar algo. Algunas de nuestras reuniones se han convertido básicamente en una orientación profesional para mí. Solías decirme que debía abandonar las relaciones públicas y retomar la educación superior, ¿cierto?, y estas sesiones (¡me quedé de nuevo ayer casi hasta la medianoche!) me han recordado lo fabuloso que es aprender, aunque mucho de lo que hacemos no es aprender sino *recordar*.

También soy consciente de que no debería escribir demasiado porque todo lo que hay en Internet ahora forma parte del *currículum vítae* de cada uno. Nunca desaparece por completo, aunque uno lo borre, permanece en los archivos RSS y en las memorias caché, y Google aún puede captarlo aunque ya no esté allí, igual que los amputados pueden seguir sintiendo los dedos de sus pies aunque ya no tengan piernas.

Él me pregunta mucho acerca de tu funeral, Alice... perdóname por enredarme tanto... y cuando le di un abrazo a tu madre, ella me dijo: "¿Meg, cómo voy a hacer esto?". Yo le dije: "Vas a hacerlo porque quieres que sea una celebración de su vida", y ella contestó: "No me refiero a hoy, sino al resto de mi vida".

Jeremy dijo que había visto llegar el auto fúnebre. No asistió, pero tuvo ganas de presentar sus respetos discretamente. Yo mencioné que solías decir que entrar a una iglesia te producía alergia, y él dijo que tenía como regla evitarlas. Luego perdió el hilo y comenzó a hablar acerca de esos increíbles funerales celestes tibetanos en los que desmiembran al muerto, lo hace alguien llamado *rogyapa* o descuartizador, y les dejan los restos a las aves rapaces. Llaman a eso *jhator*, que significa entregar limosnas a las aves.

No hablé una palabra con Luke en tu funeral porque se marchó tan pronto como acabó y fue completamente inapropiado que apareciera apestando a alcohol... No me importa si él lee esto, no querrías que dijera mentiras, y la verdad, como dice Jeremy, es lo que importa ahora. Dice que no importa cómo te recuerde, siempre y cuando lo haga. "¿Quién va a recordarme?", dice a cada rato, y me hace prometer que no voy a llegar a su edad sintiendo remordimientos. Luego, cuando le digo cuántos de nuestros amigos han prometido tener vidas mejores y más plenas debido a lo que te pasó, dice: "Eso es hermoso, ese es el espíritu. Sal y aprópiate de ella, jovencita, aprópiate de la vida".

"*Carpe diem*", dije una vez, usando una de tus expresiones preferidas, como para impresionarlo. Luego compartimos más historias sobre nosotros. Una vez comencé no podía parar, y él a duras penas podía seguir el ritmo allí sentado escribiendo, mientras titilaba la lucecita roja de su grabadora de voz.

—Hijas —dijo simplemente—. ¡Hijas!

Comentarios sobre la anterior publicación en el blog:

Sí, leo esto, jovencita. El personaje de una comedia, ¿no? Espero ser más un Geoffrey Palmer que un Victor Meldrew.
Jeremy *el Surfista de Plata* Cooke

No puedes ir por ahí acusando a las personas de cosas como esas, Meg, estás equivocada. Para tu información, no estaba ebrio en el funeral. Había bebido una cerveza. Igual que todos nosotros, estoy tratando de no derrumbarme.
Además parece que estuvieras olvidando convenientemente que fue Alice quien se separó de mí, no lo contrario, ¡y yo no estaba viendo a nadie más!
Luke

A nadie le interesa la mierda de tu estúpido álbum de recortes y tus tontas teorías sobre una chica que se ahogó porque estaba completamente BORRACHA. Tú y ese viejo profesor malparido deben tener cuidado.
UN HOMBRE LIBRE

* * *

Mensajes de texto entre Gavin Mockler y Alice Salmon, 14 de marzo de 2005

GM: Hola, Alice, ¿qué tal noche? JAJAJA

AS: ¿Quién es?

GM: Tu compañero de casa favorito.

AS: Genial, gracias, estamos todos aquí. En Corrigan's.

GM: ¿Es una invitación?

AS: Ven ya. ¿En qué andas?

GM: Relajado, jugando Warcraft.

GM: Corrigan's, en mi opinión, es una mierda manejada
por fascistas.

GM: Me gustó hablar contigo en la sala anoche, me calmó.
Eres mejor que el resto de ellos.

AS: No hay problema, solo fue una charla, pero sí...
¡Por cierto, Spam Sam dice que si no vas a salir esta noche puedes
limpiar la casa!

AS: ¡Deja de jugar contigo!

AS: Perdona, ese último mensaje fue de Ben. Se robó mi teléfono.

GM: JAJAJA ¡No! Podrías tener algo mucho mejor que Ben Finch.

GM: Somos como criaturas de la noche, como búhos.

Correo electrónico enviado por Elizabeth Salmon, 3 de abril de 2012

De: Elizabeth_salmon101@hotmail.com
Para: jfhcooke@gmail.com
Asunto: Aléjate

¿Cómo creo que fueron las cosas en sus días y horas finales?
Su estado mental, dónde estaba, sus conversaciones, pienso en eso
constantemente. Mi esposo dice que estoy obsesionada, pero no
es que haya riesgo de sentir aún *más* dolor. ¿Por qué estaba cerca
del agua? ¿Estaba tan ebria? ¿Se sentía tan miserable? ¿Con quién
estaba? Ese lapso de tiempo entre el momento en que se separó de
sus amigos y terminó en el río es una tortura para mí. Sin embargo,

a pesar de lo frustrada y furiosa que me siento cada vez que leo todas esas tonterías, me expongo más a todo ello porque me impulsa a buscar más información.

Solía creer en el destino, pero ahora no tengo fe en nada diferente a la posibilidad de que los hechos me den un ligero consuelo. Los atesoro, porque me aterra que pudiera llegar a olvidarme de ella, Jem, levantarme un día y no ser capaz de recordar a mi hija en detalle. Despertar un día y que ella se haya ido de nuevo.

Por eso te estoy pidiendo algo que nunca pensé que te pediría, ayuda. Ayúdame a responder mis preguntas, ayúdame a encontrar a Alice. Me lo debes, Jem. ¿Por qué diablos me enviaste correos electrónicos? Ella vio tu mensaje en mi bandeja de entrada, lo vio el día en que murió. Eso habría sido suficiente para hacer que cualquiera cayera en picado.

A veces siento desprecio por Dave porque *permitió* que esto sucediera, pero fui yo quien no lo evitó. ¿Qué le di a ella? Lecciones como las que esos programas que a ella le encantaban, *The O. C.* y *Dawson's Creek*, imparten con azucarada simplicidad, consejos para prepararla emocionalmente, para lidiar con toda la mierda que le arrojan a uno. No le dejé nada, excepto el amor por Sylvia Plath. No puedo creer que introduje a mi hija en su obra siendo muy consciente de que puede enganchársele a uno en la piel. El amor por Plath y el cabello que alguna vez describí presuntuosa en un poema como el ala de un cuervo (claro que debí haber leído eso en alguna parte). Además, por supuesto, el deseo de mandar el mundo al diablo de tanto en tanto. Esas cosas y nuestra entonación, nuestra cadencia, incluso nuestra manera de escribir, eso era yo en ella y ella en mí.

¿Por qué nunca hable sobre eso con ella, Jem? No es que no fuera consciente de que esto corría como una veta negra a través de las mujeres Mullens. Esa cosa que la visitaba en la noche y la hacía hablar con los zorros. Esa cosa para la que nunca tuve un nombre, pero que ella llamaba *ESO*, la cosa que escribía con mayúsculas, ESO, porque las minúsculas eran insuficientes. Yo solía pensar que Plath tenía razón, pero estaba tan grotescamente equivocada que deberíamos sacarla del plan de estudios. No porque debamos controlar lo que la gente lee, como en *1984*, sino porque no hay nada de hermoso en la muerte o en convencer a las jóvenes de que sí lo hay.

Alice no se quitó la vida. Ella no podría, no lo haría.

Estuve enamorada de ti. Al menos de una versión de ti. Si esa versión existió o yo la inventé en mi mente, es algo que puede discutirse. Sería falso decir que no hubo momentos que, en otras circunstancias, podrían haberse transformado en recuerdos agradables, pero en gran parte se han perdido, enredados en el apretado nudo de lo que sucedió después de que nos separamos. Más que todo es eso lo que queda, el angustioso examen de conciencia que vino después (no tienes idea, créeme). Recuerdo una pelea de manera particularmente vívida.

—Quieres decir Fliss —te grité, porque tu incapacidad para pronunciar su nombre me estaba enloqueciendo—. Si puedes acostarte conmigo, al menos deberías poder decir su nombre.

—Estar casado es complicado. No lo entenderías.

—No me subestimes —dije bruscamente—. No soy una adolescente enamorada.

Pero era así como estaba comportándome. Te había estado esperando durante una hora afuera de tu oficina, y cuando apareciste diciendo tonterías sobre una reunión que había terminado tarde, estallé.

—No voy a convertirme en una de esas mujeres que siempre están *agradecidas*, Jem. Agradecidas por una llamada, por salir una noche, por una mañana en la que me levanto y tú sigues en la cama. No me hace falta esto. Soy joven, no soy fea.

¿Tu respuesta?

—¿Qué tal si resolvemos esto con un trago?

Además de los cumplidos, esta era tu estrategia, prepararme con ginebra. Hacer que me sintiera tan llena de su cálida magia que me olvidara de todo o dejara de importarme, que no hiciera un escándalo, que no gritara, porque no podíamos hacer eso, una escena, ¿cierto? Exprimir hasta la última gota de diversión en mí y regresar deprisa donde tu esposa. Te aborrecí por convertirme en ese tipo de persona que yo odiaba (para tu información, nunca había estado con un hombre casado antes, ni después), pero me aborrecía más a mí misma por permitir que esto pasara. Comencé a llorar.

—Esto es un chiste —dije. Te me acercaste, morado de ira.

—Si es un chiste, ¿por qué no te estás riendo?

En esa época siempre estaba asustada, pero en ese momento sentí un temor físico, visceral. Pude oler tu aliento a café rancio y cebolla.

—Bueno —dijiste apretando mi muñeca—. Adelante, ríete.

—Nunca me has hecho reír —dije—. Me pagas comidas, me llevas a hoteles no muy buenos, me compras ropa que no necesito y joyas que son lo opuesto a mi gusto. Luego te vas a casa junto a Fliss y probablemente también te acuestas con ella, porque eres un inseguro.

Levantaste tu mano —yo en realidad había estado bebiendo y mi mente estaba dispersa—, pero lo que vi fue que una garra venía hacia mí, de verdad era como la garra de un animal.

—Esto se acabó —grité.

Aquí estamos después de todos estos años, de nuevo en contacto. No puedo creer que haya escrito tanto. Supongo que es una especie de catarsis. Ya eres historia pasada, pero tienes una responsabilidad. Tienes poder, úsalo con sabiduría. He confiado en ti, así que no me decepciones.

Para tus "registros", te envío adjuntas algunas secciones del diario de ella y una de mis fotografías favoritas. Es de ella y Rob en una playa en el extranjero, por lo que debió haber sido antes de que el negocio de Dave quebrara. Mírala contemplando el mar como si pudiera atravesarlo con unas pocas brazadas, vadear por él, caminar sobre él. No hay una sola nube en el cielo. Es el tipo de día que uno recuerda de su niñez, pero que nunca sabe si realmente ocurrió o si es un truco de la memoria: helados y castillos de arena, dormir en el auto y luego ser llevados a la cama. El tipo de día que todos deberíamos poder recordar, pero que muchos niños nunca han tenido. Realmente tratamos de que nuestros hijos tuvieran días de mar y cielo azul.

Tienes razón, las palabras a veces se quedan cortas. Lamento que estés enfermo. No puedo decir que voy a rezar por ti, pero te envío mis mejores deseos.

Cuando pienso en ti te imagino en una oficina cubierta de hiedra, tomando sorbos de té Earl Grey y escuchando el *cricket*. ¿Es así?

Tienes razón, somos un par de casos perdidos con nuestros secretos.

Me *gustaría* verte de nuevo.

Con afecto,
Liz

* * *

**Transcripción del mensaje de voz
recibido por el profesor Jeremy Cooke,
24 de mayo de 2012, 01:22 a. m.**

Sé dónde vive, Profesor Celebridad... Podría ubicarlo tan fácilmente como ordenar una *pizza*... Mejor déjela en paz... no es asunto suyo... No sería muy inteligente desenterrar el pasado, ¿no es así, señor Antroporológico? [sic]... Ella murió... [palabra incomprensible]... muerta ... ya no está... ¿Qué parte de eso no puede entender? Ella [palabras incomprensibles] puente. [Palabras incomprensibles] Debería estar avergonzado, avergonzado... No siga abriendo viejas heridas, ya no más... [Palabras incomprensibles] amaba a Alice. Cuídese, anciano, porque las cosas malas suceden, los accidentes suceden.

Tercera parte

La vida es como
un juego de Scrabble

Mensajes de texto, 13 de mayo de 2010

Entre Luke Addison y Alice Salmon
10:06 a. m.

L: ¡Gracias por una noche genial, Alice, pero ahora estoy sintiendo resaca! ¿Cómo estás?

A: ¿Quién es?

L: ¡Muy graciosa! El tipo al que emborrachaste.

A: Fuiste tú quien *me* emborrachó, y entre semana. ¡Eres un hombre malo, señor Addison!

L: Normalmente no tomo, ¡hice una excepción contigo!

A: ¡Una excepción heroica!

L: Ese soy yo, ¡un héroe! Por cierto, perdón por el Crown. No sabía que se había vuelto el peor *pub* de Balham.

A: Entonces, ¿esa *fue* una primera cita?

L: Sin comentarios. ☺

15:42 p. m.

A: ¿Cómo va tu resaca?

L: ¡Es una buena! ¿Y la tuya?

A: Me automedico con té, lo tomo por baldes. ¿Cómo ha estado el resto de tu día?

L: He estado en la reunión más aburrida. ¿Alguna idea para el sábado?

A: ¿Cine?

L: Temporada de restrospectivas suecas en Picturehouse...

A: Pensándolo mejor, voy a estar lavándome el pelo...

L: ¿*The Road*?

A: Solo estaba tratando de impresionarte cuando lo mencioné. Mejor ver *Shrek para siempre*.

L: De acuerdo. ¿Podemos comer antes en el nuevo sitio de tapas en Clapham High Street? ¡El tequila no cuenta como trago si va con tapas!

A: Caigo fácil con tequila. ☺

L: Lo tendré en cuenta. ☺

20:02 p. m.

A: Un compañero de apartamento destapó una botella de vino y estoy tomando una copa. ¿Dónde estás?

L: Fui más temprano al gimnasio para deshacerme de lo último de resaca y estoy de nuevo en el *pub*.

A: ¡Es jueves!

L: ¡El jueves es el nuevo viernes!

A: ¿Tus amigos no están enojados contigo por ignorarlos?

L: Estoy afuera fumando. Además, no son muy amigos. Prefiero mandarte mensajes de texto.

23: 41 p. m.

L: ¿Todavía despierta?

A: Leyendo en cama. ¿Dónde estás?

L: Caminando a casa. Disfruté muchísimo anoche, Alice.

A: ¡Qué va!

L: Es en serio.

A: Yo también. Me reí como nunca.

L: CONMIGO no DE MÍ, espero.

A: ¡Ambas! Voy a apagar el teléfono. Necesito mi sueño reparador. Envíame mensajes de texto mañana, tengo un día largo y necesito distraerme.

L: ¡Disponible todo el día para servicios de distracción!

A: Gracias x

Entre Charlie Moore y Luke Addison
18:20 p. m.

C: ¿Cómo te fue anoche?

L: Una locura.

C: ¿Quién, tu cita?

L: No, ¡para variar! Ella fue increíble.

C: ¿Cerraron el trato?

L: Ella se fue a casa, amigo.

C: ¿Estás tomándome el pelo?

L: No. Trato de no arruinarlo esta vez.

C: *Voy a vomitar*.

L: Imbécil.

C: ¿Con cuál fue esta vez?

L: La conocí el fin de semana pasado en Porterhouse, alta, pelo oscuro, pecas, un poco estrafalaria, pero hermosa.

C: *Más vómito*.

L: ¡Más imbécil!

C: ¿La vas a ver de nuevo?

L: Así es, el sábado. Cena y luego películas.

C: ¡Demasiado ansioso!

L: Estoy ansioso.

C: Irrelevante. No dejes que ella lo vea. Tenemos que tomarnos unas cervezas para planear lo de Praga, te mandaremos un *e-mail*. Va a ser un desorden.

L: Lo que pasa en la gira...

* * *

Fragmento del diario de Alice Salmon, 19 de febrero de 2009, 22 años de edad

Son las 4:18 a. m., y no puedo dormir.

Una ciudad nueva, un trabajo nuevo, nuevos compañeros de apartamento. Es como la semana de bienvenida a los de primer año otra vez. He decidido que la vida es un juego de serpientes y escaleras, se llega a lo más alto de una escalera y luego ¡bam! se cae por una serpiente.

Las noches se sienten como las serpientes. Debería crear una regla: no escribir en el diario después de las 11 p. m.

Ese zorro está afuera. Siempre está merodeando. Un zorro joven, supongo, grande pero desgarbado como una muñeca de trapo. Debe sentirse muy solo allá afuera entre los botes de basura y los buses. ¿Cuánto quisiera sentir la hierba bajo sus patas aunque fuera una sola vez? Espero que encuentre a una hembra. O parece como si ya hubiera encontrado más de una, el muy perro.

¿Cómo puedo sentirme tan sola cuando hay siete millones de personas en Londres? Las veo en los trenes, con sus *jeans* ajustados y sus grandes anteojos, leyendo *Metro* y enviando mensajes de texto, mientras un lejano sonido de Dizzee Rascal o Kaiser Chiefs escapa de sus audífonos, e imagino sus vidas desplegándose junto a la mía. Escucho sus conversaciones y trato de reconstruir sus vidas a partir de fragmentos escuchados por casualidad.

"Analizas demasiado las cosas", me dijo Meg alguna vez, y tal vez se refería a esto. Ver un zorro en el jardín; o más bien el minúsculo patio de concreto que compartimos con la señora posiblemente embarazada del piso de abajo, "Bebé Quizás", y la familia polaca del piso de arriba a quienes llamamos los "¿Cuándo la Basura?" porque esa es toda la conversación que hemos podido tener con ellos.

¿Acaso todavía soy demasiado joven como para sentir esto, para sorprenderme a mí misma? Para mirarme en el espejo y pensar: "Alice, ¿qué diablos pasó?". Todas esas promesas que me hice cuando era una adolescente soñadora: nunca probar las drogas, nunca endeudarme, no defraudar a nadie.

La vida nos supera. Nunca imaginé que me haría un tatuaje. Bueno, es discreto, pero sigue siendo un tatuaje y mis padres se pondrían furiosos si lo vieran. Prometí además no permitir nunca que un hombre jugara conmigo, y, sin embargo, aquí estoy intercambiando mensajes con Ben. Incluso se apareció de repente en mi almuerzo de cumpleaños en Corby.

—¿Estás viendo a alguien estos días? —preguntó con desinterés después de entrar como Pedro por su casa.

—No. ¿Y tú?

—Nada serio. —Todo era familiarmente cómodo—. ¿Recuerdas cuando nos paramos sobre el Pont des Arts. —La manera en que lo pronunció sonó muy francesa—. Eso fue especial.

—No voy a pasar la noche contigo.

—Ya lo veremos.

—Lo digo en serio.

—Fuiste muy rápida para aceptarme un trago.

—No lo arruines, Ben. Terminemos hoy en buenos términos. Demostremos que podemos hacerlo.

Puso su mano sobre mi rodilla.

—Todavía estoy loco por ti.

—No lo estás. Te enloquece la idea de mí. En realidad no puedes lidiar con una novia. Y quítame la mano de encima.

Era como un juego de veintiuna en el que él seguía pidiendo cartas. Ese era él, insistiendo en pedir cartas aunque sabía que lo había estropeado, como siempre. Una parte de mí se sentía avergonzada por haberme dejado conquistar por él. Meg siempre dijo que era un imbécil.

Subió su mano por mi pierna.

—¿Qué tenemos aquí? Te gusta eso, ¿cierto?

—Quítame la mano de encima.

—Eres una *calientahuevos*, Lissa, eso es lo que eres.

Lo abofeteé. Una vez, rápido y con fuerza. Fue la primera vez que abofeteaba a alguien, e inmediatamente me sentí obligada a preguntar si estaba bien. Una marca roja comenzó a aparecer en su mejilla izquierda.

—Ella me quiere de verdad —dijo riendo a un hombre en una mesa cercana—. Voy a acostarme contigo de nuevo —me dijo—. Si no es esta noche, será otro día.

Lo dejé en el bar.

Tuve un buen presentimiento sobre este lugar tan pronto lo vi en Gumtree[15].

"La habitación recibe sol, le entra luz toda la tarde", decía el aviso, y tres horas después estaba tomando un café con Alex y Soph.

—Quisiéramos a alguien con quien nos podamos llevar bien —dijo él.

—Pero si eso no es posible, nos contentamos con que no sea un asesino en serie —agregó ella.

Me mostraron la habitación y el sol estaba brillando justo sobre ella.

—¿Cuándo me puedo mudar?

Ahora no está brillando.

Ese zorro sigue allí afuera. Lo voy a llamar Rusty. El pequeño Rusty. Va a ser la palabra de hoy para mi diario. Le dejaría comida afuera, pero Soph cree que debe tener pulgas y que podría morder. Lo siento, amiguito, quedas por tu cuenta, solo podremos conversar por ahora.

Me miro de arriba abajo en el espejo. Igual de extraña para mí misma que cuando era una adolescente, esta cosa que llevo por ahí, que me lleva por ahí, este *cuerpo*. Toco mi pelo, mi cara, mis caderas. Recorro la línea de la pequeña cicatriz en mi muñeca. Me asusta lo que ella, esa mujer a la que estoy mirando, es capaz de hacer.

El hecho es que no solo me sorprendo a mí misma de mala manera. No habría imaginado ni en un millón de años que pudiera ser capaz de presentarme en la corte, cuando

---

15. N. de la T.: Sitio web de clasificados gratuitos.

estaba en Southampton, y ver a ese animal que ayudé a llevar a juicio por atacar a esa anciana para ser condenado; sin amilanarme ni siquiera cuando me lanzó un beso. Luego estuvo el curso, después de que había empezado a trabajar, cuando tuve que hacer la presentación ante todos los jefes y no se me enredaron las palabras ("Enciende el cerebro antes que la boca, Salmón Frito", solía decirme papá). Ni siquiera me hicieron falta mis tarjetas y, cuando terminé, todos aplaudieron, y fue en serio, no por tomarme el pelo.

Probablemente soy la "reina del drama". Es lo que papá solía decirme, y cuando disfrutaba bailando decía que tenía más de reina bailarina que de reina del drama. Me encantaba bailar para él y aún me sigue gustando bailar, ¡me encanta, me encanta, me encanta!

No es gran cosa. Muchas personas no duermen, entre ellas mamá. Lo sé porque me lo dijo una vez. Me dijo que cuando era joven tenía épocas en las que nada parecía tener sentido: muy poco, demasiado, muy abrumador.

"¿Hablarás conmigo si alguna vez te sientes así? —me preguntó ella—. Prométeme que hablarás conmigo, Alice".

Ella siempre dice que tenemos que mirar a nuestros monstruos.

Soy afortunada. No tengo muchos monstruos. Tal vez uno, al que nunca me he atrevido a mirar bien. Viejo Cookie.

—Conocí a un viejo amigo tuyo —dije tratando de conseguir información, cuando llamé a mamá después de la fiesta del departamento de Antropología—. Un profesor Cooke. ¿Cómo es él?

—Un ave de mal agüero, Alice, eso es lo que es —respondió ella.

En gran medida logré evitarlo los primeros tres años, a pesar de sus torpes y frecuentes intentos de congraciarse conmigo. Una vez, sintiéndome alocada, animada y audaz, después de una noche de baile en el consejo estudiantil, hice un desvío y pasé por su oficina; empujada por la curiosidad, la urgencia de saber lo que había sucedido que se hacía más fuerte que la desesperación por olvidar, un impulso apremiante de hacerle saber lo que pensaba a ese viejo bastardo. Él estaba en su escritorio mirando al vacío por la ventana, tal como el señor Woof solía hacerlo en la puerta trasera, cuando estaba esperando que lo sacaran a pasear. Estuve a punto de golpear el vidrio para asegurarme de que no estaba muerto. Luego recordé sus manos y corrí de nuevo...

Veinte minutos para las seis. Acaban de descargar el sanitario. Alex se irá a trabajar faltando diez minutos para las siete y Soph irá al gimnasio. Es extraño que conozca tan bien sus rutinas, estos extraños a los que reunió una caminata de diez minutos a la estación. Ellos saben que obstruyo el vestíbulo con mi bicicleta y que me gusta comer tarde, pero no saben que cuando el mundo duerme, Rusty y yo somos amigos. Alex comerá una tostada, Soph beberá café negro, nuestras vidas se cruzarán brevemente en la cocina. "Que tengas un buen día —diremos—. Nos vemos en la noche". No diré que he estado despierta la mitad de la noche. Soph no mencionará que pasó otro día y que ella apenas comió algo. Alex no confesará que aún esta loco por su exnovia. Pero lo sé, porque nuestros diagramas de Venn se superponen aquí: Apartamento 8, 25 Bedlington Road, Balham SW 12. La perspectiva de un día sin contacto con ellos me produce un angustioso temor.

Pero esta noche habrá tragos y cena con el equipo después del trabajo. En algún restaurante cálido de la ribera sur, el sonido de los palillos chinos, los ires y venires en la conversación sobre las bicicletas de Boris[16] y Heath Ledger, las bromas sobre Wayne y Coleen o Russell Brand y Jonathan Ross, en esa burbuja de risa, esto será un simple recuerdo.

Un baño rápido, una taza de té, un vistazo a los titulares en mi teléfono —consideran que la última nevada ha sido la peor en 20 años— y ella estará ahí, esa versión de mí que estará en la ribera sur dentro de 12 horas, a solo medio día, riendo, el alma de la fiesta, yo con la máscara.

No estar emparejada es genial, pero debe ser una mierda no tener nunca a nadie. Estoy segura de que tengo un don para decirle a los hombres que no quieren tener nada serio que necesito algo más; o a los que sí quieren algo serio que deberíamos tomarlo con calma (no es que haya habido muchos de esos, solo Josh, y apenas estábamos terminando la secundaria). Parece que siempre tuviera una visión opuesta de las relaciones, como si mirara el mundo a través de un espejo.

¿Estabas despierta faltando diez minutos para las cuatro esta mañana? ¿Miraste hacia el jardín y te sentiste mareada? ¿Le susurraste a Rusty?

Cuéntame sobre esos momentos que has tenido, tú y solo tú.

¿Quién eres tú?

¿Quién soy *yo*?

---

16. N. de la T.: Se refiere al esquema de bicicletas públicas de Londres.

* * *

Carta enviada por el profesor Jeremy Cooke, 20 de junio de 2012

Mi querido Larry:

Nunca creerás dónde estuve anoche. ¡En una estación de Policía! El sujeto en la recepción, que debía tener unos catorce años de edad, pronto concluyó que los mensajes de voz eran una broma. Toda la situación evidentemente le resultaba muy entretenida.

—Entonces, ¿qué está solicitando, señor? ¿Protección permanente?

—Podrían ser relevantes en el caso de Alice Salmon —contesté secamente.

—Claro, eso. ¿Es con eso que tiene que ver, con su *investigación*?

Había aparecido otro artículo sobre mi trabajo en un periódico local. Comenzaba bien, refiriéndose a él como "una visión interesante de nuestra memoria colectiva moderna", pero luego divagaba y daba a entender que había sido yo quien había descubierto el cuerpo. Saqué la fotografía de Alice que guardaba en mi billetera y la exhibí frente a él.

—¿Qué pasa si algo malo le *ocurrió* a Alice? Hagan más preguntas, pero que sean diferentes. Reconstruyamos sus últimos momentos.

—Como le he explicado, el equipo de investigación ya debe haber hecho eso, señor.

—Pero ¿si pasaron algo por alto? Ellos no la conocían.

—No nos dejemos llevar, señor Cooke.

—*Profesor.*

—No solemos reabrir los casos que están claros con base en un par de mensajes de voz groseros.

—No fueron un par, fueron tres y no eran groseros, Kidson, eran amenazantes.

—Inspector Kidson —me corrigió—. Si me ganara una libra por cada vez que alguien se para donde está usted diciendo que ha habido un error judicial, ya podría haberme retirado.

—Usted no estaría aquí si nunca sucedieran cosas malas.

Miraba su reloj.

—Gracias a las cosas malas tengo un trabajo, amigo, pero puedo asegurarle que el incidente en cuestión debió haber sido investigado exhaustivamente.

Me pareció que mi degradación de "señor" a "amigo" significaba que su paciencia se había agotado. Un par de policías conducían a un adolescente ebrio por la recepción, arrastrándolo mientras sus pies se deslizaban detrás de él como cepillos. Solía consternarme ver jóvenes que bebían hasta quedar inconscientes, pero ahora encuentro en ello una cualidad edificante. Pobres, están convencidos de que inventaron esa práctica, cuando los antiguos macedonios ya lo hacían en el siglo IV a. C. Esa exhibición de vitalidad tan cruda y visceral, esa búsqueda desvergonzada de gratificación. Nunca he sido reacio a empinar el codo, pero Elizabeth definitivamente adoraba el alcohol. Lo buscaba con una necesidad primaria y la dejaba expuesta, destrozada, desinhibida y aterradora. Traté de contextualizarlo para ella, explicarle sobre Sileno y Dioniso, o sobre los indígenas americanos que peleaban por aguardiente en las planicies de Dakota, pero ella solo bebía y se reía, y me decía que cerrara el pico (me encantaba esa cualidad ruda en ella) y que bebiera más. Ella me ha dicho que lo dejó, lo que no me sorprende. Eso solo podía terminar mal.

—Me hace sentir más grande —dijo una vez—. Hace que deje de sentirme asustada.

—Todos necesitamos sentirnos un poco asustados —le contesté.

Típico de mí, defendiendo la inercia.

Quisiera poder dejar de sentirme asustado, Larry.

El policía de catorce años le susurró algo a un colega, luego dijo:

—¿Por qué no se va a casa, se acuesta y descansa un poco, señor?

—No estoy enfermo —dije y sentí la ironía de esa afirmación.

—¿No estaba ebria la señorita Salmon? —preguntó Kidson.

Ella había estado sentada junto a un desconocido, aparentemente. Un tipo a quien entrevisté dijo que los había visto discutir, una pelea tremenda. Otro afirmó que habían estado besándose. Ella dejaba caer las bebidas. Luego fue ella quien se cayó. Abrazaba a todo el mundo, lloraba.

—Sí, estaba ebria, pero eso no es un delito.

—Es como si estuviera como él, dijo el policía, señalando con la cabeza el espectáculo que teníamos frente a nosotros.

No era un escenario improbable. Luke Addison me había dicho que en algunas ocasiones había visto a Alice beber hasta quedar inconsciente. Él había quedado muy sorprendido cuando llegó a su casa y me encontró en su puerta.

—Estoy buscando a Alice Salmon —dije.

—Está muerta —respondió con brusquedad.

—Estoy muy consciente de eso, pero sigo interesado en ella. También estoy interesado en ti.

—Si tan solo hubiera estado allí, habría podido protegerla —me dijo.

—Parece que has retomado tu vida bastante rápido —dije.

Me miró largamente. "Un temperamental", pensé.

Fuera del *pub*, según los rumores, el grupo de Alice se había ido a comprar dedos de pescado y papas fritas; suponían que ella se había quedado apoyada en la pared, pero que luego se había recuperado un poco como para apartarse sin ser vista, con la velocidad y decisión de la que se arman los borrachos, tambaleándose, zigzagueando, para alejarse del centro de la ciudad y descender hacia el río. Ahora, de manera frustrante, las tres chicas con las que supuestamente estaba permanecen incondicionalmente en silencio.

—¿No es tiempo de que abandone esto, profesor? —preguntó el policía. En su cara hubo una expresión nueva de lástima, y pensé que era algo que veía cada vez con más frecuencia.

—Existe más de una manera de morir ebrio —le dije—. ¡No me sorprende que ella haya tenido más éxito encarcelando a los chicos malos que ustedes!

He leído todo acerca de sus campañas para llevar a los delincuentes ante la justicia. Esa era una mujer con una misión. "Si la Gran Sociedad de Cameron significa algo —sostenía en una editorial—, es que la justicia ya no es de dominio exclusivo de la Policía".

—Asumo que sabe cuántas personas la odiaban —le dije a Kidson.

—En el periódico usted afirmó que todos la amaban —respondió con sarcasmo.

—Les dije muchas cosas que ellos decidieron no publicar. —Se escuchó un largo lamento que venía desde el corredor, quizá del adolescente ebrio—. Mi punto es que todos los que la conocieron la amaban, pero su trabajo la puso en contacto con muchas personas que no.

—Conozco la sensación —dijo, dándole un vistazo a su reloj.

—Aún hay más —dije con brusquedad—. Cuando fui a casa ayer, alguien había estado adentro.

—¿Le robaron algo?

—No, pero movieron algunas cosas, alguien encendió mi computador.

—¿Se llevaron el computador?

—No, pero alguien lo usó. Pude sentir su presencia.

Era difícil saber si en ese momento su expresión era de lástima o si estaba a punto de reír.

—Bien —dijo—, ¿y se *llevaron* algo?

—No, pero definitivamente alguien estuvo en la casa. Soy muy ordenado, las cosas no estaban como las dejé. Además sigo teniendo esta sensación de que me están siguiendo.

Me detuve antes de revelarlo todo. Lo que no dije es que estaba seguro de haber visto al chico de los tatuajes por el campus, incluso en el estacionamiento del hospital ayer. Además sigue apareciendo en mi oficina para llevar artículos de su "colección de Alice" como un gato que trae la presa que acaba de matar. Lo último que necesitaba era que la Policía lo capturara y que lo hiciera hablar sobre mi carta (Dios, ¿y si sabe más cosas?), pero en definitiva quería que asumieran la investigación con mayor diligencia. Alice puede estar generando material para los redactores de titulares, pero la Policía parece estar actuando sin mucho interés.

—Ese Ben Finch era un pendejo —dijo hoy el pequeño patán—. Se creía mejor que los demás. Hablaba todo el tiempo de su vieja escuela y de sus *maestros*. ¿Por qué no podía tener *profesores* como todo el mundo?

—Ese era uno de sus exnovios, ¿cierto?

—Por así decirlo. Era un psicópata, alguna vez me dio una buena paliza. No dejaba de patearme aunque yo ya estuviera en el suelo, bocabajo y aferrado a la pata de un escritorio.

—¿Por qué?

—Porque era un bastardo cruel. Porque en esas escuelas elegantes los vuelven malvados. En esos lugares sobrevive el más apto, matar o que te maten.

—De hecho, pueden generar algunos comportamientos muy desafortunados, pero de seguro uno no recurre a semejante violencia por nada.

—Pregúntele a Alice. ¡O tal vez no! A la mañana siguiente, el bastardo meloso sonrió al ver el desastre que era mi cara y dijo: "Deberías hacer que te revisen eso, amigo. Se ve grave". ¡Luego, cuando las chicas estaban por ahí, siguió tomando el pelo diciendo que obviamente había sido por una pelea en la comunidad de videojuegos!

Era claro que estaba aún muy enojado por el incidente, el chico golpeaba el escritorio agitado y dijo:

—Vi a su esposa en Waitrose.

—Aléjate de ella —le advertí.

—Quinientas libras. —Fue todo lo que dijo.

Tal vez mi imaginación me está jugando bromas, Larry. No he estado durmiendo bien. Fliss me ha estado pidiendo que me tome las cosas con más calma en el trabajo. Sería mucho menos comprensiva si se diera cuenta de que la madre de mi musa, la Elizabeth Salmon de las noticias, es la Elizabeth Mullens de hace tiempo.

—¿No es mejor que algunas cosas no se digan? —preguntó ella—. Tal vez algunos secretos *deben* irse a la tumba, Jeremy.

No le contesté, pero estaba en desacuerdo. No quiero llevarme secretos a la tumba. No quiero que queden cosas sin ser dichas. En cuanto a Alice, y también a Fliss, quiero reproducir *nuestra* relación, la tuya y la mía, su claridad simple y apaciguadora. ¿Recuerdas cómo solíamos poner a prueba nuestro pacto de honestidad, Larry? Desafiábamos sus límites en esas cartas. Mis manchas, tu eccema. Mi aversión hacia mi padre, la pobreza de tus padres. Mis fantasías para masturbarme, cómo perdiste tu virginidad. Era como un juego de cartas liberador, estimulante. Excepto que no estábamos jugando con cartas, sino con nosotros mismos (a menudo literalmente, en esa época, ¡pequeños salvajes asquerosos!). Esperaba recibir esas cartas con una sensación de expectativa, leerlas *y* escribirlas. Llegué a esperar los momentos importantes en mi vida como resultados de exámenes, excavaciones nuevas, mi matrimonio, no tanto por ellos mismos sino por cómo los compartiría contigo. Nunca me llamaste Jeremy *Cock*[17] como los otros

---

17. N. de la T.: Juego de palabras entre *Cooke*, el apellido, y *Cock*, verga.

chicos. Nunca usaste apodos como Narizón, Falso Escocés o Cuatro Ojos. Todas esas aficiones que compartíamos
era como si hubiéramos sido separados al nacer, la filatelia
y el coleccionar autógrafos (las firmas están muy pasadas
de moda; los jóvenes ahora coleccionan en sus teléfonos
fotografías de celebridades), y episodios oscuros de la historia como cuando los holandeses navegaron río arriba
por el Medway y saquearon nuestros barcos en Chatham,
en 1667. Recuerdo haber pensado: "Finalmente, otro niño
como yo". Fue la primera vez que no me sentí solo en el
mundo.

Las imágenes de los circuitos cerrados de televisión
mostraban que Alice se movió unos cuantos metros y luego se detuvo. Era como un animal herido que se tambaleaba. Luego, tal como declaró a los medios el propietario
del último *pub* en el que ella estuvo, quedó "fuera del radar"
(también fue rápido en señalar que estaba muy por encima
de la edad mínima legal para beber alcohol). Ella tenía hematomas y arañazos en sus hombros y rodillas, consisten-
tes, de acuerdo con el forense, con "repetidas caídas sobre
el suelo en un avanzado estado de intoxicación". LBI, eso
es todo lo que habrían sido, según uno de los estudiantes
a quien entrevisté. Tuvo que explicármelo. LBI: *Lesiones de
Borrachera Indeterminadas.*

—Pago impuestos, hagan su maldito trabajo —le dije
con brusquedad a Kidson.

—Muy bien, he tratado de ser paciente, pero esta
conversación terminó. Si cree que no lo estamos tomando
en serio puede interponer una queja.

—Exijo que escriba lo que le he dicho —le grité y
soné tal como otros deben haberme escuchado, pomposo,

condescendiente, con una cierta actitud de superioridad. El Viejo Cookie—. Al menos haga una anotación en su registro. —Me incliné, agarré su mano que sostenía el bolígrafo y la llevé a la fuerza sobre la libreta. Se oyó un pequeño crujido y la apartó.

—Si no fuera un triste anciano lo detendría por agredir a un oficial de Policía. Ahora vuelva a meterse bajo la roca de donde salió.

Todo lo que quiero hacer ahora es poner mi casa en orden y, con eso en mente, tengo que confesar algo, tal vez no te haya revelado del todo una parte de esto. Te he explicado sobre mi afición a caminar en la noche, ¿no es así? Es una diversión y además me permite ejercitarme suavemente, como lo recomienda mi doctor. Bueno, estaba dando uno de esos paseos en el centro de la ciudad de Southampton el 4 de febrero. Digamos que me enteré de que Alice estaba en la ciudad esa noche.

Quizá es bueno que Kidson y sus compañeros no hayan hecho muy bien su trabajo o de lo contrario yo tendría que dar algunas explicaciones.

Cuando al fin llegué a casa, Fliss —que aunque era tarde estaba despierta y llena de preocupación— me interrogó sobre mi aspecto eufórico y asustado. Temía que fuera un síntoma hasta entonces invisible de mi enfermedad.

—Si te doy esto, ¿dejarás de seguir a mi esposa? —dije esta mañana mientras le entregaba otro sobre al chico de los tatuajes.

No es por el dinero, Larry, eso no importa, pero tengo que proteger a Fliss.

—¿No es irónico, Hombre de Hielo, que esté tan preocupado en cuidarla cuando fue usted quien hizo cosas que podrían destruirla? Alice solo tuvo que compartir una casa conmigo por un año, pero su esposa ha tenido que hacerlo con usted desde 1976.

Me tomó por sorpresa cuando mencionó ese año.

—Está escrito por detrás —dijo haciendo un guiño—. La fotografía del matrimonio sobre su mesa de noche.

Parece que me he metido en un buen lío, Larry.

Cordialmente,
Jeremy

* * *

Borrador de un mensaje de correo electrónico no enviado, de Alice Salmon, 10 de diciembre de 2004

Realmente metí la pata esta vez, mamá. Yo escuchaba cosas como esta y me preciaba de que nunca permitiría que me sucediera, pero me sucedió, ¿cómo pude ser tan estúpida?

—¿Qué opinas de nuestra pequeña reunión? —preguntó él, mientras estábamos parados en grupos forzando la conversación—. Hacemos esta velada el mismo día todos los años, es una tradición.

—No quisiera verlos cuando *no* se están divirtiendo —dije con la osadía que el vino hacía aflorar en mí.

—Conocí a tu madre —dijo.

—Qué afortunado —contesté. La conciencia me había dejado rezagada. Ya iba por mi cuarta copa.

—¿Cómo *está* tu madre?

¿Qué voy a hacer? Mis recuerdos están hechos añicos… archivadores, una lámpara adornada con borlas, él insistiendo en que lo llamara Jeremy en lugar de profesor Cooke, música clásica. "Chin chin", dijo él. "Salud". Ni siquiera sé qué estoy alegando. Asumirían que estaba encaprichada con él, como algunas de las otras estudiantes. Él es famoso. ¿Debía confiar en otro profesor? ¿O en Megan? Yo la cuidé, probablemente diría él. Ella se excedió bastante. Otra estudiante de primer año que tomó en exceso. Una chica tonta.

¿Por qué me estoy culpando? Es él quien debió evitar que la situación pasara a mayores. Pero si hablara, ¿cómo terminaría esto? ¿Y si tuviera que dejar la universidad? Me harán preguntas y no tendré las respuestas: una estúpida zorra que no puede beber alcohol y que nunca aprende. Todo lo que queda es su aliento a cebolla, su risa rota, su camisa almidonada, su piel morena y seca, como de reptil.

—Mírame —dijo—. Concéntrate.

Y me agarré de él mientras el mundo se movía. Estoy asustada, mamá.

Ni siquiera debí haber *estado* allí. Para tener contento al viejo zoquete decidí que cuando él lo propusiera me uniría a ellos para tomar unos tragos, pues un par de exalumnos suyos terminaron en los periódicos nacionales, y contactos como esos son invaluables. Me hizo desfilar frente a un montón de vejestorios.

—Recuerden su nombre —dijo él—. Va a ser famosa algún día.

Yo quería que la tierra se abriera y me tragara.

—Está pensando en tener una carrera en los medios.

—No me he decidido del todo.

—Un caso de… —Hizo una pausa pretenciosamente— "… no saber lo que uno va a ser pero sí lo que uno es". Shakespeare —agregó engreído.

—¡La conozco! *Hamlet*. Y no es así. Es "sabemos quienes somos, pero no lo que podemos ser".

—Buen punto —dijo él—. De tal palo tal astilla.

La mesera seguía llenando mi copa, y la sensación de empalagosa aprensión que normalmente se apoderaba de mí en situaciones como esa se evaporó. Fue como quitarme unos zapatos de tacón al final de la noche.

—¿Cómo dice el dicho? —escuché a uno de sus colegas decir burlonamente—. Una A por un polvo.

¿Por qué no me fui al consejo estudiantil, mamá? Allí habría sido más seguro. Me habría pegado a una cerveza rubia, habría jugado *pool*, habría pasado la noche con Meg, Holly y Jamie T. Habríamos regresado a los alojamientos, habríamos tomado café, los chicos lanzarían con torpeza un balón de *rugby*, Usher y Kanye West se escucharían desde la habitación de Doncaster Will.

Su oficina era un híbrido entre un estudio y un dormitorio.

—El mundo es un lugar peligroso cuando estás así de ebria —dijo—. Pero aquí dentro es seguro.

Él, ayudándome a quitar la falda.

—Tu cabello es como el de tu madre.

La habitación daba vueltas, una sensación de mareo.

—Descansa ahora, pequeña —dijo.

Una manta sobre mí, quítemela, demasiado calor, no puedo respirar, me asfixio, *quítemela*… Estoy tan avergonzada, pero es él quien debería estarlo, él, él, ÉL.

—Duerme bien —dijo—, no dejes que te piquen los chinches de cama.

Luego, despertar en un sofá, mi mano en la suya.

—Tenías pesadillas —dijo con suavidad—. Estabas gritando dormida.

—Aléjese de mí —dije levantándome de golpe.

Afuera, sonidos normales: el bip bip de un camión de repartos en reversa, dos chicos peleando a manera de juego, una chica riendo. Las horas anteriores… sombras, siluetas, sueño intermitente, él ayudándome a tomar agua —como hacías tú con las medicinas cuando era niña—, diciéndome que yo había ocasionado un tremendo revuelo en la recepción, pero que él no me lo reprochaba, aunque debía ser cuidadosa porque no todos eran como él, las chicas en ese estado "terminaban pasando por todo tipo de contrariedades".

No tenía puesta mi blusa, mi falda estaba arrugada sobre el suelo. Sentí náuseas, lo alejé de mí, me puse la ropa y me fui corriendo.

Siempre dijiste que podía confiar en ti, mamá, pero no puedo enviar esto…

* * *

Carta enviada por el profesor Jeremy Cooke, 25 de junio de 2012

Larry:

No puedo sacarme a Alice y a Liz de la cabeza. Incluso soñé con ellas anoche.

Me desperté y Fliss me preguntó si estaba bien. He estado murmurando dormido. No le conté a ella que había estado obsesionado por una visión del cabello de Liz, esa larga superficie brillante.

—Es como una crin —recuerdo claramente que le dije una tarde.

—Muchas gracias por compararme con un caballo —dijo ella riendo.

Estábamos en la cama en un hotel barato junto a la A36. A pesar de estar desnudos, no nos sentíamos avergonzados ni apenados; eso usualmente sucedía después. La voz de Margaret Thatcher venía de un pequeño televisor en blanco y negro en el rincón. Las islas Falkland. 1982. La imagen de Fliss azotaba mi cerebro, pero la hice retroceder mientras acariciaba la cara de Liz.

—Me haces sentir increíble —le dije a esta mujer que no era aquella con quien me había casado seis años antes.

Esta nueva integrante del grupo de profesores a quien había visto por primera vez dos meses atrás, deslizándose por el patio interior. Porque ella no caminaba, ella se deslizaba como si siguiera la música. Sonrió, tenía los dientes manchados por el vino tinto de mala calidad. Pensé que esta era la persona que yo podría haber sido, el tipo de hombre que paga en efectivo habitaciones de hotel en las tardes. "Yo soy esa persona", pensé.

—Nunca me había sentido así antes —añadí.

—Yo tampoco —contestó ella.

Larry, esto es como un confesionario, volver a contarte todo de nuevo. Me estaba viendo a mí mismo de una manera diferente. No estaba analizando el comportamiento de otra persona o escarbado los restos de la existencia de alguien más, estaba viviendo el momento, en el presente, no en una era hace miles de años. Toqué sus cabellos negros, cada uno como un paquete de ADN. "Olvídate del ADN", pensé mientras lo acariciaba, esta es ella, *esta* es Liz.

Parecía como si todo estuviera cambiando, la política, las reglas, la sociedad. Tal vez esta estridente hija de tendero tenía razón, todo era posible.

—¿No somos una pareja rara? —preguntó juguetonamente—. ¿Y bien, mi querido artefacto? —Nunca se cansaba de bromear por el hecho de ser casi once años mayor que ella.

Estiré mi brazo y ella hizo un pequeño ruido que me recordó un sonido que hacía Fliss.

"Deja de pensar —me dije a mí mismo—, deja de pensar de una maldita vez".

—¿Nunca sientes miedo? —preguntó después. Liz sí lo sentía.

—Rara vez me siento de otra manera —respondí.

Hubo muchas preguntas tontas y respuestas enigmáticas, pero esa fue la segunda ocasión en la que ella me hizo esa pregunta en particular. También la había hecho la noche anterior mientras nos vestíamos para ir a cenar.

Encendió un cigarrillo, me preguntó si quería uno y sentí una oleada de tristeza: no sabía si yo fumaba. Supongo que podría haber sido irónica.

—Estoy tratando de dejarlo —dijo exhalando un delgado hilo de humo.

"Simplemente no tienes idea de que no fumo —pensé—. No tienes idea de que no fumo, como tampoco de que me gustaría construir un invernadero de orquídeas o que no soporto los climas demasiado cálidos (las dos semanas que pasé con Fliss en Leukaspis fueron un purgatorio), y que además soy ligeramente alérgico a los mariscos". Nos quedamos acostados en la cama y yo miré mi reloj. Fliss y yo íbamos a asistir a un evento de la facultad esa noche.

—Hablo en serio —dijo ella—. ¿Nunca te despiertas paralizado de miedo?

—¿A qué?

—Adónde puedes terminar. —La pálida luz del sol se filtraba a través de las cortinas recogidas.

—Probablemente terminaré en la misma oficina en la que estoy ahora, como un cascarrabias artrítico.

Los hombres consiguen lo que quieren, me dijo una vez mi tutor del Ph. D. (con un pesimismo que incluso *yo* consideré aplastante en esa época), cuando todo lo que pueden hacer es tratar de librarse de ello. No va a funcionar, me decía, pero igual vas a intentarlo. ¿Era eso lo que estaba tratando de hacer con Liz? No sabía si iba a dejar a Fliss —si es que *podía* dejarla—. Es difícil de creer que un hombre tan previsivo como yo no tuviera un plan. Todo lo que tenía era miedo, miedo de que esta pudiera ser mi última oportunidad para conseguir lo que sea que hubiera más allá de mi imaginación. Pasé de largo por mis dieciocho, mis veintiuno y mis treinta, ajeno a su relevancia, preocupado con mis ambiciones científicas. Pero para entonces ya me había acercado rápidamente a los treinta y cinco, y ese hito inquietó mi conciencia, a medio camino hacia mis setenta. También sentí temor por el cambio en mi aspecto. ¿Y si esto simplemente era el comienzo y si hubieran más de una Elizabeth? Esperé a que ella aprovechara mi respuesta para decir algo como: "¿Cascarrabias? ¿No querrás decir *más* cascarrabias?". Porque luego reiríamos y eso permitiría cerrar ese tema de conversación particularmente dañino. Pero en cambio ella miraba el frío parpadeo de las imágenes lejanas de argentinos muertos, acomodados en una hilera dentro de un agujero en el suelo y preguntó:

—¿Crees que estamos destinados a estar juntos, Jem? ¿Destinados a volver a estar juntos, sin importar con quién terminemos estando? Eso sucede. —Como no logré responder, ella dijo—: Al menos yo *sé* que no conozco mi propia mente. Eres uno de los hombres más inteligentes que he conocido, pero de alguna manera eres… un caso perdido.

—No creo que esté hecho para la poligamia —respondí torpemente.

—También existe la poliandria.

Eso parecía un territorio más seguro.

—Así es —respondí—. Las mujeres masáis, entre muchas otras, la practican. Es una adaptación perfectamente lógica a las altas tasas de mortalidad entre los niños y los guerreros.

—Pues no puedes culpar a las mujeres por querer tener opciones —dijo mientras en su cara desaparecía una leve sonrisa—. Si sus hombres son unos bodrios como los nuestros.

Tuve la impresión de que esta conversación no era teórica en absoluto, era sobre nosotros.

Me pregunté si tener sexo de nuevo ayudaría en algo. Antes se me ocurrió que era como la ley de los rendimientos marginales decrecientes, acostarse con alguien que no sea la esposa de uno no es *igual* de malo después de que uno ya lo ha hecho una vez. "Incluso ahora —pensé—, desnudo junto a una casi desconocida en un hotel, no puedo dejar de ser yo, aburrido, pedante, académico".

Un niño comenzó a llorar en otra habitación y nos sentamos. Sabía, incluso entonces, que en los meses y años por venir me diría a mí mismo que ambos habíamos sido adultos, que nadie había obligado a nadie a hacer esto, que se necesitan dos para bailar tango. Fue un postulado central de una de mis clases de primer año, la responsabilidad individual. A lo largo del pasillo, el llanto de ese niño fue *in crescendo* y luego se detuvo.

—Me pregunto si será un niño o una niña —dije, pero ella no estaba escuchando.

"Te he cambiado", pensé. Quienquiera que hubieras podido ser cuando te deslizaste por primera vez por el patio, ahora eres una mujer que se acuesta con un hombre casado en una habitación de hotel, que se pone de nuevo la misma ropa interior y que luego se marcha. Así como hice de mi esposa alguien que me deja comida en el horno de la estufa AGA y que no hace demasiadas preguntas cuando me voy "por cuestiones de trabajo", aunque ella tenga la impresión que lo he hecho con más frecuencia en este verano.

Liz se estiró sobre mí para agarrar la copa de vino que estaba sobre la mesa de noche, bebió su contenido, luego tomó lo que quedaba de su cigarrillo y aspiró. Un poco de ceniza cayó sobre mi pierna.

—Por Dios, Elizabeth —dije con brusquedad—. Ten cuidado.

—Sí, no queremos que nadie vaya a resultar herido aquí, ¿cierto? —Ella rio, heridas, vacío, la génesis del odio—. ¿No quisieras tener hijos algún día?

—Ah, sí, eso. Hijos.

Para ese momento Fliss y yo ya casi nos habíamos dado por vencidos en tener una familia, a pesar de haber sido hurgados y pinchados por un pequeño ejército de profesionales médicos. La vieja amargura creció en mí. Hizo que quisiera contarle a Liz lo degradante y emasculante que había sido, decirle cómo se habría extinguido la raza humana si todo dependiera de parejas como la nuestra.

—Tal vez no estamos destinados a tener un bebé —había dicho Fliss—. Tal vez solo vamos a ser tú y yo.

Me resistía a la perspectiva de ese "no".

—No digas eso —replicaba yo—. Seguiremos intentándolo hasta que suceda.

—Tal vez no está en los planes de Dios para nosotros. Además, eso no sería tan terrible, que solo fuéramos tú y yo, ¿no es así?

Liz dijo:

—Porque yo sí quiero tener hijos. Idealmente un niño y una niña, pero sobre todo una niña. Es raro, ¿cierto? Se supone que las mujeres quieren chicos. —Ella estaba arrancando de nuevo. Podía ser así, pasando del optimismo a la desesperación en el tiempo que tardaba en fumarse un cigarrillo.

Las noticias pasaron de las Falkland a Washington, y a ese estridente y engrandecido actor de Reagan con su tema favorito, la llamada disuasión nuclear.

—Algunos podrían afirmar que el mundo es tan peligroso que se le hace un favor a la siguiente generación al no traerla al mundo —dije.

—¿Qué pasaría si mi hija hereda todos mis rasgos malos y ninguno de los buenos? —preguntó ella.

—No tienes ningún rasgo malo.

Rechazó mi comentario resoplando un poco por la nariz.

—Si tengo una bebé, cuando tenga una bebé, me sentiré terriblemente aterrada de que ella se parezca demasiado a mí, pobrecita.

Toqué su piel, su piel suave y fina, y se me ocurrió que tal vez esta sería la mujer con quien tendría el hijo que siempre había deseado.

—¿Y bien? —dijo ella—. No has respondido mi pregunta. ¿Nunca sientes miedo?

—No importa que seas una académica, bien podrías ser una periodista —le dije acariciando de nuevo su cabello negro como el ala de un cuervo.

—Eres insaciable —dijo ella.

—Difícilmente.

—Entonces, ¿qué eres? —dijo—. ¿Qué somos?

Debí haber sabido que ese era el principio del fin.

* * *

Lista de libros "Para Leer en 2012", en Kindle de Alice Salmon

Trespass – Rose Tremain

Cómo ser mujer – Caitlin Moran

Cranford – Elizabeth Gaskell

La mujer del viajero en el tiempo – Audrey Niffenegger

La estrella más brillante – Marian Keyes

El muñeco de nieve – Jo Nesbø

Lo que el viento se llevó – Margaret Mitchell

La hija de Robert Poste – Stella Gibbons

Cincuenta sombras de Grey – E. L. James

Comer, rezar, amar – Elizabeth Gilbert

Jamie's Great Britain – Jamie Oliver

La casa de la alegría – Edith Wharton

* * *

Artículo en el sitio web del *Southampton Star*, 15 de marzo de 2012

Mejor amiga de Alice revela amenazas de muerte

La mejor amiga de Alice Salmon, la chica que murió en el río, ha generado aún más controversia acerca del caso, al revelar que Salmon recibió una "amenaza de muerte" días antes de su fallecimiento en febrero.

Hablando en exclusiva para el *Southampton Star*, Megan Parker afirmó que las amenazas reportadas con anterioridad eran "solo la punta del iceberg", y dijo que la joven de veinticinco años había estado "temiendo por su vida" después de que dejaron flores en su puerta junto con una nota "siniestra".

Esta última revelación explosiva generará más preguntas acerca de la muerte de la periodista Salmon, cuyo cuerpo fue descubierto en un río del centro de la ciudad y dejó perplejas a las autoridades sobre los sucesos exactos que rodearon el incidente.

Parker dijo: "Alice me contó que una noche, cuando regresaba a casa, encontró un ramo de flores marchitas con una nota adherida a ellas que decía: 'Eres la próxima'".

Una de las posibilidades que se barajan es que la amenaza esté relacionada con el trabajo de Salmon como periodista policial que contribuyó a los muy sonados enjuiciamientos contra más de un delincuente de la costa sur.

"Ella había estado recibiendo amenazas desde hace tiempo —agregó Parker, quien reside en Cheltenham—. Solía salir a hacer estas locas caminatas en Clapham Common. Yo siempre le decía lo peligroso que era hacer eso de noche, incluso había dejado de hacerlo porque estaba convencida de que la estaban siguiendo. Solo quisiera que hubiera acudido a la Policía, pero me hizo prometer que mantendría el secreto. Ella creía que el simple hecho de contármelo podía ponerme en peligro. Era la mujer más valiente que haya conocido".

Parker, quien está considerando cerrar sus cuentas de redes sociales por temor a recriminaciones por su relación con la incansable periodista, dijo que ahora está hablando como una muestra de respeto hacia su amiga.

También expresó que la trágica muerte la dejó "aturdida", pero le restó importancia a los rumores de un altercado entre las amigas de Salmon:

"Cada una de nosotras se siente responsable de alguna manera. Yo sabía muy bien que ella no se había sentido feliz los últimos dos meses y me quedé sin hacer nada mientras se iba cuesta abajo. Nunca me lo perdonaré. Se están difundiendo muchas acusaciones locas, y al final esto puede haber sido un simple y terrible accidente. Ella se había ganado muchos enemigos, pero sería una especulación asumir que ellos tengan algo que ver con esto. Tendremos que aceptar que nunca vamos a reconstruir la cadena de sucesos que condujeron a la muerte de Alice".

En un artículo del número de octubre de la reconocida revista femenina *Azure*, la misma Salmon afirmó tener la sensación de "ver la vida a través de una ventana de vidrio grueso" y explicó que "simplemente ella no estaba diseñada para eso".

La Policía de Hampshire confirmó esta mañana que mantenía una mente abierta respecto a este caso. "Es una investigación en curso con múltiples líneas de investigación —dijo un vocero—. Mientras tanto hemos asignado un oficial de enlace familiar para los Salmon y, una vez más, les damos nuestras condolencias a la familia y amigos de la señorita Salmon".

El caso sigue capturando toda la atención de la opinión pública, y estas últimas revelaciones, posteriores a la frenética cobertura de los medios, de manera inevitable lo pondrán de nuevo en primera plana.

"No me sorprendería en lo más mínimo que alguno de esos patanes que ella metió a la cárcel la hubiera atacado —comentó un lector del *Southampton Star* en nuestra página de Facebook—. El delito cunde en todas nuestras ciudades… Salmon les dio su merecido a unos cuantos y los villanos no pueden tolerar que los periodistas se tomen esas libertades".

• La fotografía de este artículo fue reemplazada el 16 de marzo. En la original aparecían Megan Parker, Alice Salmon y una tercera mujer identificada en el pie de foto como la "amiga de la desafortunada Alice Salmon, Kirsty Blake". La señorita Blake nos ha pedido aclarar que la persona que aparece en la foto no es ella y que retiremos la fotografía, lo cual procedimos a hacer.

* * *

Correo electrónico recibido por Alice Salmon de la editora de la revista *Azure*, 2 de noviembre de 2010

Hola, Alice:

Gracias por tu idea, la leí con mucho interés. Estuvo dándome vueltas en la cabeza cuando iba en el tren esta mañana, ¡y eso generalmente es un buen indicador del potencial de un texto! Necesitamos que pongas énfasis en el elemento personal de cómo el hecho de escribir un diario te ayudó a enfrentar algunos de tus problemas de adolescencia, pero usa lo de la propuesta de un archivo nacional de diarios como un buen gancho. Hablemos unos minutos por teléfono para concentrarnos en un informe detallado.

Llámame,
Olivia x

P. D.: "Un antídoto para la vida", me encanta esa frase. ¿Es tuya o de alguien más?

* * *

Publicación en el blog de Megan Parker, 27 de marzo de 2012, 19:13 p. m.

"Megan Parker, mejor amiga".

Al menos me presentaron de manera correcta, Alice, aunque empeoró rápidamente. Tal vez fui ingenua, como esos idiotas que van a *Gran Hermano* convencidos de que los van a hacer quedar bien.

—Las mejores amigas tienen un vínculo muy especial —dijo la periodista cuando me contactó por Linkedin—. Dar una entrevista sería una oportunidad para explicar por qué ella era tan importante para ti.

Para evitar que me tomara por sorpresa, le pregunté cuál iba a ser su primera pregunta antes de que las cámaras comenzaran a grabar.

—Es sencilla. Describe a Alice.

En eso dijo la verdad.

—Amable —dije—. Hermosa, talentosa.

La periodista, Arabella, asintió de manera alentadora y vi de reojo que la cámara se sacudió. Ella insistió en que hiciéramos esto junto al río.

—Servirá para poner tus comentarios en contexto —me dijo—. Ayudará a que parezca más real para los televidentes.

—¿Podrías darme un ejemplo de esas cosas, Megan?

Ella usaba mucho mi nombre, para asegurarse de que éramos amigas, de que estábamos del mismo lado, en el equipo de Alice. Estoy muy al tanto de todos los recursos y trucos que usan los periodistas, para eso sirve trabajar en relaciones públicas.

Relaté la historia de cuando viajaste desde Southampton en una misión de caridad para cuidarme de una terrible gripe, luego dije que nunca había un momento aburrido si estabas cerca, andabas siempre llena de energía. Asintió entusiasmada: yo estaba haciéndolo bien.

—Megan, ¿cómo te sentiste cuando te enteraste de que tu mejor amiga había muerto?

Te habrías reído de la respuesta. Habrías dicho que era trillada.

—Destrozada —dije—. Aturdida. Todavía lo estoy. Nunca había estado sin ella. Éramos las mejores amigas desde pequeñas.

Estábamos en ese sitio en el que, depende de a quién escucharas, entrabas al agua.

—Cuéntanos sobre eso, de cuando eran pequeñas.

Con esa vacilé un poco y logré decir que nos conocimos cuando teníamos cinco años y luego seis. Estúpidamente, no planeé nada y prefería hablar con el corazón.

—¿Algún recuerdo en particular de cuando tenías esa edad que quieras compartir con nuestros televidentes?

Le hablé de muchos, pero ninguno sobrevivió a la edición final. Fueron eliminados, probablemente por algún pasante o un estudiante de comunicación, un genio con Final Cut Pro, desesperado por producir una pieza contundente. No había espacio para ese tipo de contenido. Tenían un ángulo muy específico en mente.

La periodista sonrió, una maniobra muy utilizada.

—Dinos, ¿cuál es tu opinión sobre lo que pudo haber ocurrido esa noche?

Lo que debí haber dicho es que no me correspondía especular y que estaríamos en una mejor posición para responder una vez se aclararan los hechos, pero que mientras tanto, por respeto a tu familia, debíamos evitar hacer conjeturas. Pero lo que dije fue: "Quisiera que ella no hubiera bebido tanto" (fui una estúpida, lo tengo claro, pero estar junto al río me alteró y esta mujer me había confundido).

—¿Estaba muy ebria?

—No estuve allí.

—¿Le dejó esto alguna lección a las jóvenes que beben cuando salen de noche? ¿Tal vez para nosotras?

Comencé a llorar y sentí cómo me escudriñaba la cámara. La mantuvieron fija, obviamente la mantuvieron fija. Nada como unas lágrimas para acompañar las comidas para microondas y las tazas de té, siempre y cuando sean las de otra persona.

—¿Alice era popular?

—Muchísimo —dije—. Todos la querían. Pero sobre todo yo.

—Has hablado sobre las amenazas que ella recibió.

—La quería mucho.

—Esto debe haber sido devastador para sus amigos. Especialmente para su novio, ¿tenía novio?

Dudé, rogando que ella me lanzara un salvavidas. Ella pudo haber dicho: "Supe que era una fanática de *Mi gran boda griega*" o "Creo que ella estaba planeando una media maratón patrocinada", pero olfateó una pista.

—¿Tenía novio?

Como si no estuviera perfectamente informada de eso. Ella había investigado, había visto otros videos, había leído sobre el tema del momento, Alice Salmon.

—Sí, más o menos.

Lo que debí haber hecho fue maldecir. Me enseñaron en un curso que si una entrevista en los medios estaba saliendo muy mal, la solución era decir malas palabras, porque así se verían forzados a cortarla.

—Escuché que estaba a punto de casarse.

—¿En serio? —pregunté asombrada.

Debí haber dado esta entrevista a los pocos días de tu muerte en vez de siete semanas después. Habrían sido más respetuosos. En ese momento era una tragedia, nada más. El ángulo de "¿no es terrible que se haya muerto?" ya había sido usado. Estaban buscando algo nuevo. En las reuniones editoriales debieron haber discutido acerca de cómo podían "abordar la historia" y algún genio mencionó que en Internet se estaba hablando mucho acerca de amenazas, sobre lo ebria que estabas, sobre una ruptura con un novio. ¿Cómo dicen ellos? La sangre vende. Tú no eras ese tipo de periodista. "No hemos escuchado mucho sobre sus amigas. Ella debía tener una mejor amiga, encuéntrenla", habría dicho el editor de noticias.

Me encontraron.

—También escuché que era una persona muy complicada —dijo la entrevistadora.

Estaba a punto de gritar: "¿Qué diablos quiere decir con eso?". Pero estaba desesperada por hacerlo bien, de que todos tuvieran la impresión correcta sobre ti, de que te sintieras orgullosa de mí por ponerme enfrente de una cámara, a pesar de que odiaba ser el centro de atención. Entonces dije que sí, que eras una mujer de muchas facetas, sentimientos intensos ocultos y con contradicciones. Con cada respuesta sentí que te escapabas un poco más de mí.

—Me interesa saber cómo es Luke, su novio —dijo ella.

—Es un buen actor —dije, inmediatamente me arrepentí.

—¿De verdad?

—Sin comentarios —contesté.

Las cámaras se apagaron, me quitaron el micrófono.

—Gracias, querida —dijo Arabella—. Estuviste perfecta.

—¿Eso es todo? Hay otras cosas que quisiera decir.

—En otra oportunidad, querida.

Sabía cómo funcionaba. Iban a empacar sus equipos, almorzarían en el camino y regresarían al estudio. Ella escribiría una nota en su agenda para retomar todo cuando estuvieran cubriendo el tema de las borracheras o hubiera una ola de calor este verano y estuvieran haciendo un informe acerca de los peligros de nadar. Posiblemente dentro de un año. Sí, esa siempre es una historia fácil, el ángulo del aniversario.

—¿Te sientes orgullosa de lo que haces? —le pregunté y cualquier compasión que ella pudiera haber tenido a la hora de editarme se disipó.

Su colega me informó que el segmento "probablemente" aparecería en la emisión de las seis en punto, pero que eso dependía de si no sucedía algo "más importante" hasta entonces.

—Con un poco de suerte, también estará al aire a las nueve —dijo la mujer.

Llamé a tus padres, les expliqué que aparecería de nuevo en las noticias de esa noche y me disculpé.

Como era de esperarse, el informe terminó con una toma de mí mirando tristemente el agua. Al final salió a las seis y a las nueve, y de nuevo a las diez. Como era obvio, lloré bastante.

* * *

Fragmento del diario de Alice Salmon, 20 de mayo de 2010, 23 años de edad

—¿Cómo es él?

—Agradable.

—¿Es lo mejor que puedes decir, "agradable"? ¡Eres una periodista!

—Muy bien, extremadamente agradable.

Meg estaba en la ciudad por una reunión y estábamos comiendo *pizza*. El tema principal de conversación, Luke.

Teníamos conversaciones como esta desde que empezamos a interesarnos en los chicos. A veces ella hacía las preguntas, otras yo. Le mostré el avatar de su Facebook.

—Se parece un poco a David Tennant, ¿no crees? Sin el Tardis, obviamente.

—¿Está interesado? ¿Cada cuánto te envía mensajes de texto? ¿Una vez al día o más de una vez?

—Más. Cinco, seis veces… a veces más.

—¡Por Dios, es un psicópata!

Como si lo hubiéramos preparado, entró un mensaje de texto. Ambas reímos. Le expliqué que él trabajaba en *software*, no del tipo *geek*, sino para gestión de proyectos y gestión de personal, y que la primera impresión que produce es la de ser un chico a quien le gusta escandalizar.

Se apareció en nuestra segunda cita con un ojo morado por el *rugby*.

—Además es muy bueno para escuchar.

—Recuérdame, ¿cuántas veces exactamente lo has visto? —preguntó Meg—. Parece como si lo conocieras de toda la vida.

—¡Ahh! Dos. Tres veces si cuentas la vez en que nos conocimos.

Luke piensa que fui yo quien comenzó a charlar con él en el Porterhouse, pero definitivamente fue al revés.

—Espero que me des tu número —dijo él y tuve que gritárselo tres veces porque había mucho ruido. Él lo digitó en su teléfono, oprimió para llamar y vi cómo se encendía mi teléfono brevemente en mi bolso—. Ahí está —dijo él—. Ya te tengo.

En nuestra primera cita fuimos a tomar unos tragos en Clapham Junction y Balham, luego fuimos el fin de semana pasado al cine, porque eso dice la segunda ley de las citas. En un momento habló de una salida a esquiar y dijo "nosotros", pero eso no necesariamente se refería a una mujer, podría ser con unos amigos. Luego confesó que había estado viendo a alguien, una tal Amy, el año pasado y me preguntó cuándo había sido la última vez que había estado saliendo con alguien.

—Prácticamente soy una monja —le dije.

—Mi última relación no terminó muy bien que digamos —dijo.

—Nunca terminan bien —contesté, ruborizada de vergüenza al recordar la manera en que había terminado con Ben.

Sin embargo todo lo que pasó antes es irrelevante, es historia. Sí, las cosas se pusieron muy mal el año pasado, terminé yendo al médico, y como ya me habían recetado antidepresivos, me hizo la pregunta obligada: "¿Cómo te sientes?". Pero esa es una pregunta vacía, los periodistas y los presentadores de televisión la usan todo el tiempo. Es perezosa. Luego, cuando dije que "bien, la mayor parte del tiempo", él sugirió que hiciera otra cita. Cuando salí de nuevo a la sala de espera vi mamás jóvenes y pensé que tal vez nunca sería mi caso, también vi abuelitas ancianas y pensé que tal vez ese tampoco sería mi caso. Había una pantalla en la que se explicaba que estaban dispensando menos antibióticos porque los habían estado prescribiendo tanto que todos íbamos a morir debido a la falta de defensas, y llegué a considerar devolverme y decirle al doctor que yo era así, que a veces sentía como si no tuviera defensas contra el resto del mundo. Pero borrar el pasado es tan fácil como pasar el dedo sobre la rueda del *mouse*, marcar en bloque los correos electrónicos y oprimir borrar. Desapareció. Sentada en el cine junto a Luke (terminamos escogiendo *Robin Hood*) me di cuenta de que este podía ser un nuevo comienzo. Voy a verlo de nuevo mañana. El teatro, increíble. Es bonita esta sensación de expectativa y optimismo. Estoy feliz. Y favor tener en cuenta: ¡no se usaron sustancias artificiales para esta anotación en el diario!

De regreso a casa del Porterhouse, miré su número y me pregunté cuánto duraría en mi teléfono: si simplemente iba a ser un "reciente" que bajaría poco a poco hasta quedar en el último lugar de la lista o si lo guardaría en mis contactos. Pensé si llegaría a aprenderlo de memoria. "Deténte, Alice —me dije—. No te dejes llevar. Te estás ilusionando".

Porque en gran medida, de lo único que he estado segura hasta ahora es de que ser yo no es suficiente. Por ejemplo, siempre he querido correr en una maratón, pero la otra semana, mientras estaba afuera del Balham Bowls Club, pensé: "Esta es la persona que quiero ser, esa que acaba de tomarse su tercera copa de vino y que está fumando un Marlboro Light. A la mierda el entrenamiento para la maratón —pensé—, solo se es joven una vez, la vida es como un juego de Scrabble, no deberías guardar tus letras buenas, debes usarlas tan pronto las recibes. Pero en el tren en el que regresaba a casa de Covent Garden, sentí que ya era suficiente".

Tal vez llegaste justo a tiempo, Luke.

Todo está cambiando. Me ascendieron en el trabajo. Voy a ser una reportera *senior*, ni más ni menos. Me gusta mi trabajo. Me gusta la persona que soy allí, y aunque tenga que entrevistar a locos y escuchar a psicópatas alegando su inocencia, también conozco a niños increíbles con parálisis cerebral, que aún así están decididos a ir a la universidad, o adorables ancianas que se reencuentran con parientes perdidos después de más de medio siglo. Ya le cogí el truco a esta profesión, así como se lo cogí a ser estudiante, las sutilezas y los matices de mi carrera: las entradillas, los párrafos y los pies de autor, los breves y los informes y las dobles páginas. Nuestro idioma.

Todos están cambiando. Meg está decidida a dejar las relaciones públicas y está considerando dedicarse tiempo completo a estudiar, Alex tiene una novia nueva, Soph tiene un novio nuevo, Robbie ahora es socio de una firma. Incluso Rusty ha desaparecido. Pienso en broma que ha decido seguir adelante, pero probablemente esté muerto.

Se divirtió mientras pudo. Reunió sus capullos de rosa[18]. ¿Dónde he escuchado antes esa expresión? Eso me va a fastidiar ahora, como cuando se tiene una palabra en la punta de la lengua.

Termino mi té de manzanilla. Esa chica que Luke dijo que estuvo viendo el año pasado, me pregunto si quiso decir que él la estuvo viendo durante el año pasado o que la estuvo viendo por más tiempo y terminó con ella el año pasado. Espero que sea lo primero.

Citas, esa puede ser la palabra del día para mi diario. Sí, eso suena bien. *Citas*.

Hay algo de cierto en lo que Meg dijo. Siento como si hubiera conocido a Luke desde siempre.

* * *

Anotaciones de Luke Addison en su computador portátil, 26 de febrero de 2012

Nunca planeé confrontarte junto al río.

Había estado tratando de abordarte sola toda la noche, te observé en cada *pub* al que fuiste, pero siempre estabas con alguien. Casi tuve una oportunidad cuando ibas hacia el baño, pero comenzaste a hablar con un viejo. Solo Dios sabe quién era. Se veía como mosca en leche con su chaqueta de *tweed*, tal vez era propietario del sitio.

Inicialmente busqué por todas partes y luego caí en la cuenta. Facebook y Twitter. "Comencé a trabajar en la resaca de mañana", escribiste en un trino a las 4:12 p. m. "Voy a Nando's", a las 5:20.

---

18. N. de la T.: Hace referencia al poema de Robert Herrick "To the Virgins, to Make Much of Time", que comienza: "Recojan sus capullos de rosa mientras puedan".

"Soton está genial", a las 6:12. Revisé varios trinos anteriores. 1:41, "¿Acaso conocemos de verdad a alguien?". 1:51, "Me voy a emborrachar de verdad".

Quedaste sorprendida cuando finalmente me viste. Es como si no pudieras creer lo que veías.

—Luke —dijiste—. *Luke.*

—Hola, Al. ¡Sorpresa! Vine a verte.

—No quiero que me vean.

Estábamos junto al río, tú en una banca.

—Eres como los buses —dijiste y reíste, pero no era una risa feliz.

—Estás borracha.

—¿Quién eres, mi papá?

Estaba oscuro y algunos copos de nieve comenzaron a caer.

—Mira, está nevando —dijiste, solo que arrastrabas las palabras—. La caída es larga una vez te vienes abajo, ¿no es así? —Bebiste luego un trago de tu lata de *gin-tonic*. Comenzaste a llorar y pensé que tu bebida podía haber estado adulterada, y la idea de ti, mi hermosa Al, allí afuera, ebria, con hombres listos para hacerte eso, y todo por mi culpa, me hizo sentir furioso. Todo lo que habría hecho falta era que te hubieras parado unos pocos metros más allá, junto a la barra en el Porterhouse, treinta segundos más en la fila del Victoria; que mi reunión de las 4:30 se alargara unos minutos; que un colega me hiciera una pregunta en el punto de "varios". Cualquiera de estas cosas y tú no habrías estado allí conmigo.

—He estado tratando de llamarte toda la noche —dije.

Comenzaste a palpar frenéticamente los bolsillos de tus *jeans.*

—Perdí mi teléfono.

—No lo perdiste, cariño, está aquí. —Lo recogí del suelo y te lo entregué. Debió encenderse cuando cayó al suelo porque estaba reproduciendo una canción de una de tus bandas favoritas, The XX—. Te ves fría.

—Manos frías, corazón caliente.

Tu cara estaba roja, el cabello alborotado. Te veías como después del sexo. Tal vez dormir contigo compondría esto; habiendo quedado reducidos a piezas sueltas, cuando nos reuniéramos de nuevo podríamos ser diferentes y tal vez yo no fuera un cretino. Traté de tomar tu mano pero me alejaste.

—¿Quién lo habría pensado? ¡Mi mamá!

—¿Qué quieres decir, Al?

En mi mente apareció una imagen de ella, sirviendo café y preguntándome sobre mi trabajo. "Apuesto a que era preciosa hace unos años —dije después de que me la presentaste—. Toda una 'mami'", y tú: "Oye, suficiente". Luego dijiste que seguía siéndo preciosa, ¡no una "mami"!

—¿Qué pasó con los lemmings? —dijiste—. ¡Nunca respondiste el correo electrónico sobre los lemmings!

Obviamente no lo había hecho, hasta ese momento ni siquiera lo había visto. Me parecía que no estabas diciendo más que tonterías, y la exasperación crecía en mí.

—Tú y yo, Al —dije—. Íbamos a ser tú y yo contra el mundo.

—¡Tú y yo, y una chica en Praga!

La mención de ese lugar fue como una ráfaga de aire frío.

—¿Por qué no puedo dejar de sentirme así? —dijiste.

—¿Cómo?

—Como *yo*. —Pero sonó "dyo".

Tenías los hombros mojados, te habría dado mi abrigo si hubiera tenido uno.

—No hay nada malo en ti. Eres perfecta.

—La gente perfecta no termina en este lugar.

Vi un puesto de venta de helados, escalones que descendían al agua, el puente. "Ambos estamos viendo las dos cosas —pensé—, pero no ayuda".

—Estar solo es una mierda.

—Estar con alguien que es una mierda, es una mierda aún peor. No puedes escoger qué partes de mí te gustan y cuáles no. No es así como funciona. No soy un paquete de dulces surtidos. Yo debería importarte de todos modos, dijiste que así *sería*.

—Así es.

—Es así cuando te conviene, cuando es fácil, pero ¿qué pasa cuando es difícil? Porque eso es lo que cuenta. Te pedí que me dieras más tiempo, ¿por qué lo ignoraste?

Me pregunté cómo íbamos a recordar esto. Reconstruir las grandes noches había sido una ocupación frecuente para nosotros en las mañanas siguientes, y me encantaban esas noches; pero recientemente las que más me gustaban eran las tranquilas, en las que estábamos sobrios, cuando solo estábamos nosotros. Recuerdo haber visto cuando te desvestías una noche, poco después de habernos conocido, luego te desmaquillaste y de repente tuve una revelación: "No *tengo* que ser un novio de mierda".

—Te amo —dije.

—¿Nunca has querido nadar lejos de todo, Luke? Porque yo sí. Ya no sé quién soy.

—Eres Alice.

—Buena esa —dijiste, como si te hubiera hecho una broma—. ¿Quién es esa? ¿Quién es Alice?

Un auto policial pasó y fue como si el sonido de la sirena abriera un agujero en el sello que nos aislaba y otra oleada de borrachera te invadió.

—Quiero a mis amigas —dijiste—. Quiero irme a casa. ¿Dónde está mi casa?

—En Balham —dije—. Vives en Balham.

—Allí no —dijiste. Temblabas y te rodeaste con tus propios brazos mientras te frotabas. Esos bracitos con los huesos apenas cubiertos de carne—. No te duermas. Vientos con nieve.

—¿De qué estás hablando, Al?

—Estoy equivocada —dijiste—. "*Diasmante* en la nieve"… Tengo que decirlo bien. —Una ambulancia pasó velozmente, con las luces y la sirena—. La noche de alguien terminó mal.

Eso te sucedía con frecuencia: tenías momentos en que casi estabas sobria en medio de la borrachera, como si salieras a tomar aire. Te sacudiste algunos copos de nieve de tu regazo y pensé que debías tener puestos esos mismos *jeans* desde la última vez que te había visto. ¿Qué más había ocurrido en esas ocho semanas? Así es como sucede, así se separan las parejas, simplemente permiten que ocurra y pensé: "Qué diablos, ¿por qué no? Nunca va a haber un momento perfecto, o más bien del todo inapropiado", y me puse de rodillas.

—Eres la indicada, Alice —dije.

Pero debiste pensar que me había resbalado, porque estallaste en una carcajada.

—Ponte de pie —dijiste—. ¡Levántate!

Me detuve, y la ira comenzó a invadirme de repente. Traté de controlar mi respiración, me quedé mirando la placa sobre la banca, algo acerca de una mujer muerta. "Ella solía sentarse aquí para ver el mundo fluir". Encendiste un cigarrillo, aspiraste profundamente dos veces y exhalaste el humo en mi cara.

—No hagas que te odie —dije, aunque no era eso lo que había planeado. Bebiste otro trago, le diste otra chupada al cigarrillo—. No me jodas.

—Eres tú quien se la pasa jodiendo por ahí.

—Una vez, Alice, una vez. ¿Desde cuando *una* sola vez es andar jugando por ahí?

—Una vez más de lo que yo te he engañado. Se han cagado más sobre mí de lo que yo la he cagado, *Lear* —dijiste riendo. Unos hombres se iban de bruces en la distancia mientras cantaban—. ¿Por qué no pueden dejar de seguirme?

Me pregunté si hablabas de ese tipo con el que estuviste coqueteando en All Bar One. Prácticamente te sentaste en sus piernas. Miré dentro a través del cristal, como lo hicimos con esos tiburones en el acuario, y tuve que reprimir mi deseo de caerle encima. Tal vez allí ya había sucedido algo. Tú acostándote con un viejo amor para vengarte de mí por lo de Praga. Me lo merecía. Los celos son como el dolor, se multiplican propagando odio y sufrimiento, pero lo único que deseo es que todo vuelva a ser como antes. Tú, viniendo a ver *En vivo desde el Apollo*. Incluso te dejaría ver *Wallander*. Llegarías a quejarte de platos sucios apilados y de las cajas de *pizza* de más de tres días, regresarías a mi habitación desde la ducha, temblando y goteando agua. Luego dirías que no sería demasiado grande y que tal vez no fuera el suburbio más elegante, que podría ser en Tooting o en Brixton o en Elephant, pero que podríamos rentar nuestro propio apartamento si lo pagábamos entre los dos.

—Fui sincera acerca de cómo me sentía —dijiste—. El amor no es como una llave del agua que simplemente puedes cerrar. ¿No te bastó que dejara mi corazón y mi alma en un correo electrónico? No puedo creer que lo ignoraras.

—Parece que necesitas un abrazo.

—Lo necesito, pero no de ti, no ahora.

Una semilla de resentimiento germinó en mí. Estaba viviéndolo otra vez, destinado a seguir arruinándolo como en una terrible parodia de *El día de la marmota*. "Tengo 27 años —pensé—. Estoy demasiado viejo para esto".

—¿Recuerdas cuando fuimos a nadar desnudos? Hagámoslo ahora —dijiste.

—No seas ridícula. Está nevando.

—Tú eres el ridículo, revolcándote por ahí.

Esa semilla de resentimiento creció y traté de contar hasta diez antes de hablar, escuchaba el agua caer sobre la presa a lo lejos, pero cuando llegué a seis me escuché decir:

—Mira el estado en el que te encuentras. Eres una vergüenza.

—Tú no estás mejor. No se sabe quién es peor. Tú, yo, incluso mi mamá.

Me llenó un deseo de emborracharme. Me había tomado seis o siete cervezas, pero había quedado a medio camino, medio sobrio, medio ebrio, medio vacío, medio lleno, medio lo que habíamos sido. Necesitaba emborracharme al punto de no darme cuenta de que lo estaba arruinando todo.

—¿Puedo tomar un poco de eso? —pregunté señalando la lata.

—Se acabó —dijiste—. Todo se acabó.

No era así como se supone que sería. Iba a proponerte matrimonio y no planeaba lastimarte, ya lo había hecho, pero podía sentir la ira creciendo rápidamente dentro de mí, rancia, ácida y vengativa. Un sentimiento nuevo que no era amor, hiriente e incontenible.

—Regresa a mi hotel.

—Prefiero dormir sobre esta banca.

Te concentraste abatida en la placa de la mujer muerta, luego miraste de reojo mis pantalones.

—¿Acaso son tus llaves o estás feliz de verme? —preguntaste burlona.

Dirigí la mirada al bulto que hacía la cajita de la joyería. Incluso arruiné la propuesta. Tú me hiciste arruinarla. Me imaginé contándole las noticias a Charlie, tratando de hacerme el valiente. Le escribiría desde el bar del hotel o desde el tren mañana. "De vuelta al ruedo, amigo. Tu compinche está de regreso. ¿Cervezas el viernes?". No pude discernir si lo que sentía era euforia o desesperación. Saqué la caja, la arrojé al río y chapoteó.

—¿Qué era eso? —preguntaste con indiferencia.

—Historia, lo mismo que vas a ser pronto.

—Muy profundo —dijiste, y tal vez si no te hubieras reído yo no habría hecho lo que hice después, pero en ese momento, con el cabello en tu cara y el cigarrillo a medio fumar junto a tus pies, eras la persona que odiaba más que a mí mismo. Tenía que acabarlo, acabar lo nuestro, de manera tan definitiva que ya no pudiéramos volver a lastimarnos.

—Esa chica en Praga era preciosa —dije y recordé con toda claridad cómo había sido yo antes de ti: independiente, sin nada que perder, sin nadie por quien preocuparme, sin nadie a quien decepcionar ni nadie que me decepcionara—. El sexo fue increíble. Yo bien podría haber estado muerto, como cuando estoy contigo en la cama. Tú bien podrías haber estado muerta, como cuando estás conmigo en la cama.

—Es curioso que digas eso.

Bebiste en vano de la lata vacía. Me estiré y noté un desgarre. Vi tu sostén negro con volantes, el que te compré para el Día de San Valentín. Necesitaba tenerte tan cerca como para olvidarlo todo, o alejarte tanto como para no volver a verte nunca más. Sí, eso era, nadie a quien lastimar, nadie que me lastimara. Podía vivir así. Podía sobrevivir. Tenía que vivir así para sobrevivir, guiando a las chicas que conocí la noche del sábado hacia la puerta de salida el domingo en la mañana, besándolas en la mejilla y diciendo: "Lo haré" cuando preguntaran si iba a llamarlas. Luego le enviaría un mensaje a Charlie, el señor Soltero, diciendo: "Amigo, ¡conseguí una chica buenísima anoche!".

Solo tuve la confianza para hablarte la noche en que nos conocimos porque no tenía nada qué perder y había estado tan contento de haber dejado toda esa mierda —todo ese yo— atrás, pero ahora había vuelto a lo mismo y no podría ser peor que esto, aunque primero necesitaba que te fueras, borrarte. En ese momento te odié, Al, por hacerme creer que había una alternativa. Vi el puente con sus celosías y voladizos, y recordé que alguna vez quise ser arquitecto. Otro sueño abandonado.

—Regresa conmigo, Al, por favor —dije. En un último y patético esfuerzo.

Levantaste la cabeza.

—Al menos Ben es sincero sobre la mierda que es.

Ignoré eso, quienquiera que haya sido ese maldito Ben, y por un segundo pude controlar mi necesidad de ir tras de ti. Esto se convertiría en un recuerdo, como había pasado con Amy o Alex o Pippa. Una visión fugaz y vaga de cuando yo pensara en ti dentro de un año o dos o cinco; con una punzada de remordimiento, es cierto, pero como un recuerdo.

Te vería como un peldaño hacia *ella*, quienquiera que fuera mi próxima novia. Tal vez esta noche, esto, se convertiría en una broma entre los dos, entre ella y yo, cómo había discutido una vez con una mujer en una banca junto al río mientras nevaba. Cómo había seguido una vez a una chica hasta Southampton como un adolescente enamorado. Que había salido con una periodista. Al principio nos reiríamos con incomodidad —pero cada vez menos— acerca de eso, de ti, de nosotros; así como reímos ahora (reíamos) tú y yo de cuando Amy y yo nos separamos por culpa de una pata de cordero; o de cuando Alex me dijo en una parada de bus en Neasden que yo estaba atrofiado emocionalmente. Yo odié haber perdido a Amy, a Alex y a ti. ¿Cuándo iba a terminar esto?

—Te amo, Al —dije otra vez, y no eras la única que estaba llorando—. No voy a permitir que me dejes.

Pero te levantaste de repente cuando te agarré, estabas húmeda por la nieve; siempre decías que eras grande, como Shrek, pero me sentí dos veces, tres veces, diez veces más grande que tú, y furioso de no poder proteger algo tan frágil, tan hermoso.

—¡Déjame! ¿Por qué todos quieren ponerme las manos encima? No lo soporto.

Cuando comenzaste a gritar puse mi mano sobre tu boca, porque si alguien hubiera escuchado habría creído que yo te estaba atacando. Podía sentir tu respiración, tus labios, tus dientes, tu nariz, tu cuello. Sobre tu hombro se veía el tenue resplandor de un cigarrillo a lo lejos, al otro lado del río.

—No puedo respirar —chillaste.

—Entonces deja de gritar.

—Auxilio, auxilio, alguien que me ayude.

—Chiss… Estoy tratando de ayudarte.

—Me estás lastimando.

—Por mí puedes lanzarte de ese puente —dije mientras te agarraba con más fuerza.

Inclinaste la cabeza hacia un lado y pudiste verlo, pero no te dejé ir. Vi tu escote y tuve una imagen de ti en la cama, sin ropa y arrastrada por el deseo hacia mí, como un pez en un sedal. Estiré mi otro brazo pero tú lo apartaste de un golpe, entonces te agarré. Tenía que esperar, tenía que quedarme contigo, para poder explicar y, de repente, me di cuenta de que te tenía agarrada por el pelo.

—Suéltame —gritaste.

* * *

Comentarios dejados en la tarjeta de despedida para Alice Salmon del *Southampton Messenger*, 20 de noviembre de 2009

¡Te extrañaremos a ti y a tu risa, pero no a tus asquerosos tenis sobre el radiador!
Amanda

Era inevitable que pescaran* a alguien con tu talento tarde o temprano. Es una gran oportunidad que no puedes rechazar. Nuestra pérdida es la ganancia para Londres. Gracias por todo tu esfuerzo y entusiasmo.
¿Tal vez podamos traerte de vuelta algún día?
Mark
*Pescar Salmon, ¿captas?

Ya llamamos a Rentokil[19] para desmontar tu escritorio. ¡Les advertimos que puede haber ratas!
Barbara S.

¿Recuerdas el éxito de la campaña Capturen al Acechador Nocturno? Llevaste tras las rejas a uno de los hombres más peligrosos de Southampton, y deberías sentirte orgullosa por eso. Los mejores deseos.
Bev

¡Próxima parada, el *New York Times*, con una pequeña estadía en Balham antes!
Gavin
P. D.: Si Cazza te dice que tu regalo de despedida fue idea de ella, está mintiendo. Fue mía.

---

19. N. de la T.: Empresa de control de plagas.

Vete, Cara de Pescado. Si se te queda tu iPod no te preocupes, nadie lo va a reclamar. Afortunadamente tu gusto para los libros es mejor que para la música. Gracias por las lecturas que me recomendaste y gracias por los recuerdos.

Bella

¡Snif! Has sido como una hermana mayor para mí, ¿eso te hace sentir vieja? Aprendí mucho de ti, y has sido un excelente hombro sobre el cual llorar. Me encantó cada minuto que trabajé contigo. ¡Tríname, Srta. S!

Ali xxx

Ya es una leyenda el día en el que la chica nueva se enfrentó a Sexiest Sexton y se negó a hacer un llamado de la muerte.

Gavin

Espero que te guste el Kindle. ¡Es el nuevo DX de primera generación con la pantalla grande! ¡Ya no tienes ninguna excusa para no leer a Kafka!

Cazza

P. D.: ¡Gav está hablando estupideces!

¿Quién va a preparar ahora el té, incluso cuando insistías en que el tuyo tenía que ser tan fuerte que la cuchara debía quedar parada en la taza? Disfruta de Londres. ¡Qué envidia! ¿Cuándo podemos ir de visita? Dos de azúcar, por favor.

Phil

Las noches del viernes en Flames no serán lo mismo sin ti. Tienes que regresar para vernos. Que el mío sea doble. :)

Juliet

Buena suerte.
De Anthony Stanhope

Te has esforzado para hacerte la indiferente, Srta. Salmon, pero sé de buena fuente que estás loca por mí, ¡entonces hazme saber cuando estés lista para esa cita! ¡Un hombre como yo no te va a esperar por siempre!

Big Tom

Periodista extraordinaria, reina de los panaderos, corredora, trabajadora de beneficencia, campeona de los desposeídos, entusiasta del tequila, amiga increíble. ¿Hay algo que no puedas hacer? Cuídense, hombres de Londres.

Toneladas de amor y abrazos, Michelle x

* * *

Carta enviada por el profesor Jeremy Cooke, 29 de junio de 2012

Mi querido Larry:

Fui al río después de haber estado en la estación de Policía; al sitio al que llegó la procesión de presentadores de televisión, como si su proximidad geográfica les diera una perspectiva única. "Fue aquí —decían en voz baja y con tono de conocedores—, que se interrumpió una vida joven y prometedora. Aquí, en este lugar por lo general pacífico y tranquilo, donde murió trágicamente una joven. Aquí, donde una salida un sábado en la noche, de esas que miles de jóvenes disfrutan todos los fines de semana, llegó a su espeluznante final". Se enfocaban casi en exclusiva sobre este tramo, despertaban el interés de sus televidentes con detalles sin corroborar acerca de la fuerza que tenía la corriente el 5 de febrero (entre media y rápida), cuánto pesaba ella (según dicen entre 60 kg y 67 kg) y lo que llevaba puesto (*jeans*, un top de seda morado y botas… hasta la rodilla, negras, de Topshop; uno de los presentadores llegó hasta ese nivel de detalle).

La escena al principio fue abarrotada de flores: una explosión de flores rojas, rosadas y amarillas de invierno, el fondo ideal para un camarógrafo. Ahora solo quedaban los restos de un pequeño ramo marchito. No había ni un alma, fue después de la 1 a. m., y yo me arrodillé junto al agua, metí mi mano y sentí una oleada de frío. Los informes iniciales dijeron que un trotador vio el cuerpo, y luego que había sido un paseador de perros. Él quedó impactado cuando lo contacté, me preguntó si era un oficial. Sí, le dije para tranquilizarlo. Le hice preguntas como si no estuviera informado de nada, pero parecía tan importante: llenar los vacíos. Pensó que se trataba del tronco de un árbol, luego se dio cuenta de que tenía ropa.

—No podía asimilarlo —dijo este hombre con quien me encontré en el restaurante de Debenhams—. Era como si mi cerebro no pudiera procesarlo, una mujer muerta en el agua.

No usó esa expresión, con la que de hecho solo me he venido a familiarizar recientemente, pero lo que vio fue la primera etapa de los "cambios *post mortem* tras la inmersión". La piel de Alice, como con un caso grave de piel de gallina (*cutis anserina*, es el término técnico), suave, tersa, hinchada y arrugada como la de una lavandera. Dejando su café sobre la mesa, dijo que ella tenía una rama en su mano. Al parecer no es inusual que los cuerpos sigan aferrando objetos en un espasmo cadavérico. Si hubiera permanecido más tiempo en el agua, los peces y otras criaturas habrían mordisqueado la carne de Alice, sus labios y sus párpados. Esa acepción de la palabra *antropofagia* era totalmente desconocida para mí. Aún más tiempo y se habría hundido, antes de volver a la superficie en algún momento, empujada por el gas producido por las bacterias de su cuerpo. Vi que lo describieron macabramente como "inflarse y flotar" en una sala de chat en Internet.

El hombre de Debenhams sentía terror de que la Policía pudiera arrestarlo; sacó conclusiones apresuradas.

—El Concejo reemplazó muchas de las vallas cerca del puente —dijo.

Le conté acerca de la campaña de Alice en el periódico cuando trabajaba en la ciudad. Lo convencida que estaba con esto; cómo su firmeza y su tenacidad habían logrado resultados.

—Las habían vandalizado, pero uno tendría que haber *querido* saltar para pasar sobre ellas —dijo.

Tuve mis sospechas al comienzo, pero simplemente no puedo imaginarlo: ella quitándose la vida. No Alice. Por cada página de su diario en la que escribía lo mal que se sentía, había dos dedicadas a cuán fantástica era la vida. Había pasado por épocas malas antes. La pobre Liz está saltando de una teoría a otra. Supongo que habrá contemplado la teoría del suicidio, asomándose a ella como a un precipicio, pero se ha negado a aceptar o siquiera reconocer que es posible. Mis conclusiones hasta ahora lo confirman, una y otra vez esa chica se había fortalecido, había combatido la oscuridad, había perseverado, había *vivido*.

Junto al río, saqué la mano del agua y apareció un leve recuerdo de ir en un bote, con la espalda inclinada y mi mano flotando sobre el agua. Caí sobre mis rodillas y mis manos.

—Querida, ¿dónde *estás*? —Estaba allí llamándola y vi mi reflejo, las gafas medialuna, las cejas, las arrugas, los mechones de pelo, luego se desvaneció. Me preguntaba qué habría pasado si me hubiera involucrado, si la hubiera seguido, si me hubiera ido tras ella. No es el dolor de la enfermedad lo que me asusta, Larry; no es algo tan terrible. Es la perspectiva del deterioro lo que no soporto. El pensamiento de Fliss teniendo que verlo. Como si ya no la hubiera lastimado lo suficiente.

—No vas a escaparte tan fácilmente —dijo ella cuando sugerí unas últimas vacaciones en Suecia. Su cara se contrajo de tristeza y dijo que la vida era preciosa, que no nos correspondía decidir sobre ella y que, además, atesoraba cada segundo junto a mí.

Cuando el chico de los tatuajes mencionó el *hara-ki-ri*, enredé a esa pequeña basura al señalar lo que traducía. Le expliqué que los samuráis derrotados restauraban su honor destripándose, y la sensación de evasión fue como la de estar dando una clase.

Si uno se enfoca deliberadamente en los detalles, deja de ver lo que estaba mirando, no se siente nada, solo se acumulan detalles y datos, la estructura familiar del conocimiento.

—Imagina una pena tan grande que obligue a una persona a quitarse la vida —dije, y él hizo lo que había hecho antes: preguntarme por qué hablaba sobre los seres humanos como si fueran una especie diferente, como si yo no fuera uno de ellos. Me pidió más dinero y yo le expliqué que cuanto menos ruido hacía un samurái después de haberse abierto el vientre con su espada —su *wakizashi*— más valiente era.

Mientras miraba hacia ese puente, me di cuenta de algo, Larry. De lo completamente inútil que era todo este conocimiento. Si tomara un cuchillo, lo clavara en el lado izquierdo de mi abdomen y moviera la hoja hacia la derecha y luego hacia arriba, ¿acaso ese conocimiento evitaría que la sangre se acumulara alrededor de mis pies? No significa nada, así como tampoco el hecho de haber aprendido palabras como "braquiterapia" y "ácido zoledrónico" podía hacer desaparecer mi enfermedad.

—No hay nada como el cáncer para ampliar tu vocabulario —le dije a Fliss, después de una de mis visitas al hospital.

—Te amo —dijo ella.

Lo he decidido, te lo voy a decir. Cuando esto esté listo, cuando haya reunido toda la información que pueda sobre Alice, voy a contarte lo que ella significó para mí, ella y su madre. Voy a contártelo a ti y al resto del mundo, porque ¿cómo vas a creer que estoy siendo sincero sobre *cualquier* cosa, cómo vas a creer cuánto te quiero si no puedo ser honesto acerca del lugar que ellas ocuparon en mi corazón?

—Es bonita la manera en que estás reconstruyendo a esta chica —comentó alguna vez mientras mirábamos una presentación con fotos de ella en mi portátil.

—Como lo dices, parece que estuvieras hablando de Humpty Dumpty —bromeé y recordé que ni todos los caballos ni todos los hombres del rey pudieron hacer nada por ese pobre sujeto.

—Supongo que no estás pensando en publicar nada de eso, ¿cierto? —preguntó ella.

Pobrecilla, no tenía idea.

He tratado de entender qué es este nuevo sentimiento que me impulsa a decirle al director: "Estoy haciendo esto con o sin su aprobación", o al rector: "Me importa un bledo cuál sea su opinión", o al más reciente integrante de nuestro departamento, una bestia de mandíbula cuadrada y pecho amplio: "¿Es usted tan aburrido en la cama como en el laboratorio?". Lo sentí cuando tuve el primer indicio de lo que podía ser eso que me hacía ir corriendo al baño cuatro veces en la noche. De nuevo cuando vi momentáneamente, en los ojos de mi doctor, que ya lo sabía. Después otra vez cuando el especialista pronunció la palabra "terminal". Te diré lo que es esto, Larry, es la ausencia de miedo. Al fin, una completa y total ausencia de miedo.

—¿Sabes? No voy a darte más dinero —le dije al chico tatuado. Alcancé a escuchar levemente la música que venía de sus audífonos. Tal vez así va a ser después de que esté muerto, pensé: ecos del mundo. Buscó en su mochila y esperé que me mostrara otro artículo de Alice, pero sacó una estatuilla de cristal que debió haber estado en el aparador de nuestro comedor. Se la había comprado a Fliss para nuestro aniversario, cuando vivíamos en la vieja casa.

—Vete a la mierda —me escuché decir.

Por un momento quedó estupefacto. ¿Por qué nunca me les enfrenté a los bravucones cuando era niño, Larry?

—No me *importa* lo que hagas con la carta —dije—. Pronto estaré muerto. A ti te quedan otros cincuenta años por vivir. Imagina eso, medio siglo más teniendo que ser tú, eso debe ser una tortura. Tienes más que ocultar que yo, y más que perder. No vas a sacarme un centavo más.

Él siempre cerraba la puerta con seguro cuando iba a verme, pero me pregunté qué habría pensado de nuestra escena alguien que hubiera entrado. ¿Un profesor y uno de sus estudiantes? ¿Un investigador y uno de sus asistentes? ¿Un padre y su hijo —ciertamente muy joven, tal vez de un segundo matrimonio— que pasó a saludar o a pedirle algo de dinero a su viejo?

—Me odia solo porque somos iguales —dijo él—. Usted puede ocultarlo, pero no es más que la versión respetable de lo que soy yo. Es yo con una chaqueta de *tweed*.

Solté una carcajada.

—Váyase a la mierda, Hombre de Hielo —dijo.

Me pregunté si hubiera tenido un hijo, alguna vez habríamos llegado a hablar de esa manera; si habríamos peleado, si nos habríamos llevado bien, si nos habríamos admirado el uno al otro. Traté de agarrar la estatuilla y se cayó al suelo, quedó destrozada.

—Voy a revelar la verdad antes que tú —dije—. Voy a escribirlo todo en un libro, pequeña basura, hasta puede que aparezcas en él.

—¡Parece que el señor y la señora Salmon van a tener mucho para leer! —contestó.

Todos íbamos a tener mucho para leer, si me salía con la mía.

El veredicto del forense equivalía a admitir que estábamos sin respuestas. Espuma blanca en su boca y su nariz, fluido en sus pulmones, sedimentos acuáticos en su estómago: esas observaciones les habrían sugerido a quienes examinaron a Alice que ella se ahogó, que estaba viva cuando entró al agua, pero no explicaban lo que sucedió antes. ¿No te parece irónico que en un mundo en el que se vigila, monitorea o filma cada paso que damos, ella haya dado los suyos sin ser vista? Al menos, por el resto del mundo. ¿Debería estar alguien tras las rejas por esto? Algunos probablemente dirían que debería ser yo por lo que hice esa noche de diciembre en 2004, aunque esa es otra historia.

Cuando visité el río después de mi sesión en la estación de Policía, me senté allí hasta que hubo luz, observé los desechos y el agua profunda y negra como la tinta que corría velozmente junto a mí. Y veía a Alice Salmon. Recordé mi libro de Humpty Dumpty, con su cubierta amarilla agrietada, cuando tocaba su lomo y podía sentir la historia, a ese niño huevo.

—Es un huevo antropomorfo —había dicho mi padre—. ¿Recuerdas lo que eso significa, Jeremy?

No podía, en absoluto; todo lo que quería hacer era decir la historia en voz alta, escuchar por una vez que él la dijera en voz alta, esas rimas conocidas y tranquilizadoras.

—Ya hemos pasado por esto —dijo él secamente—. ¿Probar esto te ayudará a recordar. —Y se aflojó el cinturón.

Es un cuarteto simple. Pero no significa nada estar familiarizado con su forma. Entonces qué importaba que yo conociera a ese frágil y protuberante huevo que aparecía en *Alicia a través del espejo*, discutiendo sobre semántica con la protagonista. Me pregunto si *nuestra* Alice alguna vez leyó ese libro. A ella le habría encantado la heroína epónima. Las reuniría de nuevo, querida y dulce Alice, y cuando las convocara en mi libro, cuando estuviéramos juntos en él, tal vez sería el momento apropiado para que *yo sufriera una gran caída*[20].

---

20. N. de la T.: Esta última frase hace referencia a la rima infantil de Humpty Dumpty.

El punto es, viejo amigo, que yo la vi la noche en que murió. No le mencioné esto a la Policía, lo interpretarían mal. No es que nadie nos haya visto cuando hablamos, cuando discutimos, pero solo alimentaría las especulaciones. Seguí sus movimientos en Twitter: una lista de nombres de *pubs* y de bares, alfileres en un mapa. Fue en la acertadamente llamada Above Bar Street[21] cuando al fin la alcancé y escuché una carcajada que venía de un grupo de fumadores en la entrada de un *pub*. "Reconozco esa risa", pensé. Su tono, su timbre. Me di la vuelta y quedé boquiabierto. "Reconozco ese pelo", pensé. *Alice*.

—*Usted* —dijo ella sorprendida, asustada. Unos minutos después, una bofetada en mi cara.

¿Por qué no pudo usar zapatos en lugar de botas, Larry? No la habrían hundido tanto. Tenía marcas en su cara, me dijo el hombre en Debenhams. Presumiblemente de cuando la corriente la había golpeado contra superficies duras. Debieron ser los peldaños. El oleaje del agua la había aporreado una y otra vez contra ellos.

En mi cabeza recreé la escena, ella flotando corriente abajo, aunque sabía en mi interior que no fue como Ofelia, porque había aprendido otra cosa: los cuerpos en el agua siempre flotan bocabajo.

Cordialmente,
Jeremy

* * *

---

21. N. de la T.: Calle principal en el distrito de Above Bar en Southampton.

Mensaje de texto de Elizabeth Salmon, 4 de febrero de 2012, 13:27 p. m.

Alice, hazme un favor, cariño: no puedo abrir mi buzón de correo electrónico. ¿Puedes entrar desde tu teléfono...? Estoy en el centro de jardinería y necesito el código de un bono. Debe estar en el correo que llegó ayer. Espero que te esté yendo bien en tu fin de semana en Southampton. Tu padre dice que no bebas demasiado. Te amo x

* * *

Carta enviada por el profesor Jeremy Cooke, 3 de julio de 2012

Voy a ser franco contigo, era el mismo terrible asunto de siempre, Larry. Conversaciones superficiales y vanas. Marcar tantos en la profesión. Aventajar a los demás en el escenario antropológico. Al menos había mucho alcohol para mitigar el dolor.

Estábamos en una reunión de científicos después de una conferencia. No estábamos escabulléndonos a un hotel de pacotilla, ni tomándonos una sesión de media hora en mi oficina con las persianas cerradas, ni en mi auto a la orilla del camino en New Forest. Liz y yo estábamos en una fiesta. Esto era lo que ella había deseado. Nosotros, juntos, en público.

Cada vez que se abría la puerta no podía dejar de mirar quién era.

—Relájate —me calmó ella—, estás a kilómetros de tu casa. No conocemos a nadie aquí. Además, todos están más preocupados de sí mismos que de los demás. Es la naturaleza humana.

Nos paramos en la cocina. Algunas personas bailaban al ritmo de Abba en la sala. No había nadie de mi edad, todos tenían veintitantos años o eran de edad madura. Liz llevaba un vestido negro y el collar que yo le había comprado, se veía preciosa. Me sentí cautivado por su cuello esa noche en particular: esa curvatura larga y blanca, como la de un cisne o la del tallo de una orquídea, o la de una pieza ornamental de vidrio soplado. Me sentía como el personaje de una película, como un Charlton Heston o un Gregory Peck.

Los hombres no dejaban de acercársele.

—¿Ustedes dos vienen juntos? —preguntó uno con el mayor descaro.

—Bueno, no soy su padre, ¿cierto? —le dije hosco, acosado por los celos. Puse mi brazo alrededor de ella, sentí sus pequeños hombros y le susurré—: Te ves hermosa.

Podía sentir la tensión en su cuerpo. Debía haber previsto esto: hubo silencios durante el almuerzo, mientras ella hurgaba su caballa. Yo pregunté cómo estaba su comida y ella se limitó a contestar: "Seca". Incluso los intentos por retomar la conversación de una manera más satisfactoria, hablando de un tema que yo sabía —o suponía— que a ella le resultaría fascinante, el rescate del *Mary Rose*, extraído de su tumba en el océano después de 473 años, resultaron infructuosos.

—No puedo seguir así —dijo.

—Este vino no está muy bueno, lo admito.

—Necesito sentir que estoy siguiendo una trayectoria.

Esperé a que el momento pasara. Pero como no sucedió, dije:

—Se nota que estás en el Departamento de Inglés. ¡Pronto estarás hablando de nuestro *arco*!

—No te burles de mí —dijo ella—. No es poco razonable. Lo que estamos haciendo es tan lamentable, y no es justo para nadie, sobre todo para Fliss.

El nombre de mi esposa pasó como una sombra por la habitación. Los niños de quienquiera que fuera el anfitrión de la reunión, y que habían estado aterrorizando a los invitados toda la noche, corrieron hacia la cocina. Sus padres habían hecho vestir formalmente a los pequeños desventurados con corbatas y chalecos de lana. Estos académicos ni siquiera podían permitir que su prole fuera ajena a sus obsesiones.

—¿Por qué será que los hombres siempre creen que las reglas son diferentes para ellos? —preguntó Liz.

Yo esperé, ansiando que fuera una pregunta retórica.

—¿No te das cuenta? Si va a haber un *nosotros*, quiero que sea algo de lo que me pueda sentir orgullosa.

Uno de los niños, un hermoso pequeñín que me recordó a mí mismo a esa edad, se acercó y se presentó. Había sido uno de los nombres en la lista que teníamos Fliss y yo, pero hacía ya mucho tiempo que habíamos dejado de hablar de nombres. Hacía mucho tiempo ya que habíamos dejado de hablar de hijos. Sabía que ella estaría en casa mirando *The Two Ronnies*, riendo en la parte en que ellos fingen ser presentadores de un noticiero, preparando café en la parte en que Ronnie Corbett cuenta el chiste largo y malo.

—Nunca vas a dejar a tu esposa, ¿cierto? —dijo Liz cuando el niño se alejó.

—Cálmate —dije—. Nos conocemos tan solo hace unos meses.

—Unos pocos meses, unos pocos años, no hay diferencia. Nunca la vas a dejar.

—¿Acaso la lealtad no es un rasgo bueno?

—Este no es buen momento para tu jocosidad, Jem. Todos necesitamos controlar el viaje que nos lleva a nuestro destino, pero yo no soy más que una pasajera en el tuyo.

Le di un vistazo a mi reloj. Ella tomó un gran trago de ginebra.

—¿Me amas? —preguntó.

—Vaya, esa sí es una pregunta.

—Sí, esa es una pregunta, y ahora mismo quiero una respuesta.

—Los antropólogos tenemos problemas con ese concepto —dije—. De manera generalizada se acepta que el amor, específicamente el amor romántico, evolucionó para concentrar la energía de apareamiento en un compañero, pues ese vínculo nos permite criar nuestra descendencia en equipo. Un estadounidense ha estado haciendo un trabajo fascinante en este campo. Toda esta área acerca de *para qué sirve el amor* es muy interesante.

—No me importa eso. Solo Dios sabe por qué, pero lo que me importa eres *tú*. Pensé que yo te importaba. —Liz encendió otro cigarrillo. Parecía que el único momento en el que ella no fumaba era cuando estaba "en flagrancia" o comiendo. Recordé que mi esposa y yo lo habíamos dejado juntos, poco después de conocernos—. Puede que no haya hecho las mejores elecciones en cuanto a hombres, pero no soy estúpida.

—No dije que lo fueras.

—Entonces, ¿por qué me tratas así? —Clavó en mí la misma mirada que había usado con la caballa. Miré hacia otro lado, una mesa rodante, un sofá color caramelo, un equipo de sonido con discos apilados junto a él—. Ese eres tú, Jem, lleno de opiniones acerca de todo, pero una sola maldita pregunta sobre ti y quedas sin palabras. No sé si te amo o si te odio más. Esa es fácil en cuanto a mí, es odio lo que siento, sin lugar a dudas, siempre es odio.

—Por Dios, no me odies —dije—. No te odies.

—Te diré para qué sirve el amor: sin él solo somos cuerpos revolcándonos unos con otros. Tener un amorío ya es bastante malo, pero es aún peor si solo se trata de sexo. Es más irrespetuoso.

—¿Irrespetuoso con quién?

—No te hagas el inocente. Para empezar, con tu esposa, ¿o te olvidaste convenientemente de ella de nuevo? —Bajó su cigarrillo—. Yo habría podido aceptar vivir con lo que le hiciéramos a Fliss si fuéramos a vivir felices para siempre. Si no es así, solo me estás tratando como… como *un montón de carne*. Si no es así, entonces yo estoy actuando como uno.

—Leí un artículo interesante hoy sobre el ADN mitocondrial —dije.

Ella rompió en llanto y pensé en lo diferente que se veía Fliss cuando lloraba: más tranquila, madura y controlada. En ese momento, mientras comparaba el dolor de esas dos mujeres, fue la primera vez que supe de verdad lo que era odiarme a mí mismo. Estiré el brazo y seguí el curso de su espalda con mi dedo índice.

—Liz, querida, no seas así, no llores.

—Nunca me has tratado como si fuera valiosa. Te importan más las personas que vivieron hace miles de años que yo. ¿Acaso no soy importante?

—Claro que sí, tú sabes que es así.

—No lo sé, cómo lo sabría, nunca me lo dices. Me siento tan terriblemente *perdida*.

"¿Por qué todos tenemos que ser tan malditamente frágiles?", pensé, pero debí haberlo dicho en voz alta porque escuché una voz débil responder:

—¿Frágiles? ¿Frágiles? Soy definitivamente más fuerte de lo que solía ser.

Liz se emborrachó rápidamente. Coqueteó con otros hombres. Dejó caer algunos vasos. Cuando traté de tocarla, dijo que no podía tener una relación a medias.

En la Galería Nacional, Liz y yo estuvimos parados frente a los Tizianos y los Caravaggios; ella dijo que no le importaba quién nos viera, que la tenía sin cuidado, que la vida era muy corta. Pasamos un fin de semana en Dorset, caminamos por la playa de guijarros en Chesil y escuchamos las olas. Llegamos junto al mar en Beachy Head en mi TR7 —el auto que Fliss decía en broma que era un síntoma del inicio de la crisis de la mediana edad— y bebimos champaña con el techo abajo, en la brisa salobre. Una parte de mí habría querido regresar directo a casa y *contarle* a Fliss, contarle acerca de lo lejos que uno alcanza a ver, del pequeño faro, y de la simple magnificencia de ese paisaje. La despertaría suavemente, ella estaría en la cama para el momento en que yo regresara de ese particular "simposio" de fin de semana, y diría: "Fliss, Fliss, nunca adivinarás donde he estado". Había sido un día tan extraordinario que parecía natural compartirlo. Una parte de mí había deseado llevarla a ese mismo sitio para que ella, *Fliss*, pudiera experimentar la misma dicha que Liz y yo, y poder ver en su cara la misma sonrisa (sonríe tan poco ahora) que había en la cara de Liz. "Una maldita vida no es suficiente —pensé y la imposibilidad de la situación de nuevo me dejó sin aire—. Te permitiste amar a dos mujeres, estúpido egoísta". La voz de un maestro, de Historia o del Clasicismo, resonaba en la habitación como si hubiera estado dirigiéndose a un perro: "Has sido un muchacho tonto, Cooke, *tonto*".

—¡Jeremy Cooke, no lo puedo creer!

Me di la vuelta. Martin Collings. Él había trabajado con Fliss cuando estuvo en el University College de Londres. Seguían en contacto.

—Martin, qué agradable verte —dije mirando sobre su hombro. Liz había ido al baño. Habíamos estado en la cocina hablando a duras penas; ninguno de los dos quería terminar la noche, pues a ambos nos aterraba lo que pudiera venir después.

—He sido espantoso —dijo Martin—. No he hablado con Fliss desde hace mucho tiempo. ¿Está ella aquí?

—No —dije—. No está.

Observé la habitación buscando a Liz. Estaba ebria y había estado ausente por una eternidad. "Por favor —pensé—, que me haya dejado".

—¿Cómo va tu trabajo? ¿Sigues ocupándote de los muertos?

Liz reapareció y se paró junto a mí. Se recostó sobre mí. No había nada, ninguna conexión, nada de intimidad, solo peso.

—Te amo y te odio; ¡de cualquier modo lo arruinaste, estúpida reliquia prehistórica! —Me besó en la mejilla. Era un beso de despedida: tierno, húmedo y cruel. Traté de ver la mirada de Martin. Casi podía leer su pensamiento y casi podía escuchar el mecanismo de su mente funcionando a toda marcha.

Liz salió de la habitación y yo hice el gesto con la mano de alguien que está bebiendo, como diciendo que no tenía ni la más remota idea de lo que estaba pasando, ignórenla, está ebria. Neil Diamond comenzó a sonar y ella se fue, tambaleándose hacia la sala como llevada por la música, como si hubiera recordado que había dejado algo allí.

—¿A qué estás jugando, Jeremy?

—¿Jugando?

La música se detuvo y luego empezó a sonar de nuevo. REO Speedwagon. Escuché la risa de Liz y me sentí extrañamente tranquilo, como si ya no estuviera en mis manos. Él le contaría a Fliss y eso sería mejor que cargar este enorme y escabroso secreto. Pero algo hizo que quisiera persistir con la mentira, el cliché. Era como un libreto que debía representar.

—No estarás pensando… Es en verdad gracioso. Ella es mi asistente, la contratación más reciente del departamento. Pero, para ser franco, tiene un problema con el vino.

Visualicé a Fliss poniéndole comida a la perra, deslizando el pestillo en la puerta trasera y subiendo las escaleras para ir a dormir. "Estas infernales fiestas académicas, ya sabes cómo son, siempre interminables, por lo que probablemente no regrese hasta mañana", le había dicho a ella.

—No me mientas —dijo Martin—. Conozco a tu mujer desde hace tiempo, ella no se merece esto.

Liz bailaba con el hombre a quien le había dicho que no era su padre. "Entonces así era —pensé—. Así es como son los amoríos".

—Eres una completa mierda, Jeremy —dijo el amigo de mi esposa.

Más tarde (en esa época no se castigaba a nadie por manejar ebrio, era 1982) entré a hurtadillas, acaricié a Milly cuando salió de su canasta para saludarme y le susurré que la había extrañado. Me di un baño y me metí en la cama, mi esposa balbució algo que no pude entender, debió haber sido "bienvenido a casa" o "por qué no llamaste" o "estoy sola". Y me quedé allí acostado y despierto junto a la mujer que era tan diferente de aquella con quien había pasado la noche, sobre todo en algo: estaba casado con ella. No dormí. Esperaba que sonara el teléfono, esperaba que ese perro servil de Collings sellara mi destino. El teléfono nunca sonó.

"Tal vez me salga con la mía", pensé mientras escuchaba la respiración suave y cadenciosa de mi esposa.

¿Cómo iba a saber lo que Liz iba a hacer nueve días después, Larry? ¿Debí haber previsto eso? ¿Tal vez evitarlo? Ya no éramos asunto uno del otro. Cuando me enteré fue tan impactante como cuando escuché que Alice había muerto. El toque vacilante a la puerta de mi estudio, un colega, uno de los pocos que sabía lo que estaba ocurriendo entre ella y yo, aparecía con una expresión que mezclaba compasión y desdén.

—Jeremy, ¿te enteraste?

Cordialmente,
Jeremy

* * *

**Tarjeta postal enviada por Alice
Salmon, 17 de agosto de 2009**

Queridos M y P:

El clima, infernal; el hotel, aceptable; la comida,
espantosa. Mucho tiempo en la piscina y muchos cocteles.
Poco sueño. La isla es hermosa (¡he insistido en que
hagamos algo "cultural" todos los días!). ¡Me parezco más
a una langosta que a un salmón! Hay muchos alemanes,
pero te complacerá saber que todavía no he mencionado
ni una sola vez la guerra, papá. ¿Fue a Fuerteventura
que vinimos cuando era niña? Las chicas envían saludos.

Los quiero mucho.

A x

P. D.: ¿Quién dijo que ya nadie envía tarjetas
postales?

* * *

**Correo electrónico enviado por Elizabeth
Salmon, 22 de julio de 2012**

De: Elizabeth_salmon101@hotmail.com
Para: jfhcooke@gmail.com
Asunto: Cuéntame

Jem:

Adjunta envío escaneada una nota que recibí esta mañana junto
con algunas fotocopias de tu letra e instrucciones para que las
"compares una con la otra". Necesito que me confirmes que
esa nota no fue escrita por ti, porque son bastante parecidas.

Ella tenía dieciocho años, estaba en primer año, era la primera vez que estaba lejos de casa; una nota como esta habría aterrorizado a cualquier chica de su edad. Esas letras enmarañadas le habrían puesto los pelos de punta. Si no fuera por mí, Dave te habría hundido.

No puedo creer que me haya dejado engatusar por ti para que te perdonara. ¡Por Dios, te envié fotografías de Alice cuando era niña! Dime que no he sido embaucada, Jem. Dime que no fuiste tú el que escribió esa nota.

Quienquiera que me la haya enviado dijo que te la había mostrado, que estabas "sudando como pedófilo con un disfraz de Santa Claus". Hoy estuve más cerca de beber que en cualquier otro momento desde que dejé el alcohol. Compré una botella de ginebra en Tesco y me senté en el estacionamiento con ella en el regazo. Todo lo que quería era irme a dormir y despertar cuando todo esto hubiera terminado. Nueve días después de que nos separamos, me bebí una botella completa. No es por nada que la llaman "la Ruina de las Madres". Nunca desaparecen, esas ansias son como una leve presión en la parte posterior del cerebro.

Me dijiste que los de la Policía al fin tendrían algunas respuestas acerca de lo que le ocurrió a mi niña, Jem, eso fue lo que dijiste, pero no lo han hecho… Todo lo que han hecho es evitarme y llegar a callejones sin salida, y algunas de las hipótesis que han explorado… francamente he perdido las esperanzas. Alguna vez hablaste del rastro que todos dejamos, la huella. Por el bien de ambos, espero que esta nota no sea tuya. Dios, ¿quién soy yo para venir a dármelas de santa?

Elizabeth

* * *

Artículo de opinión de Ali Manning en la página web del *Daily Digest*, 16 de marzo de 2012

Mi teléfono sonó tarde anoche, y cuando la persona que llamaba se presentó como Holly Dickens me tomó un segundo entender de qué se trataba. Ella era una de las chicas que estaban con Alice Salmon la noche en que murió.

Los lectores ya deben estar familiarizados con la historia de Alice Salmon. Escasamente ha dejado de aparecer en las noticias desde que se ahogó el mes pasado en Southampton. Bastante entonada, se separó de sus amigas y se cree que luego cayó a un río. La naturaleza de "pudo-haberme-pasado-a-mí" de este incidente lo ha convertido en un tema de conversación en todo el país.

Holly me contactó porque sabía que yo trabajé con Alice. Me preguntó si podíamos conversar confidencialmente, yo acepté. Conversamos casi durante una hora, gran parte de la cual ella estuvo llorando. Habló de su "permanente sensación de culpa".

Se ha convertido en un pasatiempo popular entre algunos comentaristas culpar a esta joven y a sus dos amigas, Sarah Hoskings y Lauren Nugent, por la muerte de Alice. Como si haberla perdido de vista por unos segundos fuera un crimen. Como si todos no hubiéramos estado en esa situación alguna vez.

—¿Cómo es posible que en un minuto me estaba preparando para salir con una amiga en la noche y al siguiente estaba en su funeral? —preguntó.

Pero no supe qué responderle.

—Alice estaba sentada en un muro afuera de la venta de dedos de pescado y papas fritas —me comentó Holly—.

En un minuto estaba allí y al siguiente había desaparecido. Solo nos distrajimos por unos segundos. No puedo creer que la perdimos.

Luego llamaron a su celular ocho veces y finalmente asumieron, con razón, que había decidido regresar a su hotel.

—Ella sabía moverse muy bien en la ciudad; nunca se me ocurrió que estuviera en peligro, pero viéndolo ahora, estuvo como ida todo el día y debimos haberla revisado, porque se tambaleaba un poco. Todavía no nos hemos podido perdonar por eso.

Terminé la conversación con Holly Dickens y recordé la época en que Alice y yo trabajamos juntos en el *Southampton Messenger*. Buena época.

Unos pocos segundos después, Holly llamó de nuevo.

—No me molestaría —dijo ella—, si quiere citar lo que le dije. La gente tiene que entender que cometimos un error del que nos arrepentiremos por el resto de nuestras vidas, pero que amábamos a Alice.

Estas tres chicas no han hecho nada malo. Como si perder a una amiga no fuera suficiente, también han arremetido contra ellas por no haberse prestado para hacer especulaciones sobre Alice; manteniéndose firmes de manera estoica en su promesa de no agregar nada a las declaraciones oficiales. Esta decisión decorosa fue muy comprensible. Fue producto del deseo de respetar a la familia de Alice, y además fue tomada —no hay que olvidar— por consejo de la Policía, por temor de que pudieran perjudicar involuntariamente cualquier acción posterior de las autoridades.

Le recordé a Holly que no podía culparse, y que lo que le sucedió a ella le podía haber pasado a cualquiera, que no hay que mirar solo la paja en el ojo ajeno, que solo por la gracia de Dios no fue ninguno de nosotros…

Ver además:

PALABRAS: La "orgía" en un hotel de cuatro estrellas de un jugador de la Premiership

FOTOS: Ya es suficiente con el descarado alardeo del primer ministro por haber dejado el cigarrillo

VIDEO: Pandilla callejera golpea a un ciclista anciano

* * *

**Artículo escrito por Alice Salmon
para la revista *Azure*, 20 de octubre de 2011**

Todas, desde Ana Frank hasta Bridget Jones, lo han hecho, pero las mujeres modernas están adoptando la costumbre de llevar un diario. Con una nueva iniciativa, dirigida a asegurar que esta práctica genere renovadas ganas de vivir, Alice Salmon explica cómo esto le ayudó a sobrevivir una crisis de adolescencia.

Saqué una de las cuchillas de afeitar de papá y me deslicé hasta el suelo.

Hacía calor y la cortadora de pasto estaba zumbando en el jardín de un vecino. No tenía ningún sentido cortar el pasto, volvería a crecer. Tenía trece años y así era como se sentía todo en ese verano: interminable, inútil, sin posibilidad de cambio o mejora. Llevé mi mano derecha sobre mi muñeca y deslicé con un movimiento rápido la cuchilla. Por unos gloriosos y mágicos momentos todo desapareció: el estrés por el examen, el 34 % en Biología (claramente era tan estúpida como fea), incluso la discusión que había tenido con mi mejor amiga, Meg, tan típica en mí, acusándola de odiarme.

Confundida por lo apremiante del inevitable dolor. Sorprendida por una revelación más alarmante: la sangre.

"Alice, te cortaste —pensé—. Vean lo que ha hecho Alice Salmon. Miren lo que esa chica tonta se hizo".

—Papi —grité, pero él no estaba en casa. No había nadie.

En el radio de Robbie sonaba "Baby One More Time" de Britney, y más allá esa cortadora de pasto. "No te desmayes —me decía—. NO TE DESMAYES". Era un corte limpio, nuevo, y una sensación nueva. Escuché al señor Woof ladrando y el miedo se apoderó de mí. ¿Y si me queda una cicatriz? Como digna hija de mi padre pasé a pensar de manera práctica: lavaría la toalla, conseguiría unas pulseras, usaría manga larga. No podía permitir que mis padres se enteraran, odiaría angustiarlos. Seguía saliendo más sangre, más de mi sangre. Debió haber sido muy superficial. Mantuve mi muñeca bajo la llave, hasta que finalmente el agua se veía clara, luego me puse dos curitas sobre la herida formando una cruz. Lavé la toalla con agua caliente y restregué el baño hasta que no quedó ni un rastro de mi sangre.

Cuando mi mamá vio las curitas y me preguntó qué había hecho, le dije que me había rasguñado con un clavo cuando venía a casa desde la escuela.

—Por Dios, tenemos que llevarte a que te vean eso; tal vez necesites que te apliquen la antitetánica.

—No es nada —dije.

Papá dijo que era típico de mí, envolverme el brazo como si hubiera estado al borde de la muerte por un simple rasguño.

—Siempre tan dramática —dijo—, mi Ace. ¿Y qué fue eso que escuché acerca de que limpiaste el baño, Salmón Frito? ¿Qué se te metió?

—¿Dónde estaba el clavo, Alice? —preguntó mamá cuando él salió de la habitación.

—En el camino de la escuela a la casa.

—¿En *qué* parte del camino de la escuela a la casa? —Era un tono que ya había escuchado. Pero yo podía ser una mentirosa convincente cuando era necesario.

Escribí la fecha en la parte superior de la página, 13 de agosto de 1999, y todo comenzó a salir en desorden. Primero, tonterías sueltas sobre los ricos, los estampados alegres de los forros de los asientos en el bus y luego cosas más personales. A medida que escribía, la presión se disipaba.

Había pasado ya un mes desde que me había sentado en el piso del baño y ahora estaba de regreso, con la sensación de estar observando la vida a través de una ventana de vidrio grueso y de que yo no estaba hecha para lo que fuera que había allá afuera.

La sensación que tuve al escribir no era muy diferente a la que sentí en el baño, excepto que no había sangre en el piso, había palabras en una pantalla. El cursor se movía de izquierda a derecha, dejando un rastro de letras detrás de él, acumuladas en oraciones y párrafos que yo creé, pero que eran independientes de mí. 682 palabras. 1394. 2611. Esta fue la primera vez que escribí en mi diario y pronto me volví adicta a hacerlo. Escribía durante los momentos libres, en el tren, en los buses, mientras veía *Pop Idol* y cuando no podía dormir. Después, en las salas de lectura de la universidad y encorvada sobre mi escritorio en el trabajo, ocultando lo que hacía como una colegiala protegiendo su hoja de examen. Escribía en mi portátil, en cuadernos, en mi teléfono, en pedazos de periódicos, en las páginas en blanco al final de las novelas que leía. Escribía en todas partes y guardaba religiosamente mis desahogos: las copias en papel dentro de cajas y las copias digitales en memorias USB. Solía imaginar que había un incendio en la casa o en mi apartamento y que un atractivo bombero me contenía diciendo, "No, Alice, es demasiado peligroso", pero yo me soltaba y me lanzaba con abnegación a las llamas para recuperarlas.

—¿No se da cuenta? —gritaría yo— Es mi diario, soy *yo*.

Si el impulso de regresar al baño se adueñaba de mí, cuando lo que más adelante terminaría llamando *ESO* estaba presionándome, abría mi portátil. Solía escribir a menudo en la noche o durante el profundo malestar de una resaca, pero la compulsión podía apoderarse de mí sin dar aviso. Solo después aprendí la palabra "desplazamiento".

También aprendí que el alcohol y las drogas tienen el mismo efecto mitigador, pero no estaban libres de consecuencias. Podía ver mi reflejo en la pantalla, soltarme, esperar, encontrarle algo de lógica a mi locura, mi antídoto para la vida, mi equipo de sonido, luego mi iPod en modo aleatorio, pasando de Ricky Martin a Pink, de Robbie a los Peppers, o de Steps a R. Kelly.

Me di cuenta de que a nadie le interesaría, y que cualquiera que lo leyera pensaría que yo estaba delirando, pero no me importaba. Podía respirar.

Cuando tenía dieciséis años me quedé sin cejas por el fuego.

Tenía que quemar mis diarios. Simplemente *tenía* que hacerlo. Como en la liquidación final de una tienda, todo tenía que irse.

Había llegado temprano de la escuela y mamá los tenía abiertos sobre el piso de mi habitación.

—¿Qué estás haciendo? —le dije—. ¿Por qué estás husmeando entre mis cosas?

—Cariño, nunca me lo dijiste.

Durante tres años había estado desesperada por contarle sobre las tenues líneas blancas en mi muñeca izquierda, que en realidad no me las había hecho con un clavo en una pared, ni con una ventana corrediza dañada, ni en una pelea contra un vaso que el vaso terminó ganando, pero en ese momento no podía pensar con claridad.

—Sal de aquí.

—Soy tu mamá.

—¿Cómo te atreves a meterte con mis cosas? —chillé—. Esto es privado.

—Hay tanto de mí dentro de ti —dijo ella, y podría haber mirado mi muñeca, pero lo que había escrito acerca de eso estaba en una libreta encuadernada en cuero que la tía Anna me había regalado en una Navidad, y no la veía por ninguna parte. Entonces repitió—: Soy tu madre.

—Sí, *desafortunadamente* —dije con ese viejo impulso creciendo dentro de mí, el de correr y no detenerme hasta llegar tan lejos que nadie nadie me reconociera, y sería una persona diferente, intacta y fresca—. ¡Quisiera que estuvieras muerta! Quisiera estar muerta.

Tan pronto me deshice de ella, encendí mi portátil y repetidamente oprimí "borrar". Luego, cuando mamá y papá se fueron (ella fue reacia a dejarme sola, pero le prometí que si me dejaba una hora en paz conversaríamos después), reuní mis diarios de papel y los arrojé dentro de un barril de metal en el que papá quemaba la basura del jardín.

Luego vertí encima gasolina de un bidón que había en el garaje y *woooosh*, se levantó una enorme llamarada anaranjada que me dejó sin cejas en medio de una ráfaga de calor y de miedo.

—¡Vamos! Quémate —gritaba mientras arrancaba las páginas para alimentar las llamas. No sentí nada por la chica que había escrito estas tonterías. Era una persona nueva.

Era mi decimosexto cumpleaños.

Al día siguiente regresé al jardín. Pedazos de papel chamuscado habían volado sobre el césped. Un petirrojo apareció en el borde de la pila para aves. Aleteó y chapoteó. Estaba pasándola de lo mejor. Se me ocurrió que me podía gustar eso de estar dentro del agua. Nadando. Siempre fui pésima para eso, pero sería muy agradable: las corrientes frías, sostenida por el agua, manteniéndome a flote como si fuera más liviana.

—No se quemaron todos, cariño —me dijo mamá más adelante esa tarde—. No leí ninguno, te lo juro, pero lo traje porque tal vez algún día quieras tenerlo.

Ya tengo veinticuatro años y aún no le he contado a mi mamá acerca de lo que escribí en el diario que quemé cuando tenía trece años y que titulé: *Por qué fui al baño a dejar salir el dolor*. Este artículo forzará una conversación que he estado aplazando por casi una década. Tal vez por eso estaba tan interesada en que se publicara. Tendré esta conversación antes de que ella lo lea, y ella lo *leerá* porque siempre lee todo lo que escribo, incluso todas esas cosas sosas sobre apelaciones de planeación y peleas en clubes nocturnos; las lee meticulosamente. Ya dejó de recortar todo, pues su libro de recortes es demasiado grueso, pero nunca deja de afirmar lo maravilloso que es todo lo que escribo y yo nunca dejo de recibir ese cálido e inspirador estímulo, mi mamá se siente orgullosa de mí.

Primero le diré que no estaba tratando de matarme; todo lo que quería era dejar salir lo malo. También le diré que esos sentimientos nunca desaparecen, pero que he aprendido a enfrentarlos, y que para mí el mejor mecanismo fue escribir un diario. Lo más extraño es que después de que ella me entregó la bolsa que contenía los fragmentos negros y quemados de la persona que fui, entre los trece y los dieciséis años, subí las escaleras, abrí mi portátil y comencé a escribir.

"Alice Salmon, dieciséis años", comencé.

Escribí acerca de cómo el papel carbonizado había dejado hollín en las puntas de mis dedos y de cómo lo había olido igual que un bebé que explora instintivamente el mundo. Escribí acerca del petirrojo, de cómo el color de su diminuto pecho no era exactamente rojo, sino más bien ocre. De cómo había erizado sus plumas y se había sacudido: su propia existencia era lo más importante en el mundo para él, lo único en el mundo.

A veces es más fácil olvidar, pero recordar es lo que nos hace humanos. Los diarios nos ayudan a ello, a organizar en sus páginas las capas de la vida siguiendo un orden y una lógica. Ana Frank y Oscar Wilde lo sabían. También Samuel Pepys. Sylvia Plath. Incluso personajes ficticios como Bridget Jones. Pero la mayoría son escritos por gente común, como usted y yo, y un proyecto innovador pretende hacer un homenaje a esos garabatos. El Archivo Nacional de Diarios planea preservar nuestras observaciones cotidianas. Seguramente le haré llegar una copia del mío.

Lo que hice no fue algo inusual; las estadísticas sugieren que más de una de cada diez chicas se autolesiona. Fui una de las afortunadas. Salí bien librada, la pequeña cicatriz es casi invisible ahora, solo se hace visible desde ciertos ángulos y con cierta luz, y si se sabe dónde mirar.

No odio a la chica que lo hizo, aquella que solía mirar fijamente los bisturíes en clase de Arte o las cuchillas de afeitar de su papá en el gabinete de las medicinas, y que pensaba que sería *muy fácil* deslizar una de esas a lo largo de la parte interna de su brazo, por la pequeña muñeca blanca, similar al vientre de un pez. Una línea recta serviría, como si estuviera cerrando una cremallera o arrancando pedazos de pan para alimentar a los patos. En lo absoluto. Ella es mi secreto.

—¿Estás lista, Alice? —me llamó mamá cuando tenía dieciséis años y un día.

—Qué sorpresa. TGI Friday's está abierto hoy jueves —dijo papá en el auto, su broma de "restaurantes".

Me reí y decidí aguardar, ver hasta dónde podía llegar y adónde me podía llevar la vida. Primero terminar la secundaria. Luego la universidad, una perspectiva remota: fiestas, debates inteligentes, libertad, yo, mi propia versión de Joey Potter de *Dawson's Creek*.

Incluso escribí todo eso como si fuera importante. Porque lo era. Lo es. Era un diario, y sabía que mientras lo escribiera no volvería a haber sangre en el piso del baño.

*Más información en:
www.youngminds.org.uk
www.selfharm.co.uk
www.mind.org.uk

* * *

Mensaje de voz dejado por Alice Salmon para Megan Parker, 4 de febrero de 2012, 13:44 p. m.

Diablos, Meg, llámame *inmediatamente*... No puedo creer el mensaje de correo electrónico que acabo de ver... Llámame, necesito verte antes de hablar con mamá... Solo entré a su buzón de mensajes para buscar algo de un bono... Parece auténtico pero *no puede serlo*. Es demasiado espantoso de ver. Sé que estás en una montaña a miles de kilómetros, pero por favor contesta tu teléfono...

Todavía estoy en el tren. Maldita sea. Me voy a emborrachar esta noche. Dios, no puedo enfrentar esto. Es demasiado para mí. Llámame...

Carta enviada por el profesor Jeremy Cooke, 6 de julio de 2012

Querido Larry:

Falleciste en noviembre, sin embargo no me enteré hasta enero. Aparentemente hubo bastantes obituarios, pero evito leer los periódicos: todo es acerca de jóvenes salvajes que provocan disturbios, órdenes judiciales de no revelación y la doble recesión. Se refirieron a ti como alguien "grande", un "revolucionario', un "hombre que redefinió su campo". Cualidades que nunca van a atribuirme.

Nos conocemos desde hace más de cincuenta años.

—¿Alguien sabe lo que es un amigo por correspondencia? —preguntó una vez mi profesor de Literatura—. Cooke, harás pareja con un chico en Canadá. Específicamente de New Brunswick.

Leí con atención por horas mi primera carta para dar la impresión correcta. Incluso admití, con un desdén disfrazado de humor, y que tú confundiste con ironía, que estaba decepcionado de que no me hubieran juntado con un cazador de cabezas de Papúa Nueva Guinea.

Tu respuesta comenzaba con un "Hola, Jeremy —un saludo que me llamó la atención por su informalidad—. Soy Larry Gutenberg y tengo once años, soy un estudiante de la Escuela Primaria de Adena". "Y quisiera ser un gran científico", te dije. Para mí fue un premio que mis cartas estuvieran igual de libres de errores de ortografía como las tuyas. Solía imaginarte leyéndolas, asintiendo impresionado, pensando: "Este chico Cooke es como yo".

—Me pregunto si podré visitar a mi amigo Larry —le dije a mi padre después de que estuvimos escribiéndonos por algunos meses—. Te lo agradecería mucho.

—Ustedes son como un par de mariquitas —dijo despectivamente. Después me enteré de que había sido mi madre, no él, quien había querido tener hijos.

Nos escribimos trimestralmente durante toda la escuela secundaria. En cuanto a mí concernía, la desinhibida década de los sesenta bien podría no haber ocurrido.

"Me voy a Warwick en el otoño", te informé cuando estaba terminando la secundaria, emulando el lenguaje de Oxbridge, y tú nunca me escribiste sobre eso, a pesar de que seguramente notaste mi treta.

Luego estaban tus ideas. Ya en ese entonces me estaba alejando de ellas. Tú me estabas dejando. Llegó a mí como una revelación, de alguna manera, como un descubrimiento, el instante en el que sentí: "Hasta aquí puedo llegar". Para el momento en que tuve unos veinticinco años, me di cuenta de que nunca iba a ser un científico fenomenal.

Mientras que mis investigaciones seguían llegando a callejones sin salida y puntos muertos, mientras yo seguía regresando igual que un animal migratorio al punto donde había comenzado, tu trabajo cada vez atraía más elogios. Presencié tu éxito con una sensación desconocida, una casi completamente desprovista de envidia. Quería estar allí contigo, celebrar, estar a tu lado. Eras el científico que yo siempre quise ser: intuitivo, brillante, osado, vivo. Incluso hay una ley que lleva tu nombre, el teorema de Gutenberg. Cuando escuchaba el término pronunciado con un tono de veneración y respeto, sentía ganas de gritar: "Él era mío mucho antes de la ley epónima. Mío, todo mío".

Luego llegó el año 2004 y *El departamento de los genes*. El Santo Grial: un libro serio de ciencia que voló de las estanterías.

A medida que pasaba sus páginas, llevado por tus embriagadoras corrientes de teorías, mientras quedaba cautivado por esas deliciosas y elaboradas tangentes, sentía una creciente sensación de ira. Furia ciega, de hecho. Cada maldita página bañada en esta luz blanca. Era como si estuviera sosteniendo la esencia misma de la ciencia entre mis manos. Brillante, hermosa y simple, pero también nueva e increíble. Página tras página. Habría dado mi vida por solo una de esas páginas, de esos instantes. Hasta ese momento la envidia, que había estado notablemente ausente, me invadió. "Eres un bastardo", pensé. Era como si me hubieras sido infiel. Lo único que siempre quise hacer, escribir un libro, y me ganaste en eso.

Recuerdo con total claridad cuando terminé de leerlo. Era la tarde del 9 de diciembre de 2004. Lo sé porque era el día de la fiesta anual de Antropología, y esa celebración siempre es el primer jueves de diciembre. Cuando me dirigía hacia allá, con la cabeza llena de veneno, me encontré con Alice. "Vaya, vaya —pensé—. Qué coincidencia. Tú por estos lares".

Nunca lo supiste, Larry, pero fuiste en parte responsable por lo que ocurrió esa noche. Habías citado el primer verso del poema de Robert Herrick en tu último capítulo. "Recojan sus capullos de rosa mientras puedan". Lo interpreté como si yo tuviera mucho de lo que decías, consejos, enseñanzas, verdades.

¿Cómo te sientes por aparecer en mi libro sobre Alice, viejo amigo? Estoy inmensamente emocionado. Todo el tiempo se me ocurren posibles títulos. *La suma de las partes* es mi favorito ahora. Me llena de una inmensa tristeza que nunca lo vayas a leer.

A diferencia de la febril cobertura mediática, mi lema será el "equilibrio". Por Dios, la historia aún sigue siendo noticia de primera página a medida que la opinión pública pasa de las teorías de accidente al suicidio, o aun peor. Cuanta más cobertura recibe, más cobertura gana. Nuestros periodistas hacen esto, se vuelcan sobre tragedias aisladas, tratándolas como si representaran a todas las demás que se le parecen y para las cuáles no tienen el tiempo, el espacio o el presupuesto para cubrir. Alice Salmon: los peligros de salir en la noche cuando se tienen veintitantos.

"Soy la esposa de Larry Gutenberg y tengo malas noticias", comenzaba la nota de Marlene. Ella solo me contactó porque encontró nuestras cartas cuando estaba ordenando tus cosas, una tarea que había aplazado para después de Navidad. Puedo entender la razón de que no compartieras nuestra correspondencia con tu esposa. Un hombre necesita tener secretos, tener la sensación de que es más de lo que imaginan quienes lo rodean.

Tu esposa dice que terminaste el café, te pusiste tu chaqueta favorita, anunciaste que ibas a sacar a pasear al perro y nunca regresaste. He tratado de imaginarlo como un caso parecido al del capitán Oates[22]: en realidad te

---

22. N. de la T.: Lawrence Edward Grace Oates, un militar y explorador británico.

tropezaste sobre el pavimento y estabas muerto para cuando llegó la ambulancia. No era la manera en que un hombre con un teorema que lleva su nombre debería haber partido. Mi amigo, el gran Larry Gutenberg.

Tu muerte me ha dejado completamente devastado, viejo amigo. El hecho de que pudieras perderte de vista, quedar desapercibido. ¿Recuerdas que solía insistirte en que escribieras tu autobiografía? "Por favor —dijiste—, ¿no basta con la ciencia?".

De manera inevitable, alguien tenía que escribir tu biografía. Me pregunto qué dirá sobre nosotros. Sé lo que yo diría. Lo que diré. Dos palabras. *Te quiero*.

Te trataré bien en mi libro, Larry. Te lo prometo. Acordé con Marlene que yo recibiría tu correspondencia (primero pidió la aprobación de tus hijos), y tengo muchas ganas de incluirla en mi pequeño libro. Después de todo, nunca soy tan honesto como lo soy contigo, Larry, y a todos nos viene bien una pizca más de sinceridad. A nadie más que a Alice.

Los niños de ahora no tienen amigos por correspondencia, ¿cierto? Internet ha hecho al mundo más accesible, restándole mística y misterio. Ha hecho de cualquier persona un potencial amigo por correspondencia. Eso o un acosador.

Cordialmente,
J

* * *

**Correo electrónico recibido por Alice
Salmon, 4 de febrero de 2012, 13:52 p. m.**

Asunto: Notificación del estado de la entrega (Falla)

El correo electrónico con asunto "¿Usted?" que intentó
enviar a las 13:51 p. m. del 4 de febrero de 2012 no logró
llegar al destinatario elegido (jfhcooke@tmail.com) porque
no se reconoció el buzón de correo.

No responder este correo electrónico pues se trata de una
notificación del estado de la entrega generada automáticamente.

* * *

**Mensaje de voz dejado por Alice Salmon para
Megan Parker, 4 de febrero de 2012, 18:31 p. m.**

Le he dejado unos veinte mensajes a mamá, pero no
puedo hablar con ella ahora, no así. He estado bebiendo y la Alice mala ha aparecido para jugar, la vieja Alice.
Quisiera estar en una montaña en Los Lagos con ustedes, lejos de toda esta mierda... La noche se arruinó y,
para empeorar todo, podría jurar que vi a ese bicho raro
de Cooke hace un rato. Él tiene un doble o me lo imaginé. Tengo demasiadas cosas en la cabeza después
de haber visto ese correo electrónico... No puede ser,
Meg, *no puede ser*. Es demasiado repugnante como para
creerlo. Me dan ganas de vomitar, es demasiado asqueroso. "Los días que pasamos", ¿qué diablos *significa* eso?
Llamaré mañana a mamá; supongo que podría ser una
broma pesada. ¿Tal vez sea mejor fingir que nunca lo vi?

Adivina quién me envió también un mensaje de texto hace un rato. ¡Ben! Quisiera estar sobria para poder hablarte y *escucharte*. Todo lo que hago en estos días es hablarte… Perdóname por estar tan borracha la última vez que nos vimos. ¡Mi tobillo aún me está matando! Voy a ver a Luke el lunes, ya tomé una decisión sobre él. Todo claro… ¡como el vino y la cerveza! ¿Cuánto tiempo puede durar un mensaje de voz, Parkster? Puedo hablar por cada habitante de Inglaterra, es lo que siempre dices. ¿A quién habré sacado eso? Contesta contesta contesta contesta. Conteeeesta, Megan. Por favor. Estoy afuera del *pub*. Todo está cambiado. No reconozco esta calle. Puedo escuchar el río. Nada es para siempre, todos somos algo que va pasando y se detiene. Este correo electrónico para mamá…

Cuarta parte

Traducir el mundo

Publicación de Lobo Solitario en el foro web Voceros de la Verdad, 21 de junio de 2012, 23:22 p. m.

Aquí va un dato sobre Alice Salmon, la señorita Perfecta. Ella aparece en todos los medios, pero nadie ha mencionado que hizo que su novio tratara de MATARME. Su nombre era Ben Finch y era un @**. Perdón, sé que decir groserías va contra las reglas del foro, pero es la verdad, además yo soy el moderador, ¡entonces repórtenme!

Traté de inventar una excusa para explicarle lo de las fotos de Alice que él encontró en mi habitación, diciendo que eran para un proyecto de la escuela nocturna, pero él enloqueció. "Ella es mía", gritaba mientras me clavaba su bota. "Mía, mía, mía". En mi cara, en el estómago, en la espalda, en mis pelotas, en mis riñones. Le enseñaron bien en Eton o en Harrow o en la institución donde estuvo. Sí, ¡ese @** sabía dónde debía golpear!

Sin embargo ella era diferente. Teníamos una conexión. Vivimos en la misma casa en segundo año, era una pocilga, 2 Caledonian Road, y nos conocimos en la sala.

—¿Qué te mantiene despierto, Mocksy? —me preguntó ella un día; confiábamos el uno en el otro, yo pude haber perdonado lo de Ben Finch. "Tenemos que mantenernos unidos", dije una vez y ella estuvo de acuerdo.

—No lo veas más —le rogué la mañana siguiente a la golpiza—. Te hará esto algún día.

Le mostré los hematomas que ya estaban completamente morados, aunque con algo de ayuda mía y de una bomba de bicicleta (bueno, tenía que dejarle claro el tipo de psicópata que era Ben Finch).

—¿Qué me pasa? Soy una idiota —dijo ella, luego se puso a la defensiva y negó por completo que fuera él, Ben le había hecho jurar que guardaría el secreto. Sí, ese BRAVUCÓN la habría obligado a quedarse callada porque esto habría arruinado su reputación, el bueno de Ben Finch, el alma de la fiesta, con premios del club de remos, destinado a estar en la junta directiva del negocio de su *papi*.

—No importa que me duela si eso te hace reaccionar —le dije a Alice—. ¿Me das un beso?

—Eres un bicho raro, Mocksy —dijo ella.

—Algún día te besaré.

Luego enloqueció.

—Me alegra que Ben haya hecho esto —dijo ella—. Te lo merecías. Yo le pedí que te hiciera una advertencia.

Verán, la VERDAD sale a la luz si se insiste lo suficiente, y la muerte de ella fue justa porque a las personas malas les suceden cosas malas, y ella probablemente se divirtió imaginando cómo me pisoteaba él con sus zapatos Brogue talla 10.

Traté de venderle un escrito sobre ella a los medios nacionales después de su muerte, pero los idiotas no estuvieron interesados. Lo promocioné como una gran revelación: la versión completa del hombre que la conocía mejor.

El compañero de casa, sí, casi un exnovio. Se lo ofrecí como una exclusiva, aunque los imbéciles no reconocerían algo bien escrito así los mordiera en el dorso de la mano. Pero una vez lean lo que tengo por decir vendrán corriendo.

Después de que se fueron los del grupo de Caledonian Road, me acosté en la cama de Alice y la imaginé lavando mis heridas; dolía, pero era un dolor agradable y me hizo amarla más, entonces añadí su taza del elefante a la colección de cosas suyas que guardaba en mi armario: una bufanda, un bolígrafo mordisqueado por ella en la punta, un sostén. Imaginaba que eran regalos que ella me había hecho.

—Se rompió —le dije a Alice cuando me preguntó por su taza. No fue muy grave; muchas cosas se rompieron en Caledonian Road.

Me desvié del tema porque empecé hablando sobre un MALVADO profesor universitario. He estado investigando por mi cuenta, y pronto el individuo en cuestión caerá de rodillas. La justicia llegará.

* * *

Fragmento del diario de Alice Salmon,
18 de marzo de 2011, 24 años de edad

—Pueden decirme cuál es el secreto para un matrimonio largo —pregunté (sí, ya sé que es una pregunta manida, pero a los lectores les interesaría).

—Dejar que la otra persona crea que es ella quien manda —dijo Queenie.

—Estar de acuerdo —agregó Alf sonriendo.

Me condujeron adentro, sirvieron té y galletas en una bandeja floreada y me pasaron el álbum de fotos de sus "bodas de diamante".

—Si logramos llegar a nuestro aniversario número 65, vamos a ir al parque de atracciones —dijo Queenie.

—Ese sofisticado, en Thorpe Park —dijo Alf mientras se alejaba cojeando para dejar salir al perro.

—Definitivamente regresaré para entrevistarlos después de eso —les dije.

—Para entonces ya habrás progresado mucho, querida —dijo ella—. Una chica lista como tú.

Me acababan de ascender. Jefe de reporteros, ni más ni menos. ¡Buena esa!

Me mostraron sus dibujos del South Downs. Los pintores jubilados. Los ancianos de ochentaitantos con sus dedos untados de pintura verde. Los octogenarios perdidamente enamorados. Es así como este trabajo condiciona tu cerebro, frases llamativas para los titulares.

—Tengo una confesión que hacerte, Alice —murmuró Queenie—. Rara vez leo los periódicos. Hay más verdad en una buena novela.

Casi podía escuchar al editor decir en burla: "¿Cómo te fue con los viejitos? ¿Sobrevivieron a la entrevista?". Él querría declaraciones más llamativas, de modo que pregunté:

—¿Tiene usted algún consejo para los jóvenes, señora Stones?

—Vive cada día como si fuera el último —dijo ella.

"Esa frase no está mal", pensé. Aunque el dicho del editor era "profundidad y conflicto".

—Pero deben sacarse de quicio el uno al otro de vez en cuando —dije apuntando a esa área gris que va más allá de la retórica.

—Puede que sea un viejo cascarrabias, pero no podría vivir sin él. —Miramos a Alf en el patio, mientras aguardaba a que el perro se agotara—. Supongo que fuiste a la universidad —dijo—. Me hubiera gustado haber ido. En esa época no íbamos, sobre todo las chicas. Si necesitas una o dos líneas acerca de cosas de las que me arrepiento para tu historia, esa es una de ellas.

—Estudié Literatura —le conté a ella.

—Eso habría hecho yo. —Agitó su cabeza cariñosamente mirando a su esposo que bajaba de lado un escalón en el patio—. Ese viejo sentimental piensa que siempre seré su princesa.

Eso no va a perdurar por siempre, podría haber dicho. Pero había aprendido a encontrarme con esa contradicción, el que las historias felices me hicieran sentir triste.

—Supongo que te están cortejando. ¿Cómo es él?

—Se llama Luke.

—Luke, así se llama mi nieto. ¿Es apuesto?

Saqué mi teléfono, busqué la foto de él montado en su bicicleta afuera de las Cámaras del Parlamento y cuando se lo pasé, ella evitó tocar la pantalla, como si temiera que la imagen pudiera borrarse.

—Tiene una cara amable. Es apuesto, creo yo.

El televisor estaba sin sonido, un ejemplar de *Radio Times* estaba sobre el brazo del sofá, con el horario de *Poirot* marcado con un círculo rojo.

—Perdimos a un hijo —dijo Queenie bajando la voz y de manera inesperada.

"Una vida en la que no faltaron tragedias —pensé—. No, no voy a seguir por allí". Dejé a un lado mi libreta y ella miraba fotografías de un chico preadolescente, de diez, once o doce años (los niños a esa edad son todos iguales), y pasaba su dedo por su contorno en blanco y negro.

—Las fotografías nunca están de más, esta puede ser una herramienta poco fiable —dijo golpeando su cabeza. Se había peinado, seguramente para la entrevista, para *mí*. Parecía tan irrespetuoso pretender resumir sus vidas en esto, un artículo, unas bodas de diamante, un artículo sobre unas bodas de diamante. Porque la vida no es una sola cosa, no puede serlo, no debe serlo.

—Uno llega a un punto en el que olvida qué ha olvidado —dijo ella.

—Yo escribo cosas en un diario.

—Todos traducimos el mundo de maneras diferentes. A mí me gustan las fotografías. A propósito, ¿podríamos tener después una copia de las que nos está tomando ese hombre?

Él los haría parar en la puerta de entrada o los persuadiría de que se sentaran sobre la banca en el jardín, tomándose de las manos o sosteniendo la foto de su hijo muerto. Diría "sonrían" y "hermoso" o "así está perfecto", y regresaría a la oficina para grabar las tomas en un disco, corregir los colores y las exposiciones, equilibrar los tonos de la piel y borrar los detalles feos. Luego cobraría y se marcharía temprano para evitar el tráfico.

—Luke parece un buen muchacho.

Cuando preguntara sobre mi día, le diría que conocí a esta pareja increíblemente dulce y que habían dicho que él era apuesto y que se habían referido a él como a un "muchacho". Mañana en la mañana, a las 6:40, después de que la alarma hubiera sonado dos veces, yo le daría un suave codazo adormilada y le diría: "Vamos, *muchacho*, apresúrate". Luego, cuando él me haga una lista de reproducción o me compre flores o me deje paquetes sorpresa en la puerta, chocolates o una nota empalagosa, le diría: "Eres un buen muchacho".

—Lo amas, ¿cierto?

—Hasta ahora estamos comenzando.

—No seas tímida. Lo amas, ¿cierto? Tengo ochenta años, sé de esas cosas.

En la cocina se escuchaba un gruñido y un tazón que repiqueteaba sobre el piso, donde Alf estaba dándole de comer al perro. Traté de imaginar a Luke viejo, pero lo máximo que pude hacer fue verlo con ese disfraz elegante que usó en esa fiesta, el cárdigan con botones de cuero, el bastón y la gorra con visera. ¿Tal vez será un *cascarrabias*? Era un sentimiento de viejos, una palabra de viejos (¡y definitivamente la palabra del día para mi diario!).

—Probablemente tú y Luke vivirán juntos antes de casarse, ¿no es así?

—Hemos estado saliendo desde hace un año —dije. La expresión "ama de casa" irrumpió en mi mente. Olvídalo.

¿Y todas las otras alternativas? Alice Salmon, periodista investigadora. Editora. Periodista musical. Trabajadora en beneficencia. Viajera. Famosa novelista. Fiestera. Buena para nada—. Tal vez en el futuro.

—Querida, el futuro no está tan lejos.

—Todavía no he descartado dejar todo atrás y hacer un viaje por el mundo —dije haciendo una concesión—. Australia, Argentina, Tailandia. Siempre me ha atraído México. En estos días nadie sienta cabeza antes de los treinta años.

Ella extendió su árbol genealógico sobre la mesa: una colcha de retazos llena de nombres y números, y líneas interconectadas que se dirigían hacia atrás, hacia arriba; las fechas cada vez más remotas, los nombres como los que parecen en las novelas: Winston, Victoria, Ethel, Alfred. Allí, un poco más arriba de la parte inferior, con cuatro hijos, siete nietos y dos bisnietos, debajo de ellos y conectados por una línea nítida: Alfred Stones y Maud Walker.

—Maud es un lindo nombre —dije.

—Siempre me sentí más como una Rose. ¿Puedo darte un consejo? Para ti, no para el periódico. No trates de serlo todo. Tu generación es afortunada, pero debes escoger tu camino. —Tocó una esquina de su árbol genealógico—. Para mí es agradable tener un lugar dentro de esto.

¡Vaya trabajo peculiar el que tengo! Me pagan por tomar té, fisgonear en los corazones de desconocidos y registrar lo que dicen con una grabadora o con mi taquigrafía de 100 palabras por minuto.

—Cuando me enteré de que ibas a venir a visitarnos, calculé cuántos días hay en sesenta años —dijo Queenie—. Son 21 900, excluyendo los años bisiestos. "¿Dónde más podemos vivir si no en los días?". Supongo que estás familiarizada con ese poema. Es de Larkin.

—A mi mamá le gusta, o le gusta odiarlo.

—Era un espécimen repugnante.

Un recuerdo borroso se removió dentro de mí. En la escuela, Meg haciendo garabatos en la cubierta interior de mi archivador. Un reloj en la pared, diez minutos para el final de la clase. Era un viernes, igual que hoy. *Días*. Me vi en mi escritorio en la oficina, Sky News en el televisor de la pared sobre mi cabeza —transmitía el cubrimiento sobre el accidente de Fukushima—, mirando el reloj y tratando de acabar este artículo para irme a encontrar con Luke.

—"Llegará un día en el que ellos no nos despierten" —dijo Queenie, vertiendo lo que quedaba de té, con las protuberancias óseas bajo la piel de sus nudillos—. "Los días".

—"¿Dónde más podemos vivir si no en los días?" —dije recitando los versos del poema de manera automática.

Alf reapareció.

—Estás en libertad de retratarme como un casanova —dijo—. Simplemente no nos hagan hacer un maldito viaje. Vamos a hacer uno de verdad pronto, ¡el más grande!

Regresé a la oficina y armé la historia, luego la escribí. Necesitaba poner los detalles por escrito para tener algo cuando lo único que pudiera hacer fuera recordar, especialmente si uno va perdiendo la capacidad de hacerlo, como sostiene Queenie. También me gustaría tener algo para mostrarle a una joven versión de mí por si llegara a mi puerta a preguntarme acerca de mi vida cuando tenga ochenta años. Quedé consternada al ver cómo había quedado el artículo. Le hizo tanta justicia como era posible en quinientas palabras.

Guardé algunas cosas para mí, frases que asumí que ellos preferirían que yo no incluyera, que ni siquiera comparto aquí, y aspectos de mí que obviamente reservé para *aquí*. Como la pregunta de Queenie:

—¿Cómo te sientes cuando no estás con Luke?

—Como si algo faltara —contesté—. Como si faltara una parte de *mí*.

* * *

Correo electrónico enviado por el profesor Jeremy Cooke, 2 de febrero de 2012

De: jfhcooke@gmail.com
Para: Elizabeth_salmon101@hotmail.com
Asunto: Los días que pasamos

Querida Elizabeth:

Hace tiempo que no hablamos, o más bien que no *e-blamos*, como se diría en el lenguaje contemporáneo. ¿Cómo estás? Parece que ha pasado una eternidad desde los días que pasamos juntos.

Te preguntarás por qué diablos este viejo dinosaurio te está escribiendo. Bueno, me he enterado por Internet de que Alice puede estar de regreso en esta hermosa ciudad para algún tipo de reunión este fin de semana, y eso me ha hecho rememorar el pasado como el viejo tonto sentimental que soy. La vida es corta, Liz, o ciertamente lo es en mi caso. Entonces, ¿por qué no debería tratar de contactarte?

Escasamente me parezco al que conociste. De hecho, con excepción de mi uniforme de pana y *tweed*, apenas podrías reconocerme. ¿Te podría reconocer yo? He tratado de buscarte en Google con poco éxito, a diferencia de Alice que es casi omnipresente en Internet. "Una mala guitarrista, pero buena cocinera de comida italiana", ese es el currículum que presenta en un sitio. Nunca me di cuenta de que tocara la guitarra.

No estoy esperando una visita, nuestro contacto fue mínimo mientras fue estudiante aquí, y, conociéndola, ella se irá directo a un *pub*. No soy completamente reacio a mantener contacto con exalumnos. Me hablo con algunos de ellos. De seguro lo hacen porque me ven como una posible referencia, pero me ayuda a sentir que mis esfuerzos no son del todo en vano.

No fui por completo reticente a tratarte, Liz, ¿cierto? Aún sigo recordando nuestra época juntos con gran cariño. Eras hermosa. Aún lo eres, supongo. Quedé destrozado cuando nos separamos, sobre todo por las circunstancias, en particular por tus acciones.

No espero una respuesta para este correo, aunque sería más que bienvenida, pero me sentí obligado a tratar de contactarte. Hablando metafóricamente, por supuesto.

En retrospectiva, así ha sido la mayor parte de mi existencia. Es como si estos últimos sesenta años hubieran sido no tanto el acto de vivir, sino más bien el acto de observar. Sin embargo, no fuimos metafóricos, ¿cierto? Fuimos muy reales, muy literales.

Discúlpame por la intromisión. Me pareció importante decir que no me he olvidado de nosotros. Es un sentimiento curioso. *Nosotros.*

Cordialmente,
Jem

* * *

Anotaciones de Luke Addison en su computador portátil, 7 de marzo de 2012

Reto a cualquiera a que no sea creativo con la verdad cuando las circunstancias lo exigen.

No podía contarle exactamente a la Policía los hechos, que te había gritado y que te había agarrado por el pelo, ¿cierto? Nunca creerían que llegó solo hasta eso.

También hay otro factor. Enormes fragmentos de esa noche desaparecieron. Simplemente no puedo recordarlos. Tan borracho estaba. "Sí, oficial, yo la tenía agarrada por el pelo, pero puedo asegurarle que no la lastimé después, aunque no pueda recordarlo". Podría firmar mi propia orden de arresto.

Lo que no debo hacer, lo que te he prometido que no haré, es olvidar lo que sí recuerdo de ti. Tus ojos verdes y las patas de gallo que alguna vez afirmaste aterrada haber visto. Cosas como esas se desvanecen tan rápido, y el resto del mundo está empeñado en hacerme olvidarlas. No tomaría mucho tiempo. Mi jefe me anima a que supervise un proyecto grande. Puede ser justo lo que necesito, concentrarme en algo concreto. Los chicos del club de *rugby* insisten en que vaya el sábado a jugar con ellos, me haría mucho bien. Mis colegas tratan de persuadirme para ir un rato al Porterhouse. Vamos, será divertido, me lo merezco, todos van a estar allá, y tres horas después otra chica podría llamarme y tendría *su* número en mi teléfono y serías una exnovia, la que murió, la que llevé a Margate, aquella a la que olvidé. No. No. NO.

Voy a Waterstone's a hojear los libros que te encantaban. Escucho tu lista de reproducción para el verano de 2011, porque ese fue el mejor verano de *todos*. Regreso a Southampton para sumergirme en tu ciudad favorita, al río, la escena del crimen, el sitio donde peleamos. Miro fotos tuyas en mi teléfono como si pudieras materializarte por arte de magia, si tan solo me concentrara lo suficiente.

En el trabajo estoy sentado como un zombi y me encojo de hombros cuando los clientes me preguntan: "¿Cómo vas con esto, Luke?".

Frente a mí pasan flotando hojas de cálculo. Preguntas sin respuesta que se repiten en las salas de junta. ¿Cuáles son nuestras predicciones sobre las ganancias para el tercer trimestre? ¿Cómo va a ser 2013 para nuestra empresa? ¿Dónde podemos reducir costos?

Los colegas tratan de tranquilizarme diciendo que es normal, pero en el fondo les encanta esto: tener una historia que aparece en Internet en su propia oficina. Una muerte, la posibilidad de un crimen. Paso junto a sus escritorios y cierran rápidamente sus navegadores o sus teléfonos. No hay que ser un genio para adivinar lo que se dicen entre ellos. Él lo está soportando muy bien. Se está derrumbando. Está *demasiado* tranquilo.

Ahora estoy escribiendo esto, a pesar de que, como solías señalar, mi zona de confort natural sea la de los diagramas y los números.

—Apuesto a que vas a escribir *esto* en tu diario, ¿no es así? —te dije bruscamente junto al río—. Es patética la manera en que vuelcas tu corazón en una hoja de papel.

—Portátil —dijiste arrastrando las palabras, y la ira hirvió dentro de mí.

Uno puede olvidar casi cualquier cosa. Es fácil, solo hay que proponérselo, bloquear o repetir constantemente una versión alternativa tantas veces que se convierta en realidad. Pero sabía que nunca iba a olvidar que te había agarrado por el pelo.

—Si alguna vez vuelves a tocarme así voy a denunciarte a la Policía —dijiste.

Tu pelo había comenzado a encresparse donde estaba húmedo por la nieve, y la palma de mi mano se estremeció al tocarlo.

Luego caminé hasta encontrar un bar abierto, tomé una cidra, aporreé una *rockola* y bailé solo, y cuando unos chicos se rieron pensé: "Ustedes no saben nada sobre mí ni sobre lo que he hecho". Tomé whisky y me desperté a las cinco sobre el piso de mi habitación del hotel, el brazo sobre el borde de la cama como si estuviera aferrándome a los restos de un naufragio, vómito en la alfombra, imágenes de la noche anterior que aparecían en mi mente como piedras golpeando una ventana. Luego me senté en el piso en bóxeres y traté de reconstruir las horas anteriores, como lo hicimos tantas veces, y lloré como un bebé.

Tomé una ducha caliente y me restregué, tenía que sacar de mí lo que había sucedido, tenía que *sacarte* de mí, luego tomé un tren de regreso a Waterloo. Al cruzar la plataforma, mientras pasaba corriendo junto a Smiths, los titulares de los periódicos saltaron sobre mí (los ingresos de la clase media bajo presión, Facebook valorado en £100 000 millones, las acusaciones que podrían imputarse como consecuencia del desastre del *Costa Concordia*) y me dejaron sin aire. Qué había hecho. Fui al *pub* más cercano, compré un vaso de Stella y un vodka doble con Coca Cola.

—Yo no la maté —le dije a Charlie unos días después.

—Amigo, nadie ha sugerido que lo hayas hecho —contestó.

Era extraño que nadie nos hubiera visto junto al río y que tampoco nos hubieran grabado las cámaras de circuitos cerrados de televisión.

Anoche leí que es vital que las víctimas de un delito colaboren para producir un retrato hablado dentro de las 24 horas siguientes. De otra manera, la imagen que ellos generan puede diferir mucho de la realidad. Si la Policía no resuelve un delito, especialmente uno grave, dentro de las 24 horas siguientes, las probabilidades de hacerlo descienden notablemente, según el artículo.

En esa terraza en el *pub* en Waterloo sonó mi teléfono, un número que no reconocí.

—Habla Robert Salmon. ¿Dónde estás? —preguntó—. ¿Estás solo?

Fue en ese momento que empecé a mentir.

Luego (dos cervezas y dos vodkas dobles después) vi a ese gigante en el bar y pensé: "Ese servirá".

Ahora estoy comenzando con el correo electrónico que me enviaste el viernes 3 de febrero, el día antes de tu muerte, justo antes de que terminaran nuestros dos meses. Lo encontré tres semanas después de tu muerte en mi carpeta de correos no deseados, enviado allí debido al archivo adjunto que aparentemente fue marcado como un riesgo de virus, acomodado entre el correo de un hombre que decía necesitar urgentemente dinero porque había quedado varado en las Filipinas y otro que ofrecía suministros de oficina a precios asequibles.

"NOSOTROS", escribiste en el campo del asunto, y mi reacción inicial fue: "¿Por qué Al me habrá enviado un correo sobre Estados Unidos[23]?". Pero luego recordé que habíamos hablado sobre unas vacaciones allí, visitar la Zona Cero, el Empire State, comer *bagels*, ir a alguna presentación en Broadway. Tal vez ir a la costa oeste. *Dawson's Creek, The O. C., 90210.* "El mapa de mi infancia vivida a través de otros", como lo llamabas.

Cuento los días que han pasado desde tu muerte. 32 768 horas. Un retrato hablado ahora apenas tendría un ligero parecido.

La Policía, tu familia, tus amigos, el hombre del *pub*, Megan, el contratista junto a quien me senté hoy y que se quejaba por el "bajo nivel de respuesta". Todos son unos estúpidos que lo ignoran absolutamente todo. Somos tú y yo los que sabemos lo que ocurrió. Es nuestro secreto.

"Hola, señor Luke", comenzaba tu mensaje.

* * *

Fragmento de la transcripción del interrogatorio a Jessica Barnes, realizado en la estación central de Policía de Southampton por el superintendente detective Simon Ranger, 5 de abril de 2012, 17:20 p. m.

SR: Le recuerdo que no está bajo arresto y que es libre de irse en cualquier momento, pero, por favor, puede confirmar su

---

23. N. de la T.: *US* ("nosotros" en inglés), también es la sigla para United States (Estados Unidos).

nombre completo, edad y dirección, y que está de acuerdo con que se grabe esta conversación.

JB: Jessica Barnes, tengo diecinueve años y vivo en 74a Hartley Road. Sí.

SR: Jessica, ¿puede explicar qué hizo la noche del sábado 4 de febrero?

JB: En la noche, yo y un montón de amigos salimos a la ciudad, éramos unos siete u ocho, ¿necesita los nombres?

SR: No en esta etapa, pero sería útil saber a cuáles *pubs* fueron.

JB: Comenzamos en el Rock and Revs, luego fuimos al High Life y terminamos en el Ruby Lounge. También fuimos a Carly's Bar; ah sí, y al New Inn.

SR: El Ruby Lounge está cerca del río, ¿no es así? ¿Hubo alguna razón para que fueran allí?

JB: Es un buen lugar para terminar la noche, está abierto hasta las 2:00 a. m. y es muy animado.

SR: Hacia el final de la noche, entiendo que se separó de sus amigos. ¿Cómo sucedió eso?

JB: Había tenido una discusión con Mark.

SR: ¿Mark?

JB: ¿Mi novio? Él había salido con sus amigos y acordamos encontrarnos en el Ruby Lounge, pero estaba portándose como todo un imbécil, coqueteando con Lottie. No me iba a quedar allí viendo eso, entonces me fui. Tomé ese atajo junto al río, el que lleva a Hooper Road, e iba a tomar un bus allí.

SR: ¿A qué hora debió ser esto?

JB: Ni idea, fue hace mucho tiempo. Lo habría mencionado antes, pero no me pareció importante. Solo vine a oír sobre la chica ahogada en las noticias esta mañana, fue donde mi papá, en la tele. Nunca veo los noticieros. ¿Por qué debería hacerlo si no me afecta? Puede que haya sido hacia la medianoche.

SR: ¿Eso fue cuando usted vio a una pareja en una banca, al otro lado del río?

JB: Sí, le dije eso al policía hace un rato.

SR: Sería muy útil si pudiera decirnos cuál fue su impresión sobre lo que ellos estaban haciendo.

JB: Estaban muy lejos y estaba nevando, y todo.

SR: ¿Qué edad cree que tenían?

JB: Mayores que yo, tal vez unos treinta años.

SR: Pero presumo que podía ver lo que estaban haciendo.

JB: Definitivamente estaban peleando porque alcancé a escuchar algo. Estuve allí por unos minutos fumando un cigarrillo mientras decidía si regresaba al Ruby Lounge a resolver las cosas con Mark. ¿Es la chica muerta que salió en televisión? Es ella, ¿cierto? Estaré devastada si es ella.

SR: Hasta que establezcamos más detalles, preferimos llamarla "la chica en la banca". ¿Puede describir a alguno de los dos?

JB: Él puede haber tenido una camisa negra, solo estuve allí unos minutos. No les estaba prestando mucha atención, tenía demasiadas cosas en la cabeza y no era asunto mío, ¿cierto? No iba a ponerme emotiva. Es ella, ¿cierto? Dicen que se ahogó. Los estudiantes son unos idiotas estirados, pero ella parecía agradable. ¿Voy a meterme en problemas? No he hecho nada malo.

SR: Nadie lo está sugiriendo, Jessica. Pero ocurrió un incidente muy grave, que pudo haber involucrado a uno o a ambos individuos a los que usted aparentemente vio. Sería muy útil para nuestra investigación si usted pudiera recordar más de lo que decían.

JB: Estaban a kilómetros. El río es muy ancho allí, entonces era difícil de entender, como cuando uno está hablando por teléfono y la señal es una porquería y solo se escucha una parte y luego nada, y de nuevo una parte. Creo que estaban planeando un viaje el fin de semana porque escuché que dijeron "Praga". He visto eso en la televisión, todas las parejas sofisticadas van allí a descansar.

SR: ¿Qué otros fragmentos de su conversación alcanzó a escuchar? ¿Escuchó que alguno de los dos se dirigiera al otro por su nombre?

JB: Sí, ella lo llamó Luke.

SR: ¿Está segura de eso?

JB: Sí, completamente, porque el hijo de mi hermano había estado viendo todas las películas de *La guerra de las galaxias* y se la pasaba diciendo "Luke, soy tu padre", y fue por eso que lo noté.

SR: ¿Algo más?

JB: Esto sonará loco, pero ella dijo algo acerca de unos "lemmings".

SR: Bien, intentemos por otro camino. ¿Cómo era la discusión de ellos? ¿Diría que discutían *enojados*?

JB: ¿Cómo más se podría discutir? Lo cierto es que, ¿sabe cómo en algunas peleas uno está siempre alterado? Bueno, esos dos se ponían furiosos, luego se calmaban, de nuevo furiosos, y había momentos en los que ni siquiera hablaban. Apuesto a que ella lo insultó muy fuerte y él cayó de rodillas. Era como si le estuviera suplicando. Pero podría haberse resbalado en la nieve, supongo.

SR: ¿Qué tan ebria estaba la chica en la banca? ¿Estaba más o menos ebria que usted?

JB: Creo que menos. No, más. Simplemente era una chica ebria. Es ella, ¿no es así? Dicen que combatía la violencia contra la mujer, ¿cierto?

SR: Otras personas en su situación podrían haber llamado a la Policía.

JB: Digamos que hubiera llamado a los polis, perdone, ¿qué habría dicho? Algo así como: "Hay dos personas al otro lado del río", y me dirían: "¿Qué están haciendo?", y yo habría dicho: "Están en una banca conversando". Difícilmente habrían enviado al Cuerpo Especial, ¿cierto?

SR: Jessica, esto no es una broma. Alguien murió.

JB: Lo siento, pero ustedes están haciendo ver que esto es mi culpa y no lo es. No voy a meterme en problemas, ¿cierto?

No puedo perder mi trabajo, tengo un bebé. Lo siento. Sé que debí haber llamado al 999 cuando él empezó a zarandearla. Dicen en Internet que ella estaba embarazada, ¿es cierto?

SR: ¿Zarandearla? Explíquese mejor.

JB: Después de que él se cayó, ella tuvo un ataque de risa y él se paró frente a ella y la rodeó con sus brazos, pero no de buena manera. Lo siento, lo siento, por favor, no me arreste. Tengo un bebé…

* * *

Carta enviada por el profesor Jeremy Cooke, 9 de julio de 2012

Larry:

¿Recuerdas que hace algunos años te conté acerca de ese psiquiatra, ese sujeto arrogante con perfil romano y hombros de pájaro? Bueno, he estado examinando de nuevo las notas que tomé de nuestras reuniones. En realidad tuvo la desfachatez de decirme que él no me caía muy bien.

—No lo tome como algo personal —fue mi respuesta—. Es la *gente* la que no me cae muy bien.

—Es interesante —afirmó él—, escuchar eso de un antropólogo.

—Para un antropólogo la existencia *es* interesante —le informé—. Interesante y desconcertante. —Era como un partido de tenis intelectual—. Acéptelo, usted es fundamentalmente incapaz de arreglarme.

—No se trata de arreglarlo, sino de que adquiera una comprensión más profunda de usted mismo. Qué tal si me cuenta por qué decidió visitarme, Jeremy. —Su insistencia en usar mi nombre de pila me irritaba. Después de una pausa, que tuvo sin duda la duración exacta que aprendió en algún politécnico de segunda, chilló—: No hay respuestas incorrectas.

—No tengo mucho más qué hacer los miércoles en la tarde. Los estudiantes practican deportes.

Era el segundo miércoles consecutivo que había marchado, como soldado vencido en batalla, a su muy recomendado y discreto consultorio en un suburbio residencial de Winchester; a pesar de que mi opinión sobre los psiquiatras no era muy positiva que digamos. Me habían enseñado a basarme en la evidencia, pero, maldición, esta era tan confusa.

No es que a ella le hubiera importado, pero Fliss era tan maravillosamente ajena a todo como lo había sido a en dónde había pasado yo tantas tardes de miércoles cuando los estudiantes practicaban deportes: encerrado en hoteles de mala muerte con la contratación más reciente del Departamento de Inglés, Elizabeth Mullens.

Él se rascaba su barba desaliñada, cruzaba y descruzaba sus piernas. Obviamente gay. En el silencio que siguió eso volvió a envolverme de nuevo: esa ira densa y vaga debida a su sondeo, por mi *necesidad* de estar ahí con ese insignificante hombrecillo escrutador, unos cinco años menor que yo, con sus pequeños anteojos redondos, que de seguro usaba en un intento de aparentar seriedad.

—Ella cree que estoy jugando *squash* —dije—. Fliss, mi esposa.

—¿Por qué piensa ella eso?

—Porque es lo que le dije.

—¿Siempre cree lo que usted le dice?

—Créame, rara vez cuestiona lo que le digo.

—¿Debería?

—Claro que no. Tiene mente propia.

—¿Eso le preocupa?

—No más que la tiranía del ayatola Jomeini o esos malditos sindicatos.

Incluso en ese momento me di cuenta de lo redundante de mi conversación. Fue la noche después de la fiesta cuando mi esposa me confrontó. Había estado lavando los platos cuando llegué a casa y dije:

—Hola, querida, ¿cómo estuvo tu día? —Y ella no se dio la vuelta, ni tampoco cuando le dije—: Sigues levantada y ya es tarde. —O—: Me voy a dormir, estoy agotado. —Pero cuando finalmente lo hizo, estaba llorando.

—Martin llamó.

Me paralicé.

—Mencionó que se encontró contigo anoche. ¿Cómo *estuvo* la fiesta?

Debí haber cortado por lo sano allí mismo, Larry, y admitirlo. Eso podría haber sumado a mi favor, un atenuante. Pero continué.

—Aburrida. La típica reunión de académicos. Ya sabes cómo son.

—En realidad no. Explícame.

—Pearce aún sigue a punto de renunciar, Shields sigue convencido de que lo van a llamar del Nobel, Mills es clínicamente incapaz de tener una idea original.

Algunos hombres cubren bien sus huellas de manera natural, Larry, otros lo aprenden; yo no pertenezco a ninguno de los dos. Me oía ridículo, como si mi esposa me hubiera preguntado: "¿Qué forma tiene la Tierra?" y yo le respondiera: "De cubo".

—Esos académicos aburridos, soltando humo en los traseros de los otros —agregué.

—¿Te refieres a los académicos aburridos del departamento de Literatura?

Detrás de mí, un chasquido de la estufa AGA, el orgullo de mi esposa.

—Sí.

—¿Cómo le está yendo a esa chica nueva? —preguntó—. A la que le hicieron una reseña en el boletín, Liz Mullens.

—Bien, entiendo. —La mesa de madera, la perra en su canasta, una caja de cereal y dos tazones al lado, listos para la mañana. Como una consultora ambiental, mi esposa frecuentemente se refería al concepto de *hábitat*. "Esto es mío —pensé—. Nuestro". Sin esto, sin ella, ¿qué sería yo?, ¿qué haría yo?—. Me prometiste que siempre me cuidarías.

Larry, ese loquero desaliñado, un bolchevique incipiente si es que alguna vez hubo uno, era implacable.

—¿Qué tal si me responde algunas preguntas? —le dije para interrumpir el bombardeo.

—No vamos a progresar mucho así.

—Por favor, una.

—Es su dinero al fin.

Podría haber abrazado en ese instante a mi delgado adversario con su nombre seguido de una serie de letras sin valor, porque yo no solía estar expuesto al desprecio, al menos no en mi propia cara.

—¿Qué *es* el sexo?

—En este momento detecto que es un área que deberíamos explorar.

—Explorar es lo que me ocasionó problemas.

—No puede culpar al sexo. Lo que sea que haya hecho, lo hizo usted mismo.

Su respuesta hizo que quisiera levantarme y darle una bofetada en esa cara de paloma, como lo haría con un hijo que se porta mal, si hubiéramos tenido uno.

—Usted aún no ha explicado por qué está aquí.

—Porque es como ir donde una prostituta. No hay consecuencias, es solo una transacción.

—De nuevo, de regreso al sexo.

Odiaba su implacable insistencia. Pero tenía razón: tenía 35 años y una parte de mí estaba dañada. Hubo silencio, y el fantasma de uno de mis peores temores, la dificultad de expresión, se adhirió a mí como niebla húmeda.

—¿Le gustaría contarme quién era ella?

En ese punto no había confesado directamente mi infidelidad, por lo que él debió haberlo deducido.

—¿Por qué, le gustaría llamarla? Usted podría tener algo con ella. ¡No es muy exigente! —Escuché la petulancia y el rencor, y sentí vergüenza.

—¿Siguen en contacto?

—Amenazó con clavarme un cuchillo para trinchar entre los hombros si volvía a acercarme a ella.

Lo recordé, cómo alguna vez caí de rodillas ante Liz y ella sostuvo mi cabeza entre sus manos como si fuera la de un niño o una pieza de cerámica a la que estaba dando forma. Sentí la aguda punzada de su ausencia: su sabor, su olor, un característico sabor a cobre en mi lengua, un dolor infame en la boca del estómago, mis pelotas. "Le apuesto que nunca ha sentido eso", estuve a punto de gritar.

Fliss contó los detalles de la conversación que sostuvo con Martin con desapasionado desinterés, como si estuviera relatando la escena de *Hijos de la medianoche* de Rushdie o la última teoría acerca de un género de flores en el que ella se especializaba.

—Después de que él llamó, estuve hurgando en tus chaquetas.

—¿Que hiciste *qué*? —dije, y mi justificada indignación nunca sonó tan mal concebida.

Ella me entregó un pedazo de papel, un recibo de un restaurante. Su labio temblaba.

—¿Cómo *pudiste*?

—¿Cómo se está sintiendo? —preguntó mi psiquiatra.

Tenía una mejilla húmeda. El desgraciado me había hecho soltar una lágrima.

—Bien hecho, se ganó su paga de hoy. Qué comportamiento tan malditamente desconcertante este de llorar —dije buscando en la estructura conocida de un debate—, cuya función continúa siendo una inagotable fuente de debate en los círculos científicos.

—Primero, concédame algo, Jeremy, de un profesional a otro.

—Me enferma sentir que la vida se me escapa. ¿Puede detener eso, doctor Richard Carter? ¿Puede usted hacerlo? Por favor.

—No —dijo—. Solo usted puede hacerlo.

—Ya nadie es fiel en estos días —dije, consciente de que no era una observación del todo infundada, porque, con excepción de esos viejos eunucos descerebrados como Devereux, todo el campus andaba en lo mismo—. Son los años 80, todos se revuelcan con todos.

—Puedo asegurarle que no todos.

—¿Está casado? —pregunté.

—No —dijo él.

—Nunca se ha conseguido una esposa, ¿cierto? —me escuché decir, y fue con disgusto.

El hombre que ensalzaba los beneficios de la discusión y el debate, que creía que la especie humana se distinguía por un puñado de atributos, uno de los cuales era nuestra capacidad para comunicarnos, reducido a usar ese regalo como lo haría un niño. Ella me arrojó un colador. Fliss. Ahora suena gracioso, el tipo de escena que aparecería en una de esas horribles telenovelas, pero puedo asegurarte que no lo fue en su momento. Me golpeó en la frente y me hizo una herida por la que salió un hilo pegajoso de sangre.

—Ciertamente, la inteligencia es la habilidad para hacer felices a quienes nos rodean y a nosotros mismos —dijo mi psiquiatra—. Es claro que usted ha fallado en ese sentido.

Me había vencido. La pequeña basura me había vencido.

—¿Cómo está lidiando la mujer que no es su esposa con esta situación?

—Trató de matarse.

* * *

**Mensajes de Twitter para @AliceSalmon1
de @HombrelibrestaLibre, entre
el 16 de enero y el 27 de enero de 2012**

¿Cómo van esas caminatas en Clapham Common?

El Señor dijo que me hará justicia.

¿Disfrutaste tu comida italiana anoche?

Es bonito ese secador de pelo que compraste para Navidad.

¿Esa foto de flores en tu habitación es nueva?

¿Te gusta ir de fiesta, linda?

Voy por ti.

* * *

**Fragmento de la transcripción de un
interrogatorio a Luke Addison, realizado en
la estación central de Policía de Southampton
por el superintendente detective Simon
Ranger, 6 de abril de 2012, 13:25 p. m.**

LA: Esto es una broma, yo era su novio.

SR: ¿Lo era? Porque nos han informado que ustedes dos no eran pareja en el momento de su muerte.

LA: Es complicado.

SR: Explíquenos por qué era complicado. Entiendo que usted y Alice estaban separados.

LA: Sí, estábamos resolviendo algunos problemas.

SR: ¿Problemas?

LA: Me acosté con otra persona, y Alice necesitaba tiempo para procesarlo.

SR: Entonces, ¿ella terminó con usted?

LA: No, nos habíamos dado un tiempo. Pero íbamos a regresar, ella estaba muy interesada en eso.

SR: Asumo que fue ella quien sugirió este receso. Eso debió dolerle bastante.

LA: Estaba destrozado.

SR: ¿Qué diría acerca de la afirmación de que usted es un mujeriego?

LA: Yo amaba a Alice.

SR: Sea como fuere, usted es alguien a quien le gusta salirse con la suya, ¿cierto? ¿Se describiría como alguien controlador?

LA: No, claro que no.

SR: Pero usted es un hombre robusto. ¿Cuánto mide? ¿Un metro con ochenta y cinco? ¿Pesa más de ochenta kilos? Ruidoso, un chico problemático, un hombre al que le gusta beber. "Nunca se sabía cómo iba a terminar una noche cuando Luke estaba por ahí", así lo han descrito. Uno de sus colegas lo denominó un bravucón.

LA: Estaba loco por ella.

SR: ¿Tan loco como para empujarla a un río?

LA: Váyase al diablo.

SR: Vamos a calmarnos, señor.

LA: ¿Estaría calmado si estuviera en mi lugar? Mi novia está muerta y usted me trata como si yo la hubiera empujado de ese puente.

SR: Interesante elección de palabras. A menos que esté equivocado, nadie ha probado que ella fue "empujada del puente"; entonces, ¿por qué lo dice de esa manera?

LA: Es una forma de hablar. Quiero saber qué ocurrió con Alice tanto como los demás. En ese lugar hay un puente, Alice terminó en el agua: no hay que ser un genio para concluir que existe una alta probabilidad de que se haya caído de él.

SR: Pero usted dijo "empujado", no caído.

LA: Tienen que sacar la cabeza de la arena. Deben detener y registrar personas, y hacer indagaciones puerta a puerta. Ampliar la red, mirar más allá.

SR: ¿Le parece si nos concentramos en el más acá?

LA: Esto es malditamente ridículo.

SR: Por favor, no diga groserías, Luke. ¿O es propenso a ponerse agresivo cuando lo provocan?

LA: ¿No lo somos todos?

SR: No, soy una persona calmada. Pero también soy una persona desconcertada porque usted nos ha hecho creer que, 24 horas después de la muerte de Alice, estaba solo en su apartamento la noche en cuestión, y ahora resulta que estaba en Southampton.

LA: Ya expliqué eso. No debí haber mentido, pero estaba preocupado de que no me creyeran. Sabía que llegarían a una conclusión errada.

SR: ¿A qué conclusión deberíamos haber llegado, Luke? Verá, esta es otra inconsistencia. Después de haber cambiado su historia una vez y admitir que *estuvo* en Southampton, afirmó que su conversación con Alice fue, y cito textualmente, "amigable". Bueno, una testigo nos dijo que usted le hizo graves amenazas a Alice.

LA: ¿Testigo... cuál testigo?

SR: Una que observó su pequeña disputa. Ella dice que usted sujetaba a Alice, y de nuevo cito textualmente, "por el cuello".

En este punto el interrogado se ríe.

LA: Eso es absurdo. ¿Nunca ha escuchado el concepto de ser "inocente hasta que se demuestre lo contrario"?

SR: No creo haber sugerido que no sea inocente. Es interesante que usted lo traiga a colación. Si usted fuera yo, ¿cómo interpretaría esas contradicciones?

LA: Yo la amaba.

SR: Preferiría que me justificara estas inconsistencias. También sabemos por una fuente confiable que usted es un hombre irascible, y no es difícil ver cómo pudo haber sucumbido a la presión con ese temperamento: los ánimos alterados, añada algo de alcohol a la mezcla, la mujer a la que amaba lo echa a patadas. Hasta yo me pondría furioso.

LA: Encuentren a quien hizo esto, por favor.

SR: Cuando hablamos con usted, 48 horas después de la muerte de Alice, usted tenía un ojo morado, y cuando le pregunté cómo le había sucedido me dijo que había sido jugando *squash*. ¿Quisiera reconsiderar eso?

LA: No recuerdo.

SR: Intente responder de nuevo, ¿le parece?

LA: Un tipo me golpeó en el bar.

SR: Eso está mejor, Luke, por fin estamos llegando a algún lado. ¿Este "tipo" lo golpeó antes o después de la muerte de Alice?

LA: Fue al día siguiente, yo estaba borracho. Me acababan de informar que Alice estaba muerta.

SR: Entonces usted *realmente* bebe mucho.

LA: Me gusta salir los viernes y sábados en la noche.

SR: ¿Un bebedor empedernido?

LA: No, como alguien normal de veintisiete años.

SR: ¿Había estado bebiendo antes de confrontar a Alice junto al río?

LA: No.

SR: Eso también me intriga, porque tenemos a un propietario de un *pub* listo para declarar haberle servido al menos dos sidras.

LA: No es su asunto, nada de esto lo es.

SR: Desde el momento en que Alice murió, se convirtió en mi asunto. El portero nocturno en el Premier Inn, en Queen Street, sostiene que usted llegó a las cuatro menos diez. En sus palabras: "entonado". Luke, he estado haciendo este trabajo hace mucho tiempo, y hay una manera fácil y una difícil de hacer esto, pero llegamos a la misma conclusión de cualquier modo. Estuve revisando nuestros registros y usted fue arrestado por lesiones en 2002.

LA: Quiero un abogado.

SR: Lesiones en un *pub* en Nantwich.

LA: No se formularon cargos.

SR: No muy consolador para el individuo al que le dio una paliza.

LA: Tenía diecisiete años. Si va a hurgar tan lejos en mi pasado, todos tenemos cosas que preferiríamos ocultar.

SR: ¿Como lo de Praga? ¿Eso es algo que preferiría ocultar?

LA: Jódase.

SR: Tenga cuidado. Ese temperamento suyo puede ser algo peligroso.

LA: No tengo nada más qué decir.

SR: Luke Addison, lo arresto como sospechoso del asesinato de Alice Salmon.

* * *

Mensaje de voz dejado por Alice Salmon
a David Salmon, 4 de febrero de 2012, 17:09 p. m.

Papá, soy yo. ¿Dónde está mamá? ¿Por qué no está contestando el teléfono? Dile que me llame, por favor, es urgente. ¿Cómo ha estado ella? ¿Ha usado su computador? ¿Cómo estás? Estoy un poco bebida. Estoy en el Hampton para esta reunión y he recordado cómo lloraste cuando me trajiste aquí para la semana de bienvenida a los de primer año, ¡grandísimo llorón! ¿Cuándo vamos a tener de nuevo uno de tus almuerzos dominicales para luego sacar el perro a pasear? Te extraño, papá. Perdóname por no haber sido una excelente hija. Probablemente te mereces a alguien mejor que yo. Por si acaso, eres el mejor papá que una chica podría tener. ¿Cómo me llamabas? ¿Tu ángel? Me gustaba. Mejor cuelgo, mi batería se está agotando. Te amo.

* * *

Publicación de Lobo Solitario en el foro web
Voceros de la Verdad, 6 de julio de 2012, 22:50 p. m.

Si ustedes pudieran sacar a la luz algo muy malo haciendo algo ligeramente malo, ¿lo harían? ¿Si fuera la única manera de revelar un escándalo en una compañía farmacéutica o en el MI5? ¿O si tuvieran que cometer un hurto o un asalto menor para dar a conocer un delito más grave, como un asesinato o una violación? La mayoría de nosotros lo haría porque no se debería permitir a la gente poderosa salirse con la suya cuando hace cosas malas.

Profesor Cooke.
Nadie puede hacerme nada por decir su nombre.
Profesor Jeremy Frederick Harry Cooke. EL HOMBRE DE HIELO.

Usa una chaqueta de pana, y el hecho de que yo diga que es malvado no es ilegal. Se llama libertad de expresión y no lo aprendí gracias a un mediocre título en Comunicación; no, fue en Deportes, Medios y Cultura que desperdicié tres años, bueno no fueron tres porque vi la luz y me largué antes. No puede tocarme, nadie puede hacerlo, ¡lo cual es irónico porque justamente fue eso lo que él le hizo a otra persona!

Créanme, puede que haya estado equivocado en otras cosas, pero tengo razón en esto y él tiene que ser DESENMASCARADO. Cuando empuñe la espada de la verdad no dirán que soy un hazmerreír y un loco, ¿cierto?

Ahora incluso le está dando un giro a todo en un libro. Dicen que la historia la escriben los vencedores. Bueno, ya no, ahora todos la escribimos. Le dije que no podía usar ninguna de las cosas que compartí con él por los derechos de autor, pero me dijo que nada es confidencial, entonces este es un sorbo de su propia medicina, sabiondo.

Seré honesto, yo sí tenía un "acuerdo económico" con el Hombre de Hielo. Incluso me hice un tatuaje nuevo para celebrarlo, pero él incumplió nuestro trato. No estaba siendo codicioso, solo hubiera sido agradable no tener que preocuparme por dinero, así como Ben Finch no tiene que hacerlo. Para él está muy bien eso de vivir como Riley, y estar convencido de que se saldrá con la suya después de haber tratado de ASESINARME por las fotos de ellos que encontré.

Casi le muestro mi foto favorita a Alice una noche, cuando estábamos sentados en la sala en segundo año, hablando sobre fotografía: esa de ella en el parque estirándose apoyada en un árbol antes de correr. Las noches de ellos eran especiales, pero muchos domingos en la tarde también hablábamos. Ella se sentaba con una tremenda resaca en el sofá destartalado cubierto con la manta roja y bebía té en su taza de elefante. Su teléfono estaba sobre el brazo, los mensajes aparecían en él todo el tiempo y yo le preguntaba si había tenido una gran noche y ella me decía que cómo lo sabía, y yo le decía que la había escuchado tropezarse al entrar y ella se disculpaba y se sentía culpable y dudaba, como si estuviera esperando que yo le contara lo que había hecho.

Teníamos una buena conexión hasta que el PSICÓPATA de Ben Finch la puso en mi contra. Me encanta poder decir cosas como esas aquí. He hecho 181 publicaciones en los últimos 3 meses. Dos de los periódicos nacionales me han bloqueado, pero es porque no pueden manejar mis comentarios y porque están controlados; son tan malos como Corea del Norte. Este es un mundo de periodismo ciudadano, en el que el hombre del común se hace escuchar porque Internet es amigo de David, no de Goliat.

La prensa oprime a las personas como yo, y deja que otras como Ben Finch, Alice Salmon y el Hombre de Hielo sigan como si nada. Pero ya no más, la justicia se acerca, Alice está muerta, Ben Finch se ha desquiciado y el Hombre de Hielo está a punto de recibir lo suyo por lo que hizo.

¿Ya adivinaron de quién abusó? ¡AVERÍGUENLO AQUÍ!

* * *

Columna en el *Evening Echo,* 17 de marzo de 2012

Greg Aston: la contundente voz de la razón

Es una frase de cajón decir que en los viejos tiempos se podía dejar la puerta abierta, pero en realidad sí cuidábamos más unos de los otros. Los amigos, la familia y los vecinos eran importantes cuando yo era un muchacho. Si había una ola de frío, nos asegurábamos de que la anciana de al lado estuviera bien, en vez de dejarla morir congelada o de hambre. Un artículo más sofisticado que este podría denominarlo "brújula moral", pero simplemente se trata de reconocer lo que es un comportamiento aceptable y lo que no.

Tres mujeres que carecen de brújula son Holly Dickens, Sarah Hoskings y Lauren Nugent. Ellas forman el trío que se fue de juerga con Alice Salmon la noche en que ella se ahogó. Totalmente borrachas, se separaron de Alice y ella terminó en el río.

Una de ellas, Dickens, pedía comprensión en un artículo de ayer en el que sugería que habían "perdido a Alice", como si hubiera sido una pieza de equipaje en un aeropuerto. El periodista se limitó a respaldar su posición afirmando que le habría podido suceder a cualquiera.

Si este trío no hubiera estado comportándose de una manera socialmente irresponsable, es poco probable que hubieran dejado que su amiga se alejara (que la "abandonaran", diría yo) y Alice Salmon aún estaría con vida.

Como "un poco entonadas" describió Dickens el estado de intoxicación que tenían. Borrachas, más bien.

Las tres deben responder por su comportamiento.

Su silencio, mientras tanto, solo ha servido para generar un vacío que se ha venido llenando con desinformación. Muchos han buscado respuestas en las redes sociales, donde el último trino de Alice solo decía: "Saluda, di adiós", lo que ha sido interpretado como una referencia a la letra de la reciente versión que hace The Hoosiers de la canción clásica de los 80, "Soft Cell".

Si fuera un tipo escéptico, podría concluir que la razón de su silencio no tiene que ver tanto con la consideración hacia la familia Salmon sino con la inquietud sobre su propio comportamiento. No es sorprendente que hayan evitado ser el centro de atención. Yo me sentiría avergonzado si estuviera en su lugar.

Estas mujeres (he visto que se refieren a ellas como "chicas", pero no lo son, mi media naranja y yo ya teníamos dos hijos para cuando alcanzamos la edad de ellas) son producto de la evasión de la responsabilidad, de la búsqueda de gratificación y del exceso de alcohol de la generación de los *baby boomers*[24]. De hecho, Alice fue una víctima de ella. Todos tenemos alguna responsabilidad por ello.

Hicimos que conducir bajo los efectos del alcohol y el vandalismo en el fútbol fueran comportamientos socialmente inaceptables. Hagamos ahora que beber de forma desmedida también lo sea. Acabemos con la cultura que se hace la de la vista gorda con los vándalos, hombres y mujeres, que andan por las calles con su actitud destructiva, peleando, vomitando y tambaleándose de una tienda de licores a otra.

Si algo bueno puede salir de esta tragedia es que estemos menos dispuestos a permitir que nuestras ciudades sean usadas como patios de juegos mortales.

---

24. N. de la T.: En el contexto anglosajón, una generación que pone sus intereses personales por encima del interés social.

Comentarios sobre el artículo anterior:

Cierto, amigo, ¿cómo puede uno "perder" a alguien? Ella no era un juego de llaves o un celular. Lo que ellas hicieron fue como darle la espalda a un bebé; definitivamente está mal.
  Monkey Blues

Este voto de silencio es bastante raro. Si hubiera sido una de ellas, habría hablado inmediatamente para asegurarme de que nadie me señalara.
  Onlyme

¿Qué parte de la palabra "duelo" no comprenden, chupasangres?
  Hecho en Bridlington

Al diablo con The Hoosiers, la versión que hace David Gray de esa canción es la mejor de lejos.
  Mighty Mike

Hablando de cómo la vida imita al arte… leí un artículo que dice que el libro favorito de Alice era *El secreto*. Bueno, en él un grupo de estudiantes en una prestigiosa universidad estadounidense se ocultan después de una muerte.
  Hazel

¿No cerrarían el pico si su mejor amiga hubiera muerto? Es la única manera en que podrían haber honrado su memoria. Estaríamos listos para hablar mal de ellas si se hubieran lanzado frente a las cámaras, además es muy fácil implicarse uno mismo inadvertidamente. ¡Este no es un maldito circo!
  Recolector de basura

Su declaración me conmovió. Les dieron palo por ser demasiado evasivas y por hacer que su abogado declarara por ellas, pero yo no habría sido capaz de enfrentar las cámaras tan solo 24 horas después de la muerte de mi mejor amiga.

EmF

* * *

Carta enviada por el profesor Jeremy Cooke, 19 de julio de 2012

Querido Larry:

Dejo constancia de que no me di por vencido con el doctor Richard Carter.

—Claramente usted disfruta de la compañía femenina. —Fue la frase con la que inició la sesión—. Pero exploremos cómo lo hace sentir ella, Liz.

Sentí que pasaba de exclusivamente cerrarle el paso y provocar a este tipo (éramos como dos pesos medios miopes y fuera de forma) a un estado que podría describirse como de franqueza.

—Vivo —dije—. Trascendente, primario, glorioso. Como un bastardo. Como un hombre.

—¿Cómo se *sentían* esos hombres, Jeremy?

En nuestras primeras charlas, pude haber respondido con sarcasmo: "Nunca lo sabrá", pero en cambio dije:

—Como otra persona.

—¿Eso es bueno?

—Richard, soy un académico de clase media alta, llegando a los cuarenta años, blanco y anglosajón. Mi existencia se basa en la costumbre, mi trabajo me exige racionalidad y diligencia. Los maestros me describirían como "meticuloso" en la escuela. Esa "otra persona" no tenía por qué vivir según las reglas normales; podía arrancarle la ropa a una mujer casi desconocida.

Perdí unos 6 kg después de que Fliss se marchó, y eso que nunca había tenido sobrepeso. Ella había regresado con sus padres a Lincoln. Todos lo hacen ahora, una práctica que se afianzó a comienzos del siglo XXI, regresar al nido como enormes polluelos de cuco porque los préstamos estudiantiles los devoraron o porque los precios de la finca raíz suben más de lo que pueden pagar, pero tiene la marca inequívoca del fracaso: regresar a la casa paterna fue una inversión del orden natural. Inevitablemente hubo algunas expresiones de asombro en el campus. No es que la ausencia de mi esposa haya encabezado la lista de chismes por mucho tiempo, pues quedó relegada por la aún más impactante revelación de que Elizabeth Mullens había tratado de matarse. Llamé todos los días a la casa de mis suegros, pero se negaban a permitir que conversara con mi esposa. También me puse en contacto con la encargada del alojamiento de Liz, en un intento de conocer cuál era *su* estado, pero todo lo que encontré fue una arrendadora poco colaboradora a quien no le agradaban las llamadas después de las 9:00 p. m. y que se quejaba sobre la renta sin pagar.

—¿Es usted fanático de los Rolling Stones? —preguntó Richard Carter.

—Los he oído.

—Mick Jagger escribió una canción llamada "You Can't Always Get What You Want". Puede tener algo de razón.

—Los seres humanos no estamos hechos de esa manera —lo contradije.

—No estoy de acuerdo. Somos capaces de inmensas muestras de desinterés, a menudo con un gran sacrificio personal.

—Somos selectivos con nuestro altruismo. Está enfocado generalmente hacia un ser querido, en un claro intento de asegurar reciprocidad.

—No siempre. Le hago donaciones a una entidad benéfica que excava pozos en el oriente de Uganda, ¿cómo me beneficia eso?

—Puede que le ayude a dormir bien o le sirve para hacérmelo notar y, de esa manera, poder realizar su trabajo mejor.

—Me parece que ese es un diagnóstico increíblemente sombrío —dijo él—. El altruismo puede ser puro. Existen arañas hembra que permiten que sus crías se las coman para mejorar sus posibilidades de sobrevivir. También machos que permiten que la hembra se los coma después de aparearse. Relaciones bastante unilaterales, ¿no le parece?

—La típica mujer.

Me pregunté si Liz había escuchado sobre las arañas; se habría sentido fascinada con ellas.

—Pero no estamos hablando de los animales o la evolución —dijo—, estamos hablando de usted.

—Entonces *estamos* hablando precisamente sobre animales y evolución.

No recuerdo si en ese momento te expuse toda la saga, Larry, pero fui citado a comparecer ante un "comité" académico; un seudotribunal en el que me observaron perplejos, con la curita en mi frente y la ropa arrugada, y me informaron con delicadeza que si colaboraba para evitar que esta "debacle" llegara a la prensa, lo tendrían en cuenta. Todavía tenía mucho para ofrecer. Bien podrían haber usado la palabra "algo" en vez de "mucho"; es difícil recordar los detalles.

—¿La razón por la que usted buscó una relación extramarital pudo ser el hecho de no tener hijos? —preguntó Richard.

Fliss y yo no habíamos renunciado del todo a nuestra ambición de ser padres antes de que mi aventura con Liz saliera a la luz, pero cada vez se había hecho algo más hipotético: como que el IRA dejara de estallar bombas o que yo hiciera un avance importante en el trabajo que realizaba (básicamente una derivación del trabajo de Chomsky). Liz, por su parte, había estado desesperada por casarse y tener hijos; eran los años 80, las mujeres todavía buscaban eso. Ella podía recitar ejemplos de animales que se apareaban con la misma pareja de por vida, como un tipo de antílope, los buitres negros, la grulla canadiense, una especie de pez llamado cíclido convicto, pero seguía tomando malas decisiones, y francamente yo fui la peor.

—¿Te sientes responsable de lo que hizo Liz? —preguntó Richard.

Ella se colgó de una viga sobre la mesa principal en el refectorio. Una habitación fascinante. Techos altos, ventanas de vidrio emplomado, vigas de un antiguo buque de guerra del periodo Tudor. Alguien de la limpieza apareció allí para llevar un frasco de cera para pisos y la encontró colgando, ebria, con sus hermosas y largas piernas estiradas mientras sus movimientos poco a poco se extinguían.

—No puedo eximirme. —Tuve el deseo de escabullirme a mi oficina, donde conocía todas las reglas. Me imaginé completamente abstraído, como si me derrumbara sobre una cama suave—. ¿Alguna vez ha leído a Tolstói, Richard? Su opinión era que las familias felices son todas iguales y que las infelices lo son cada una a su manera, pero estaba equivocado. La infelicidad es terriblemente predecible. Es asegurarse de tener los bolsillos vacíos antes de poner los pantalones en la cesta de la ropa sucia, es bañarse para deshacerse de un perfume desconocido antes de meterse en la cama matrimonial, son las caras conocidas que se deforman y adquieren un aspecto desconocido por el dolor y el alcohol. La felicidad es algo único. Las minucias de dos vidas que transcurren juntas: el mecanismo cálido y discreto de una relación monógama.

—Pero usted se acostó con otra mujer.

—Sí, porque la lujuria es una droga; confunde a nuestro cerebro.

—¿No pensó en el dolor que, de manera inevitable, ocasionaría?

—Podía anticiparlo, podía racionalizarlo, podía aventurarme a adivinar su magnitud, pero no podía *sentirlo*. ¿Eso me hace un psicópata?

Esa noche en que Fliss me confrontó en la cocina, me exigió que le explicara qué tenía esa *zorra* de Elizabeth que ella no, y cuando le dije que las cosas no eran así, ella dijo: "Me siento tan decepcionada, tan estúpida".

—¿Qué opina su esposa ahora que ambos han evaluado la situación? —preguntó Richard.

—Ella está en Lincoln.

—Ah, sigue en Lincoln. En ese lugar hay una catedral hermosa —dijo—. Muy subestimada.

Había aprendido a asimilar este tipo de cambios en la conversación. Era un recurso que mi comentarista político favorito, Robin Day, solía usar, declaraciones al azar.

—Probablemente le agrade saber que sigo con estas sesiones —dije—, ella siempre me consideró un trabajador.

Pobrecilla, lo decía como un halago, pero la etiqueta es molesta. Los trabajadores cavan para hacer carreteras y empacan cajas en las fábricas. Lo que yo buscaba era la originalidad.

—En lo personal prefiero la felicidad a la originalidad —afirmó mi psiquiatra—. Me quedo con la ausencia de dolor.

—La ausencia de dolor y la felicidad no son sinónimos. La primera es solo eso, la satisfacción de las porciones inferiores del triángulo de Maslow.

—No lo critique —dijo mientras miraba su reloj—, millones de personas darían cualquier cosa por eso.

* * *

**Fragmento del diario de Alice Salmon,
3 de septiembre de 2011, 25 años de edad**

—Tenemos que conseguir un sitio para vivir —dijo Luke.

Viajar a menudo propiciaba que las conversaciones se movieran a territorios no convencionales; era como si bajo la superficie hubiera una ligera reacomodación de nuestra relación. No fue sino hasta Malta, seis meses después, que él reveló que veía a sus padres muy rara vez.

—Lo que quiero decir es que quisiera vivir contigo —añadió—, y espero que tú también.

—Luke, es una gran idea. Es solo que no esperaba que me lo pidieras, o al menos no hoy.

—Tenemos que ahorrar por algunos meses, pero podemos conseguir un lugar aceptable.

—¿Dónde?

Le clavó el tenedor a una de sus papas fritas y se la arrojó a una gaviota.

—Si esto fuera una película, en este momento sonaría la música cursi y yo diría: "No importa dónde con tal de que estemos juntos". ¡Pero no voy a vivir en Stockwell!

—Ni en New Cross.

—La verdad quisiera irme de Londres —dijo. Se notaba en él una nueva urgencia, era como si hubiera estado acumulando esto y ya no pudiera reprimirlo más—. Es hora de que sientes cabeza. ¡Ya tienes veinticinco años después de todo!

—Pues discúlpame —dije—. ¡Vaya!

La gaviota aleteó, voló en círculo y aterrizó sobre las barandas oxidadas frente a nosotros. Luke llevó la mano a su bolsillo y tuve la loca idea de que tal vez me iba a hacer una propuesta, pero solo sacó sus cigarrillos. Encendió uno y exhaló el humo que luego se disipó en medio de la luz clara y vacilante de la playa.

—En realidad podríamos ir a cualquier parte —dijo de manera atolondrada, como un niño—. *Carpe diem* y todo eso.

—¿Pescar carpas? —dije en broma, como uno de sus parlamentos favoritos de *The Inbetweeners*. Tan solo la semana anterior había dicho en broma que uno de sus prerrequisitos para escoger un apartamento era tener suficiente espacio para su colección de DVD, por lo que ya debía tener en mente la conversación sobre mudarnos juntos. Cuando nos encontramos ayer en Victoria la tendría presente, lo mismo que cuando regresó del vagón restaurante con mi *latte* espumoso descremado y su té, o cuando dijo en Faversham, después de que finalmente me di cuenta de hacia dónde nos dirigíamos:

—Barbados no tiene nada qué hacer comparado con las playas blancas de Margate —y luego preguntó—: Esto está bien para ti, ¿cierto? Casi escojo París, pero esto parecía más acorde contigo.

—Luke, es perfecto.

Lo era. Su glamur perdido, su falta de ostentación, su estilo de diversión sin pretensiones; me encantó.

—¡De todas formas no podría llevarte a París, porque ya tuviste allí un fin de semana indecente!

Recordé el hotel en el que el portero al que Ben apodó el "imbécil del sombrero", me había llamado *madame*, y cuando chocamos nuestras copas sobre un tazón de mejillones a la marinera y dijo: "Por nosotros, Lissa", y pude haber llorado. Suficiente de la Ciudad Luz.

—Podemos dejar París para después —continuó Luke. Sentí un estremecimiento cálido; el que tuviéramos cosas pendientes por hacer. Luego dijo—: Margate solía tener un embarcadero victoriano. Uno de Eugenius Birch. ¡Adivina quién es un arquitecto frustrado!

Me entristeció que pudiera tener algo de qué arrepentirse; porque puede que a los 27 años uno ya sea un viejo, pero se es demasiado joven para tener arrepentimientos. No quería que este hombre tuviera ninguno.

—Podemos hacer cualquier cosa. Si estamos juntos, tú y yo contra el mundo, somos imparables, Al. —Me incliné y besé a mi novio—. ¿Por qué fue eso?

—Por traerme aquí, por ser tú. —*Cuéntale a él todo acerca de ti*. Sobre las noches en las que no pudiste dormir, sobre el desastroso deleite que fue la relación con

Ben, que siempre te sentiste flaca (no flacuchenta, ¡espero!) e insignificante, incluso aquel día en el baño cuando dejaste salir el dolor; *cuéntale*. Haz que este hombre espléndido lo escuche de ti. La marea estaba subiendo, pero cuando llegara a lo alto de la playa podrías decírselo, y cuando bajara toda esa basura sería arrastrada por el mar, y podrían seguir adelante juntos.

—¿Qué es lo que más te gustaría cambiar de ti, Al? —preguntó.

—En este momento nada, porque si lo hubiera hecho tal vez no estaríamos aquí. ¡Tal vez es ahora que debería sonar la música cursi!

Él inclinó la cabeza. Sus ojos se llenaron de lágrimas. Luke en realidad estaba llorando.

—Te amo, Al Salmon.

—Yo también te amo.

Se tardó unos meses para decirlo, pero yo lo dije sin pensar después de cinco semanas, quizá demasiado rápido.

—¿Y tú? —pregunté—. ¿Qué cambiarías si tuvieras la varita mágica?

—Ya *tengo* una —dijo sonriendo con superioridad y mirando su entrepierna.

Después de haber hablado en serio, necesitaba soltarse, era evidente cómo la tensión salía de él. Estaba en modo *pub*.

—No vas a librarte tan fácilmente —dije—. Vamos, ¿qué cambiarías?

—Te habría conocido cuando era más joven.

—¡Buena respuesta!

—Antes de tener "equipaje".

—¡Habla por ti!

—También hay otras cosas.

Un chico pasó a toda velocidad por el camino de la playa en su patineta, voló al lado de nosotros, pasándola de lo *mejor*, y entonces la conversación volvió al "apartamento" y a las ventajas comparativas entre Streatham y Clerkenwell. Tendría que recoger la olla de cocción lenta y fotos que había dejado donde mamá y papá, desempacar las cajas de libros que estaban en su desván. Incluso tendría que desempolvar el trofeo a la "mejor recién llegada" que gané en el trabajo y ponerlo sobre la chimenea. ¿Qué tal?, una *chimenea*. Los amigos lo mirarían y le darían la vuelta cuando vinieran a cenar. Sería un tema de conversación: bromas acerca de su peso, de cómo se podría herir gravemente a alguien con él, discusiones acerca de la seguridad y las políticas que se desarrollan mientras comemos una ensalada griega o el *mousse* de chocolate blanco y maracuyá que aprendí de Nigella.

—¿Sabes qué es lo que más me gusta de ti? —pregunté.

—¿Lo terriblemente apuesto que soy? ¿Mi personalidad encantadora? ¿Mi agudo ingenio?

—Lo bueno que eres para escuchar. ¿Nadie te había dicho eso antes?

—¡Eh! Probablemente. ¡Pero supongo que no estaba escuchando!

Él se iba a emborrachar esta noche. Podía notarlo. Sus respuestas, la manera en que arrojaba papas fritas a las gaviotas, incluso la manera en que estaba fumando. Y eso sería agradable, los dos refugiados en un *pub* en un pueblo remoto. Estar allí tenía algo de ilícito: lejos de Londres, de las chicas, ocultos. Íbamos a vivir juntos. Podía imaginar la conversación que iba a tener con Meg. Nos abrazaríamos y ella me escucharía absorta. "No voy a perderte, ¿cierto? —me escribió antes en un mensaje de texto cuando le mencioné que Luke me había invitado a un viaje sorpresa el fin de semana—. Eres como una hermana para mí".

Luke encendió otro cigarrillo, me dio uno y dijo:

—Cuando hablabas de dejarlo, te referías a después de que acabemos este paquete, obviamente.

"Esta es mi vida —pensé—. Es aquí donde está transcurriendo mi vida".

En un pueblo costero en el que el color de los guijarros hace que desee poder pintar; en trenes que salen balanceándose por la Plataforma 2 en Victoria, con conductores que todavía dicen: "Buenas noches"; con un hombre llamado Luke Stuart Addison que admitió, cuando bromeamos acerca de montar en el carrusel, que había superado el límite de 82 kg, lo que me llevó a instaurar una prohibición de curry a mitad de semana. Finalmente, *finalmente*, sentí que era suficiente.

—Todo esto se siente muy adulto —dije—. Necesito un vino.

—Es hora de beber —dijo Luke.

De regreso al hotel, empecé a pensar: "Esto ya es nuestro también". Margate. Incluso el minimercado en el que compramos Fanta. Lo añadiría a lo "nuestro" que ya teníamos: nuestro restaurante "consentido" era Thai House en Balham High Street, nuestro plan de jueves ideal consistía en ver una película en Clapham Picturehouse, nuestro lugar preferido para oír música era Brixton Academy. Me sentí más estable que en muchos años, en equilibrio. Por lo general evitaba llegar al corolario (esa definitivamente será la palabra del día para mi diario) de que Luke me hacía feliz, porque nadie necesita a otra persona para eso, ¿cierto? Pero era ineludible, yo me sentía mucho más feliz desde que lo conocí.

Ahora se ha ido a comprar cigarrillos. Nuestro último último paquete. Es extraño que haya esperado a otro hombre en otro hotel mientras él iba a comprar cigarrillos. Imaginé a esa encantadora señora, Queenie, montando en la montaña rusa en Thorpe Park: aferrándose por su vida con sus manos huesudas cubiertas de manchas, las arrugas de su cara estiradas por la gravedad, su boca desdentada dejando escapar gritos distorsionados de terror y de dicha. Espero que lo logre. "Traduzco el mundo a palabras", le dije a ella. ¿Y en cuanto a mi palabra del día para el diario? El maldito "corolario" es de la vieja usanza, es algo que habría escogido cuando tenía dieciocho años, cuando buscaba palabras eruditas o multisilábicas. A veces lo más simple expresa más. Como "novio" o "confianza" o "compromiso". O incluso "amor".

Sí, esa servirá, *Amor*.

* * *

Publicación en el blog de Megan Parker, 7 de abril de 2012, 11:20 p. m.

Por Dios, acabo de leer en Internet que Luke ha sido detenido por la Policía. No puedo creer esto; lo han llevado a una estación en Southampton. Aparentemente podrían formularle cargos. No hay nada en la página web de la Policía, ninguna declaración, pero Twitter está que arde con eso.

Sabía que algo sucedía con él. Traté de decírselo a Alice una vez, pero ella se negaba a escucharme. Siempre fue tan testaruda tratándose de hombres, no veía sus faltas. Se pondría furiosa conmigo y me acusaría de estar envidiosa.

En serio, estuve tentada a escribir en el blog sobre mis pálpitos acerca de que él pudiera ser sospechoso, pero Jeremy dijo que tenía que ser cuidadosa con lo que dijera allí y consideró que podía meterme en problemas si difundía algún tipo de acusaciones, pero ¡mierda! ¡¿Luke?!

Uno podía suponerlo por como actuaba cuando estaba cerca de Alice. Era celoso y uno no quería disgustarlo, es pesado como una puerta de granero. Alice me confesó que alguna vez le gritó, y lo vi ponerse agresivo en un *pub*. Sí, fue una pelea tonta, pero él tenía esa propensión. Había aparecido en su vida recientemente, pero trataba de hacerme ver como si fuera un cero a la izquierda; ella era mi mejor amiga, no suya.

Por Dios, no puedo creer esto. Fui a la Policía e hice una segunda declaración después de que ese periódico publicara la historia de las flores marchitas, pero no parece haberles interesado mucho. La agradable oficial de Policía me escuchó, pero cuando uno está demasiado irritado dice las cosas mal y comienza a dudar de uno mismo y eso hace que uno suene aún menos creíble. Probablemente me haya catalogado como una persona "sensible". Por supuesto que estoy sensible, ¿no lo estaría cualquiera si su mejor amiga estuviera muerta? Es como si la mitad de *mí* hubiera muerto.

Dije "muerta" en lugar de afirmar que fue "asesinada", porque en eso íbamos. Si alguna de esas escorias que ella llevó ante la justicia no fue la responsable de que ya no esté con nosotros, y si ella no se lo hizo a sí misma, entonces todos llegamos a la conclusión de que fue un espantoso accidente, pero ¿por qué ahora están hablando con Luke? Por Dios, LUKE. La Policía no se lleva a alguien sin razón alguna, y él estaba furioso porque Alice lo había dejado. Ella dijo que él quedó absolutamente destrozado cuando ella se lo hizo saber y que se comportó como un loco. Su mirada, dijo, era salvaje. Si de verdad la quería, ¿cómo podía explicar lo de Praga? Verán, Alice y yo nos contábamos todo; las chicas son así, las mejores amigas. ¿Cuánto odio hay que tener en el corazón para engañar a alguien tan confiada como Alice?

Nada es tan fácil como parece, opina Jeremy, pero él suele hablar con acertijos y responde a las preguntas reales con respuestas teóricas. "Un hombre no ha muerto mientras se siga pronunciando su nombre", dice frecuentemente, omitiendo aclarar que es una frase de Terry Pratchett. Es como si esperara que yo creyera que él la inventó.

Me dice que debo tener cuidado con lo que escribo en el blog, que sin querer podría ofrecer una impresión distorsionada, pero esa entrevista que di para la televisión resultó ser una mala jugada. Ni siquiera me *veía* como yo. Alguien publicó fragmentos parafraseados de lo que escribí en el muro de Facebook de Alice, y un reportero de un periódico local recicló partes de eso (ni siquiera de manera exacta, pero en ese punto ya no me importaba porque el video que salió en televisión no reflejaba lo que dije) y se los atribuyó a Megan "Harper", lo que hizo que más gente se metiera de cabeza a Facebook y se despachara sobre los comentarios que supuestamente yo le había hecho al periódico.

El asunto es que cuando uno pierde a alguien cercano, se pone paranoico, sospecha de todo el mundo. Voy a ser honesta aquí, a pesar de que Jeremy está comenzando a intimidarme un poco. Se refiere a su esposa como si ella fuera de una especie inferior. No permitiría nunca que un hombre hablara así de mí o de Alice, por supuesto que no. Ella le habría dicho al machista que estamos en el 2012 y no en la condenada Edad de Piedra.

La otra noche me invitó para ofrecer más "contribuciones" y conocer a su esposa, solo que su esposa no estaba allí. Entonces destapó una botella de vino, un tinto chileno que él describió como un ejemplar contundente, y conversamos sobre las opciones para que yo regresara a la universidad. Prometió escribirme una carta de recomendación, a pesar de que me conoce hace poco. Obtendría un trato especial, dijo, por lo de Alice. Como me embriagué un poco, terminé pasando allí la noche.

Acabo de ver en Twitter que la razón por la que capturaron a Luke es que él estaba en Southampton la noche en que Alice murió. Mierda, eso contradice por completo su primera versión. Un abogado en Twitter considera que pueden retenerlo por 24 horas sin formularle cargos, pero que seguirán adelante con todo el proceso, registrando su apartamento y todo lo demás.

No hay humo sin fuego, es lo que dicen.

Mejor llamo a la mamá de Alice. Justo cuando creía que esto no podría ser peor para ellos.

Ella ya tiene incluso su propio *hashtag*. ¿A eso quedó reducida mi mejor amiga? #alicesalmon

Comentario sobre la anterior publicación en el blog:

Megan, solo puedo disculparme si en algún momento te hice sentir incómoda en mi compañía. A Fliss y a mí nos gustaría mucho que vinieras a cenar el fin de semana: una oportunidad perfecta para que las dos se conozcan. Tienes mi número de teléfono. Llámame y podemos hablarlo.

Jeremy *el Surfista de Plata* Cooke

* * *

Mensaje de voz dejado por Alice Salmon para Megan Parker, 4 de febrero de 2012, 20:43 p. m.

¿Dónde estás, Parker? Espero que tengas puestos tus calzones de Bridget Jones... debe estar haciendo mucho frrrrrío en las colinas. Tengo una pequeña confesión... Bueno, una enorme, te vas a enloquecer, pero no te voy a decir nada hasta que me llames. ¡Meg, solo falta el mismo tiempo desde que terminamos el segundo año para que seamos unas treintañeras desesperadas! Puede que haya hecho algo que no había hecho hace tiempo, puede que tenga que ver con inhalar un poquito de algo. No me odies, Meg, no me niegues salir esta noche. Lo necesito. *Necesito* tanto escaparme de todo. Trato de no pensar en el correo electrónico de mamá. Desciende de tu montaña y llámame en este instante, ¡chica parrandera!

Foro de Internet StudentNet de la Universidad de Southampton, 5 de febrero de 2012

Tema: Arresto
Vi que arrestaron al novio en el caso de Alice Salmon. Siempre me pareció que tenía algo sospechoso.
Publicado por ExtremeGamer, 13:20 p. m.

¿Por qué lo dices? ¿Lo conocías o es otra de tus teorías locas?
Publicado por Su, 13:26 p. m.

Los hechos hablan por sí mismos. Lo arrestaron.
Publicado por ExtremeGamer, 13:33 p. m.

De acuerdo con Bookface estuvo en la U de Liverpool entre 2003 y 2006. Parece ser medio genio porque obtuvo un primer puesto allí y luego lo reclutó una compañía constructora en un programa de formación para recién graduados.
Publicado por Graeme, 13:56 p. m.

Ya es mucho que haya ido a la U; fue a una escuela de quinta.
Publicado por Lex, 14:14 p. m.

Había un chico cuando estaba terminando la secundaria. Tal vez era el más inteligente de la escuela, pero le gustaba irse a los golpes con otros los viernes en la noche. El hecho de ser listo no le impedía hablar con sus puños.
Publicado por Baz el Conductor, 14:28 p. m.

En un informe oficial que se citó en un periódico leí que... sus padres se separaron cuando tenía ocho años. Citaron también a un psiquiatra que explicaba que las emociones reprimidas sobre cosas como esas pueden manifestarse décadas después como misoginia.

Publicado por Fi, 14:41 p. m.

¡Bienvenida de nuevo, Fi! ¿Por qué en tu cabeza todo se reduce a misoginia? ¿O acaso ese es un comentario misógino? ¿No pudo ser simplemente que una persona se salió de sus casillas y ahogó a otra?

Publicado por Tom, 14:46 p. m.

Cuidado, no hay que adelantarse a los hechos. Todo el tiempo arrestan personas y no les formulan cargos. Las autoridades están diciendo que tienen suficiente información que quisieran profundizar.

Publicado por Jacko, 14:54 p. m.

Sigo convencida de que saltó por su cuenta.

Publicado por La Otra Katniss, 14:54 p. m.

Sí, tienes razón, Kat, ¡2012 es un año bisiesto!

Publicado por Smithy, 15:02 p. m.

Escuché que era un prometedor jugador de *rugby* cuando estaba más joven. Le hicieron una prueba para los Harlequins en la escuela, luego se destrozó la rodilla y eso se arruinó.

Publicado por Phil, 15:20 p. m.

Más importante aún, ¿han visto las fotos de él? Bueno, ¡ufff!

Publicado por Christi, 15:31 p. m.

¿Le darán libertad bajo fianza?

Publicado por Not so plain Jane, 15:49 p. m.

Depende. Los policías tienen 24 horas para formular cargos o deben liberarlo. Se puede conseguir una extensión, pero no es fácil. Estuve viendo un programa de TV en el que lo hicieron por 96 horas, pero tuvieron que obtener una autorización de un magistrado.

Publicado por ArtConnoisseur, 15:50 p. m.

De nuevo estoy obligado a informales que voy a retirar inmediatamente esta conversación. Debo recordarles a todos los participantes que se trata de una investigación policial "en curso", por lo tanto, comentar acerca de ella podría ocasionar problemas legales.

Publicado por el Administrador del foro StudentNet, 16:26 p. m.

Pero si se ha molestado en leer la conversación, verá que en realidad nadie lo ha nombrado a él, entonces usted se equivoca.

Publicado por Apenas Podado, 16:26 p. m.

* * *

Mensaje de correo electrónico enviado por el profesor Jeremy Cooke, 23 de julio de 2012

De: jfhcooke@gmail.com
Para: Elizabeth_salmon101@hotmail.com
Asunto: Cuéntame

Mi querida Liz:

Iba a enviarte un mensaje de correo para que te enteraras por mí, pero los eventos me han superado. Esa nota pudo, *puede*, ser atribuida a mí. Mi letra siempre ha sido como patas de araña.

Puede que no me creas, pero cuando comencé mi investigación sobre Alice, apenas recordaba la nota. En 2004 estaba en medio de un embrollo. Entonces llegó Alice y ella me hizo recordar esas emociones que yo tanto intenté (y en gran medida logré) dominar. Básicamente *tú*. Luego, al descubrir quién era ella, fue como si una parte de mi pasado, una parte de mí, regresara a la vida. Una vez la invité a una fiesta, la reunión anual de Antropología.

—Eso suena divertido —dijo ella bromeando—. Pero ¿no van a ir solo miembros del equipo académico?

—Harán una excepción contigo porque tu madre solía trabajar aquí.

Ella dudó.

—Habrá alcohol gratis —le dije y ese fue el gancho.

—De verdad saben pasarla bien —dijo mientras nos veía caminar lentamente, como cadáveres recalentados—. ¿Dónde está la música? ¿Dónde está el *trago*?

Tres horas después estábamos en mi oficina. Ella sacó un porro de su bolsillo, nos lo pasábamos el uno al otro y me hizo recordar lo que frecuentemente creí que *debería* recordar de mis días de universitario. Ella dijo que se sentía atontada, se acercó y se sentó en mi regazo, dije:

—No lo hagas.

Luego se quedó dormida en el sofá del rincón y le puse mi suéter encima, iba a tratar de envolverla con él, pero entonces puso sus brazos alrededor de mi cuello.

—Huele bien —dijo ella.

No tenía la intención de hacer lo que ocurrió después, tienes que creerme, Liz, pero mi mano acarició su cabello y fue como una descarga eléctrica: una descarga de ti hacia mí.

Estoy ebrio, Liz. No es que se note. Ni siquiera eso lo puedo hacer bien, embriagarme.

Mira este mensaje, hasta la maldita puntuación es correcta. Voy a tomarme otro trago. El profesor libidinoso se va a emborrachar. Un ebrio sobrio. Eso es un oxímoron, si alguna vez he escuchado alguno. Óyeme, *un oxímoron*. Incluso cuando estoy ebrio soy pretencioso.

Fliss sabe todo acerca de nuestro amorío. Si averigua lo que hice con Alice se le romperá el corazón, pero le debo la verdad. No debemos morir con secretos y, para ser franco, me estoy ahogando bajo ellos. Quisiera haber sabido eso antes, que corroen el alma.

Solías hablar del aquí y el ahora, Liz. El problema con eso es que es terriblemente fugaz. ¿Quién lo habría pensado? La gran C.

Una molestia lo suficientemente rara como para que su evolución sea inmune a las predicciones. No acabará conmigo de inmediato, pero es dudoso que llegue a convertirme en un septuagenario. Me disculpo si esto es desagradable pero la enfermedad, igual que la edad, tiene ese efecto: lo hace a uno menos empático y más inmune a la vergüenza.

¿Será posible que en tu corazón no me detestes del todo? Esa Liz con quien compartí una parte de mi vida tal vez no lo haga. Aquella con quien estuve en la playa de Chesil, la que exclamaba de emoción al contemplar a los Tizanos y los Caravaggios en la Galería Nacional, quien a los veintitantos sonreía como una niña pequeña cuando aprendió que la piel que recubre las astas de los venados se llamaba "terciopelo". Comprensión y perdón, eso es todo lo que hay. Y justicia.

No deberíamos avergonzarnos de nosotros; no deberíamos borrarnos de la historia. Tuvimos una relación, nos acostamos, nos revolcamos. Somos importantes.

Está lloviendo. Tal vez duerma aquí esta noche. No sería la primera vez que me despierte rodeado del caos del papeleo y el timbre de las llamadas perdidas de Fliss en mi teléfono. He hecho pasar a esa mujer por tanta angustia. He sido un hombre tan egoísta, pero ¿no debería ser la manera en que uno se comporta normalmente la que dicte cómo debe ser uno juzgado? La persona que uno es día tras día en esta larga travesía, en vez de la mejor o la peor cosa que uno haya hecho. ¿No sería eso una mejor manera de medir la vida que uno ha llevado, de la persona que uno es?

Cuando despierte puede que me sienta mejor. Dime que así será. Dime que dormiré. Dime que no pasaré la noche mirando las paredes, concentrándome en no gritar o aferrándome a mis libros, o escribiendo en la humedad condensada en la ventana: JFHC RIP. Dime que al despertar tendré nueve años de nuevo, o catorce, hasta treinta y cinco estaría bien. Aceptaría el dolor punzante producido por el cinturón de mi padre, ese malvado bastardo; las burlas en el patio de la escuela; la melancolía de las visitas de Fliss al hospital y aquellas conversaciones cada vez más hipotéticas sobre nombres, guarderías y escuelas, o la desesperación de la edad madura. Aceptaría todo eso con tal de no ser un hombre que siente el acoso de la muerte.

Deja que duerma bien. Deja que tome whisky. Deja que me vaya suavemente.

¿Fue suave para ti cuando estuviste a punto de irte esa noche? Ese día en el refectorio, con las vigas negras de los barcos de guerra del periodo Tudor sobre tu cabeza, con la mesa pulida por el roce de los codos de generaciones de académicos bajo tus pies. Debiste haberte sentido completamente sola.

Visité a un psiquiatra después de que nos separamos, y a él le gustaba un epigrama en particular: "El dolor tiene que ir a algún lado". En este momento, el mío está yendo hacia ti. No es justo, pero ¿adónde más iría? Tú decides adónde debe ir después. Estoy demasiado cansado para pensar en ello. ¿No es acaso un giro irónico? El hombre que luchó celosamente para tomar sus propias decisiones, poniendo su destino en manos de otra persona.

Siente lástima por mí. Arrójame a los leones. Tú decides.

Sé que, cuando me haya ido, Fliss lo superará; simplemente sé que lo hará. Ella me hará sentir orgulloso. También quisiera poder decir lo mismo de mí.

Buenas noches. Duerme bien. No dejes que los chinches de cama te piquen. Eso les diría a mis hijos si alguna vez los hubiera tenido.

Lo siento.
Con cariño, Jem

* * *

Declaración emitida por la Policía de Hampshire, 7 de abril de 2012, 17:22 p. m.

Un hombre de veintisiete años, sospechoso del asesinato de una antigua residente de Southampton, ha sido puesto en libertad sin que se le haya formulado ningún tipo de cargos.

La Policía ha confirmado que el hombre fue liberado de custodia después de un interrogatorio acerca de la muerte de Alice Salmon, ocurrida el 5 de febrero.

La Policía hizo el arresto ayer después de que se presentara un nuevo testigo relacionado con el caso, pero el hombre del sur de Londres fue liberado esta tarde.

El superintendente detective Simon Ranger dice: "Nuestras investigaciones sobre las circunstancias exactas que rodearon la muerte de Alice continúan. Una autopsia ha concluido que ella murió por ahogamiento, pero estamos trabajando sistemáticamente para establecer sus últimos movimientos".

"Quisiera agradecer a las personas que han colaborado con nosotros hasta ahora e insistir que seguimos dispuestos a escuchar a cualquiera que haya visto a Alice esa noche o que haya presenciado alguna actividad cerca del río Dane".

El cuerpo de Alice Salmon fue descubierto a las 07:15, hora local británica, del 5 de febrero.

Si tienen alguna información que pueda ser útil para la investigación, pueden contactar al centro de investigaciones o llamar a Crimestoppers, de manera anónima, al 0800 555111.

* * *

Fragmento de la transcripción de una entrevista realizada en la estación central de Policía de Southampton entre el superintendente detective Simon Ranger, la detective Julie Welbeck y Elizabeth Salmon, 5 de agosto de 2012, 17:45 p. m.

ES: ¿Tiene hijos?

SR: Sí, una niña.

ES: ¿De qué edad?

SR: Siete años. ¿Por qué?

ES: Porque crecen y uno no puede protegerlos. Uno hace lo mejor para llevarlos por buen camino, pero hay que mantenerse alejado y ver cómo se marchan. No podemos envolverlos en algodón. Protegerlos o joderlos, ¿qué hacemos los padres?

SR: ¿Hay alguna razón en particular por la que nos haya llamado hoy, señora Salmon? No esperábamos verla.

ES: Vine a dejar flores junto a... a... junto al río. El agua debió haber estado tan fría.

SR: Tengo entendido que además está dispuesta a compartir información nueva.

ES: Han pasado seis meses. ¿Dónde están mis respuestas?

SR: Comprendo lo doloroso que debe ser todo esto para usted.

ES: ¿De verdad? Lo dudo. Porque usted termina su turno y hace el papeleo correspondiente. ¿Qué va a decir sobre mí, que soy incoherente, inestable, que estoy ebria? Luego se va a arropar a su hija y yo, yo... no tengo la menor idea de lo que voy a hacer.

La entrevistada se pone de pie y camina alrededor de la habitación... llora de nuevo...

ES: No soy estúpida.

JW: Nadie está sugiriendo eso. ¿Qué tal si le traemos una taza de té?

ES: No, té no. Él la acosaba.

SR: ¿Quién?

ES: El profesor que está escribiendo el libro sobre Alice, él la acosaba cuando estaba en la universidad... Se aprovechó de ella, él, un hombre de mediana edad y su estudiante de primer año, con apenas dieciocho años, la primera vez que estaba lejos de casa. Me enferma pensar en él persuadiéndola para ir a esa madriguera, esperando a que estuviera ebria para abalanzarse sobre ella. Mi bebé, un cordero para el sacrificio. Tengo pruebas, tengo un correo electrónico de Cooke en el que lo admite.

SR: Por favor, más despacio, señora Salmon.

ES: Como en un confesionario, tal vez la serpiente a recaído, el catolicismo ha caducado. Era la Navidad de 2004: él la llevó a ese antro asqueroso que era su oficina y... [*La entrevistada se mece hacia atrás y hacia delante en su silla, llora, mira hacia arriba*]. ¡Tienen que arrestarlo!

SR: No es tan simple como eso.

ES: Pero tengo pruebas, su confesión, eso es *evidencia*.

SR: Comprendo que esto es doloroso.

ES: Nada resulta doloroso después de perder a un hijo. Solo son niveles de aturdimiento.

JW: Señora Salmon, ¿ha estado bebiendo?

ES: ¿Qué es el alcohol? Otro nivel de aturdimiento, agua compitiendo contra el hielo. ¿No lo haría si fuera yo?

SR: Sí, sí, supongo que lo haría. ¿Está segura de que no quiere un té?

ES: ¡Ya deje de ofrecerme té! ¿Qué bien puede hacerme? Alice está *muerta*. El vicario dijo: "Dios debe haber necesitado otro ángel", pero no era un ángel que debía llevarse Él, era mía. Ustedes se dieron por vencidos con ella. Si no fuera por los medios que siguen hablando, ustedes ya la habrían olvidado por completo. Lo que dicen puede que no siempre sea exacto, pero al menos no la han olvidado.

SR: Le puedo asegurar que nuestras investigaciones son exhaustivas y que seguimos abiertos a otras posibilidades.

ES: Olvídense de seguir abiertos, es a Cooke a quien tienen que arrestar.

SR: ¿Su hija le mencionó a usted o a alguien más este presunto incidente en su momento?

ES: No es "presunto", y no lo mencionó, al menos no a mí. Ella lo reprimió. Si hubiera sabido algo de esto habría llamado a la Policía inmediatamente… luego le habría hecho una visita al monstruo y le habría hecho desear no haber nacido.

La entrevistada se abraza, luego llora…

ES: Todo lo que han hecho es perseguir inútilmente a Luke, lo más ridículo que haya oído.

SR: Arrestar a alguien por sospecha de asesinato no es algo que hagamos a la ligera.

ES: Ese chico amaba a mi hija y siempre lo amaré por eso. Es a Cooke a quien deberían interrogar. *Alguien* la mató y él claramente tiene una fijación con ella, antes y ahora.

SR: ¿Por qué está tan segura?

ES: No fue un accidente, y mi Alice con seguridad no se habría, ya sabe, hecho eso a sí misma. Además lo vi en un sueño.

JW: Este sería un buen momento para hacer un receso de unos minutos.

ES: Luke, pobre chico, perdió a un ser querido y ustedes lo atormentan.

SR: Con todo respeto, mi trabajo es descubrir patrones.

ES: Patrones. ¿Patrones? Allí hay uno: el de la lluvia sobre la ventana detrás de usted. A Alice le habría gustado. Las huellas de animales en la nieve, las burbujas en la soda, las rayas de un gato atigrado que tuvo cuando era niña… lo llamaba Gandalf. Ella ya sabía de *El señor de los anillos* mucho antes de que saliera cualquiera de esas películas.

JW: Señora Salmon, puedo ver que algunas cosas han sido difíciles para usted y eso es comprensible. ¿Está viendo a su doctor?

ES: Estaba... él no puede hacer nada.

SR: ¿Está tomando algún medicamento del que debiéramos saber, señora Salmon?

ES: ¡Le dicen automedicarse!

JW: Asumo que va a ir a casa después de salir de aquí.

ES: ¿Casa? ¿Casa? Esa es una opción.

JW: ¿Va a estar allí su esposo?

ES: Él no está...

La entrevistada llora.

ES: Vuestros pecados os encontrarán.

SR: ¿Señora Salmon?

ES: He hecho algo terrible. Alice vio un correo electrónico que Jem, quiero decir Cooke, me envió el día en que ella murió.

SR: ¿Y por qué Jeremy Cooke le enviaría a usted un correo electrónico?

ES: Está tratando de poner la casa en orden antes de morir, además él y yo fuimos pareja alguna vez.

SR: ¿Qué decía el mensaje de correo? ¿Cómo reaccionó Alice?

ES: No hablamos… Ella envió muchos mensajes de texto, creo… dijo que yo era repugnante, una hipócrita, una mentirosa, que tenía dos caras… Ella se parece tanto a mí, esa chica, saliéndose de sus casillas. ¿Usted cree en el karma, superintendente? Porque yo debí haber hecho algo muy malo en una vida anterior.

JW: ¿Se siente bien? ¿Quiere hacer una pausa?

ES: Estoy cualquier cosa menos bien. Estoy tan lejos de estar bien como lo he estado desde 1982. ¿Y si viene por mí? No tiene nada qué perder.

JW: Tal vez deberíamos contactar a su esposo. ¿Dónde podríamos ubicarlo?

ES: Ustedes saben tanto como yo. Espero que ese miserable libro lleve a Cooke a la ruina. ¿Qué es un libro, superintendente? Es nada. Papel, tinta, vanidad. Un millón de páginas no valen la felicidad de una sola persona.

SR: Su hijo se llama Robert, ¿cierto? ¿Podríamos hacer que viniera a recogerla?

ES: No lo haría. ¿Sabe cómo me llamó la semana pasada? ¡Alcohólica! A su propia madre, qué lindo. ¿Puedo quedarme un rato aquí?

SR: Por supuesto que puede quedarse tanto tiempo como necesite, señora Salmon, pero ¿vendrá alguien a recogerla más tarde?

ES: ¿Podría venir el oficial de enlace a la casa? No me siento segura de estar sola hoy.

* * *

Publicación del blog de Megan Parker, 3 de agosto de 2012, 20:24 p. m.

Lo que está haciendo Cooke es enfermizo. Me prometió que sería un tributo, pero se está convirtiendo en una difamación. No puedo creer que le haya ayudado en esta profanación de tumbas. Por Dios, se supone que soy una experta en comunicaciones. Tuve las mejores intenciones, pero el dolor me cegó. Hasta aquí llego yo, no tengo nada más que ver con él, y exhorto a todos los amigos míos y de Alice a que hagan lo mismo.

Él es peor que la prensa amarillista. Como si escarbar en su pasado no fuera suficiente, ahora está husmeando entre los restos de sus últimas horas.

Incluso ha dicho en público que respalda a Luke, afirmando piadosamente que debemos confiar en las autoridades, pero ¿cómo confiar en ellas cuando escuchamos acerca de los errores de la justicia?

Seré sincera, Cooke no es normal. Al principio me cayó bien, pero está más interesado en hablar de mí que de Alice; no para de decir que debo seguir mi sueño de volver a estudiar tiempo completo.

—Definitivamente serías admitida, en especial si muevo mis influencias —dijo.

—Gracias, pero no sería en Southampton —contesté—. Demasiados fantasmas.

—No me refería solo a esta prestigiosa institución. Puede que mi reputación ya no sea tan buena, pero tengo unos buenos contactos en los círculos académicos. No es que te haga falta una referencia mía. ¡Eres inteligente, sensible, tienes experiencia en el medio, y por eso las instituciones de seguro querrán pescarte; y si no fuera así ciertamente deberían!

Luego, la otra noche ("sorpresivamente" su esposa no se encontraba) recibió una llamada y pude husmear por ahí (¡Alice solía decir que la curiosidad era un rasgo positivo!) y en uno de sus cajones tenía este archivo de fotos. No eran de las que habíamos estado reuniendo, eran otras, y escondida en medio de ellas había una, muy granulosa, como si fuera una copia impresa de una imagen escaneada de una foto antigua, de ella cuando era NIÑA en una playa. Quedé muy extrañada y luego, como me aterraba la posibilidad de generarle sospechas, tuve que sentarme en el comedor con él, con la imagen de Alice con un bikini de lunares rosados y flotadores en sus brazos fija en mi mente, mientras él hablaba sin parar sobre las "etapas del duelo", como si estuviera recitando un texto. Parecía que a ese hombre le faltara un pedazo. Cada fibra de mi cuerpo gritaba: "Corre...".

Habló sobre la culpa, pero ¿por dónde empiezo con eso? ¿La culpa de no haber estado con ella ese fin de semana para cuidarla, la culpa de no haber revisado sus mensajes de texto y sus correos de voz, la culpa de no ser una mejor amiga? Y luego (siempre discutimos acerca de si se puede comenzar una oración con "y", pero ella siempre decía que estaba bien... incluso me acuerdo de ella cuando uso paréntesis porque ella lo hacía mucho) está la indignación. Indignación de que un anciano amontone fotografías de ella en vestido de baño cuando era niña, y de que un mujeriego como Luke pueda salir a beber de nuevo después de mentirle a la Policía. Creo que Chloe y Lauren no deben sentir tanto rechazo hacia él, pero ¿por qué no debería sentirlo yo? Si dejo que esta indignación se vaya, sería como si estuviera dejándola ir a ella.

Voy a parar de escribir en el blog. Pensé que expresarme era hacer algo honesto con el recuerdo de Alice, pero no lo es. Puede que necesitemos averiguar lo que pasó, pero darle a esto una conclusión no la traerá de regreso. Esta lasciva preocupación por los detalles, esta compulsión a aferrarnos a la lógica cuando puede que no exista, no es la manera de mostrar respeto. Los detalles de sus últimos momentos le pertenecen a ella, no a nosotros... son los únicos secretos que le quedarán a ella de seguir todo como va, especialmente si Cooke publica su espantoso libro.

La opinión pública parece estar aceptando la teoría de que ella estaba sola al final, entonces supongo que más allá de eso los detalles son irrelevantes. Ignoren a Cooke, es un triste pervertido obsesionado con la intriga y el escándalo donde no hay lugar para ello. Como en su propia vida no ha tenido suficiente emoción y drama, busca vivirlas a través de otros. Ya sea que ella haya resbalado en una orilla fangosa o se haya tropezado con la raíz de un árbol o se haya detenido a contemplar maravillada los destellos en medio de la oscuridad y se cayera. Incluso si decidió en medio de su borrachera que era tiempo de ir a dormir, dejemos que al menos eso quede solo para ella. Su último misterio. Apropiado, en cierto sentido.

Nuestra Alice tenía un lado romántico, una debilidad por las rosas rojas, por las heroínas condenadas, por la tinta desteñida por las lágrimas en las cartas de amor (Alice Palace, justo ahora mis lágrimas están cayendo sobre el teclado). Tú también, Alice, emborrachándote y cayendo a un río… Si no hubieras muerto, sería algo muy gracioso, una historia que desempolvaríamos en cada reunión. Solo faltan cuatro semanas para el cumpleaños de Francesca; te lo vas a perder. Típico de ti, señorita.

La muerte es aleatoria, y si luchas contra eso las preguntas pueden enloquecerte.

—Van a quedar suficientes preguntas sin respuesta como para escribir un libro —me dijo la mamá de Alice en una de nuestras muchas conversaciones hasta altas horas de la noche en medio de las lágrimas.

Las chicas borrachas se caen a los ríos y se ahogan.

Antes de dejar que la mejor amiga que alguna vez voy a tener duerma en paz, necesito dejar clara una última cosa. No deben creer una palabra de lo que dice en su libro nuestro célebre y alabado académico que acumula fotos de niños en vestido de baño. Porque él tiene sus propios planes. Hay más de lo que aparenta, es un pervertido y me atacó. Cuando me excusé y me levanté de la mesa del comedor, su mano me sujetó como una tenaza.

Publica y serás condenada. ¿Cierto, Lissa?

Comentarios sobre la anterior publicación en el blog:

He tratado en vano de contactarte a través del correo electrónico y de llamarte, por lo que no tengo más opción que dejar un comentario aquí. Puedo entender que estés molesta, pero estás haciendo afirmaciones extremadamente graves y sin fundamento. Si no las borras dentro de las siguientes doce horas, buscaré asesoría legal. Estoy muy decepcionado de ti, Megan.

Jeremy *el Surfista de Plata* Cooke

Busque "asesoría legal", no me asusta, profesor Cooke. No permitiré que un bravucón como usted me intimide; Alice no habría querido eso. Tengo derecho a dar mi opinión. Voy a dejar de escribir en el blog, pero no porque usted me lo pida, y lo que está escrito permanecerá allí por respeto a Alice, que en caso de que no lo hayan notado, usted y Luke y los demás buitres, es un privilegio que mi mejor amiga nunca tuvo.

Megan Parker

Megan, te estás volviendo totalmente loca. No puedo creer que hayas escrito esto acerca de Jeremy. Es un tipo sensato y esas cosas que has estado publicando sobre mí son pura mierda. Es cierto, me llevaron a la estación pero me dejaron ir, eso quiere decir que NO me formularon cargos. La Policía no lo habría hecho si tuviera la más mínima sospecha sobre mí.

Alice hubiera detestado que peleáramos por su recuerdo, entonces no te hagas la santa; es cierto que fuiste su mejor amiga, pero no la habías visitado hacía mucho tiempo. Una mención en una revista de relaciones públicas como una de los "treinta menores de treinta que hay que tener en cuenta" fue suficiente para que les dieras la espalda a tus viejas amigas. Además, Alice me dijo que la última vez que te llamó la insultaste.

Luke A

¿Por qué la Policía estaba tan interesada en hablar contigo si eres inocente, Luke? Deben haber tenido una razón o no te habrían llevado a Southampton; y puede que te hayan dejado ir, pero eso no quiere decir que no puedan formularte cargos después. Estoy harta de que me falten al respeto por una estúpida entrevista en la que me atreví a mecionar que ella no era perfecta. Con los amigos de verdad uno no tiene que fingir que todo es perfecto. Yo era su amiga más antigua, ¡no un novio pasajero! En realidad es irrespetuoso hacerla pasar por una monja; a ella le gustaba tomar algunas copas de vino, le gustaba embriagarse, no es un crimen. Tú más que nadie debería saberlo, aunque apuesto a que ella no te contó la historia sobre el fin de semana que pasó aquí en diciembre, ¿cierto? ¡Cuando estuvo tan borracha que se cayó de las escaleras y de paso me mandó a volar de un empujón! Supongo que eso también me lo imaginé, ¿cierto?
Megan Parker

Sí, y apuesto que estabas igual de mal.
Luke A

En realidad, no. Por cierto, no estaba bebiendo, y si alguien tuvo la culpa fuiste tú. Ella estaba borracha porque fue el día después de que descubrió que la habías engañado en Praga, y estaba molesta y necesitaba compañía, ¡entonces no vengas a sermonearme!
Megan Parker

* * *

Fragmento de la transcripción del interrogatorio a Jessica Barnes, realizado en la estación central de Policía de Southampton por el superintendente detective Simon Ranger, 5 de abril de 2012, 17:20 p. m.

SR: Solo para aclarar, usted dice que después de que el hombre con la camisa negra —usando su frase— "la rodeó con sus brazos, pero no de buena manera", ella se fue corriendo. ¿Eso es correcto?

JB: Sí, ya lo expliqué. Ella se fue. Se largó.

SR: Esto es realmente importante, Jessica. ¿Está usted segura de eso?

JB: Sí, ella se fue por un lado y él por otro.

SR: ¿Alguno de ellos pudo haberse dado cuenta de que usted estaba allí?

La interrogada se encoge de hombros.

JB: Supongo que él pudo haber regresado, pero yo me fui a casa. Todo esto es de lo más desagradable.

SR: ¿Qué tan ebria estaba ella?

JB: No estaba propiamente inconsciente, pero no estaba sobria. Se tambaleaba, pero caminaba.

SR: ¿"Se tambaleaba, pero caminaba" en qué dirección?

JB: Hacia esa esclusa. Es horrible allí. He oído sobre perros que han sido arrastrados en ese lugar. Es muy peligroso, todo el mundo lo sabe.

SR: Posiblemente Alice Salmon no lo sabía.

JB: ¡Entonces sí era ella! Sabía que era ella.

SR: Pero usted dice que el hombre con la camisa negra, al que ella llamó Luke, no se veía por ahí en ese momento.

JB: Sí. Quiero decir, no.

SR: ¿Al fin qué?

JB: Él se había ido en la otra dirección, hacia la vía principal.

SR: Usted debió haber permanecido allí desde que terminó su cigarrillo hasta ese momento.

JB: Sí, pero fue en ese momento en que me preocupé.

SR: ¿Por qué se preocupó, Jessica?

JB: Porque ella comenzó a subirse a la presa.

SR: ¿Por qué haría eso?

JB: Los niños lo hacen en verano para nadar.

SR: Pero ¿no era verano en ese momento? Era febrero.

JB: Por eso era tan loco. Fue como cuando uno no sabe si un video de YouTube es real o falso.

SR: Puedo asegurarle que esto no está en YouTube, Jessica. Alguien murió.

JB: No hice nada malo. ¿Me está arrestando?

SR: No, es libre de irse cuando quiera, pero subirse a una presa parece algo curioso. ¿Tal vez usted le gritó?

JB: Sí, eso fue lo que hice, juro que grité, pero ella ya estaba demasiado lejos y en su propio mundo. Además me paralicé, como cuando uno está soñando y no puede moverse ni hablar.

SR: ¿Qué pasó después?

JB: Se paró sobre la rejilla, y supongo que el agua debió haber estado pasando debajo de ella, luego trepó la cerca y yo pensé, cielos, ¿por qué está haciendo eso? ¿Era cierto? ¿Estaba embarazada?

SR: ¿Qué hizo ella después?

JB: Hay como una pequeña plataforma que es como el nivel superior, ella se subió allí. Debió haber estado a unos 6 metros sobre el río, y yo me sentí aterrada. No sé por qué no está cercada correctamente; los niños pueden entrar allí. Me hizo recordar esa propaganda en la televisión en la que ese viejo se sube a un andamio porque está borracho y cree que puede volar, solo que ella era cuidadosa.

SR: ¿Cuidadosa?

JB: Sí, como intencionada. Cuando algunas personas están muy borrachas, se comportan como maníacas y van por ahí gritando cosas raras. Bueno, ella era lo opuesto, era muy precisa; como si estuviera haciendo todo en cámara lenta. Nunca pensé que fuera a caer. Lo que pensé fue que estaba haciendo algo a propósito. Fue ahí cuando se me ocurrió por primera vez.

SR: ¿Qué? ¿Qué se le ocurrió, Jessica?

JB: Que iba a saltar.

Quinta parte

No firmar con una x

Fragmento del diario de Alice Salmon, 9 de diciembre de 2011, 25 años de edad

Fingí que no estaba escuchando hacía un rato en el restaurante. Si no lo hubiera hecho, habría explotado, en serio, me habría enloquecido, habría estallado en llanto o habría gritado o le habría arrojado comida a Luke en su gorda y presumida cara. Y como si fuera poco, como una idiota, todavía le estaba dando el beneficio de la duda. Mamá siempre decía que me salía de casillas muy fácilmente, y por eso estaba esperando a que él dijera, "No malinterpretes mi conversación con Adam", o "No le prestes atención a Adam, puede ser un bicho raro". Pero no lo hizo, y yo no escuché mal ni malinterpreté, porque puedo ser estúpida pero no tanto.

No me sorprende que hubiera estado tan desesperado por venir aquí después de que regresó de Praga. El cargo de conciencia. Me llamó tan pronto se bajó del avión en Heathrow.

—Es domingo —protesté, consciente de que al día siguiente tendría mucho trabajo.

—Por favor —suplicó.

—Está bien, me convenciste —dije, y una hora después llegó como si nada, con su morral y un ramo de flores y sin una de sus cejas (se la afeitó, según me contó, en alguna apuesta estúpida)—. ¿Qué travesuras estuviste haciendo? ¿O mejor no pregunto?

—Lo que pasa en la gira, se queda en la gira —dijo riendo.

Obviamente.

Se derrumbó frente al televisor; había dormido menos de cuatro horas en las dos noches.

El muy mentiroso de dos caras había estado en el mismo lado de la mesa conmigo en el restaurante; todos habían ido en pareja. Eran compañeros de su trabajo, pero yo no iba a ser antisocial ni a echarme para atrás, a pesar de que mañana tengo que hacer compras de Navidad. Un sujeto del frente de la barra pasó velozmente hacia el baño y cuando vio a Luke le dio una palmada en el hombro, se acercó a él para decirle algo en secreto. No me dio la impresión de que fueran muy cercanos; el apretón de mano que le dio Luke fue como el que yo le daría a uno de mis colegas en el trabajo. Escuché fragmentos de la conversación. Era un amigo de Charlie que estaba en Londres por el fin de semana; se habían conocido en el fin de semana en Praga.

—Estabas bebiendo tequila en un *pub* irlandés cuando te vi por última vez —dijo Luke.

—Fue un fin de semana tremendo, ¿cierto?

Los dos conversaban ("fraternizaban", como lo habría dicho Luke) acerca de una pelea en un bar y de unos juegos de tragos y me sentí un poco celosa. Quería formar parte de esa conversación. "¿Cómo se sentirá ser un chico? —pensé—. ¿Será muy diferente?".

Y cuando salimos del restaurante, después de que el juego terminó, tuvo el descaro de preguntar:

—¿En tu casa o en la mía?

—En la mía —contesté, pues necesitaba sentirme en mi territorio cuando lo confrontara.

Nos sentamos juntos en el metro desde Leicester Square hasta Balham como una pareja normal. Tuvo diez paradas para negarlo o admitirlo. Incluso reconocer que su conversación con Adam no había sido un producto de mi imaginación habría sido un comienzo. Pero se recostó en su asiento con las piernas separadas y extendidas, obligando a los demás pasajeros a evitarlas, sin decir nada. Soy tan idiota. Cuando llegó de Praga, desestimó mis preguntas sobre el fin de semana diciendo: "Más que todo ir a bares" y yo me lo creí. ¿Por qué no habría de hacerlo? Incluso cuando agregó, "Obviamente a uno o dos clubes nudistas", no me sentí dichosa, pero es lo que hacen los chicos y me gustaba que él *pudiera* compartir eso conmigo.

De acuerdo con la versión endulzada que me dio, habían "visto" el castillo, pero no entraron a él. Discutieron acerca de si visitaban el Museo del Comunismo, pero ni siquiera se acercaron. Luke habló con entusiasmo del puente de Carlos y sus estatuas barrocas, y me contó con suficiencia que allí habían filmado una parte de *Misión imposible*.

—También tomamos café en la Plaza de la Ciudad Vieja. ¿Eso cuenta como algo cultural? —dijo en broma, mientras ahuecaba los cojines y se recostaba en el sofá.

—Para ti, sí.

—Te extrañé —dijo.

—Yo también —contesté.

—Estoy demasiado viejo para esto —dijo—. Me siento agotado.

Observé a Luke y a su amigo, y este sujeto tenía el mismo desparpajo que él, pero no era ni remotamente igual de atractivo. *Mi novio*, pensaba mientras lo veía asintiendo y riendo. Hablaron de lo trágico que había sido que Gary Speed se hubiera ahorcado y de lo que iba a hacer Apple ahora que Steve Jobs había muerto.

—Están en una encrucijada creativa —dijo Luke, y yo guardé eso para molestarlo después: "Encrucijada creativa —dije—. ¡Por favor!". Luego me desconecté de ellos y me uní a la conversación a mi izquierda sobre una nueva exposición en la galería Tate Britain, una retrospectiva. Luke me hizo un guiño, fue como un "lo siento, podremos irnos pronto", y me produjo una agradable y cálida sensación: habíamos estado saliendo por dieciocho meses.

—¿Cuánto tequila bebimos en ese viaje? —escuché que mi novio le preguntó a su nuevo mejor amigo.

—No tengo idea —contestó él—, y creo que tú tampoco. Estuviste revolcándote todo el tiempo con esa chica de Dartmouth.

* * *

**Artículo en la página web de *Student News*:
Últimas noticias, 9 de septiembre de 2012**

**EXCLUSIVO: Nuevo vínculo entre "romance"
de Salmon con la "figura paterna' de Cooke**

El académico criticado por su interés enfermizo en Alice Salmon ha sido relacionado "románticamente" con la chica muerta.

Una testigo indignada dijo que el solitario Jeremy Cooke, quien escribe un libro sobre la "mujer fatal", mostraba un "nivel de atención anormal" por ella cuando era estudiante a su cargo.

La testigo afirma haber visto cómo el hombre de 65 años, sin hijos, que vive en una casa de £500 000, llevó a la trágica belleza a su oficina estando ella ebria, cuando era una estudiante de primer año, en 2004.

Con la condición de permanecer en el anonimato, la exalumna, ahora exitosa profesional en las Midlands, se presentó ayer ante la Policía para hacer revelaciones sobre el comportamiento de quien se autodefine como una "antigüedad", y se moviliza a todas partes en su anticuada bicicleta. Ella se acercó a otros medios, pero *Student News: Últimas noticias* es la única página web en capacidad de hacer esta revelación.

"Me encontré con ellos dos una noche justo antes de Navidad, y era obvio que ella se tambaleaba —dijo—. Le ofrecí llevarla a su habitación en los alojamientos, pero él dijo: 'No, ella es toda mía', y ella se reía, entonces supuse que estaba bien. Debí haber sido más directa, pero él era un profesor reconocido y no tenía razones para sospechar".

Solo recientemente, después de leer informes de prensa sobre los dos individuos, la informante comenzó a ver el incidente desde una perspectiva diferente y concluyó que él y Salmon podían haber tenido una "conexión especial".

"He escuchado que se juntaban cuando ella estaba haciendo sus exámenes finales. Probablemente se sintió halagada por su atención, como lo habría hecho cualquier joven. Cooke a menudo se ofrecía para asesorar a estudiantes que ni siquiera asistían a sus cursos; él los colmaba (tanto a chicos como a chicas) de excesivas muestras de amabilidad y apoyo. Alice pudo haberse sentido impresionada por él. Tal vez lo vio como una figura paterna. Sí, pudo ser algo parecido a un romance".

La exalumna dijo que el interés de Cooke en reconstruir la vida de Salmon parecía ser más un intento por conseguir fama y atención que una auténtica iniciativa académica. "Muchos profesores están obsesionados con el reconocimiento a su trayectoria académica", dijo ella.

Los formularios para la opinión de los estudiantes del módulo de Género, Lenguaje y Cultura a los que tuvimos acceso muestran la manera en que el hombre, educado en una escuela pública en una región acomodada de Escocia y que solo ha trabajado en una institución académica, era visto por sus estudiantes.

"Él es como si viniera de una época pasada. Como si estuviera en piloto automático o como si no estuviera con uno en la misma sala", comentó uno.

Otro concluyó: "¡Hablando de aferrarse a los restos de un naufragio! Los rumores dicen que las directivas trataron de deshacerse de él en los 80, después de algún escándalo, pero él está esperando desde entonces".

En una era en la que no se tolera ningún contacto físico entre el profesorado y los estudiantes, estas afirmaciones inevitablemente generarán preguntas sobre el futuro del enfermizo académico.

Student News: Últimas noticias contactó a Cooke esta mañana, pero este no hizo ningún comentario.

* * *

Carta enviada por Robert Salmon, 27 de julio de 2012

Harding, Young & Sharp
3 Bow's Yard
Londres EC1Y 7BZ

Señor Cooke:

No nos conocemos ni lo haremos, entonces voy a ser breve. Soy el hermano de Alice Salmon. Puede que mi madre haya mencionado en la correspondencia que sostuvo con usted que soy abogado. Aparentemente entró en detalles fantasiosos sobre todo lo demás.

Mi área es el derecho corporativo, pero he consultado con colegas especializados en el área editorial y quisiera informarle que está internándose en territorios peligrosos desde el punto de vista legal con su *Libro de Alice*. La difamación es un asunto potencialmente oneroso. Los casos que versan sobre ello son largos y costosos, y la bancarrota no es rara entre quienes son objeto de estas demandas. Uno no puede difamar a los muertos, es cierto, pero existen muchas opciones legales que se pueden explorar para evitar la publicación o para buscar un recurso en relación con esta obra una vez publicada.

Presumo que mi madre omitió solicitarle que no hiciera pública la información que ella le suministró, o más bien, sus desahogos. La comunicación entre ella y yo es limitada en la actualidad, pero debo recordarle que, aparte de las implicaciones legales, hacerlo sería falto de ética, dado su estado mental actual.

Mi madre ha estado afrontándolo bien. La correspondencia con usted evidentemente desencadena episodios cada vez más impredecibles, por lo cual usted debe suspender de inmediato cualquier comunicación con ella.

En el momento en que usted inició su proyecto de Alice, abrió una caja de Pandora. Ahora está abriendo una brecha entre lo que queda de esta familia. Por naturaleza mi padre no es un hombre celoso o violento, pero todos tenemos un límite. ¿Cómo reaccionaría usted si supiera que su esposa tuvo alguna vez una relación con el hombre que ahora está mostrando este interés lujurioso en su hija muerta? ¿Que su esposa alguna vez intentó quitarse la vida? Creo que él ya sabía que ella alguna vez fue (aunque creo que debería decir "es") una alcohólica; esa fue una revelación solo para mí. Felicitaciones, profesor, logró lo que nadie más pudo hacer en treinta años: que mi madre volviera a beber.

Puede conjeturar que es inapropiado que yo lo contacte, que el hecho de que le comparta esta información puede ser interpretado en sí mismo como una violación de la confidencialidad, pero cuando alguien no está en sus cabales, las personas más cercanas están obligadas a tomar decisiones en su nombre.

Tiene que entender, señor Cooke, que si continua arriesgando el bienestar y la estabilidad de mi madre, o su relación con mi padre, voy a perseguirlo hasta que quede sin un solo centavo y la última copia de su sórdido libro haya sido destruida.

Atentamente,
Robert M. Salmon

* * *

Fragmento de la transcripción del interrogatorio a Jessica Barnes realizado en la estación central de Policía de Southampton por el superintendente detective Simon Ranger, 5 de abril de 2012, 17:20 p. m.

SR: Usted dijo que la chica sobre la presa iba a saltar, ¿que pasó luego?

JB: Comenzó a cantar.

SR: ¿A cantar?

JB: Yo le hice señas y todo, y creo que llamé su atención porque me saludó con la mano. Podía ver la luz de la pantalla de su teléfono moviéndose en el aire.

SR: ¿Cómo le respondió?

JB: ¿En qué tipo de mundo va a crecer mi bebé, donde una chica puede morir y nadie se da cuenta?

SR: ¿Cómo le respondió ella cuando usted le hacía señas con la mano, Jessica?

JB: En Facebook alguien escribió: "Está en un lugar mejor". Pero ¿sabe lo que respondió algún psicópata?: "Eso descarta a Portsmouth".

SR: Jessica, ¿puede concentrarse, por favor? ¿Qué ocurrió después?

JB: Dejó de mover la mano y se quedó quieta sobre la presa, eso me tranquilizó porque en ese momento pensé que si iba a hacer algo espantoso sería más descuidada, que no le importaría nada, ¿cierto? Por la manera en que le había estado gritando a ese sujeto se veía que era muy valiente; las mujeres como esa no se matan. Bien por ella, pensé. Sin ánimo de ofender, pero la mayoría de los hombres son unos completos imbéciles.

SR: ¿Para ese momento había alguna señal del hombre que había estado con ella?

JB: Se había ido hacía rato.

SR: Pero ¿podría haber regresado sin que usted se diera cuenta?

JB: ¿Usted cree que fue él?

SR: Una de nuestras líneas investigativas es que ella no estaba sola cuando entró al agua.

JB: Mi novio tiene razón, dice que ustedes no saben nada. No es raro que los periódicos les estén llevando la delantera. Ellos creen que la estaban acechando, ¿es cierto?

SR: ¿Qué hizo Alice después de que dejó de saludarla con la mano?

JB: Estaba caminando, y yo pensaba: "Mierda, ¿qué hago? ¿Qué hago?". Entonces grité: "Hola", luego agarré mi teléfono. No sabía a quién llamar, si a la Policía o a quién, pero no tenía señal, y fue ahí cuando me di cuenta de por qué estaba ahí moviendo sus brazos. Subió para tener mejor señal.

SR: Eso parece un poco rebuscado.

JB: Uno hace cosas raras cuando está borracho; las cosas locas tienen sentido y las normales parecen locas. Ella seguía poniendo su teléfono frente a su cara; yo podía ver la luz de la pantalla. Debió haber estado enviando mensajes de texto o buscando un mensaje.

SR: Jessica, voy a hacerle una pregunta muy sencilla y es crucial que la responda honestamente. ¿Qué hizo Alice después?

JB: Ella se bajó, lo juro por la vida de mis hijos, se bajó.

SR: ¿Estaría preparada para declarar eso bajo juramento en un tribunal de justicia?

JB: Sí, definitivamente. Vi a alguien más en su lado del río, un poco más arriba, cuando me fui, era un abuelo. Debe haber ido a pasear al perro. No vi ningún perro, pero ¿para qué más podría haber estado allí? Estaba helando.

SR: Usted estaba allí.

JB: Ya expliqué eso. Nunca la habría dejado allí si hubiera sabido que iba a morir. No puede culparme…

SR: Usted no es sospechosa.

JB: Cuando venía en el bus recordé la canción que ella estaba cantando. Era como si estuviera haciendo karaoke sin que nadie la escuchara.

SR: Explique mejor lo de ese "abuelo" que paseaba al perro.

JB: No puedo sacarme la melodía de la cabeza. Era "Example", porque ella cantaba la parte del amor que arranca de nuevo. En Internet dicen que era una de sus canciones favoritas. No soy policía, pero si ella iba a saltar lo habría hecho desde la presa, y no estaba tan borracha como para haberse resbalado. Entonces, desde mi perspectiva, solo queda una cosa.

SR: ¿Cuál, Jessica?

JB: Es obvio, ¿no? La asesinaron.

* * *

Biografía en Twitter de Alice Salmon,
4 de enero de 2012

Todera. Ni una cosa ni la otra. Opiniones: unas prestadas, otras conservadoras (sobre todo en el momento). Recuerda, no todo se trata de dinero, dinero, dinero…

* * *

Carta enviada por el profesor Jeremy
Cooke, 25 de julio de 2012

Querido Larry:

Debes excusarme por mi preocupación por el pasado; 1982 se siente notablemente *presente*. Seguí viendo al doctor Richard Carter en el otoño. Sus observaciones siguieron siendo desafiantes, pero comencé a obtener una vaga satisfacción de ellas. Cuando titubeé, Fliss me recordó nuestro trato. Me conservaría, decía ella, como si estuviera hablando de un mueble viejo o una mascota desagradable (tal vez un perro que había comenzado a morder), siempre y cuando yo siguiera asistiendo a las "consultas".

Me estacioné en la entrada una noche, después de unas seis semanas de que ella estuviera ausente (no me cites textualmente, el tiempo muta y se curva en los bordes), y la luz de la sala estaba encendida.

—Regresaste —dije.

—No confundas esto con debilidad —contestó ella—. Nunca confundas esto con debilidad.

La comunicación entre nosotros fue torpe en el periodo que siguió a su regreso. Ella quedó pasmada cuando le confesé inicialmente adónde me estaba escapando los miércoles en la tarde.

—Mi profesión siempre está dispuesta a enfrentar al ser humano con el espejo —le dije a ella con algo de pretensión—, por lo que pensé que sería pertinente que yo hiciera lo propio conmigo mismo.

Richard estaba bastante agotado cuando le expresé mi arrepentimiento. Mi compañero de discusiones incluso me dejó saber algunas cosas sobre él mismo: tenía una prometida, se interesaba en la arboricultura, tenía afición por lo gótico. Tenía opiniones no convencionales aunque fascinantes sobre Jung.

—De todas las profesiones que habría podido escoger, ¿por qué esta? —pregunté.

—No hay nada mejor que hacer los miércoles en la tarde —dijo, y ambos reímos; otro punto de inflexión.

De hecho, tres décadas después, creo que tengo ganas de buscar de nuevo al doctor Richard Carter. Tendríamos un montón de asuntos para, como él diría, "explorar". Pero en ese entonces yo estaba presenciando el fenómeno más improbable: el progreso. Me sentía como un hombre nuevo. En noviembre le pregunté a Fliss si ella coincidía.

—No es un hombre nuevo lo que espero, solo una versión ligeramente mejorada del anterior. Mi papá me dijo que puede que no seas muy agradable, pero no estoy de acuerdo. Eres un tonto, pero no eres en esencia malo, no de corazón.

—He sido tan estúpido.

—No voy a contradecirte en eso. —Ella siguió preparando la pasta de hojaldre, una receta de Delia, probablemente, era muy famosa en esa época y ha vuelto a serlo treinta años después—. ¿Qué ves cuando te miras al espejo? —preguntó llevándose el pelo detrás de su oreja y dejando allí, sin saberlo, una marca de harina.

—A alguien muy afortunado. Alguien que no volverá a cometer el mismo error.

Estiré mi mano y sacudí la harina de su pelo. Me sentí feliz de que ella me hubiera hecho el reclamo. Ya no podía cargar con el peso de mi secreto por más tiempo.

—Se supone que la evolución nos hace mejores, pero siento que estamos retrocediendo —dije—. Cada vez somos menos humanos. Leí ayer que unas 10 000 personas han muerto en el último resurgimiento de la guerra en el Líbano. ¿Puedes creer que es 1982 y todavía nos estamos matando unos a otros por el *territorio*?

Ella hacía lo que podía para animarme, me llamó viejo pesimista, me recordaba que había muchas noticias buenas: el hombre de la Universidad de Utah que construyó el primer corazón artificial en el mundo; el lanzamiento del transbordador *Columbia* al espacio; nuestros ingenieros combatiendo contra la fuerza del Támesis para impedir que se tragara a Londres; incluso, dijo ella con recelo (consciente de que a pesar de mi inclinación por la izquierda, era escéptico sobre ese montón variopinto de lesbianas de Greenham Common), la reacción de rechazo a la carrera armamentista.

Larry, nunca esperé una conversión radical. Richard me advirtió que no habría un momento de iluminación, pero me sentí revitalizado. Dicho esto, sería inexacto afirmar que tuve una especie de reingeniería de la personalidad, porque estuve moviendo influencias tras bambalinas para que relevaran a ese traidor de Devereux de sus funciones, por cuenta de su campaña contra mi "falta de integridad moral" (finalmente, como recordarás, mis esfuerzos fueron en vano porque él estaba en muy buenos términos con las directivas).

—Mirando en retrospectiva, ¿cómo describiría sus acciones? —preguntó Richard en una de nuestras últimas sesiones, una pregunta que me recordaba la escuela. Nunca tuve problemas, y por eso solo llegó a mí de oídas, pero los chicos más fogosos, aquellos verdaderamente arrojados, esos que después aparecerían en las revistas de exalumnos por haberse convertido en capitalistas de riesgo o por haberse establecido en Kuala Lumpur, contarían cómo el rector, en medio de la reprimenda, les preguntó cómo describirían sus acciones.

—Deficientes —dije—. De mala calidad.

Luego, una tarde, habiendo llegado a la clara conclusión de que nuestra relación había pasado a otro nivel, Richard se lanzó con todo.

—Hay muchas cosas que admiro de usted, Jeremy, pero ¿se da cuenta de que es un tremendo hipócrita? Habla de nuestra insignificancia, pero en el fondo cree que es la criatura más especial que ha pisado el planeta. No puede aceptar las verdades obvias que les enseña a sus estudiantes. Por todos sus títulos, y por favor evíteme tener que oír toda esa basura de Oxford, es incapaz de aceptar una realidad. Usted es mortal. Va a morir. No va a cambiar el mundo. ¡Además, si esta fuera una relación maestro-alumno, me sentiría obligado a recordarle que nunca respondió satisfactoriamente a mi pregunta inicial de por qué vino aquí!

—Necesitaba algo de perdón.

—Esa no es mi área —dijo inclinando su cabeza hacia el cielo.

Recordé el lema de mi escuela, *dulcius ex asperis* (más dulce tras las dificultades).

—Quería ser mejor —dije—. Quería dejar de lastimar a la gente.

—Ve —dijo con un leve asomo de engreimiento—. ¡Altruismo! Y no solo se está refiriendo a sus seres queridos.

Larry, siempre he tratado de dilucidar quiénes son los "seres queridos" en mi caso. Ambos padres están enterrados: asistí a las exequias de uno, eludí las del otro. Sin hermanos; un primo en Edimburgo con quien nunca me veo. Fliss era la persona más cercana que tenía, la mujer con la que me casé en una pequeña iglesia de pedernal en Wiltshire, con el sol penetrando a través de los vitrales de las ventanas. "¿Cómo podrías *amar* si tuvieras un corazón artificial?", preguntó fascinada alguna vez. "No es que lo haya hecho demasiado bien con uno de verdad", contesté.

—¿Mismo lugar, misma hora, la próxima semana? —dijo Richard en diciembre.

—No —dije—. Aquí terminamos.

—Todos me abandonan al final —dijo riendo.

—Tenemos eso en común. Los estudiantes me hacen eso. Gracias por todo. Me siento mejor. Estoy curado.

—No suelo describirlo de esa manera. Diría que está "en remisión".

Me subí a mi auto, el TVR que compré por un capricho el verano anterior, e hice sonar mi canción favorita, "You Can't Always Get What You Want".

El doctor Richard Carter se había convertido en uno de mis amigos más cercanos.

* * *

Actividad en Twitter relacionada con Alice Salmon, entre el 29 de enero y el 5 de febrero de 2012

De @EmmaIrons7
Ya está bien eso de no unirme nunca a los Twiteratti. ¡Llegué! No puedo esperar para verlos el otro mes. ¡Traigan sus zapatos de baile!
29 de enero, 11:39 a. m.

De @EmmaIrons7
Les va a encantar el vestido que compré ayer, por cierto.
29 de enero, 12:04 p. m.

De @EmmaIrons7
¿Por qué no responden a mis muy elaborados trinos?
29 de enero, 18:31 p. m.

De @AliceSalmon1
Disculpa, Ems. Me estoy abriendo camino entre el trabajo para el fin de semana. Fiesta. x
30 de enero, 17:55 a. m.

De @Carolynstocks
Buena suerte con el artículo esta semana, Salmonette. ¡Vamos! Acaba con ellos.
31 de enero, 08:50 a. m.

De @AliceSalmon1
Gracias, Cazza. Estoy aterrada. x
31 de enero, 09:16 a. m.

De @NickFonzer
Cerca de donde vives, mañana, te debo una cena si quieres salir a comer. ¿En el italiano que te gusta?
1 de febrero, 15:44 p. m.

De @AliceSalmon1
Sería genial verte, pero tengo una semana difícil, ¿qué te parece la próxima?
1 de febrero 15:55 p. m.

De @AliceSalmon1
Temprano esta noche porque a esta luchadora contra el crimen le espera un gran fin de semana en mi viejo vecindario. Cuídense. x
3 de febrero, 19:37 p. m.

De @AliceSalmon1
¿Cuándo voy a aprender?
4 de febrero, 20:07 p. m.

De @GeordieLauren12
La que se emborracha fácil. No vamos a dejar que olvides esto. ¡Escaparte temprano de una reunión!
4 de febrero, 23:05 p. m.

De @AliceSalmon1
Saluda y di adiós.
4 de febrero, 23:44 p. m.

De @Carolynstocks
Contesta tu maldito teléfono, Salmon…
5 de febrero, 11:09 a. m.

De @MissMeganParker
Tampoco puedo ubicar a @AliceSalmon1. ¡Tal vez está cuidándose la terrible resaca en algún lado!
5 de febrero, 13:34 p. m.

De @Carolynstocks
¿Te secuestraron? Enviaré un equipo de búsqueda si no me llamas pronto.
5 de febrero, 14:04 p. m.

De @MissMeganParker
También he estado llamando a @AliceSalmon1 sin suerte. Supongo que su teléfono murió, ¡ella nunca carga la batería!
5 de febrero, 14:22 p. m.

* * *

Carta enviada por el profesor Jeremy Cooke, 8 de agosto de 2012

Hola de nuevo, Larry:

—Va a estar helando, no regreses tarde —me dijo Fliss cuando le informé a las 4:00 p. m. que iba a salir rápido a dar mi paseo diario.

A las 6:00 p. m., un mensaje de texto preguntando a qué hora quería cenar. A las 7:00 p. m. un indiferente: "¿Dónde estás?".

No podía dejar pasar la oportunidad. Viejo amigo, Alice estaba en la ciudad. Un regalo de los dioses.

No fue difícil localizarla. Inicialmente seguí su rastro en Internet, y una vez captado su olor, fui por la presa. Era como un sabueso. La aglomeración me permitió pasar desapercibido con relativa facilidad; solo hacía falta escoger puntos de observación a una distancia adecuada para vigilarla; el reto era permanecer cerca. Pronto me puso a jadear y me dejó agotado. Esa tenía que ser la noche, Larry. Estaba decidido a exorcizar algunos monstruos, a aclarar lo de la noche en la reunión de Antropología.

Ella estaba en un grupo de cuatro, una tétrada fluida que se contraía y se expandía: sus tres amigas se perdían de vista y luego reaparecían. Otros se unían a ellas, se quedaban, se dispersaban, regresaban. Inevitablemente había un desfile de hombres buscando llamar la atención de ella. No es que yo objetara que la atiborraran de alcohol; eso la prepararía para la conversación que pretendía tener con ella. Chicos de la ciudad, rufianes algunos de ellos. "En una reunión", escuché que ella le gritaba a uno en medio de la estridencia. Otros, estudiantes, le insistían bulliciosamente a mi grupo para que participara en juegos de tragos. Demasiada frivolidad.

Como ya habrás notado, Larry, he retomado los sucesos de esa noche de febrero con gran nivel de detalle, repasando los movimientos y las conversaciones de Alice. Vas a tener que tenerme paciencia en esto, pero las autoridades lo han hecho mal. Mi sospecha es que alguien cercano a Alice quería hacerle daño. Entenderás que no profundice en este punto. Hacer pública una corazonada puede ser algo peligroso para un académico, se han arruinado reputaciones por mucho menos. Me temo que esta va a tener que ser una excepción para nuestra regla: por ahora es un secreto entre los dos.

"Estoy preocupada por ti", me escribió Fliss.

Ninguno de esos ignorantes se habría dado cuenta, pero detrás de la felicidad alimentada por el alcohol, Alice tenía un velo de tristeza. Se parecía tanto a Liz que tuve que contenerme para no caminar hacia ella y sacarla de esos lugares. Tenía más o menos la misma edad que su madre cuando nuestros caminos se cruzaron. Veintitantos. *En su punto.*

Había otro sujeto en el lugar en un momento. Al parecer adinerado. Me acerqué lentamente. Puede que la mano de él haya estado sobre el brazo de ella. Ella rió de manera tan violenta con uno de sus apuntes que echó su cabeza hacia atrás y la luz fluorescente hizo que su pelo se viera igual al de su madre. Yo estuve tratando de explicarle mi relación con Liz, cuando tuvimos nuestra discusión más tarde, pero temí que eso pudiera ser demasiado para ella. Temí que pudiera presentarse un escándalo.

No pude descifrar la respuesta que le dio Alice, pero alcancé a oír la de él.

—Quienquiera que sea, es un idiota por dejarte ir.

—Díselo a él —dijo ella.

—Dame su teléfono y lo haré.

"Esto —pensé con un toque de melancolía—, debe ser la 'química'".

Otro mensaje de texto de Fliss: "¿Estás bien?".

En realidad hice un registro de los sucesos de esa noche después de regresar a casa; me encerré en mi estudio y los escribí mientras aún los tenía frescos. Luego he analizado repetidamente sus diferentes partes. Mi entrenamiento me enseñó a construir un caso indisputable. Dios sabe que ha habido demasiadas divagaciones en este caso. Divagaciones distractoras. Sobre todo espectáculos secundarios.

En un momento, este chico volteó su vaso de cerveza vacío sobre su cabeza, luego la puso sobre la mesa y elevó sus puños hacia el cielo. A ella le gustó eso, daba alaridos de risa. Pude ver por qué, si hubiera estado en mi escuela, me habría encaprichado con él: esos hombros firmes de practicar remo, una sonrisa fácil, insolente; inteligente pero sin disciplina. Me encontré con muchos chicos como ese, Larry. Me escabullía detrás de ellos, perversamente agradecido por su desprecio y su crueldad. Si tuviera que precisarlo, fue allí donde se gestó mi misantropía, con el telón de fondo de las botas de *rugby* resonando en el piso del vestuario y los ejercicios de declinación y conjugación en latín. Con la permanente convicción de que cada uno de ellos estaba en mi contra.

—¿Alguna vez te consientes con un poco de cocaína? —le preguntó él.

—No, o rara vez.

—¿Al fin qué?

—La segunda, rara vez.

—Esta noche es esa rara vez —dijo él.

Otro mensaje de texto de Fliss: "¿A qué diablos estás jugando?".

Alice regresó, y era difícil saber si estaba mirando hacia su grupo o a la pizarra en la pared donde estaba escrito con tiza de colores: 8 TRAGOS, £7.

—Supongo que solo se vive una vez.

—Buena chica —dijo él—. Buena chica.

* * *

Memorando interno entre miembros del consejo de la Universidad de Southampton, 17 de agosto de 1982

De: Anthony Devereux
Para: Charles Whittaker
Estado: Urgente y estrictamente confidencial

Charles:

No pude contactarte por teléfono, pero tenemos que hablar con urgencia. Supongo que estás al tanto de la situación de la tutora de inglés Elizabeth Mullens. Debes estar mejor informado que yo sobre el tema, pero entiendo que ella intentó suicidarse hoy. Parece que alguien del personal de limpieza avisó a los servicios de emergencia que la había descubierto, después de lo cual fue llevada al departamento de urgencias. Entiendo que su condición es grave. Resulta claro que es una tragedia personal, pero desde mi perspectiva profesional y comercial, soy consciente de las implicaciones más amplias. Es inevitable que la prensa se entere, sobre todo teniendo en cuenta que hay alguien de la limpieza involucrado; son incapaces de ser discretos, por lo tanto tenemos que emitir una declaración. El tono debe ser de mucha tristeza, asombro. No sobraría sugerir algunos "problemas" personales y, con un poco de suerte, ellos averiguarán sobre su afición por el alcohol. Si hubiera sido fuera de las instalaciones no sería tan perjudicial. Desde el incidente, han llamado mi atención los rumores acerca de Mullen y Cooke, de Antropología. Si ellos tienen o tuvieron una relación, eso va a complicar las cosas. Cooke es mayor que ella y está casado, y ninguno de esos hechos pasará desapercibido. Lo último que necesitamos es un escándalo, Charles. Un profesor se mató en uno de esos deprimentes politécnicos de provincia en el norte el año pasado, y los periódicos se dieron un festín; todo terminó con algunas renuncias. Escribo esto en confianza porque nuestra relación ya tiene más de veinte años, y mi instinto me dice que Cooke está desprovisto de talento, por eso este podría ser un momento pertinente para revaluar *su* futuro. Además, eso también podría contribuir a saciar la sed de sangre de los periódicos. Sería prudente que le enviaras flores a Mullens. Gracias a Dios los estudiantes están en vacaciones. ¿Te imaginas el ambiente febril que tendríamos que estar tratando de contener si no fuera así?

Cordialmente,
Anthony

P. D.: Nada que ver con lo anterior, ¿podrías acompañarnos la noche del 24 para nuestra mesa redonda sobre negocios? Uno de los invitados es un director en IBM, cuya premisa es que los computadores personales pronto van a ser tan comunes como los televisores.

* * *

"Frases favoritas" de Alice Salmon en su perfil de Facebook, 14 de diciembre de 2011

"Voy a destriparte en la ficción. Cada espinilla, cada debilidad de carácter. Estuve desnudo durante un día; tú lo estarás durante toda la eternidad".
  Geofrey Chaucer

"Sé tú mismo, los demás ya fueron tomados".
  Oscar Wilde

"Si dices la verdad, no necesitarás recordar nada".
  Mark Twain

"Se vende un corazón. En terrible estado. Recibo cualquier cosa a cambio. Por favor".
  Anónimo

"En una sociedad libre, llega un momento en el que la verdad, sin importar lo difícil que sea de escuchar o lo poco diplomática que sea, debe ser dicha".

Al Gore

* * *

Publicación de Lobo Solitario en el foro web Voceros de la Verdad, 14 de agosto de 2012, 23:51 p. m.

No solo he alcanzado a ver la cabeza del Hombre de Hielo allí adentro, ¡vi el interior de su casa y es una mansión! Le di un vistazo en Google Earth, pero tuve que esperar a que él y su esposa, esa bruja esnob, se fueran a Waitrose para poder entrar. No me juzguen, el fin justifica los medios en este caso, y esto es periodismo de verdad, no esa basura que hacía Alice, sino revelar las cosas que el *establishment* no quiere que sean reveladas. Es necesario desenmascarar al PERVERTIDO que es el Hombre de Hielo.

Esa chica Megan que solía andar con Alice ha estado haciendo ruido sobre él en su blog. Habla de fotos raras y cosas que él tiene escondidas en su casa, aunque no estuve suficiente tiempo allí para buscarlas. De todos modos, hay más. Le he pedido información a otro profesor, un fósil de apellido Devereux que está en una residencia para ancianos y de quien supe por uno de los hombres de mantenimiento en la universidad. Este tipo trabajó con el Hombre de Hielo hace mucho tiempo y lo detesta. Tuve que inventar una historia acerca de una investigación para un artículo sobre los grandes profesores que ha habido en esta parte del mundo para que me dejaran entrar, pero no me recriminen por eso, ¡ni que hubiera hackeado el teléfono de Milly Dowler!

Comencé insistiendo en lo fantástico que era verlo, con mi voz más sofisticada, y él se devoró los chocolates como si no hubiera comido nada en una semana. Tuve que darle un poco de cuerda, decirle que este libro del Hombre de Hielo haría que él fuera recordado, así como todos hablan de Darwin pero nadie recuerda a Wallace (una frase que ensayé), pero pronto soltó la lengua.

—Él violó a una estudiante, eso fue lo que hizo —dijo Devereux con rastros de saliva en la comisura de los labios—. La llevó a su oficina y allí lo hizo.

—Continúe.

—Siempre tuve mis sospechas, pero no pude corroborarlas, luego leí un artículo que citaba a alguien que insinuaba lo mismo. Ella lo vio del brazo con una estudiante embriagada. Las piezas del rompecabezas quedaron en su lugar. Yo calculé cuándo había sido eso y me encontré con él a la mañana siguiente al salir de su oficina, el muy taimado. ¿Por qué pasar una noche en su oficina cuando tiene disponible una encantadora rectoría solo a unos kilómetros en New Forest? ¿Eh?

—Buen punto.

—Esa mañana tampoco era la persona quisquillosa y combativa que solía ser. Sí, es cierto. Él se creía su propia fama. "Intocable", así solía calificarse a sí mismo.

¡Bingo! Ahí estaba yo, preparado para darle al Hombre de Hielo el beneficio de la duda, dejarlo pasar simplemente como un acosador, pero él la llevó a su oficina según todos los testigos y se revolcó con ella cuando estaba INCONSCIENTE por la borrachera. ¡Haber entrado por la ventana trasera a su casa no parece algo tan grave ahora!

Simulé estar tranquilo con Devereux, fingí que ya lo sabía, presintiendo que podía haber más. Le conté el rollo sobre cómo Jeremy Frederick Harry Cooke diría en su libro que tenía una moral impecable mientras que otros de su nivel estaban revolcándose como conejos.

—Conejos —chilló—. Yo le daré *conejos*. Cooke no podía mantener el pito en los pantalones. Era un adicto al sexo.

Luego me dijo algo más. Yo tenía mucha MÁS información que Megan Parker, solo voy a decir que es algo inmenso, y cuando lo sepan van a empezar a tomarse más seriamente lo otro. Luego mis revelaciones se volverán VIRALES y su estúpido libro se va a pudrir en unas pocas bibliotecas, pero lo mío va a ir a todo el mundo, excepto a países como China, donde uno ni siquiera puede entrar a Facebook porque el Gobierno tiene eso del "gran cortafuegos chino".

Originalmente no tenía la intención de hacer esto público, pero fue él quien incumplió nuestro trato. Y si va a jugar sucio yo también lo haré. Él habla todo el tiempo sobre la evolución, pero yo soy flexible, reacciono y me adapto.

Voy a cazar. Es hora de que el Lobo Solitario aúlle. Pobre de mi presa.

* * *

Fragmento del diario de Alice Salmon, 9 de diciembre de 2011, 25 años de edad

Cuando uno ama a alguien nota cosas que nadie más ve. Un parpadeo, la rigidez en sus hombros, una minúscula variación en su entonación. Yo vi todas esas cosas en mi novio (¿ahora exnovio?) después de que Adam dijo aquello en el restaurante. Luego, fresco como una lechuga, Luke preguntó: "¿Qué tal es la comida aquí?". Y la conversación dio un giro, se desvió justo como había sido su intención.

No me lo había imaginado. *Estuviste revolcándote todo el tiempo con esa chica de Dartmouth.* Era obvio que este sujeto no sabía que Luke y yo éramos pareja, o que definitivamente no lo éramos cuando ellos estuvieron en Praga. Luke se volteó un instante hacia mí y me dirigió una sonrisa artificial y forzada, con una expresión que gritaba *¿acaso oyó?*

Sí, lo escuché todo.

Luego permaneció sentado el resto de la comida, hasta insistió en ordenar un postre, y actuó como si nada hubiera pasado. Pidió café y seguía sin decir nada. Incluso pidió un licor.

¿Acerca de cuáles otros viajes había mentido? Había ido a muchos desde que nos conocimos: con el club de *rugby*, los fines de semana con los muchachos, las fiestas de cumpleaños, una o dos despedidas de soltero; Dublín, New Castle, Brighton, Barcelona.

Luego, de regreso a casa, en las diez paradas del metro, nada. Tal vez estaba confiando en el principio de que si yo no lo mencionaba, entonces se saldría con la suya. Había en él una frialdad tranquila y calculada que yo nunca había visto.

Esas diez paradas del metro eran su oportunidad de negarlo o de confesarlo. El hombre al que creía amar no se habría quedado sentado durante ese trayecto sin mencionarlo. En Oval incluso tuvo el descaro de sugerir que fuéramos a ver *El topo* porque había un afiche, pero no hice caso de la sugerencia; estaba calculando la fecha exacta del viaje a Praga y concluí que debió haber sido hacía un buen par de meses después de que nos conocimos, definitivamente después de la boda de Emily T.

Se me ocurrió que podía fingir que no había escuchado nada. Tenía esa opción. En realidad sería simple guardarlo en el fondo de mi cerebro, ignorarlo. Algunas mujeres pasan toda su vida así, manteniendo la verdad a raya, ¡pero al diablo! Él lo había arruinado y ahora teníamos que lidiar con eso.

Me inquietaba tentar al destino, pero Luke era diferente. Meg decía que no debía dejarme llevar.

—Algo malo debe tener, ¡es un hombre!

—Si lo hay, todavía no lo he encontrado —solía responderle—. ¡Y yo siempre he tenido buen ojo! Aunque, pensándolo bien, mi juicio difícilmente ha sido infalible tratándose de hombres.

—¡No, pero es impecable tratándose de las amigas!

Cuando regresamos al apartamento, Soph y Alex estaban en la sala con unos amigos, así que fuimos a mi habitación y allí lo solté abruptamente.

—¿Te acostaste con alguien en ese fin de semana en Praga?

Lo negó al principio, pero pronto cambió su versión, sentándose incómodo en el borde de la cama, como un colegial al que hubieran atrapado en algo.

No fue nada. Estaba borracho. Aún no éramos una pareja de verdad. Bla, bla, bla.

—Soy la misma persona de siempre —dijo.

—Ese es el problema, tal vez no me había dado cuenta de quién era esa persona.

Estaba tan decidida a no llorar, pero por supuesto lo hice. El árbol de Navidad en miniatura fue lo que me hizo explotar. Vi las luces titilando y recordé cómo las cosas más inesperadas solían ponerme mal, una vieja fotografía, un niño paseando a su perro, un lavaplatos lleno de ollas, y detesté a Luke por hacerme sentir *eso* de nuevo.

—No soy una maldita estúpida —grité y alguien en el apartamento de al lado golpeó la pared.

—Nadie dijo que lo fueras.

—No me trates como a una niña.

Se frotó la frente.

Tal vez nunca habíamos sido compatibles. Mientras lo escuchaba parlotear sobre esa película en Oval, lo sofisticada e inteligente que era, pensé: "Sí, pero de seguro aburrida" y reflexioné sobre qué tipo de hombre habla sin parar acerca de una película de espías y de Gary Oldman cuando se ha acostado con otra mujer.

Vi la fotografía de las flores sobre la pared que había dejado la anterior ocupante. Había regresado allí porque necesitaba estar en mi propio territorio, pero este apartamento no era mío, tampoco la habitación. Se suponía que íbamos a conseguir un sitio para vivir juntos.

—Quiero que dejemos de hablarnos por dos meses. Sin llamadas, ni mensajes de texto, ni nada. —Y la cosa más estúpida vino a mi mente: que eso era una doble negación.

—Pero estamos buscando un lugar para vivir juntos —dijo—. Solo faltan quince días para Navidad.

Yo quería tanto un abrazo, apoyar mi cabeza en su cuello, aspirar ese aroma: alcohol y humo y restos de gel de baño, luego derrumbarme en la cama, yo a la derecha y él a la izquierda. "Me gusta estar junto a la puerta —dijo la segunda noche que se quedó allí—. ¡En caso de tener que escapar velozmente!".

Me hizo reír mucho ese día. No voy a permitir que esto suceda. No puedo hacerlo.

"Sigue así —pensé—. Continúa. Solo estás cavando tu propia tumba".

* * *

Artículo en la página web *Your place, Your people*, 20 de octubre de 2012

Académico que ha luchado para "mantener vivo el nombre de Salmon" está muriendo

Pudimos establecer que el popular profesor que lleva a cabo un "conmovedor tributo" a la exalumna Alice Salmon está muriendo debido a un cáncer terminal.

Al profesor Jeremy Cooke se le diagnosticó cáncer de próstata, la forma más común de la enfermedad entre los hombres del Reino Unido.

Se cree que el reconocido académico decidió seguir llevando una vida normal, a pesar de su enfermedad, de la cual se supo después de una publicación anónima en un foro hecha por alguien que se autodenomina "Lobo Solitario".

"Por fortuna, las estadísticas de supervivencia para el cáncer de próstata han estado mejorando en los últimos 30 años y, si se diagnostica tempranamente, una considerable mayoría de los pacientes puede vivir por más de 5 años —explicó un cirujano retirado del Hospital de Southampton—. El pronóstico es más desalentador si se extiende a otras partes del cuerpo, como los huesos".

Los estudiantes y el personal se han unido para apoyar al hombre conocido cariñosamente como el Viejo Cookie. Una antigua colega, Amelia Bartlett dijo: "Es un extraordinario académico con un increíble intelecto. Espero que pueda aplicar su característica sabiduría filosófica a su difícil situación".

La exalumna Carly Tinsley dijo: "Él era como una leyenda, dispuesto a jugar *squash* con nosotros o a tomar una cerveza en el comité estudiantil. Siempre era generoso para brindar asesoría y apoyo. Hasta me dio vitaminas cuando tuve la influenza de los de primer año. Quisiera que la prensa dejara de perseguirlo".

Entre las opiniones expresadas de manera anónima en un formulario para estudiantes, uno de ellos declaró: "Su conferencia sobre Melanesia fue realmente asombrosa. Hizo que me decidiera a visitar esa parte del mundo, lo que debe ser el mayor premio para un antropólogo".

Otro dijo: "En la escuela los profesores hablan sobre lo que leyeron en otros libros, pero al menos él habla de primera mano. Su nivel de conocimiento sobre sociolingüística es insuperable".

Residente por largo tiempo en Hampshire, Cooke se dio a conocer por primera vez en el 2000 cuando apareció en el documental de la BBC *Nuestro origen*.

Ha sido ganador de varios premios importantes, entre ellos el codiciado Premio Merton Harvey, por haber "inspirado a los jóvenes en el campo de la antropología". Es bien conocido además por sus fuertes convicciones ambientales.

Educado en la respetada Glenhart School, cerca de Edimburgo, e incondicional colaborador para varias entidades benéficas locales, se hizo famoso por prometer "deshacerme del maldito auto e ir en bicicleta adonde sea que pueda", en una entrevista de radio para la BBC hace cinco años.

* * *

Carta enviada por el profesor Jeremy Cooke, 21 de agosto de 2012

Querido Larry:

Alice arrojó el contenido de la copa en mi cara y gritó: "Pervertido".

Me sequé los ojos con mi pañuelo. El lugar estaba tan lleno que nadie nos prestó atención. Nos quedamos inmóviles en medio de la estridencia, pero como alguien tenía que hablar, pregunté ridículamente.

—¿Cómo va tu reunión?

—Mierda, como el peor día de mi vida. ¿Otra pregunta estúpida?

—¡Vaya!

—En realidad es el segundo peor día de mi vida. Usted debe recordarlo, estaba allí, usted hizo que fuera el peor. ¡*Asqueroso*! —Nunca adivinarías lo que hizo después. Por Dios, ¡me abofeteó!—. Ahí tiene. Eso es por lo que me hizo cuando tenía dieciocho años.

La última persona que me había golpeado era mi padre, hacía más de cinco décadas, y su bofetada tenía la misma cualidad contundente y mecánica. Extrañamente, nadie se dio cuenta en medio de la conmoción.

—Me lo merecía —dije—. Si te sirve de consuelo, me arrepiento de lo que hice con cada fibra de mi ser.

—Muy poético, pero no sirve.

—No vine a hacerte daño. Estoy aquí para explicar.

Me recordaba a una comadreja medio muerta que encontré una vez en una trampa.

—No hace falta que te asustes.

—No. No me asusta ningún hombre.

—¿Quieres que te consiga un poco de agua?

—¿Agua? —preguntó como si le hubiera sugerido que hiciéramos una reservación en un restaurante—. Lo que necesito es alcohol.

Caminé hacia la barra y le llevé un trago, escogí un *gin-tonic* doble porque esa era la bebida de su madre, y cuando regresé estaba respirando con dificultad, jadeando como si acabara de hacer ejercicio.

—Solo váyase —dijo ella—. Si se va ahora, puedo decirme a mí misma que esto solo fue una coincidencia.

—Pero no lo es. Averigüé que estabas aquí por Twitter.

—¿Me siguió?

—Los mayores de sesenta *podemos* usar Internet.

—¡Por supuesto, para enviarle correos electrónicos a mamá! ¿Qué estaba pensando?

—¡Alice! Fue hacia el 2004 —interrumpí—. Tienes que escucharme.

—No, usted tiene que desaparecer de mi vista.

Sin embargo estaba fanfarroneando. No muy diferente de cuando yo repito el mantra: "No temo morir". Una sensación de urgencia me apremiaba.

—Tengo una enorme deuda de gratitud contigo. Por tu discreción. Mi vida podría haber tomado un rumbo muy diferente.

—Pues no lo hice por usted. ¿Eso es lo que cree? ¡Viejo estúpido! Me quedé callada porque no tenía idea de lo que había sucedido. No tenía la confianza suficiente como para hacer algo. Si hubiera sido ahora, habría hecho que lo ahorcaran.

Sin mentiras, Larry, dijimos que no habría mentiras, y sé que nunca te he contado exactamente lo que ocurrió esa noche. Era 2004. La comunidad antropológica estaba emocionada con el descubrimiento de los restos fosilizados de un homínido en Indonesia, *Homo floresiensis*. Era el tema de todas las conversaciones en nuestra pequeña reunión: que esta especie similar a un hobbit pudiera haber existido hace tan solo 12 000 años, con su esqueleto parecido al del *Homo erectus*, pero con cuerpo y cerebro diminutos. Nunca te he contado que después, refugiada en la seguridad de mi oficina, Alice virtualmente se derrumbó sobre mí.

—Apenas podías caminar —dije.

Ella temblaba, y en su cara se asomó una expresión de terror.

Sí, puede que yo haya cerrado la puerta con seguro, pero no por alguna razón maliciosa, sino porque ella hizo un espectáculo en la reunión y yo quería evitar que alguien más pudiera verla en ese estado. El hecho inalienable sigue siendo, sin embargo, que ningún estudiante, sin importar el género, debería haber estado solo con un miembro de la facultad estando ebrio. Mucho menos durante toda una noche. Aún obviando el tema de Liz, fue una falta colosal.

—Te llevé a la cama —dije, pero ella no escuchó. Entonces alcé la voz para repetírselo y mis palabras sonaron tan extrañas como si hubiera proclamado: "Vivo en la Luna".

Ella trató de darse la vuelta, pero obviamente no pudo hacerlo.

—¿Cómo?

—Fue necesario que usara un poco mis manos.

—Pero cuando desperté estaba... no tenía puesta toda mi ropa.

—Tu blusa estaba cubierta de vino, Alice; estaba empapada. No habrías podido dormir con ella puesta.

—¿Usted me la quitó?

—Te ayudé a que te la quitaras.

Ella temblaba y miraba sobre mi hombro a la multitud de fiesteros del sábado en la noche. "Es allí donde quieres estar, ¿cierto, cariño? —pensé—. Allá afuera en medio de toda esa vida optimista y perfecta".

—Yo solo me aseguré de que estuvieras cómoda —dije—. Cuidé de ti.

—Bien pudo haberle pedido a una colega suya que lo hiciera.

—De hecho, y viéndolo en retrospectiva, eso es lo que debí haber hecho. La relación estudiante-profesor se basa en la confianza y yo he infringido eso.

Pero, Larry, no planeé que los sucesos se dieran de esa forma. No escogí ver su cuerpo delgado y pálido, o el pellizco sombreado de su ombligo, o el llamativo color morado de su ropa interior.

Debí haber dejado el *pub* en ese momento, pero sería la última oportunidad que iba a tener para hablar con ella. No quería dejarla con preguntas.

—Fue lo mismo con tu falda —dije—. Tratabas de arrancártela y te quejabas de que no podrías dormir con ella puesta. Te ayudé a que te la quitaras.

—Asqueroso, deberían haberlo despedido.

Intenté arreglar las cosas, pero se me salió de las manos, su ímpetu se llevó por delante mi discurso cuidadosamente elaborado.

—Tenemos un código y yo lo quebranté. Me comporté de manera poco ética.

—Debí haber acudido a las autoridades. Pude haberlo denunciado.

—¿Por qué exactamente? Actué de manera irresponsable e inmoral, pero desde el punto de vista legal mi conducta fue irreprochable. Sobrepasé un límite, pero hay otros que nunca cruzaría.

Larry, yo no escogí oler su aliento azucarado o sentir sus piernas flojas que me rodeaban, ni tener que alejarme para contemplar de manera distante y abstracta la belleza de esa mujer que me recordaba a Liz, allí postrada en mi oficina.

—Usted es repulsivo, prácticamente un pedófilo.

—No, eso no es cierto, no voy a aceptarlo.

Sentí que mi ojo derecho se contrajo, una vena en mi sien palpitaba. Rara vez me he salido de mis casillas, Larry, tres o cuatro veces en las últimas dos décadas; pero cuando estallo, realmente lo hago. Una vez, después de una visita al hospital, fuimos al parque a "relajarnos", como dijo Fliss, porque las noticias no habían sido buenas, y yo golpeé una banca hasta que mis manos sangraron. Es extraño lo poco que recuerdo de ese día. Exorcizado de mi mente. Nuestra memoria (nuestro cerebro) trabaja de maneras sorprendentes; es un ingenioso mecanismo de autorregulación y autodefensa que elimina lo malo.

—Te cuidé. Cuidé de ti. —Se quedó dormida y yo le puse encima mi suéter y ella hacía ruiditos animalescos: mi gatita ciega resopladora, mi ratoncito espiguero. Encendí el teléfono y me incliné, y pude examinarla de cerca y sin interrupciones, como tanto había ansiado: espirales de cabello negro en su cuello, un diminuto lunar al lado de su cabeza, un ligero sombreado sobre su cara, como pelusa—. Te cuidé mientras dormías.

Me senté junto a ella toda la noche, su diminuto cuerpo y mi diminuto cerebro, y sostuve su mano. Afuera una brisa oscura había hecho que las ramas del olmo rozaran la ventana. Pensé en sexo, claro que lo hice, pero básicamente en lo inadecuado que era. No era suficiente como para acabar un matrimonio, ¿cierto? Una desconocida que pone una parte de su cuerpo contra el tuyo y la mueve un poco. Humedad contra humedad, eso es todo.

—Usted pudo haber hecho cualquier cosa —dijo ella.

—Pero, Alice, habría sido una abominación.

—¿Está mintiendo?

—No —dije.

Ella buscaba con la mirada a sus amigas, mientras permanecíamos conectados por la soledad.

—No creería cuántas veces estuve a punto de confrontarlo sobre esa noche —dijo—. Siempre me acobardé.

—Siempre me simpatizaste. Incluso cuando eras una estudiante de primer año, sentía que debía protegerte, por tu madre. Te pareces tanto a ella.

—Hoy vi el correo electrónico que le envió a ella, lo leí. ¿Lo llamaba *Jem*? ¡Ustedes dos son asquerosos!

—Por Dios, Alice. No nacimos viejos.

—Mi papá es más hombre de lo que usted jamás podrá llegar a ser.

—No lo dudo. —Ella estaba desviando la conversación, pero yo tenía que quedar en paz, de modo que seguí insistiendo con torpeza—. El asunto es, o fue, que la preocupación que sentía por *ti* se manifestó de manera engañosa.

Una cosa fue la noche de la que hemos estado hablando, pero además puede que recuerdes haber recibido una nota anónima durante la semana de bienvenida a los de primer año. Me temo que yo la escribí.

—Maldito.

Larry, humedecí mi pañuelo y lo pasé varias veces por su frente, hice que bebiera agua y le sostuve el pelo hacia atrás cuando se dejaba caer hacia un lado para vomitar. Luché para no dormirme porque tenía que asegurarme de que no se asfixiara con su propio vómito, mientras un presentador de voz monótona conversaba con una sucesión de radioescuchas que llamaban para hablar sobre la política de reciclaje de la ciudad y la amenaza de los zorros urbanos. La luz del día se coló a través de las persianas cerradas y vi su desteñida falda de color marrón sobre el piso, retorcida y arrugada como una cuerda, pensé: "¿Es esto lo que se supone que es ser un hombre? ¿Todos esos millones, miles de millones de años de evolución y esto es todo lo que somos?".

—Estoy aquí para disculparme.

—Una disculpa no es suficiente.

—Es un comienzo —dije—. Y es todo lo que tengo. Lo lamento profundamente.

Ella miraba la mesa del *pub*, siguiendo las líneas de la madera con su dedo. Cuando era niño siempre me pareció asombroso que se pudiera calcular la edad de un árbol por los anillos en la madera; fue una de las primeras ocasiones en que aprecié el poder de la ciencia para ofrecer respuestas. Otras revelaciones daban vueltas en mi mente: El problema de Liz con la bebida, su intento de quitarse la vida, pero no me correspondía a mí contárselas.

—A decir verdad nunca puede ser algo del todo malo —dije.

—¿Por qué le envió hoy un correo electrónico?

—Alice, cuando me enteré de que estabas en la ciudad revivieron en mí muchas emociones. Dicen que la muerte de un hombre viejo nunca es una completa tragedia pero, diablos, no estoy tan viejo. No lo siento así en cualquier caso. —Sentí un estremecimiento de temor—. Cáncer de próstata, tengo cáncer de próstata.

—¿Se supone que eso debe hacer que sienta lástima por usted?

—No se supone que deba hacerte sentir nada. Es lo que es. Una de las expresiones favoritas de tu madre solía ser "observa a tus monstruos". Tú lo has hecho esta noche. Estoy orgulloso de ti.

Estábamos a apenas un metro de distancia, pero bien podría haber sido un kilómetro; era como si ella me estuviera mirando a través de un cuerpo de agua. Sentí una curiosa liberación, había dejado ir algo.

—Le dejé a mi mamá un mensaje después de que leí su correo, uno no muy agradable.

—¿Por qué no la llamas para tranquilizarla? No debes permitir que el sol se ponga sin haber resuelto las cosas con ella.

—No puedo, es demasiado tarde, saldría mal. La llamaré en la mañana. No es asunto suyo.

—Alice, prométeme una cosa —le imploré—. No hagas esta noche algo de lo que puedas arrepentirte el resto de tu vida.

—Maldita sea.

Ella moqueó un poco, a punto de llorar, y sentí un dolor en las tripas, en mis pelotas, una punzada, memoria muscular. Tiempo, Larry, se me estaba agotando el odioso tiempo. Había tenido 65 años para ser una mejor persona; ¿cómo pude haber desperdiciado semejante oportunidad? La Policía ha estado presionándome también, ¿puedes creerlo? A *mí*.

Aparentemente Liz se apareció en la estación, ebria, según pude deducir, y lanzó una serie de acusaciones en mi contra. Sin embargo no era muy difícil dejar rezagados a ese montón de bufones incompetentes. Mi intención es revelar información en mis términos, cuando yo lo decida.

—No vas a hacer algo estúpido, ¿cierto?

—Eso es irónico viniendo de usted.

Tenía razón. Estaba pensando si debía ponerme detrás del volante de mi auto atiborrado de whisky. Me sentía en un espacio nuevo y alterado: una calma estilo zen que bordeaba lo existencial. Lo había hecho.

—Esa frase que tienes en tu página de Facebook me llamó mucho la atención, que la verdad duele por un instante, pero las mentiras duelen por siempre.

En la mañana, Larry, me levanté para irme, pero ella se veía tan indefensa. Me agaché y la besé suavemente en la frente.

—Adiós, Alice —susurré—. Adiós, querida.

Ella se despertó asustada, confundida y desconcertada, luego se fue de mi oficina y nunca habló sobre esa noche durante los tres años que estuvo en la universidad. El destino en gran medida conspiró para mantenernos separados, concediéndonos solo unos cuantos encuentros fortuitos y dolorosos para ella.

—Esto no termina aquí —dijo ella. Una canción que yo conocía terminó y otra comenzó a sonar—. Apuesto que se emocionó bastante después de haberme manipulado como lo hizo, ¿cierto?

Podía sentir que la cólera y la hostilidad brotaban en mí. Obviamente no esperaba gratitud de su parte, pero ¿qué habría preferido ella? ¿Que la hubiera arrojado a los lobos? Decidí salir a dar un paseo para aclarar mi mente. El río estaría agradable, silencioso, refrescante, vigorizante. Cuando iba a salir, ella agarró mi brazo y me hizo girar hacia ella.

—Una pregunta, profesor Pervertido. ¿Cómo se sintió mientras me tocaba?

—Me sentí en el cielo, Alice. Como en el cielo.

* * *

**Publicación de Lobo Solitario
en el foro web Voceros de la Verdad,
20 de agosto de 2012, 23:02 p. m.**

Bastó con practicar mi acento sofisticado y aprender algunas palabras nuevas para que el viejo Devereux se sincerara conmigo. Estaba solo y tenía deseos de hablar. Le dije que en su libro Cooke se presentaba a sí mismo como el académico más importante de la universidad y, obviamente, él mordió el anzuelo y dijo que era una mierda.

Era mi tercera visita. La segunda había sido un desastre: el viejo no había dormido la noche anterior porque una ambulancia había ido a llevarse a uno de ellos de la residencia. Estuvo aletargado y amable, y eso no me servía. Hoy tenía cuerda y estaba perfecto.

—Él no está a su nivel —dije, recitando la lista de premios que este imbécil había ganado. Hasta tenía su propia página en Wikipedia, ¿qué tan vanidoso podía ser? Mencioné "sin querer" que Cooke se describía a sí mismo con la palabra "limitado".

—Le decíamos Cock. Jeremy Cock —dijo mientras la saliva se acumulaba en la comisura de sus labios. Tengo un don para ver dentro de las personas, y allí había más, solo necesitaba arrancar la costra. Entonces inventé una historia sobre cómo Cooke había estado diciendo en la universidad que él era un pelmazo—. También se acostó con la mamá de la chica en los 80. —No respondí. Alice me dijo en Caledonian Road que los periodistas usan el silencio porque todos le tememos y tendemos a decir algo para romperlo—. Mullens. Elizabeth Mullens.

Vaya, vaya, entonces el Hombre de Hielo se había tirado a la mamá de Alice y a ella. ¡Había funcionado! Me imaginé de regreso en mi habitación en el tercer piso publicando esta información, y dejé que el silencio hiciera su trabajo, solo que se escuchó un largo lamento que venía desde otra habitación y alguien que gritó: "Noooo".

—Ella trató de matarse cuando él terminó la relación. Debió haber perdido su empleo.

—Todavía podría perderlo —dije en broma—. Todavía podría.

En la tele estaban pasando *Pointless*, y yo dije alguna tontería acerca de que Mullens debió haber odiado al mundo para haber intentado hacerse el harakiri.

—Los suicidas se odian a ellos mismos más que a nada —respondió Devereux—. Acelerar el final va en contra de los planes de Dios. Ah, los planes de Dios. Otra manzana de la discordia entre Cock y yo.

—Usted es muy astuto, ¿cierto?

—Puede que el cuerpo sea débil, pero el espíritu aún está dispuesto.

Estos profesores nos hacen creer que son mejores que todos nosotros, pero son como niños. La enemistad entre él y el Hombre de Hielo comenzó aparentemente por una disputa insignificante sobre el presupuesto del departamento, y continuó durante tres décadas con riñas por becas de investigación, política, oficinas, métodos de enseñanza y todo lo que se les ocurra; esos dos siempre estaban peleando por todo.

—Él sigue en lo mismo, revolcándose —dije de golpe, en un intento de persuadirlo a que dijera más.

Uno de los encargados apareció y anunció que pronto estaría lista la cena: cordero asado.

—Sus fechorías no se limitaron a la alcoba. El plagio no es una acusación menor. Los presupuestos también fueron cuestionados, no presentaba cuentas claras. Naturalmente, puede que no haya sido nada.

—Tiene una memoria asombrosa —dije para endulzarle el oído.

No me juzguen, ¿no estábamos de acuerdo en eso de que el fin justifica los medios, y en cuanto a los profesores que se acuestan con las estudiantes y los Hombres de Hielo que matan salmones?

—La fiesta de Antropología no era la única gran tradición —dijo él—. También lo era que Cock se llevara después a una víctima ebria a su oficina.

—Destruyámoslo —susurré.

Él estaba viendo *Pointless* y había un olor como a orines.

—La chica Mullens casi se muere y ni así la dejaba en paz. Volvieron años después, ya sabes. Cuando ella estaba casada. Trataron de mantenerlo en secreto, pero yo estaba vigilándolo. Fue tres años después del amorío.

Hice las cuentas. Habría sido un año antes de que naciera Alice.

* * *

Lectura de Megan Parker en el funeral de Alice Salmon, 13 de febrero de 2012

¿Qué es morir[25]?
Estoy parado en la orilla del mar.
Una nave va con la brisa de la mañana y zarpa hacia
el océano.
Ella es un objeto y yo me quedo observándola
hasta que finalmente desaparece en el horizonte,
y alguien a mi lado dice: "¡Se ha ido!" ¿Adónde?
Lejos de mi vista, eso es todo;
sus mástiles, su casco y sus palos son tan grandes
como cuando la vi,
e igual de capaces de cumplir con su misión de llevar
la carga a su destino.

---

25. N. de la T.: Poema atribuido a William Blake.

Soy yo quien la ve más pequeña y quien la pierde de vista, no es algo que esté en ella;
y justo en el momento en que alguien dice a mi lado: "Se ha ido",
hay otros que la están viendo llegar
y otras voces gritan alegremente:
"Allí viene ella".
Y así es morir.

* * *

Fragmento del diario de Alice Salmon,
9 de diciembre de 2011, 25 años de edad

No debo dejar de escribir... tengo que ocupar mi mente... mantener a raya los demonios...

Supongo que Luke fue a casa, pero me daría lo mismo si se hubiera quedado a dormir en una banca en la estación de Balham.

—Ya no hay trenes —se quejó cuando lo eché de mi apartamento—. Es tarde.

—Entonces camina o consigue un taxi, ese no es mi problema.

Protestaba por el costo de un taxi, pero siempre tenía dinero para salir con los chicos en la noche o para las excursiones con los muchachos a ciudades europeas costosas.

Llamé a Meg tan pronto le cerré la puerta.

"Llámame, cariño —le rogué en un mensaje de voz que le dejé—. Necesito desesperadamente que hablemos".

Me senté en mi cama y los mensajes de texto comenzaron a llegar: lo siento, no puedo vivir sin ti, voy a cambiar, no volveré a hacerlo, te amo más que a nadie, bla, bla, bla. "¿Qué parte de ningún contacto *no* puedes entender?". Escribí y me sentí extraña al no firmar con una x, pero borré el mensaje antes de enviarlo.

Maldito, ¿cómo pudo?

Me acosté en mi cama y empecé a revisar las fotos en mi teléfono. Había tantas de él. ¿Había alguna parte de mi vida en la que él no se hubiera infiltrado? Una por una, oprimí el ícono de "eliminar". Luego busqué su número de teléfono y lo borré también.

Ideas extravagantes de cómo podía regresar con él daban vueltas por la habitación.

Música del apartamento de arriba. Una puerta que se cerró, la descarga de un sanitario, conversaciones lejanas en las habitaciones de Alex y Soph, de ellos y sus respectivas medias naranjas. "No se duerman —pensé—. No quiero ser la única persona despierta".

Intenté llamar de nuevo a Megan. Correo de voz. ¿Por qué no está respondiendo? "¿Y *ahora* qué pasó? —podría preguntar ella exasperada—. Nunca confíes en un hombre, Salmonette", solía decirme, y antes de Luke siempre estuve de acuerdo. Ahora lo odiaba por demostrar que ella tenía razón. "Olvídate de los tipos, las amigas son las que duran para siempre —dijo alguna vez cuando me presenté a su puerta después de una discusión dramática con Ben. Me hizo entrar, puso *Hollyoaks* en la televisión y añadió—: Todos son unos malditos dominados por sus penes". Luego sirvió vino y el dolor se fue.

Ben me había contactado unas semanas antes: un texto inofensivo preguntando: "¿Qué está pasando, Cara de Pescado?". Lo ignoré, consciente de cómo podía terminar una conversación como esa, pero ahora tomaré el teléfono con mis manos temblorosas y le enviaré un mensaje corto.

Luke, maldito bastardo, ¿cómo *pudiste*? Habíamos ahorrado suficiente dinero para un depósito y para nuestro primer mes de renta. Lo habíamos puesto en una cuenta bancaria conjunta (Señorita A. L. Salmon y señor L. S. Addison), periódicamente revisábamos el saldo y, al comprobar que aumentaba, se desbordaban nuestras conversaciones sobre "el apartamento", un concepto cada vez más real en la medida en que nos paseábamos por Wandsworth y Lambeth, y por las áreas baldías de Denmark Hill, e incluso en la hermosa Pimlico, para ver cómo vive la otra mitad; para decidirnos por Tooting Bec, que nos pareció económico, pero en constante ascenso ("Es el próximo Shoreditch", nos aseguró un agente inmobiliario con optimismo). Esperábamos conseguir algo con dos habitaciones, pero podíamos aceptar solo una. Ojalá algo nuevo, no reformado. Preferíamos que no hubiera nadie arriba para evitar el ruido. Los dúplex estaban descartados. Un jardín habría sido algo bueno, pero si no había no íbamos a romper el trato por eso. El único que lo había roto era Luke. Me había roto el corazón.

"Podría ir a Australia —surgió como una breve luz de positivismo—. Solo tengo veinticinco años". Sabía que era un error sentar cabeza a los veinticinco años. ¡Eso lo hacen los de treinta! Pero el brillo se apagó igual de rápido. ¿Qué tan divertido podría ser sin Luke?

Necesitaba aire. Salí a caminar. A menudo cuando estaba afuera en Clapham Common, entraba a Facebook o a Twitter y buscaba a amigos de mis amigos o a seguidores de mis seguidores en círculos concéntricos hasta llegar a completos extraños, luego les enviaba un mensaje que decía: "Hola, ¿cómo estás?". O en caso de que pensaran que era *spam* les enviaba uno personalizado que dijera algo como: "¿Cómo estuvo el teatro?", o "Me gusta ese vestido que tienes en la foto de tu perfil". Una noche, alguien desconocido preguntó: "¿Dónde estás?", y yo contesté: "Junto al estanque en Clapham Common mirando el agua"; allí terminó esa conversación. Meg dice que es raro conversar con personas que no conozco, pero vivir en una ciudad ya es raro, enjaulados como gallinas ponedoras, durmiendo a centímetros de desconocidos, enviando correos electrónicos a colegas que están sentados a solo unos metros de uno.

"¿Por qué no me llamas, Megan?".

—Nunca tendrán lo que tenemos nosotras —dijo ella alguna vez cuando éramos adolescentes—. Sin importar a quien conozcamos o con quien nos casemos, nunca van a tener lo que tenemos nosotras.

El tráfico se desvaneció y no lo llamé ni le envié mensajes de texto. Me aferré a esa migaja de control. Abrí mi portátil y me obligué a escribir. Hice lo que Luke solía hacer, resumir los hechos usando el estilo de un periódico sensacionalista.

La chica arrojó por la ventana abierta el árbol de Navidad en miniatura.

La chica sentía un viejo y conocido desinterés, casi como si estuviera flotando.

La chica permaneció despierta preguntándose adónde se había ido el zorro que había sido su amigo alguna vez.

No permitiré que él me arruine la Navidad. La he estado esperando con ansias, ver a mi gente, la comida de mamá, jugar a la tía Alice. Cuando tenía dieciocho, no podía esperar para dejar los suburbios, pero ahora, cuando estoy estresada, pueden ejercer una atracción casi magnética sobre mí: *mi casa*. La habitación en la que yo y Meg ("Es Meg y yo", insistiría mamá) pasábamos las largas y perezosas tardes de domingo, bicicletas zigzagueando por la calle, el olor de los asados, el sonido de flautas mal tocadas, números en las pantallas de los computadores y familias reunidas en los cenadores en las noches, gatos en las entradas y prados cubiertos de rocío en las mañanas, esperando el tintineo de las llaves, niños gritando a manera de amorosa exigencia: "Mamiiii". ¿Qué opinarían mamá y papá de esto? A ellos les agradaba Luke. Seguramente ya no será así después de que les muestre al verdadero Luke, su aversión al trabajo duro, su indecisión acerca de su carrera, su vulnerabilidad infantil, su mal carácter. Bueno, podríamos agregar a la lista su incapacidad patológica para ser fiel.

¿Cómo pude ser tan tonta? Estúpida, estúpida.

"Imbécil", grité y cuando dejé de escribir por unos minutos apareció el protector de pantalla: una foto de Luke con gafas de sol tomada desde abajo. Me enfureció verlo ahí. Borrar.

Finalmente dejé incluso de leer sus mensajes. Deslizaba mi dedo sobre la pantalla para que apareciera la pestaña roja de borrar y luego ya no estaban.

Entonces, ¿eso era todo? Dieciocho meses. Un restaurante griego en Dean Street. Un amigo de un amigo suyo. Una imprudencia de un hombre al que yo no conocía y probablemente nunca volveré a ver.

No iba a llamarlo, ni a mandarle mensajes de texto, ni iba a llorar y no iba a permitir que *ESO* apareciera de nuevo.

Cumplí los dos primeros.

Me obligo a escribir y la ironía me golpea. Borré todas sus fotos de mi teléfono y aquí estoy, poniéndolo de nuevo en mi computador. Me obligo a continuar, aunque mis manos son un par de pesos muertos, unas masas de carne gordas, pálidas y manchadas.

Clichés. Todos son clichés.

La chica de veinticinco años se odia a sí misma, pero odia aún más a Luke Addison.

Eventualmente, el ruido del tráfico se detiene y no lo llamo ni le envío mensajes de texto.

Golpeo las teclas con mis manos gruesas y los sentimientos desordenados y confusos dentro de mi cabeza se convierten en caracteres en la página. La habitación da vueltas. No estoy borracha pero eso vendrá después.

Sigue escribiendo, Alice… no te detengas.

Necesito concentrarme en las cosas buenas. La Navidad, y también está la reunión en febrero en el Hampton. ¿Es así la infelicidad? ¿Van a ser así las cosas después de los veinticinco años? Aferrada a fechas importantes para poder continuar.

Un mensaje de texto de Ben. "¿Qué hay de nuevo? ¿Cuándo nos juntamos?".

Cuando era niña solía imaginarme las crisis amorosas: creía que no podía ser una mujer sin haber vivido una. Escribí poemas sobre ellas, llenos de estupideces teóricas idealistas. Pero esta es la realidad, no tener idea de si el odio supera al amor y, sobre todo los detalles desagradables prácticos, no saber si debo dejar mi teléfono encendido o no, y lo que debo decir si algún colega me pregunta por Luke en el trabajo, y qué hacer con nuestras entradas para el Globe del próximo jueves.

Luke Addison es un mentiroso.

Esa es mi palabra del día para el diario. Mentiroso. O maldito. O Praga. O infiel. O ingenua. Mucho de dónde escoger. Esta va ser la última vez que escriba en mi diario por un tiempo.

Quisiera que estuviera muerto. Quisiera estar muerta.

Meg todavía no me devuelve la llamada.

"Por tus lados la primera semana de febrero x", le contesté a Ben con la sensación de satisfacción de haberle ganado una a Luke, rápidamente superada por un sentimiento vacilante de culpa.

Afuera, el silencio, o lo más parecido al silencio que puede haber en una ciudad en la noche. "Hola, mis viejos amigos", les dije a la noche y al casi silencio y al cansancio áspero detrás de mis ojos, porque no puedo soportar escribirlo.

Escribiré una última frase en este momento: "Haré que Luke se arrepienta de esto aunque eso me mate".

* * *

Carta enviada por el profesor Jeremy Cooke, 7 de septiembre de 2012

Larry:

No se me reveló en medio de un sueño o de una delirante meditación nocturna. No estuvo acompañada por truenos y relámpagos o por coros celestiales. No hubo un paisaje romántico, simplemente una caminata por el bosque con la perra. Un discreto telón de fondo para una revelación en potencia muy importante. Un asesinato.

Verás, sé lo que le sucedió a Alice. Fue uno de esos hallazgos imprevistos pero épicos. Supongo que se parece a lo que sentiste cuando te topaste (no soy justo contigo, lo tuyo no fue por casualidad, sino el producto de años de trabajo exhaustivo y sistemático) con el teorema de Gutenberg. Un destello de (y perdóname por usar el término para hablar de mí) inspiración. Fue lo más cercano que he tenido a un momento de verdadera inspiración.

"No puede ser", me dije. Simplemente *no podía*. Pero ¿cuál es el trabajo de nosotros los científicos, Larry, si no es pensar en lo impensable? Solo en aras de la discusión, propuse: "¿Y qué tal si?".

El asunto es que, una vez que uno ha tenido una idea original, las puertas de la imaginación se abren. Todo se filtra a través de ese prisma. Como fichas de dominó que caen. Fue así como, después de que se mapeó el genoma humano, un abanico de oportunidades se hizo realidad, incluso descifrar nuestra predisposición a enfermedades. Ese descubrimiento maravilloso llegó muy tarde para mí, pero nuestros descendientes podrán dar enormes pasos.

Todo el mundo es un detective aficionado en estos días, sin embargo, la Policía ha tenido un enfoque equivocado. Es como cuando uno busca algo específico en una habitación: uno *no* puede cerrar parcialmente los ojos a todo lo demás.

La manera lógica y probable en la que ellos han asumido la tarea (construir teorías, luego intentar probarlas o descartarlas) estaba supeditada a que una de esas teorías en realidad fuera correcta. La ciencia nos deja libres para observar (de hecho nos ordena que observemos) las situaciones desde ángulos obtusos.

Al discutir los méritos de mi trabajo, la mecánica del "proyecto Alice", esta persona cometió un error, una aseveración insensata pero aclaradora.

—Podemos hacer de Alice la persona que queramos que sea —dijo despreocupadamente—. Podemos inventar una persona y reinventarnos en el proceso.

Larry, tuve muchas ganas de mandarte una nota corta de inmediato, pero hay trabajo por hacer. Me han atacado antes debido a una hipótesis mal preparada. Hay evidencia por recoger y argumentos que debo poner en orden. Tengo que asegurarme de que sea a prueba de bombas. Sin embargo estoy convencido, como con todos los problemas al parecer más obtusos e impenetrables, la solución es sorprendentemente obvia.

Fliss y yo vamos a salir esta noche: el bien recibido montaje de *La tempestad* en el teatro Mayflower. Siempre me he sentido atraído por el más enigmático de los protagonistas, Próspero: como un dios, como un niño, amo de su universo, excomulgado, lisiado por amor y por la falta de él, con defectos pero capaz de perdonar. Pero no te preocupes, mi viejo amigo, no me dejaré afectar por esta muestra de benevolencia. La justicia debe prevalecer.

La quinta sinfonía de Mahler, una taza de Earl Grey, el borrador de mi carta de renuncia (una que había comenzado a escribir tantas veces antes) frente a mí. Esta no es una mala vida. Notas de la estructura de mi libro, el libro de Alice, algo de desorden sobre mi escritorio. Después del paseo por el bosque de esta noche, sospecho que puede haber un final inesperado.

* * *

Mensajes de texto enviados por Alice Salmon, 4 de febrero de 2011, entre las 23:47 p. m. y las 23:59 p. m.

Para Ben Finch:
Tienes razón, somos algo que va pasando y se detiene... ¿estás ahí?
¿Quieres que nos veamos en nuestro sitio preferido?

Para Megan Parker:
Perdóname por ser una pésima amiga. Te amo. x

Para Luke Addison:
Eso no salió como quería, soy una imbécil.
Debes estar odiándome. ☹

Para Elizabeth Salmon:
¿Cómo pudiste? ¿Cómo pudiste?

Para Luke Addison:
No decía adiós sino que me ahogaba[26].

---

26. N. de la T.: Título de un poema de Stevie Smith que ha sido inspiración para varias canciones y una película.

Sexta parte

Las cosas que hacen que tú seas tú

Publicación del blog de Megan Parker, 26 de octubre de 2012, 17:15 p. m.

Leí en Twitter esta mañana que estoy demente.

Me hizo soltar una carcajada. En serio. Hay que reírse para no llorar. De otro modo este asunto me hundiría.

Después de que perdimos a Alice, su familia fue la primera en quedar bajo el foco de los medios. Luego fue cualquier hombre con el que ella hubiera hablado siquiera; dependiendo de la publicación eran "exnovios", "compañeros románticos", "con intereses románticos" o "conquistas". Luego las amigas entraron a la lista de blancos legítimos, y yo estaba encabezándola. Era una presa fácil.

Hubo una época en la que no podía salir del apartamento, un nutrido y amistoso grupo de periodistas acampaba afuera, se llevaban café de Starbucks unos a otros y me saludaban cada vez que abría la puerta accionando sus cámaras y gritando "Megan, Megan, ¿cómo te sientes hoy, Megan?".

Un adulto que fallece nunca obtiene tanta cobertura como el caso de un niño muerto, pero un editor llegó a afirmar incluso que nuestra historia tenía "algo de tragedia shakespeariana: dos casi hermanas separadas abruptamente por la muerte".

Es curioso que ellos crean que son expertos en mí. Nunca me había dado cuenta de que tengo "la clásica crianza suburbana", que soy "una típica libra", que mi tristeza demostraba al mundo "una carga insoportable".

Desempolvaron a los especialistas en terapia del duelo, y hubo artículos ilustrados con dibujos coloridos e infografías. "Lidiando con una pérdida". "Qué esperar cuando muere tu mejor amigo". "Celebridades que han perdido a sus mejores amigos".

Traté de colaborar, me obligué a mirar a las cámaras, respondí sus preguntas porque, como con las avispas en un frasco, temía indisponerme con ellos. Cuando me salió el tiro por la culata, me negué a dejarme llevar, pero eso no hizo ninguna diferencia: decidieron desde su perspectiva de todos modos.

Después de haberme hecho ver como una tonta, un sitio web mostró una foto de mi mamá y mi papá "tomado un descanso de apoyarme", decía el subtexto malicioso, como evidenciaba el pie de foto: "Los padres de Parker disfrutan de un paseo a la playa en Devon", pues parece que ellos no tienen derecho a salir un fin de semana para su aniversario.

Iba mucho más allá del caso en cuestión. Temas como la paternidad, la amistad, el cómo los centros de nuestras ciudades se han convertido en lugares prohibidos los viernes y los sábados en la noche, todos son un blanco fácil si Alice es el "gancho". Viendo la oportunidad, un periódico serio aprovechó para titular un artículo "La historia de Salmon resalta la impotencia de Leveson". Aparentemente yo genero cuestionamientos interesantes.

Se me olvida lo que he dicho y lo que no. Estoy agotada con esto, y ellos siguen rondando como chacales, buscando darle un mordisco más a la carcasa, otro giro, un poco más, la continuación.

Ha habido interpretaciones, extrapolaciones y exageraciones (Alice habría dicho que eso le recuerda el eslogan de *Just a Minute*[27]), excesos de lógica y fe ciega; dos más dos ha llegado a sumar cinco de una manera creíble. ¿Por qué permitir que los hechos se interpongan en el camino de una buena historia?

Leí en alguna parte que renuncié a mi trabajo no debido a mi deseo de retomar mi educación formal, sino porque todo esto me había dejado incapaz de trabajar. Algunos compañeros de trabajo habrían contemplado cómo me convertía en una "sombra de lo que

---

27. N. de la T.: Programa de concurso con panelistas invitados.

fui", y en alguien "en peligro de derrumbarme por el peso del dolor".
Ha habido muchas fuentes anónimas.

Solo esta semana, un blog dio a conocer la "noticia", en medio de
información sobre Jay-Z y Jim Davidson, de que Alice y yo fumába-
mos marihuana "con regularidad". ¿Desde cuándo tres o cuatro veces en los últimos diez años se considera un consumo regular? ¿En
qué se basaron? En una frase de un amigo en común (no te preocupes, Nik, no estoy enojada contigo; fuiste una víctima inocente).

Entre las ventanas emergentes, anunciando descuentos del 50 %
en zapatos, demandas de lesiones personales, las promesas de
perder tres kilos en siete días, yo había dado mal mi apellido, mi
edad y había cambiado mi lugar de residencia a Cambridgeshire.
Según ellos, mi padre no era el gerente de una tienda de muebles
sino de una empresa de tapicería. Yo había crecido en una casa se-
miadosada. Las vacaciones que pasé con la familia de Alice, cuando
tenía once años, fueron en Grecia, no en Turquía. Incluso las cosas
buenas que dicen son falsas: nuestra niñez no fue "de ensueño", fue
una infancia típica y normal y es un error pretender cambiarla.

Me han llamado fanática religiosa, chica fiestera, una mandadera
de relaciones públicas, una veinteañera común y corriente. Lo que
ha sucedido conmigo es similar a lo que le ha pasado a Alice. Pero
debo dar gracias por las cosas buenas. Estoy aquí para leerlas.

Algunos sitios, tal vez porque creen que ese ángulo va a tocar la
sensibilidad de sus lectores, han instado a la opinión pública a que
me deje en paz. "¿Cuánto más tendrá que soportar esta mujer?",
preguntaron.

Puedo entender por qué la naturaleza interminable de las noticias
agotaba a Alice con frecuencia.

—Nunca duermen —me dijo alguna vez—. ¡Igual que yo!

Por cada persona que habla bien de mí, hay otra que opina lo
contrario, que participa cuando soy el tema de conversación en las
salas de chat, junto a la doble recesión o la limpieza de los mante-
les en TripAdvisor; calificativos de "valiente" enfrentados a "destrozada", "leal" contra "falsa", "normal" contra "rara".

He llegado a entender por qué las celebridades tienen asesores. Nunca ha sido mi área de trabajo en relaciones públicas, esa labor taimada y furtiva de impulsar nombres a los medios (o mantenerlos alejados de ellos); esas movidas ocultas por las cuales Max Clifford era tan conocido, antes de que la fiera de los medios que él había domado lo atacara. Se lo merecía, eso es lo que se gana por nadar con tiburones.

¿Tendrán suficiente de mí? Con seguridad pronto caerán sobre su próxima víctima como una nube de langostas. ¿No recibieron ya lo suyo? Por favor, déjenme en paz.

Ingenuamente creí que sería útil escribir en el blog, pero eso solo ha avivado las llamas, y por eso esta es mi última publicación. Además, ya está aquí aquello en lo que *tienen* que concentrarse. La manera en la que Indiana Cooke está capitalizando una desgracia. "Una perspectiva única del caso de Alice Salmon", es lo que promete la campaña de expectativa para este libro. "La sorprendente versión de un testigo de primera mano sobre el caso del que está hablando todo el país".

Presintiendo un éxito de ventas, los de la editorial anunciaron que podría estar en las librerías el próximo verano, o incluso en primavera. Deberían sentirse avergonzados. Él también, ese bicho raro, presumido y autocrítico: chupando las patas de sus anteojos y diciéndole a sus entrevistadores que habrá otro capítulo en esta triste saga.

Las relaciones públicas le enseñan a uno a apegarse al libreto, pero a veces hay que hablar desde el corazón. "Escúpelo", solía decir Alice, y lo haré, lo haré.

Siento mucho si mi dolor no es suficiente para ustedes, si no es el tipo apropiado de dolor, pero por favor, déjenme en paz. Nadie sabe cuánto he perdido.

Se deshabilitaron los comentarios para esta publicación.

* * *

Carta enviada por Robert Salmon,
3 de septiembre de 2012

Harding, Young & Sharp
3 Bow's Yard
Londres EC1Y 7BZ

Señor Cooke:

Se me ha encomendado la tarea de escribirle en nombre de mi familia.

Deseo manifestar que en ningún momento autorizamos, aprobamos o aplaudimos el contenido de su libro. Hay una palabra que usted no podrá usar en la cubierta, autorizado.

Mi madre no deja de hablar acerca de una descripción que vio acerca del libro: "una combinación entre una lectura apasionante y las ciencias sociales".

"Es más bien la profanación de tumbas", afirma ella. Qué manera tan peculiar de pasar la vida, desenterrar a los muertos.

Es un maldito, Cooke. Envío adjunta una copia impresa del borrador de un correo electrónico que escribió Alice y que aparentemente nunca envió, del 10 de diciembre de 2004. Apuesto a que usted no incluirá esto en su libro "completo". Sí, usted se queja mucho sobre la verdad; bueno, publique esto, así sus afirmaciones pueden parecer menos falsas.

Alcancé a escuchar el final de un programa en Radio 4 recientemente en el que pontificaba acerca de "reparar los errores" y su confianza en la justicia. Bueno, la justicia no nos ha ofrecido respuestas aún, entonces tal vez sea algo ridículo después de todo.

He cumplido con mi deber filial al informarle acerca de nuestra posición sobre el libro. Lo que mis padres no me pidieron que le dijera, pero lo haré, es que mamá no se ha acercado siquiera a un trago por algunas semanas y ha prometido no volver a hacerlo. Estamos increíblemente orgullosos de ella.

Escúcheme, estoy haciendo lo que prometí que no iba a hacer: mantener un diálogo, conversar, explicar. Es cierto lo que dicen, usted atrae a las personas. Pero no permita que su famoso ego se desborde. Mamá dice que usted significa para ella menos que una mota de polvo. Esas fueron sus palabras.

En cuanto a mi padre y yo, reconocemos a un viejo verde tan pronto lo vemos; en realidad sentimos lástima por usted. No se deje llevar por el autoengrandecimiento o por un exacerbado sentido de grandeza, profesor. Enterarnos de lo suyo con mi madre fue un golpe relativamente menor, considerando la tragedia que hemos vivido.

Comencé a escribir esto con la intención de que fuera una notificación legal, pero parece que se ha transformado. Alice solía decir que yo era un abogado ultraconservador. "Arriésgate de vez en cuando, Robster —me decía ella—, te hará bien". Lo haré. Tengo una confesión: le envié un mensaje de voz el 24 de mayo que no debí haberle dejado. Me disculpo por eso.

Al margen de eso, tenga presente nuestra advertencia acerca de dejar en paz a esta familia, porque no voy a entrar en detalles aquí sobre lo que mi padre ha prometido hacer si usted ignora esta solicitud.

Si intenta molestarlos, ya no estarán aquí. Quieren comenzar de nuevo, mudarse, cambiar sus números de contacto, hacer borrón y cuenta nueva. No va a encontrarlos, profesor, y mamá dice que puede poner eso en su pipa y fumárselo; dice que usted, junto al resto del mundo, pueden irse al diablo; dice que Alice, la *verdadera* Alice, va a vivir más tiempo en el corazón de ella que en cualquier libro. Y que usted puede meterse eso donde prefiera, en algún lugar donde no le llegue la luz del sol.

A propósito, ninguno de nosotros tiene la más mínima intención de leer su libro.

Atentamente,
Robert Salmon

* * *

Correo electrónico enviado por Alice Salmon, 3 de febrero de 2012

De: Alicethefish7@gmail.com
Para: Lukea504@gmail.com
Asunto: NOSOTROS
Adjunto: Lemmings.jpg

Hola, señor L.:

He estado pensando en nosotros, de hecho no he pensado casi en ninguna otra cosa los últimos dos meses y he llegado a una conclusión.
No voy a decirte mentiras, he estado dándole vueltas y creo que nunca voy a dejar de odiar lo que me hiciste, pero no te odio.
No puedo. Te amo. Te amo y lo demás son detalles. Necesito más tiempo antes de que hablemos, pero es importante que lo sepas ahora. Eso es todo.

Cometiste un enorme error egoísta, pero no soy paradigma
(¡búscalo en el diccionario!) de virtud y no estoy lista para permitir
que mi orgullo arruine nuestro futuro. No te asustes, no me estoy
poniendo trascendental, tomemos las cosas con calma antes
de reconsiderar siquiera irnos a vivir juntos, pero es eso lo que
podríamos tener: un *futuro* juntos.

¿Recuerdas el día que subimos al Ojo? Quiero más días como
ese. Fue de lo mejor. Arriba en el cielo, volando; Londres, *nuestro*
Londres, extendiéndose bajo nosotros. Fingí estar contemplando
el río, el Parlamento y la ribera sur, pero era en ti en quien estaba
absorta y me inundó la emoción al darme cuenta de que *algunas
chicas pasan toda su vida esperando esto.*

He estado en un trance durante estos dos últimos meses:
del trabajo al gimnasio y luego ver a las chicas. No es que no
haya estado ocupada, pero todo ha sido monótono, común,
sin nada brillante o destacable. Me siento muy viva cuando estoy
contigo y, cuando recuerdo eso, mi decisión parece increíblemente
simple. El hecho es, señor L., que quiero que estemos juntos,
y no por que me asuste la alternativa: lo superaré, estaré bien,
ambos lo estaremos, pero ¿quién quiere superarlo? ¿Quién quiere
estar apenas bien? Al diablo todo eso. Merezco más que eso.
Ambos lo merecemos.

Tengo que irme en un minuto, el jefe me está buscando por una
historia. Llamaré a este hombre que aparentemente llegó a casa
del trabajo anoche y encontró una doble línea amarilla pintada
a lo largo de su entrada. Voy a registrar las palabras que él
use: supongo que dirá cosas como "impactado" e "indignado"
y "burocracia enloquecida". ¡Y dices que soy una persona de
ambiciones! Acabo de marcar tu número en el teclado de mi
teléfono (puede que lo haya borrado de mi lista de contactos,
pero lo tengo grabado en mi cabeza) y estuve a punto de llamarte.
Es muy difícil *no* hacerlo. Puedo imaginar cómo sería cuando

me escucharas: el tono de tu voz, tu cadencia (¡búscalo en el diccionario también!). Pero necesito más tiempo y espacio para entender lo que sucedió (no nos digamos mentiras: lo que *tú hiciste*) y tienes que respetar eso. ¿Puedes hacerme ese favor? Nuestros dos meses se cumplirán la próxima semana y tiene un cierto encanto volver a encontrarnos, una simetría, pero no debes presionarme, Luke.

Además, a una parte de mí le atrae bastante la idea de esperar para hablar contigo, de ansiar que eso suceda. Lo tendré en mente todo el fin de semana cuando salga a recorrer el Hampton (¡va ser todo un desorden!).

Va a ser mi secreto, nuestro secreto. ¿Me hace parecer una loca de atar? ¿No lo somos todos un poco? Especialmente cuando estamos enamorados. Porque, ¿no lo había dicho? TE AMO.

Ax

P. D.: Todo esto suponiendo que en verdad quieras seguir saliendo conmigo, por supuesto, porque puede que hayas conocido a alguien más inteligente y más bonita en las últimas ocho semanas. ¡Pero necesitarías más de ocho semanas para encontrar a alguien que se aguante tus incesantes críticas a las películas y tu obsesión con planchar las camisas!

P. P. D.: ¡Si vuelves a hacer algo así te arrancaré las pelotas!

P. P. P. D.: Te amo.

* * *

Correo electrónico enviado por Elizabeth Salmon, 8 de octubre de 2012

De: Elizabeth_salmon101@hotmail.com
Para: jfhcooke@gmail.com
Asunto: Ella

Querido Jem:

Apuesto a que no esperabas volver a saber de mí, ¿cierto?
Nunca creí que volvería a contactarte. Nunca esperé nada de esto.
Bueno, no te preocupes, pronto dejaré de molestarte. Pero después
de hablar con Meg me sentí obligada a enviarte este correo.
Agradezco que ustedes dos ya no se vean, pero tienes que dejar
a un lado tus tontos prejuicios. Ella me ha abierto los ojos.

—Perdóname por no haberte contactado recientemente
—dijo ella—. A veces es fácil evadir los recuerdos.
Cuanto más tiempo lo aplazo, más difícil se hace.

—Cariño, ven aquí —le dije. Ella se derrumbó en mis brazos y al
inhalar profundamente lo percibí: un olor que me recordó a Alice.

La visité con el pretexto de regresarle el libro de Kazuo Ishiguro.
Pobrecita, siendo evidentemente incapaz de golpear lo dejó afuera
de mi puerta una noche, pero me imaginé que si Alice se lo dio,
fue porque ella deseaba que Megan lo tuviera.

—Todavía la extraño a diario, tía Liz.

Habían pasado más de diez años desde que me dijo así: la palabra
"tía" dicha de manera sencilla, exactamente en el momento en que
Alice dejó de llamar a la mamá de esta chica "Tía Pam".

—Dicen que uno nunca se recupera, que nunca lo supera. Que uno
aprende una nueva realidad, que aprende a adaptarse. —Sobre
la mesa, cigarrillos, un frasco ámbar de tabletas, periódicos del

fin de semana, titulares sobre el debate del presidente Obama
con Mitt Romney, un choque de ferris en Hong Kong, una
mujer de Georgia que supuestamente murió a los 132 años.
Su nueva realidad—. No es algo de lo que haya que avergonzarse,
las cicatrices nos hacen quienes somos.

La presencia de Meg estaba haciendo que la ausencia de Alice fuera
más real. El hecho de estar ella viva hacía más evidente que mi hija
estaba muerta: le daba color y profundidad a su lejanía. Recordé
sus voces en el segundo piso. Sus chillidos de risa, sus murmullos,
sus planes, sus cantos, cuando ahorraban para sus patines
Rollerblade. Más adelante, cuando se alistaban para salir en la
noche, horas frente al espejo, unas chicas emocionadas e intrépidas.

—Algunos padres bautizan las estrellas como sus hijos muertos
—dije—. La próxima vez que haya una noche despejada, mira hacia
arriba, Meg. Hay toda una galaxia de nuestros hijos allá arriba.
—Cada una limpió las lágrimas que corrían por la mejilla de la otra;
la piel que Alice había tocado—. Algún día, querida, tendrás bebés
hermosos que te traerán tanta alegría como Alice me dio a mí.

—¿Por qué lo hizo, tía Liz?

Seguí pasando mi pulgar sobre su cara, como si estuviera tratando
de borrar una mancha invisible.

—¿Por qué ella escogió *este* camino? Ella no tenía que…

Me tomó algunos segundos entender a lo que ella se refería,
algo dentro de mí se activó de nuevo.

—Cariño, fue un accidente.

—Lo siento, tía Liz, pero no podemos ayudarnos a menos que
seamos honestas.

—Alice nunca habría hecho eso.

—Pero lo hizo.

—No debes decir eso.

—Lo siento si soy yo la que tiene que hacerlo, pero no podremos seguir adelante hasta que enfrentemos esto. No debes sentirte avergonzada. Las personas se matan… quiero decir, se quitan sus propias vidas por un millón de razones. Es muy difícil de comprender, pero en últimas fue una decisión que ella tomó.

—Mi hija no era así.

—No tiene que ver con cómo era ella, no hay un patrón. Cualquiera podría llegar a ese punto. —Un pánico susurrante se enrolló alrededor de mí, nunca iba a volver a ver a Alice—. Ella me contó lo que hiciste cuando estuviste en Southampton. Cómo tú… ya sabes… cómo… me contó que a su abuelo se le había escapado.

—Eso fue hace treinta años.

Jem, dicen que no hay secretos en esta era de Internet, pero los hay. Recibí un mensaje de texto de Alice.

El oficial me dijo que se llamaba análisis de torres de antena. Recuperación de datos forenses. Los mensajes de texto, las llamadas, incluso el historial de navegación en Internet de Alice se volvieron de dominio público, ya sea porque los investigadores los revelaron o porque fueron filtrados o compartidos por aquellos con quienes ella se había estado comunicando. En medio de la avalancha de falsedades, del iPhone que ella tanto amaba y que sacaron del río, realidades a partir de la ficción, verdades a partir de los mitos. Pero no todos sus mensajes de texto salieron a la luz. Casi todos, pero uno no. Uno que ella me envió su última noche.

¿Ves? Secretos.

¿Qué voy a hacer, Jem?

Con afecto,

Liz

* * *

Lectura de Elizabeth Salmon en el funeral de Alice Salmon, 13 de febrero de 2012

La muerte no es nada[28].
Simplemente me fui a la habitación de al lado.
Yo soy yo, y tú eres tú.
Lo que hayamos sido el uno para el otro,
eso seguimos siendo.

Llámame por mi antiguo nombre.
Háblame de la manera tranquila
en que siempre lo hiciste.
No uses otro tono.
No asumas un aire forzado de solemnidad y pena.

Ríe como siempre reíamos
con las cosas graciosas que disfrutábamos.
Juega, sonríe, piensa en mí. Reza por mí.
Permite que mi nombre sea la palabra familiar
que siempre fue.
Deja que sea pronunciado sin producir efecto.
Sin la huella de una sombra sobre él.

La vida significa todo lo que siempre ha significado.
Es lo mismo que siempre ha sido;
hay una continuidad absoluta ininterrumpida.
¿Por qué deben olvidarme
solo porque no pueden verme?

---

28. N. de la T.: Poema de Henry Scott-Holland.

Solo estoy esperando por ti.
Por un tiempo.
En algún lugar. Muy cerca.
A la vuelta de la esquina.

Todo está bien.

* * *

Carta enviada por el profesor Jeremy Cooke, 10 de octubre de 2012

Larry, ella ha estado aquí. Sin haber pedido una cita, sin ningún aviso; simplemente un golpe en la puerta y allí estaba ella.

Todavía sigue siendo hermosa. Vestida de manera desaliñada y un poco despistada, con un aire a Redgrave o a Hepburn. Seguramente es inapropiado comparar a una mujer con un buen vino, pero ella ha madurado de una manera impresionante.

—¿Dónde están tus respuestas? —me preguntó.

—Liz, ¿cómo estás? —Ella tomó asiento en el borde de una silla—. Vamos, Doctor Muerte. ¿Cuáles son las conclusiones de todas esas investigaciones que has estado haciendo? —Suficiente de cortesía y charla trivial. Ya en forma, comenzamos justo donde habíamos quedado tres décadas atrás—. Si eres un peso pesado intelectualmente hablando, explica qué pasó con mi hija. Vamos, estoy *esperando*. —Sentí una ráfaga de alcohol, pero no era ella, venía de la copa de vino tinto sobre mi escritorio. Un recuerdo regresó a mí, doloroso e indiscreto—. ¿Y qué tal si es cierto? ¿Y si ella se mató?

—Liz, no lo hizo.

—Megan está convencida.

—Yo tomaría con pinzas cualquier cosa que la señorita Parker diga.

—Jem, tienes que superar tu ridícula antipatía hacia ella. La manera en que la has criticado públicamente, acusándola de ser una "fantaseadora" no es conveniente. Es un comportamiento infantil.

Recordé lo que Fliss había dicho, que Meg claramente se sentía atraída por mí, pero me detuve. Parecía un error hablarle de mi esposa, como lo sería también que le contara a Fliss más tarde sobre este encuentro.

—Megan era su mejor amiga.

Estaba en una disyuntiva, Larry. Tuve una discusión con Alice en su última noche, y ella estaba indignada, pero su comportamiento ciertamente no era el de alguien a punto de suicidarse (no es que me sintiera listo para presentarle a Liz esa información fragmentaria; en lo que respecta a ella y al resto del mundo, nuestra conversación nunca ocurrió). Además, cuando uno pasa cientos de horas revisando entre los detalles de una vida, uno comienza a entender la personalidad de alguien. La idea de que ella pudiera haberse suicidado simplemente no iba a desaparecer.

—Liz —dije a punto de tocarla.

—Lo único que tenía, a lo que me aferraba, era que *eso* no había pasado, y ahora parece que todos están diciendo que sí pasó.

—No, ella era fuerte.

—Jem, grandísimo tonto, no hace falta ser *débil* para quitarse la vida. El suicidio es como la depresión, es una enfermedad de los fuertes.

Nos quedamos sentados y ella examinó mi oficina, la bandeja de entrada vacía, los archivadores, el pisapapeles de piedra que ella me había comprado en otra vida. Recordé los hoteles, los merenderos, las peleas, el elástico de su sostén.

—¿Qué pasa si he estado equivocada todo el tiempo? —dijo—. El suicidio es el único resultado que no podría aceptar, simplemente no podría, que mi niña pueda haberse sentido tan mal. He pasado los últimos ocho meses negándolo, pero tal vez es innegable.

Sombras alrededor de sus ojos, una colega de insomnio. Nosotros en un concierto, comiendo caballa en un salón con paredes cubiertas de madera, una casa de huéspedes en un pueblo costero mucho antes de que se volviera exclusivo, los asientos de cuero y tela de mi TR7, curtidos y pegajosos. Un recuerdo llamaba a otro, capas y capas acumuladas de ellos, como estratos en la roca.

—Además está el mensaje de texto.

—¿El mensaje?

—Lo envió 21 minutos después de la medianoche, pero no lo vi hasta la mañana del domingo.

—¿El mensaje?

—Al principio no me llamó la atención, Alice siempre enviaba mensajes cuando estaba borracha, pero hacia las diez estaba muy preocupada porque no devolvía mi llamada. Luego golpearon a mi puerta un par de policías, hombre y mujer. Sabía que era algo malo porque ellos no van a la casa de uno a menos que sea malo. —Ella frotaba una mancha sobre el brazo de la silla—. Todavía era una mañana normal de domingo cuando leí ese texto, esa fue la última mañana normal de domingo.

—Liz, dime, ¿cuál mensaje?

—Era de Plath. Esa *maldita* mujer. Esa frase sobre estar acostada sobre la hierba, es una frase sobre el suicidio. —Se lamió el dedo y volvió a intentarlo con la mancha sobre la silla de manera más frenética, arrancándola con la uña. Luego la compasión, como un vicio, se apoderó de mí cuando dijo—: No va a desaparecer. La prensa tiene todo lo demás, pero eso no. No había sido capaz de enfrentarlo hasta ahora, pero solo *puede* significar una cosa. No podía aceptar que esas fueran sus últimas palabras, y por eso nunca se lo he mencionado a nadie, no podía, ni siquiera a David.

—Pero la Policía...

—No a los policías que vinieron a mi puerta, sino a los otros, después de eso; ellos podían haber acelerado las cosas, pero nadie más lo sabe. Es una de las pocas cosas de Alice que no es de dominio público. No es asunto de nadie más.

Permanecimos sentados y había un ambiente frágil y tenso, como después de una discusión que en realidad nunca tuvimos.

—Supuse que ella había estado bebiendo vino porque dijo mal la frase, y mi Alice se esmeraba en citar bien. —Aspiró sus mocos, con el asomo de una sonrisa que pronto se desvaneció—. Siempre tienes una opinión acerca de todo; entonces, ¿qué piensas de esto?

Podía haber sido hace treinta años, su vivo retrato: "Nunca vas a dejar a tu esposa, ¿no es así?". En ese entonces, mi deseo por ella había sido febril, su inevitable plenitud, su despliegue. Ahora, venida a menos, el deseo se había transformado en una sola aspiración: aliviar el dolor.

—Estoy seguro de que el debido proceso eventualmente se impondrá. Sin embargo, por ahora, creo que no deberías estar aquí. ¿Quieres que te lleve a alguna parte? ¿Tal vez a casa?

—Está muy lejos.

—Lo haría por ti.

—Y yo evitaría a mi esposo si fuera tú.

Llené un poco más mi copa y apareció ante mí una imagen de Liz con los dientes manchados de vino tinto. Sentí el acoso de la culpa, pero no había hecho nada malo, Larry.

Dejaría este encuentro en unos minutos y me iría a casa, junto a otra mujer cuyo pelo también está encaneciendo: un hombre de más de sesenta años que padece de acidez estomacal y se esfuerza por leer los tableros con los horarios de los trenes; que hacía lo mismo hace treinta años, solo que se movía por angostas carreteras en un deslumbrante auto deportivo e iba a cinco juegos en la cancha de *squash*, para luego montarse en su bicicleta Raleigh Europa, y no tenía cáncer.

—¿David sabe que estás aquí?

—¿Qué crees?

Igual que en 1982, las preguntas suscitaban más preguntas.

—Dave y Robbie están convencidos de que aún estoy vulnerable, me tratan como a una bebé y no lo soy.

—Eres fuerte.

—No soy fuerte, Jem. ¿Quién podría ser fuerte? —Se cruzó de brazos, se frotaba como si tuviera frío. Su *caparazón*. Junto a nosotros, el sofá en el que su hija había dormido borracha ocho años atrás—. Tienes que saber que amo mucho a mi esposo.

—¿Como las grullas canadienses?

—Como las grullas canadienses. Supongo que te enteraste de todas las especulaciones pueriles acerca de que tú eras el padre de Alice.

—Mocksy —dije—. Alimentado por Devereux. Mi Némesis.

—¿Sabes algo? Nunca engañaría a alguien tan bueno como David.

Alice solía recordármela, Larry, pero en ese instante fue al revés: fue ella quien me recordó a Alice.

—Tienes que leer *Atlas* de Fanthorpe. Resume perfectamente lo que es el matrimonio.

Limpié los lentes de mis anteojos. Solía tener una dotación de pañuelos desechables de reserva para cuando los estudiantes de primer año desnudaban sus almas, pero últimamente solo venían a reivindicar sus derechos y a exigir una revisión de su calificación. Tengo mi propia teoría, Larry. Más que una teoría, un *hecho*. Tampoco contempla el suicidio.

—¿Vas a estar bien? —pregunté.

—El azul de los uniformes de la Policía no es como se ve en la televisión.

—Liz, ¿vas a estar bien?

Lo que yo estaba a punto de hacer podía significar que ella nunca iba a volver a estar bien.

* * *

Transcripción de la llamada al aire en el programa de Martin *el Hombre de la Mañana* Clark en Dane Radio, 2 de septiembre de 2012

MC: Más adelante vamos a hablar de política y a escuchar sus opiniones sobre la apertura de nuestras fronteras, pero primero vamos a hablar de la serendipia y de cuándo la han experimentado… Queremos saber todo sobre sus encuentros más extraños y, para arrancar, tenemos a Ellie de Southampton en la línea. Ellie, bienvenida a este programa de la mañana, ¿qué quieres contarnos?

EE: Estoy llamando por lo de la serendipia. La sentí con esa chica que murió y que apareció en todas las noticias.

MC: Bien. Pero ¿de qué chica en particular estás hablando, Ellie?

EE: Alice Salmon. Yo conversé con ella el día que murió.

MC: Esto es… un poco… inesperado, pero continuemos…

EE: Tenía siete meses de embarazo y ella me cedió el puesto en el bus. Me dijo: "Parece que te vendría bien sacarte un peso de encima". Luego me preguntó que si iba a tener gemelos y, cuando le dije que no, contestó que tenía que aprender a encender el cerebro antes de abrir la boca. Pero le dije que era un error fácil de cometer porque yo estaba como una ballena, y me dijo que ella también, pero que no tenía ninguna excusa. Me dijo que yo estaba radiante. Una mujer con la que trabajo ha estado hablando sobre un libro llamado *Actos espontáneos de bondad* y de eso se trató exactamente, porque en general nadie habla en los buses.

MC: ¡Nos estás dando una información muy útil en este programa, Ellie, porque nos gusta recomendar libros a nuestra audiencia! Pero todos quedamos profundamente conmovidos por ese incidente y tu opinión sobre él es desgarradora y profunda... ¿Podrías contarnos más detalles, por favor?

EE: Unos días después me di cuenta de que ella era la chica que aparecía en todas las noticias.

MC: Sí, ya conocemos la trágica historia de Alice. Tenemos invitados en el estudio para hablar sobre eso más adelante. Tu anécdota es conmovedora, pero siendo abogado del diablo diría que es algo *triste*, pero no un caso de serendipia, ¿no crees, Ellie?

EE: A eso voy, verás, mientras iba en el bus, mi esposo me envió un mensaje de texto sugiriendo el nombre de *Alice* para nuestra bebé. "Ese es mi nombre", dijo la joven cuando se lo comenté.

MC: Gracias, Ellie, y únanse a nosotros en la costa sur. ¿Tienen una historia de serendipia que le pueda ganar a esta? Una coincidencia mortal, el giro de la fortuna, la mano del destino... participen de todas las formas usuales, detalles en la página web.

EE: Me dijo que iba a pegarse una buena borrachera y le dije que ojalá yo también pudiera. Ella miró mi barriga y dijo que debía ser agotador cargar con eso por todos lados; también afirmó que no les facilitamos las cosas a las mamás. Pero ellas siempre nos apoyan y a veces al final tenemos que apoyarlas.

MC: Es una opinión encantadora, Ellie, gracias por llamar. Casi se me olvida preguntar, ¿qué nombre le pusiste a tu bebé finalmente?

EE: Alice, la llamamos Alice.

MC: Vamos a escuchar algo de música, luego iremos al tráfico y regresaremos con más historias de serendipia…

* * *

Fragmento de la carta enviada por el profesor Jeremy Cooke, 6 de noviembre de 2012

—Pidió verme —dijo ella—. Aquí estoy.

—Aquí estás, Megan. Por favor, entra.

Ella entró, se desenvolvió la bufanda y luego dijo:

—Usted ya está viejo como para estar escabulléndose por ahí para dejar notas, ¿no le parece?

Larry, si ella hubiera respondido a mi correspondencia no habría tenido que recurrir al viejo truco de la nota debajo de la puerta. "Quisiera disculparme por mis acciones —escribí, confiado en que eso la haría venir—. Ven a verme, puede ser la hora más productiva que alguna vez hayas pasado". Llevaba botas, medias pantalón negras y una falda corta, a pesar del clima inclemente.

—Te ves bien —mentí.

Ella se quitó el abrigo y lo dejó sobre el brazo de la silla.

—Esto parece un calabozo, no entra el aire.

Le ofrecí el vino que tenía listo para cuando llegara. Blanco, muy frío, como le gustaba a ella.

—Ponte cómoda, siéntate.

—¿Y la oferta? —preguntó.

En mi nota mencioné que podría conseguirle a algunos museos como clientes para su firma de relaciones públicas, y su intención de retornar al mundo de la academia que aparentemente había abandonado. Nuestra relación se había degradado, pero sospechaba que su avidez por los negocios superaría sus dudas para visitarme. Ahora, después del impacto de las no muy buenas noticias de parte de mi doctor, estaba con actitud audaz y asertiva.

—¿Por qué dijiste que yo te toqué?

—Al que le venga el guante...

—Pero no es cierto.

Tomó un gran sorbo de vino de manera desdeñosa.

—¿Qué es esto?

—Gagnard-Delagrange. Es fenomenalmente bueno.

—Bebo rara vez en estos días —dijo ella—. Después de lo que le sucedió a Alice, me da miedo. Cuando veo chicas embriagadas siento la necesidad de sermonearlas sobre los peligros del alcohol. ¡Debo estar poniéndome vieja!

—Me he vuelto más impulsivo a medida que envejezco —dije distraído—. En la próxima vida definitivamente seré temerario.

—Alice es un juego para usted, ¿no es así?

—Difícilmente podría serlo.

—Leí esa entrevista en la que usted decía que era un "observador habitual de la naturaleza humana", pero a usted solo le interesan las personas que están muertas o hacen parte de alguna tribu en otro continente. Es como leer, es evitar la vida real porque la gente muerta y lejana no puede hacerle daño.

Traté de identificar de qué libro venía esa frase, "gente lejana", pero mi memoria no es lo que solía ser, Larry.

—¿Ya terminaste de destruir mi reputación?

—No, todavía no. ¿Qué pasa con nosotros, los que estamos vivos? ¿No merecemos el mismo cuidado? ¿Qué pasa con el derecho a la privacidad? Los medios lo han pisoteado. Algunas de las cosas que han escrito sobre mí y Alice son pura fantasía.

—Alice y yo —dije—. Es "Alice y yo", no "yo y Alice".

Ella tendió su copa vacía, como suplicando, y yo la complací.

—Las noticias de hoy se usarán mañana para envolver papas fritas, eso es lo que me digo, pero no me ayuda.

—Ella juega su carta de la privacidad, Larry, pero no ha dejado pasar la oportunidad de ser protagonista, de mostrar su coqueta sonrisa de víctima (tiene algo que me recuerda a Diana). Luego respira profundamente, elogia a su mejor amiga y agrega—: Para usted está bien, tiene recubrimiento de teflón. Pero ¿no lo agota el hecho de que todos tengan una opinión sobre usted?

—Uno se acostumbra. —Muchas de mis relaciones han sido así, Larry: con mi papá, mis compañeros de la universidad, mis colegas. Lo último que supe de Devereux es que estaba en un hogar para pensionados de la tercera edad, encorvado en un rincón, confundido y escupiendo veneno. Fui al grano—: ¿Por qué trataste de incriminarme?

—Pueden arrestar a las personas por delitos que no cometieron. Las condenan por un delito equivocado, y puede que no sea por lo que hicieron, pero de todos modos han hecho algo igual de malo. ¿Es eso un error judicial?

—Técnicamente sí —dije.

—Al diablo con los tecnicismos. Todo es lo mismo. Es la justicia. Decidí que usted la necesitaba.

—No te corresponde administrar justicia —dije.

—Tampoco a usted. —Se estaba bebiendo el vino como si fuera agua. Pronto iba a sentir el efecto—. He aprendido una cosa. La opinión pública prefiere una mentira simple a una verdad complicada.

Vi el sol del invierno, débil y aguado.

—La verdad se mueve en línea recta, Megan, igual que la luz.

—Deje de hablar usando acertijos. ¿En qué consiste esta oferta? ¿O es otra de sus mentiras? Si es así, me voy.

—Esto no se trata de autos o vacaciones gratis.

Ella resopló.

—Bah. Un periódico dijo que ahora era mi turno de escribir mi propio futuro.

—*El árbol lejano* —contesté, recordando la frase perdida—. Esa era. En el libro de Enid Blyton.

—Está diciendo tonterías.

—¿Acaso estás celosa? ¿Por que no eres *tú* quién está en primer plano?

—Eso es la cosa más loca y asquerosa que ha dicho, y ya ha dicho bastantes.

—No puedo hacer que te elogien, si lo que buscas es atención.

De repente, el calefactor hizo "clic", el agua se movía, el aire estaba cálido.

—Hablé con Liz hace algunas semanas. Ella dice que ahora insistes en que se trató de un suicidio. Me gustaría saber en qué te basas.

—Ese puente es como Beachy Head. Se arrojan desde él como si fueran lemmings.

Larry, no ignoro la reputación de esa estructura. Yo regularmente solía pasear junto a él. Es uno de los pocos sitios en la ciudad en el que se puede encontrar algo de soledad.

—Respuesta equivocada. Inténtalo otra vez.

—No debería estar aquí, podría meterse en problemas si esto se sabe.

"No vas a escaparte", pensé buscando discretamente con la mirada la llave de la puerta en mi escritorio.

—Vamos. ¿Por qué se suicidó?

—Ellos creen que fui una mala amiga, pero yo no tenía una bola de cristal. Cuando Alice se emborrachaba podía ser increíblemente impredecible. Súmele a eso las drogas para que el espectáculo fuera doloroso de ver. Ella había hablado sobre el suicidio antes.

Comencé a escribir de nuevo, Larry, a representar de nuevo el papel en el que encajaba tan bien: archivista, analista, investigador. Recopilador de evidencia.

—¿Lo hizo? ¿Cuándo?

—Antes. Ella debe haber perdido la voluntad de vivir.

—No se necesita tener voluntad de vivir, Megan. Esa es nuestra condición de base. Para lo que se necesita voluntad es para dejar de vivir, para quitarse la vida.

—No tengo todas las respuestas. No soy Dios. —Ella se hundió de nuevo en la silla, se abanicó la cara y dijo—: Fue un error. Fue un error venir aquí. Debería irme. Se supone que iba a hacer de niñera esta noche. ¡Y ya deje de escribir!

Discretamente tomé la llave, me deslicé detrás de ella, fingí colocar de nuevo un libro en un estante y, mientras quedé fuera de su vista, aseguré la puerta. Ella no iba ir a ningún lado esta vez.

—¿Quién se cree para juzgarme a mí y a mis opiniones, Indiana?

Larry, tenía méritos para opinar sobre ella. Había llegado a conocer bastante a esta jovencita después de numerosas noches, cuando mi esposa iba a jugar *bridge* o a la Universidad para la Tercera Edad; sentada junto a mí en la mesa del comedor en las sesiones de nuestro "proyecto Alice". Una curiosa unión claustrofóbica, revisando montones de material, un ejercicio macabro, una exhumación de archivos.

—¿Cómo se suicidó Alice, Megan?

—Ninguna de sus preguntas la traerá de vuelta, ella se ha ido. —Arremetió contra una pila de papeles, arrancó una página—. Esta no es ella, no soy yo... somos más que esto. —Afuera, una luz titilaba. Pensé en que debía llamar al día siguiente para que vinieran a repararla. Luego dijo alzando la voz—: Usted solía impresionarme, pero no hay nada en usted. Esta hecho de palabras, viento, aire caliente... usted es un... —y dejó salir una risa burlona, un LOL, como según ella se le decía—, ¡un completo estúpido!

Una a una, las luces se fueron apagando en las oficinas contiguas, mis colegas se estaban marchando. Bombardeé a Megan con preguntas, recriminaciones, preguntas. Destapé una segunda botella de vino. Estaba algo embriagada, se le notaba en los ojos, en la manera en que cruzaba y descruzaba torpemente las piernas. Miró su reloj un par de veces, agitada, pero estaba perdiendo la concentración. Y dejé que las palabras que ella murmuraba entraran en mi cabeza, las registré, porque cada vez los detalles se me escapan con mayor facilidad (el otro día le dije "Liz" a Fliss, un descuido que por fortuna ella no escuchó).

—Describe la última ocasión en la que viste a Alice —le dije de una manera casi formal.

—Nieve —respondió de manera vaga—. Había nieve.

Solo había nevado una vez en el invierno anterior, la noche del 4 de febrero.

—Fue junto al río, ¿cierto, Megan? Estabas allí, ¿no es así? Estabas en Southampton.

* * *

Carta enviada por el profesor Jeremy Cooke, 20 de abril de 2013

Querido Larry:

—¿Es normal sentirse así de obsesionado con las mujeres? —preguntó él anoche—. ¿Con el sexo?

—Dicen que el sexo es como el oxígeno —le dije—. Solo lo extrañas cuando no lo tienes.

Estaba fascinado con la cruda tosquedad de él, las marcas en su cuerpo. Y sí, antes de que me reprendas, Larry, soy consciente de que debería entregar a este mocoso a la Policía, pero ¿quién soy yo para juzgar?

—Alice era mi oxígeno.

Se hacía llamar Mocksy, pero su verdadero nombre es Gavin.

—¿Coleccionar cosas de ella te ayudó? —pregunté.

—La verdad no. Solo eran sus cosas, no era *ella*.

Sobre el suelo, debidamente empacados para ser devueltos a los Salmon estaban un juego de pulseras, una baraja de naipes, una copia impresa de una tarea sobre Maya Angelou, postales, bolígrafos, un portavasos con la imagen de un canguro, una rosa seca, un cepillo de dientes, notas para la reseña de una presentación musical, una sudadera con el mensaje estampado: "RÍE AMA VIVE".

—Lo único que no está acá es el libro del hombre de nombre japonés, lo dejé en la puerta de su mamá.

—Mi amigo más cercano murió recientemente —dije.

—Todavía hay muchas cosas que odio de usted.

—Era mi mejor amigo y nunca lo conocí en persona.

—Todavía odio a Alice también.

—Ten cuidado con el odio, Gavin. Te mancha, adquieres su color si lo abrigas por demasiado tiempo.

Larry, es un concepto nuevo sorprendente, tratar de no ver lo peor en alguien. Una pequeña confesión es pertinente en este punto, no he sido completamente sincero con Fliss sobre estas "reuniones". No es que haya nada inapropiado que admitir, pero ella no lo aprobaría y es del todo comprensible, considerando lo que hizo el muchacho, en especial haberse metido en nuestra casa. Ha demostrado ser capaz de una gran maldad, pero en el fondo (¿y no es acaso el trabajo de un académico llegar al fondo de las cosas?) no es del todo malo. Nadie lo es. Me asegura que quiere hacer borrón y cuenta nueva, que quiere empezar de cero. Una *tabula rasa*, como podríamos llamarlo.

—¿Voy a aparecer en ese libro suyo? —preguntó.

—Ya apareces en él.

—Será mejor que no hable mal de mí.

—¡Te mostraré el mismo respeto que tú me mostraste en esos foros!

—Eso solo era Internet, un libro es diferente. Ellos no van a retirar mis publicaciones, si es eso lo que está buscando. Su política es no hacerlo.

—Se han dicho peores cosas sobre mí. Además, son parte de esto.

—Me he retirado de esos foros, ya no más de esa basura del Lobo Solitario. A nadie le importan un bledo todas esas cosas que publiqué. Es más probable que me haga famoso por su libro, incluso si todo es basura.

Me gusta su desdén. Me recuerda mis conversaciones con ese psiquiatra, Carter. Otra confesión, he estado rastreando a ese sujeto.

—Podría leerlo todo. ¡Podría ser su editor!

—Considero que nadie que aparezca en el libro debe conocerlo con anticipación.

—¡Claro que no! No confía en que mantenga la boca cerrada sobre el final, ¿cierto? —El chico se paró junto a la ventana. Qué pareja tan extraña éramos, Larry; dos criaturas de continentes inconmensurables. La evidencia A y la evidencia B. Él jugueteaba con su oreja derecha, con uno de esos *piercings* que son un agujero en el lóbulo y que están de moda, y sentí lástima de que pudiera mutilarse de esa manera—. Esta oficina, esta universidad, esta ciudad son sus *foros*, ¿cierto? Nadie lo contradice. —Curiosamente se expresa mejor en persona, es menos intimidante. Internet lo deja fuera de forma, sus palabras resultan desconectadas, incorpóreas, carentes de lenguaje no verbal; una reyerta de bar en tiempo real en la que se impone el mínimo común denominador—. Alice era demasiado fuerte para ambos, ¿cierto?

—El deseo es innato en nosotros. Lo que podemos elegir es cómo respondemos a él.

Brevemente evoqué la naturaleza aislada del deseo: la carnosidad metálica de la lengua de otra persona, el antiguo e inflexible olor del sexo, pero se desvaneció revoloteando débil, como cuando uno recuerda paisajes de unas vacaciones de hace tiempo, como las colinas en Skye o las Dolomitas en Italia. En una de sus diatribas en Internet me llamó maniaco sexual; usando una expresión de los años 80, todo un *Carry On* [29]. ¿Es así como voy a ser recordado? ¿Una figura algo cómica impulsada en su juventud, de manera caótica, por la testosterona y el egoísmo disfrazados de intelectualismo o, lo más probable, de excentricidad? Entonces dije:

—Gavin, aprende de mis errores. Las cosas se relajan cuando haces que tus secretos ya no sean secretos.

—Creo que la amaba —dijo—. A Alice. O algo así. Mi nueva mujer, Zoe, ella es una novia de verdad, supongo que también la amo.

—Amo a Fliss. De hecho más que a mí mismo.

—¡Cielos! ¿Tanto? Creo que las mujeres nos hacen mejores.

—Estoy de acuerdo contigo. Pero también peores. Tienen eso en común con la religión. Quisiera redescubrir mi fe. Por ahora, se lo dejo al potencial de los seres humanos, a nuestro poder.

—¿Usted cree en todo eso, Hombre de Hielo? ¿En el amor y esas cosas?

Permanecí en silencio, inexpresivo y sin poder hablar, mientras recordaba una línea de investigación que exploré

---

29. N. de la T.: La expresión *Carry On* hace referencia a una serie de películas de comedia británicas que tenían un alto contenido sexual y malentendidos.

varias décadas atrás. Me deleité rememorando la definición de lo que éramos mi esposa y yo: ella ahuyentándome del lavaplatos, en la cocina, hacia el lavadero; el "clic" de sus tijeras de podar; el delantal ajustado de "el mejor cocinero del mundo" que ella me compró cuando cumplí sesenta años; un salón de té en una ciudad con mercado ambulante; una tienda de libros usados.

—Sí, creo en eso. Mucho. Es lo que queda después de todo lo demás. Es lo que Alice daba a diario y ahora que se ha ido es lo que ella dejó.

Me acerqué a él y puse mi mano sobre su hombro, pequeño pero sorprendentemente musculoso.

—No soy gay, Hombre de Hielo. Por si acaso.

Regresé a mi puesto.

—Yo tampoco —dije—. Por si acaso. El problema con mantenerse apartado del rebaño, jovencito, es que a veces lo necesitamos. Protección, intimidad, compañía, amor. Somos animales sociales.

Ese chico y yo no somos muy diferentes, Larry: nuestra necesidad imperiosa de ser escuchados, la preocupación de registrar nuestras historias, de capturar el legado de nuestras vidas. Él con un arcoiris de colores en su brazo, yo con este libro, igual que nuestros ancestros lo hicieron en las paredes de la cueva de Lascaux.

—¿De verdad cree que podemos cambiar? —preguntó.

—Sí, lo creo. De eso se trata ser un humano, de tener esa posibilidad. Todos los días escogemos quiénes somos. Qué ropa usar, qué decir, qué comer, cómo comportarnos, qué cosas pintarnos en los brazos. A través de estas innumerables pequeñas decisiones nos convertimos de forma acumulativa en quienes somos.

—Tengo algo que confesarle. Ese veterano de Devereux nunca dijo que usted se estuviera acostando con la mamá de Alice el año anterior al nacimiento de ella. ¡Ese fue uno de mis aportes!

Es tan difícil no odiar, Larry, sin embargo lo intento. Me reacomodé en la silla, sentí la rigidez habitual, pero además una punzada de dolor atípica que me hizo hacer una mueca de dolor.

—¿Cómo se siente el cáncer, Hombre de Hielo? Mi abuelo decía que era como ser comido desde adentro.

Así no era para mí, Larry. No son los procedimientos médicos o la desintegración gradual de las capacidades físicas, es el temor fluido que siento ante la idea de dejar de existir y que todo siga como si nada. Los académicos gastamos miles de libras e invertimos inmensas reservas de energía intelectual en perseguir los objetivos más vagos, cuando ni siquiera hemos arañado la superficie de cómo mantenernos vivos.

—Antes de morir veré que se haga justicia. Por Alice.

—Espero que su mamá no haya leído ese libro que dejé en su puerta —dijo—. Habla de personas que nacen para ser destruidas y ser usadas como repuestos: donantes de órganos, clones. Habría sido muy triste que ella hubiera leído todas esas tonterías sobre vivir más de cien años o morir joven. Supongo que al final solo se trata de una historia inventada.

Se rascó el brazo, un hábito nervioso, y debajo del tatuaje de guerra, eccema. Tuve ganas de decirle: "No deberías tener eso, eres un niño", pero lo que salió fue:

—¿Es doloroso hacerse un tatuaje?

—Un poco. Pero vale la pena.

Danos unos cuantos miles de años más, Larry, y lograremos armar este colosal rompecabezas. Nosotros los científicos. Nosotros los antropólogos. Mi etnia.

—Lo que sucede con los tatuajes —dijo—, es que no desaparecen, nos dejan marcados.

—Igual que la vida, hijo. Igual que la vida.

* * *

Fragmento de una carta enviada por el profesor Jeremy Cooke, 6 de noviembre de 2012

—Estabas allí, ¿no es cierto, Megan? —repetí—. ¿Estabas en Southampton?

Larry, ella trataba de entender las consecuencias de su afirmación; luchaba, forzando su mente para obtener una respuesta. Era claro que el alcohol había comenzado a pasarle la cuenta, sus gestos estaban apretados, tenía mechones de pelo fuera de sitio. Este vino era terriblemente costoso, pero en este momento valía cada centavo.

Empujé mi silla hacia ella para estar más cerca el uno del otro.

—¿Estuviste allí, Megan? Admítelo.

Estaba furiosa, aterrada, una combinación que rara vez había visto antes. De hecho solo una vez, en Liz. Murmuró algo.

—De nuevo. Más fuerte. —Exigí. Larry, yo había alzado mucho la voz. Para ser un hombre impotente, mostraba un enorme ímpetu. Tal vez estuve a punto de agredirla físicamente. Repetí—: De nuevo. Nos quedaremos aquí toda la noche si es necesario.

Ella arrugó la cara, como haciendo cálculos, cómputos, cuentas, pero el Gagnard-Delagrange, ese exquisito vino blanco elegante, energizante y lleno de gracia, había hecho efecto, desacomodando la maquinaria de su mente.

—Será mejor que lo digas de manera voluntaria. Aquí. Ahora. A mí. Será mejor para ti.

—Solo fui porque ella estaba muy borracha.

—Entonces, *¿estabas* ahí?

Su mirada se perdió en el techo y luego siguió erráticamente las molduras.

—Sí, pero no con ella, no cerca de ella.

—¿Por qué?

—Suicidio —dijo ella.

—No.

—Sí.

—No.

—Sí. —Su atención pasó del llamativo tazón victoriano con pétalos de rosa a la mancha de moho que había pasado de tener el tamaño de una pelota de tenis al de un plato—. Ella ya había hablado de eso antes. ¿Cuánta más evidencia necesita?

—Alguna, quisiera alguna.

—Hay mucha.

—No hay ninguna.

Tuvo un acceso de hipo mientras se retorcía en la silla. Le serví lo que quedaba en la botella. No era la primera chica que había estado en esa condición en esta oficina. Estuvieron Alice y otras. Sí, otras.

—¡Vaya! Por fin estamos progresando, Megan. —Tomé mi abrecartas, un anticuado cuchillo delgado de acero inoxidable. Golpeé suavemente con él la palma de mi mano izquierda—. No fue suicidio, ¿cierto?

—Deje de negarlo. Hay evidencias.

—Ni la más mínima.

—El mensaje de texto, por supuesto —gritó ella—, esa es una evidencia.

Nos miramos a los ojos y me estremecí.

—¿Qué mensaje de texto, Megan?

Ella dudó, luego siguió torpemente:

—El mensaje de texto del suicidio.

—¿Mensaje de texto del suicidio?

—Esa frase de Plath que le envió a Liz justo antes de hacerlo. No puede ser más claro, ¡un texto suicida!

Recordé el secreto de Liz: "Tenían todo lo demás, pero eso no".

—¿Dónde escuchaste eso?

—Lo leí.

—No pudiste haberlo hecho.

—Lo leí. Estaba en el periódico.

—¿En qué periódico?

—*Un* periódico. No tengo que soportar esto —dijo ella dando explicaciones.

Puse mi mano sobre su hombro y apliqué presión.

—Con toda seguridad puedes decirme en qué periódico, porque estoy completamente seguro de que en ninguno de los que he visto han mencionado un mensaje suicida, y puedo afirmar que no hay nadie que haya leído más sobre Alice que yo.

—Sí, claro, bicho raro.

—Así es. Tengo archivadores llenos de recortes. Podemos verlos si quieres. Vamos, hagámoslo juntos.

—En realidad, señor Cleptómano, fue en una página web. Sí, fue en una página web.

—Acércate entonces y te voy a mostrar todo el material de Internet que se ha escrito sobre ella. Lo tengo marcado en mis favoritos, y tú lo señalas.

—No tengo memoria fotográfica, ¿sabe? Todo lo que recuerdo es que estaba en Internet, su mensaje de texto acerca de que la muerte era hermosa y algo de acostarse sobre la suave tierra marrón.

—Para ser alguien que dice tener una memoria deficiente, pareces recordar muy bien esa frase.

—Es raro —dijo ella.

—Ya es tiempo, Megan. No más mentiras.

Hizo un movimiento zigzagueante con su mano.

—No siempre se mueve en línea recta —dijo, luego perdió el hilo.

"Nunca le he mencionado a nadie lo del mensaje de texto... ni siquiera a David", fue lo que dijo Liz.

—Esto termina esta noche.

—Ella se cayó.

—Entonces, ¿viste lo que pasó?

—Sí. No.

—¿Al fin qué?

—Esa presa es tan alta.

—¿Por qué mencionas la presa, Megan?

—Estaba muy lejos.

—Pero ¿la viste caer al agua?

—Ella saltó.

—¿Cómo puedes estar segura si estabas tan lejos?

Se tomó la cabeza entre las manos; yo rezaba para que no empezara a decir cosas sin sentido o se desmayara.

—Traté de salvarla.

—¿Ahora dices que trataste de salvarla?

—Durante los últimos veinticinco años, quiero decir. He pasado toda la vida salvándola de ella misma. Era un accidente por ocurrir.

Observé el moho en el techo. Ya no valía la pena hacer algo para solucionarlo, sería una tarea para el próximo ocupante de esta oficina.

—Aparte de la Policía, solo tres personas saben sobre ese mensaje: Liz, yo y la persona que lo envió.

—Traté de alejarla del borde, pero ella estaba enloquecida. Lo sacó de su mamá, no podía ayudarse a sí misma.

Trató de levantarse, pero no se lo permití. Su mirada se clavó en la puerta. Cerrada.

—Ella huyó de mí. Se resbaló.

—Pero dijiste que ella saltó.

—¿No puede dejarme en paz? Por favor. No puedo hacer esto.

—¿Cómo se oyó, Megan? ¿Cuándo cayó al agua?

—¿Por qué me está haciendo esto?

—Porque nadie más sabe que estamos aquí. Porque puedo. ¿Cómo se oyó el chapoteo de Alice?

—Traté de salvarla después de que ella cayó, ella gritaba pidiendo ayuda y traté, nunca había tratado tanto de hacer algo en toda mi vida…

Larry, ella había estado eufórica cuando se supo que habían arrestado a Luke. *Demasiado* eufórica. Luego, cuando lo liberaron, necesitaba un nuevo objetivo, un nuevo blanco. De manera fría y calculadora intentó dirigir su dedo acusador hacia un nuevo sospechoso, *yo*.

—Ella no habría podido gritar pidiendo ayuda porque su boca habría estado llena de agua. No habría tenido suficiente aire como para gritar —dije.

—No siga.

—Debió tratar de toser, pero su estómago se le debió llenar de agua.

—No —dijo ella.

—Debió estar luchando, sacudiéndose, agitando sus brazos. Debió haber intentado ponerse bocarriba, debió hiperventilarse.

—Odio eso —dijo—. Lo odio a usted. La odio a ella.

—Debió haber contenido la respiración, pero no podía hacerlo indefinidamente; tenemos un reflejo de respiración porque tenemos que deshacernos del dióxido de carbono. En un minuto debió sumergirse y se hundió como un bulto de plomo.

Recordé cómo, cuando las opciones de Megan se reducían, me había llamado mentiroso, pervertido, un *monstruo*. Ella sabía que yo iba a descubrirla. Cuando dijo de manera casual eso de reinventar a Alice y de reinventarnos en el proceso había sido una señal reveladora. "¿Por qué querríamos hacer eso?", le pregunté, y deslizó su mano sobre mi rodilla. Obviamente aquí ingresamos a un área debatible, la de los recuerdos, las interpretaciones y las descripciones (siempre nos ha causado curiosidad a mi esposa y a mí el hecho de que tengamos opiniones diferentes de lo que realmente es "rosado"). Pero en cuanto a las acciones de Megan, a pesar de que el incidente en cuestión fue hace unas semanas, no tengo ninguna duda. Su mano se había movido ligeramente hacia arriba. "¿Qué tal si tuviéramos un secreto? Eso le gustaría mucho, ¿cierto? No lo entenderán, pero nosotros sí. Puede ser nuestro secreto, uno de nuestros secretos". Le ordené: "Vete de mi casa". Posteriormente, consciente de mi agudeza, vinieron un montón de publicaciones en su blog haciendo todo tipo de afirmaciones falsas.

—El cerebro de Alice debió dejar de recibir oxígeno —dije. Yo, el titiritero, Larry. Fustigando su dolor, su vergüenza y su furia para llegar a un inexorable clímax—. Privado de oxígeno.

—No —dijo llorando.

"Ya casi", pensé y seguí insistiendo, presionando, mientras arrebatos de energía sacudían mi cuerpo débil, viril, primario, inmortal, buscando una revelación iluminadora, como un navajo después del peyote o un guahibo después de la ayahuasca.

—Ella debió haber convulsionado; debió haber tenido espuma en la boca.

Un grito largo y fantasmal. Lo hice, Larry, hice llorar a Megan Parker y persistí mientras se revelaba el descubrimiento, mi revelación más pura, la verdad. La verdad para mí y para Alice.

—Debió haber estado muy oscuro. Alice se debió hundir en medio de la oscuridad.

Ella se tapó los oídos con sus manos y golpeó el suelo con sus pies.

—¿Qué le da derecho a tratarme así?

—Estar a las puertas de la muerte. Estar tocando la mortalidad, eso me da derecho. Pero sobre todo, saberlo. —Discúlpame por no haber compartido mi teoría antes contigo, Larry, pero es que defender una posición como esa puede resultar peligroso—. Fuiste tú, ¿cierto? La mataste.

Ella parpadeó y gimoteó como un gatito, y yo me acerqué y le acaricié el pelo. Inclinó su cabeza hacia mí, con una mirada inocente y atormentada, y su boca pronunció las palabras:

—Ella mató a mi bebé.

* * *

Anotaciones de Luke Addison en su computador portátil, 30 de junio de 2013

Tres semanas después de tu muerte descubrí el mensaje de correo. Asunto: *NOSOTROS*. Fue hace casi dieciocho meses, pero aún duele. De todos los lugares en los que no merecías terminar, Al: en mi carpeta de correo no deseado. Terminó allí por el archivo adjunto, la foto de una tarjeta que escaneaste, una foto de dos lemmings asomándose a un acantilado. Uno decía: "Ve tú primero". El otro: "No, tú primero —y debajo escribiste—. A veces en la vida hay que dar un salto al vacío".

Cuando lo vi, fue como recibir un martillazo. Era a eso a lo que te referías junto al río cuando mencionaste los lemmings, al correo que me enviaste un día antes de morir donde explicabas que querías que volviéramos a estar juntos, pero que necesitabas más tiempo. El correo que nunca te respondí. No me sorprende que estuvieras furiosa cuando aparecí.

Inicialmente no le conté a nadie sobre el correo, pensé que solo serviría para apoyar esas estúpidas teorías de suicidio que estaban difundiendo. Pero los imbéciles que estaban sugiriendo eso no habían estado con nosotros en Margate, ¿no es así? No habían estado allí cuando planeábamos conseguir un sitio para vivir juntos; no te escucharon decir que era algo muy adulto e intimidante pero a veces en la vida hay que dar un salto al vacío. Como gran parte de la información que conocían, era de segunda mano. Luego Cooke me contactó para lo de su proyecto. Dijo que entendería si yo prefería no compartir ninguna de nuestras conversaciones o que podría hacerlo de manera "no oficial" y que él solo las usaría como contexto, pero a ti te habría parecido muy interesante su idea del libro. Llegué a la misma conclusión sobre las cosas que anoté en mi portátil justo después de haberte perdido. Mi reflejo fue borrar todo, y en parte lo hice, pero la transparencia era más importante. "No es bueno reprimir cosas", solías decirme para fastidiarme, entonces aprendí una lección de vida de ti.

—Tenga —le dije cuando le entregué la memoria USB—. Tómela. Va a tener problemas para poder sacar algo de allí. Son tonterías.

El hecho es que tú y yo somos parte de la historia del otro. Haber sido tu novio, Al, eso fue un privilegio y un honor. Puedo oírte diciéndome empalagoso, pero es importante que lo diga. Porque en el caso improbable de que alguien realmente llegue a leer este libro (digamos que no es Dan Brown) es así como quisiera que me vieran. Como *tu novio*. No puedo entender cómo es que una mujer tan maravillosa como tú pudo salir alguna vez con un sujeto como yo, pero ser sincero es una manera de mostrar respeto por la persona que fuiste (¡"rendir homenaje", habrías dicho con tu mejor estilo de locutora de BBC Radio 4!). Tengo la sospecha de que también te habría gustado la idea de que ambos apareciéramos en un libro. Las historias necesitan un equilibrio, solías decir. Necesitan un contexto. Tienen que verla desde todos los puntos de vista.

Supongo que todos lidiamos con lo que sucedió de manera diferente y puedo entender por qué algunas personas han permanecido calladas. Nos atacan si hablamos y también si no lo hacemos, pero me pareció que estaba bien ser sincero. Tengo que sacarme eso del pecho. Puede que yo sea un tonto, pero confío en Cooke.

—No te hagas una idea definitiva acerca de mí aún —me pidió—. Cuando sea publicado, puede que tu opinión sea peor.

Suena como si tuviera fantasmas por exorcizar, pero parece un acto de tanto respeto, casi de adoración: el cuidado y la pasión que ha puesto en esta investigación para encontrar respuestas.

—En mi libro encontrarás algunas partes que te parecerán difíciles.

—¡Entonces ya sabe sobre mi habilidad para la lectura! —dije bromeando.

Espero que no te importe, Al, pero a veces me río. No te gustaría que nunca riera, ¿cierto? Es malo, pero a veces puedo pasar casi todo un día sin pensar en ti y luego invades de nuevo mi mente. Esta tarde estaba en una tediosa reunión de trabajo (sigo allá, pero voy a seguir tu consejo de estudiar Arquitectura) y discretamente leí tu correo electrónico. Te sentías muy viva cuando estabas conmigo. Me amabas.

Cooke tiene razón, es un delito olvidar, y eso es lo que está sucediendo. No quienes fuimos cercanos a ti y te cuidábamos y te amábamos (aunque obviamente debemos revaluar quién pertenece a esta categoría), pero sí los demás. Alice Salmon, dirán. ¿La que fue secuestrada? No, fue la de Navidad. No, la que se ahogó y que fue atacada por su novio. No, a él lo soltaron, seguro que sí. ¿No tenía una vida amorosa complicada? ¿Acaso ese profesor no resolvió todo al final…?

Espero que no te moleste, Al, pero estuve viendo a otras dos chicas. Nada serio, igual no resultó con ninguna, y por eso estoy descansando de las citas por un tiempo. No es justo para nadie. Tal vez llegue un momento en el que me sienta listo. ¿Eso está bien? Quienquiera que sea ella, va a tener una tarea difícil.

Después de tu muerte me enloquecí un poco, porque solía responder el correo de los lemmings (definitivamente no le he mostrado eso a Cooke), pero ahora quisiera reír de nuevo, si te parece bien. Tu mamá me dice (nos encontramos en Starbucks, tu padre no me admite en su casa) que no me puedo torturar por siempre.

—Vive —dijo ella—. Tienes que vivir.

—Pero ¿cómo? —le pregunté.

—Un día a la vez, un día a la vez.

Ya sabes cómo algunas personas marcan unas comillas imaginarias con sus dedos cuando mencionan la palabra "relación". Bueno, cuando pienso en nuestra relación, Al, no va entre comillas. Está en el millón de pequeños recordatorios, alguien sentado con las piernas cruzadas, anteojos grandes, falda de patinadora, Margate en televisión, Praga, ver a alguien que lee un mensaje de texto y sonríe, orejeras acolchadas, un pequeño tatuaje. Son cosas que cualquiera que no te hubiera conocido diría que son tontas, pero para mí son las cosas que hacen que tú seas tú.

Especialmente la música. Solía detestar la música que escuchabas, pero ahora me gusta y por eso he hecho una lista de reproducción de lo que habrías estado escuchando este verano. No escogí ninguna basura empalagosa y sentimental. Escogí canciones que te habrían hecho saltar del sofá y gritar: "Me *encanta* esa canción", o estirarte para subirle el volumen al radio del auto, o lanzarte apresuradamente a la pista de baile en Clapham Grant, luego me sonreirías y seguirías bailando.

Voy a ponerla ahora en mi iPod, Al, subiré el volumen y caminaré, caminaré en medio de la noche en Clapham Common como solías hacerlo, y voy a escuchar tu voz…

Pompeii	Bastille
Wake Me Up	Avicii
Locked Out of Heaven	Bruno Mars
Ho Hey	The Lumineers
Wrecking Ball	Miley Cyrus
Drinking from the Bottle	Calvin Harris (con Tinie Tempah)
I Need Your Love	Calvin Harris (con Ellie Goulding)
I Love It	Icona Pop
Play Hard	David Guetta
You and Me Song	The Wannadies
Get Lucky	Daft Punk
We Are Young	Fun (con Janelle Monáe)

* * *

**Fragmento de la carta enviada por el profesor
Jeremy Cooke, 6 de noviembre de 2012**

—Ella mató a mi bebé —chilló Megan. Retrocedí, pero me
agarró por la cintura—. Por eso fui a Southampton. Ella
tenía que saber lo que había hecho, fui allí para decírselo.

Me liberé y sus manos cayeron torpemente sobre su
estómago, comenzó a llorar, Larry.

—La noche después de que ella descubrió que Luke
la había engañado, fue a mi casa y se emborrachó terriblemente. No quería irse a dormir. Juntas subimos las escaleras, pero se resbaló.

El árbol afuera de mi ventana sonaba mecido por
el viento. Más lágrimas. El sonido de ella inhalando sus
mocos.

—Si ella no se hubiera agarrado de mí no habría pasado nada, pero terminamos al final de las escaleras y ella
estaba encima de mí y se reía. La maldita se *reía*.

La lástima me invadió, mezclada con un destello de
furia. La ventana, una lámina de vidrio separándonos de la
oscuridad.

—Por primera vez esto iba a tratarse de mí y no de
Alice, pero ella ni siquiera podía dejarme eso, a mi bebé.
Se fue por el sanitario, a medio desarrollar y muerto, por
el sanitario...

—Por Dios —dije.

—La prensa dice que *me falta* un tornillo, pero Alice
estaba loca. Una vez se cortó la muñeca cuando tenía trece
años, como si hubiera abierto una lata de Coca Cola dieté-
tica. Pero Alice, su querida Alice, se las arregló para que incluso eso pareciera razonable.

—Ella no es mía —dije—. Simplemente no lo es.

—Esas amenazas que recibió —dijo con un hilo de moco colgando de su nariz—, esas cosas en Twitter, esas cartas, todas las envié yo. Yo soy Hombre Libre. Incluso las flores marchitas las envié yo.

—La empujaste al agua, ¿no es así?

—Fui allí para mostrarle el daño que había hecho, porque me lo hizo a *mí*.

—La empujaste al agua, ¿no es así?

—No me lastime. Por favor, no me lastime —lloriqueó y luego dijo—: No le van a creer.

—La empujaste y luego enviaste el mensaje de texto para que pareciera que ella se había quitado la vida.

—Pero nadie confía en usted. Si usted fuera una marca sería tóxica.

—Pero no somos marcas.

—Todos somos marcas. —El viento agitaba las ramas del olmo, *mi* olmo—. Yo solía adorar a esa mujer, la idolatraba. Habría fingido ser su hermana, su gemela.

Ignoro muchas cosas, Larry, pero el de la obsesión es un territorio que conozco bien. Su brusca caricia, sus punzantes espinas, su rancia amargura. El límite entre el amor y el odio es delgado como un papel, y cuando se ama a alguien y eso se convierte en odio, la relación entre ambos se invierte. Lo que le pregunté después fue extremadamente cruel dada su revelación, pero no tuve opción.

—¿Niño o niña?

—Demasiado pronto, demasiado temprano. —Se levantó, se lo permití y se escabulló a un rincón antes de derrumbarse en el piso—. Traté de explicarle que estaba encinta cuando llegó a mi casa, pero no le importó, estaba demasiado borracha. Ciega, ciega, ciega. ¡Se suponía que era mi amiga más antigua!

Sin testigos, sin videos. Dos chicas, y una de ellas en un cementerio en un pueblo cerca de Corby, con una inscripción de Brontë en su lápida: "No soy un ave, y ninguna red puede atraparme".

—Pronto estaré muerto —dije—. Al menos concédeme el consuelo de darle a esto un cierre.

—¿Qué he hecho?

—Mentir.

—Una vez se ha cruzado una línea no se puede volver atrás.

—Se puede, siempre se puede.

Recordé un adagio de mi madre: "Una mentira alcanza a darle media vuelta al mundo antes de que la verdad se haya puesto las botas".

—Ser honesto no es difícil; lo difícil es mentir.

Larry, pensé si debía llevarla a la fuerza a mi auto, presionarla para ir a una estación de Policía u obligarla a que repitiera su confesión para que quedara registrada.

—No vas a librarte de esto.

—Soy buena para los secretos.

—Yo también. Pero soy mejor con la verdad.

—Las relaciones públicas son puro cuento —dijo.

Sí, un cuento. Se subió el cuello de su abrigo o se envolvió la cara con su bufanda. Estaba nevando, no habría llamado la atención de nadie. Se dirigió en su auto a Los Lagos; luego, al otro día, llamó a Liz y a Dave, y esperó a que las noticias se supieran. Fue firme como una roca para brindarles su apoyo. Cumplió bien con ese papel, como lo había hecho por años con su mejor amiga.

—No me sorprende que te hayas vuelto contra mí de repente.

—No tenía opción. Luke había quedado fuera de sospecha, la teoría del suicidio estaba tambaleando, usted era el siguiente sospechoso más probable.

Entonces mi hipótesis era correcta. Como un camaleón, ella estuvo pronta a respaldar la hipótesis predominante y luego, cuando fue conveniente, enfiló baterías contra mí.

Larry, un observador imparcial podría decir que yo también tengo mis propios intereses en esto. Claramente, un libro como el mío (he pensado en titularlo *Lo que ella dejó*) podría beneficiarse de una revelación de esta naturaleza. Un giro. Pero es la verdad, y uno no puede decir la verdad a medias, igual que no se puede estar medio ciego, medio muerto o medio encinta.

Yo contemplaba la noche. Pronto me habré ido. El hecho me golpeó, estoy muriendo.

—No mereces ser madre, Megan. Si tuvieras un niño lo destruirías.

La empujé y la oí gritar, y me fui y me alegra haberlo hecho. Su cabeza cayó hacia un lado.

—Tengo náuseas. Ni siquiera quería un bebé, soy muy joven para tener un hijo. Fue cuestión de suerte, ¡una sola noche con un imbécil del trabajo y terminé embarazada! Pero cuando me di cuenta, me sentí muy bien. —Se abrazó las rodillas y escondió su cara entre sus manos—. Debería estar hablando con un cura, no con un profesor acabado. ¿Cómo se puede extrañar algo que nunca se tuvo?

—Fácil. Se llama imaginación. Tú has puesto a trabajar la nuestra a toda marcha. —Nos quedamos allí sentados en medio del inquietante silencio y pensé que después de esta noche, no volveré a hacer llorar a nadie más—. Ese texto era de Wilde originalmente. Plath se apropió de él.

—¡Bah! Yo también. —Después de la pausa agregó—: Su teléfono estaba en el suelo. Después de que ella cayó (saltó, se resbaló, *como prefiera*) al agua, cuando todo quedó en silencio, lo agarré y listo, le envié el mensaje a mami. Para Liz, yo era Alice. Era Alice diciendo adiós.

Fue así de fácil, Larry: presionar unos cuantos botones, un par de signos de admiración, un emoticón o dos. Es todo lo que se necesita para decir adiós. Es todo lo que se necesita para morir.

—Lágrimas de cocodrilo —dije—. No son más que lágrimas de cocodrilo.

—Ojo por ojo y diente por diente, Indiana. Ella era una asesina.

La pequeña víbora debía estar pensando que se iba a salir con la suya, pero la llevaré ante la justicia. Voy a salir de mi trinchera, voy a pararme sobre la muralla y gritaré, y ella no podrá escapar del largo brazo de la ley. También voy a "publicar y a ser condenado" y esta iniquidad no persistirá. Larry, yo estaba derramando unas lágrimas por mí. Sentí una cálida catarsis. Podía llorar, podía hacerlo.

—Usted no puede tocarme.

—Sí puedo —dije acercándome a ella con mi mano levantada—. Y lo haré.

Me miró y en sus ojos había más que temor.

* * *

Correo electrónico enviado por el profesor
Jeremy Cooke, 25 de agosto de 2013

De: jfhcooke@gmail.com
Para: marlenegutenberg@gmail.com
Asunto: Partida

Querida Marlene:

Me queda poco tiempo antes de mi vuelo mañana y quisiera aprovecharlo para escribir un poco más de lo que dije en mi flemática y precipitada comunicación de ayer.

Las noticias en la última cita con mi doctor no fueron buenas. Su mejor pronóstico son tres años, cinco como máximo. Y pensar que creía que un maldito libro me iba a hacer inmortal…

He llegado a aceptar de forma razonable mi destino. Irónicamente, las noticias a menudo generan más irritación entre aquellos con quienes las comparto. No he perfeccionado aún el lenguaje de ese tipo de conversaciones. Un creador de crucigramas de *The Guardian*, que me agrada mucho, recientemente informó sobre su enfermedad terminal con sus pistas: una señal de crecimiento (6) y un transportador de alimento que gradualmente reduce su incesante efusión (7). "Cáncer de esófago", se me ocurrió mientras llenaba las casillas en la sala de profesores.

No voy a seguir aferrándome como una lapa. Me retiro. Preferiría escabullirme en silencio, pero están preparando una fiesta. Una copa de un mediocre vino tibio, algunos pasabocas y unas palabras de mi líder (sin la corbata sería fácil de confundir con un estudiante más) refiriéndose inevitablemente a mi "contribución" y a mi metodología "única". Luego, después de ese gesto de afabilidad, iré a mi oficina a empacar mis cosas, limpiaré el escritorio, cerraré con seguro la puerta tras de mí e iré a casa junto a Fliss y a mi perra.

Mi esposa está reaccionando al circo que se está armando alrededor de la futura publicación con su fortaleza y gracia características. Con diligencia, se devoró un borrador del libro de una sola sentada antes de dirigirse a mí y decir: "Vaya, vaya". Me tiene sin cuidado la respuesta de la crítica, pero la de mi esposa definitivamente sí me importa. "No me siento orgullosa de lo que hiciste, pero sí de que hayas encontrado la verdad", fue su declaración oficial. Detrás de bambalinas ha habido momentos de lágrimas y de platos rotos: la revelación de que el apellido de soltera de Liz era Mullens fue uno en especial inquietante.

Ella bromea diciendo que me estoy convirtiendo en una celebridad de los medios por mis apariciones en televisión y en radio. Inescrutablemente honesto (sería difícil autocensurarme ahora, ¿cierto?), sin miedo a la controversia, preparado para saltar de una discusión sobre el consumo actual de cocaína a una sobre etnografía. Soy criticado en paneles con presentadores geniales, que tratan de decidir cómo dirigirse a mí: "incansable buscador de justicia" o "viejo lujurioso".

Hasta ahora me he negado celosamente a dar a conocer mi revelación final, evadiendo esas hambrientas exigencias con el argumento de que mi principal deseo es llevar a los culpables ante la justicia, y para eso es necesario contar la historia completa. Además, por supuesto, es el desenlace del libro y los adelantos arruinan las ventas.

Tal vez debí haber hecho pública mi teoría tan pronto como se me ocurrió; pero he aprendido los peligros de actuar sin fundamentos. Por el contrario, redoblé mis esfuerzos y de paso incité a Megan a hacer lo mismo. En retrospectiva, esas sesiones de investigación que compartimos fueron surreales: un elaborado juego de ajedrez, Alice pasó las fichas, jugada y contrajugada, mis sospechas florecían, sus intentos de influir en mis conclusiones haciéndose más pusilánime, sus intentos aún más desesperados de crear su propia historia, la que ella había escrito, el pasado que ella habría deseado, el futuro al que aspiraba. Yo la descubrí mucho antes de su desacertada mención del mensaje de texto que había enviado desde el teléfono de Alice, pero esa fue la confirmación definitiva. Los aficionados a la ficción se refieren a esto como "la mentira que revela la verdad". Bueno, eso fue para mí. La mentira que reveló la verdad en este caso fue un mensaje electrónico sobre estar acostada sobre la hierba y no tener un ayer ni un mañana, y estar en paz.

Soy consciente del hecho de que afirmar públicamente que alguien asesinó a su mejor amiga es bastante calumnioso. Incluso sugerir que alguien no hizo todo lo que pudo en esa situación podría ser considerado como una difamación. Pero la verdad es una defensa infatigable contra la calumnia.

Además, existe un precedente. Los conocedores de los medios saben del caso de una primera página del *Daily Mail* de 1997. Con el titular "Asesinos", publicó las fotografías de cinco hombres, con la absoluta convicción de que ellos eran responsables por la muerte de Stephen Lawrence. "Si estamos equivocados, que nos demanden", decía.

Vamos, Megan. Si estoy equivocado, si estoy mintiendo, demándame.

En cuanto a Alice, no voy a decir que mi libro es exhaustivo. Solo basta con recordar el cubrimiento del caso de Joanna Yeates (Fliss me reprendió por tener un interés "nada sano" en él) para recordar esto. En su página de Wikipedia hay información sobre su alma máter, su estatura, el *pub* donde fue vista por última vez, incluso permite ver el último video de ella en el que aparece comprando una *pizza*, pero finalmente demuestra una gran pobreza de detalles. Puede mostrar dónde fue hallado su cuerpo, pero no las coordenadas de su corazón.

No dudo que los lectores, atraídos por sus cualidades como novela, también me criticarán por haber revelado en parte el final al comienzo del libro (nuestra heroína muere en el capítulo 1). Pero así es la vida, no es que uno no sepa desde el comienzo lo que va a suceder al final.

Fliss me dice en broma que está destinado para terminar en la pila de libros de saldo, pero el éxito es una lotería. Las coincidencias, la suerte, las suposiciones, los malentendidos: esos son los principales motores del destino. Si Liz no hubiera supuesto equivocadamente que Megan era quien había dejado el libro en su puerta, en vez de Gavin, tal vez nunca habría ido a visitarla. Y ella, a su vez, no habría llegado a mi puerta con su actitud de niña abandonada. Era uno de los libros favoritos de Alice, *Nunca me abandones*.

No puedo esperar a que amanezca, lo he planeado todo, hasta el más mínimo detalle. Fliss siempre ha soñado con visitar California y mañana voy a hacerle realidad ese sueño. Todas esas vacaciones paseando por el valle de los Reyes y el estadio Panathinaikó y la sinagoga Ades fueron por completo fascinantes, pero estas serán dos semanas de *diversión* sin remordimientos. Disfrutaremos del sol, comeremos raciones enormes y conduciremos a toda velocidad en nuestro Chevy 1970, por cierto, terriblemente impráctico y un espantoso devorador de gasolina, pero al diablo con la bicicleta por dos semanas, es uno de los puntos que tenía en mi lista de cosas por hacer antes de morir. Me pregunto en qué momento Fliss se dará cuenta de lo que se trata todo esto: ¿cuando le diga que no podrá ir a su clase nocturna, cuando le informe que tenemos que dejar a Harley en el hotel canino, cuando vea su pasaporte? Esa es una de las cosas que más ansío ver, una sonrisa apareciendo en la cara de mi esposa, porque tiene la sonrisa más hermosa.

Marlene, te mentiría si dijera que no he pensado en que podríamos comenzar a mantener correspondencia. Pero no voy a escribir más, por razones similares a las que me llevaron a suspender mis conversaciones con el joven Gavin. No quisiéramos que nadie se hiciera una idea errada, ¿cierto? ¿Sin importar lo que digan? Ese Viejo Cookie es extraño. Tienes que cuidarte de él. Dejémoslo así, ¿te parece? Dejémoslo en "Cordialmente".

Más bien permíteme soñar que alguna vez iré a conocer tu país. Llegaría sin avisar a tu puerta y tu esposo saldría a saludarme. "Caramba", diría él. Nos tomaríamos un whisky y arreglaríamos el mundo, recordaríamos y saldríamos de paseo, los dos viejos amigos, dos mentes brillantes, dos viejos solitarios, conduciendo por la Ruta 1 o la Ruta 11 y visitando Fredericton y Moncton, con las montañas de fondo. El gran Larry Gutenberg y yo.

Ahora debo seguir empacando. Pero primero iré junto a la ventana cubierta de humedad y, en una especie de *déjà vu*, dibujaré el contorno de un corazón para escribir dentro de él las iniciales mías y las de mi esposa. Eso es suficiente. Por ahora es más que suficiente.

Cordialmente,
Jeremy Cooke

Carta escrita por Alice Salmon,
8 de septiembre de 2011

Querida Yo:

Probablemente te preguntarás por qué te estoy escribiendo. Una periodista de veinticinco años que vive en el sur de Londres. No te preocupes, no estás en problemas. Tampoco voy a hacer alguna terrible revelación sobre ti. No es mi estilo.

Es porque estoy leyendo este fantástico libro llamado *Dear Me*, lleno de cartas escritas por personas con palabras de sabiduría para sí mismas cuando tenían dieciséis años. Voy a usar esa idea en el trabajo y quisiera empezar con la mía. Con la *tuya*.

Tienes que tratar de seguir la corriente un poco más, jovencita. Permanecer despierta y estresada en medio de la noche no te llevará a nada. Como diría un jefe que aún no has conocido cada vez que hay un desastre: "Al final nadie ha muerto".

Es normal sentir miedo. Está bien. Lo importante es que no permitas que el miedo te detenga. A veces simplemente hay que lanzarse a la parte más profunda.

Deja de atormentarte también por tu apariencia. No tienes pies de nutria ni hombros de levantador de pesas. Eres única. Puede que te tardes un tiempo para averiguar quién eres, pero valdrá la pena esperar porque tu papá (mi papá, *nuestro* papá) solía decir que solo hay una como tú, Ace Salmon.

Espero que no te sientas avergonzada al leer esto. Si te sirve de consuelo, el *Advertiser* (ese es el periódico para el que vas a trabajar) solo tiene una circulación de unos 81 ejemplares, entonces difícilmente esto se va a volver viral (por supuesto que voy a editar esta última frase antes de que el jefe la vea, lo mismo que las groserías). Ya sea eso o publicaré y seré condenada. Publicaré y quedaré expuesta, pero eso es parte de lo que somos, productos de la generación de Internet.

Dudo que me escuches porque para ti seré alguien del pasado, de edad madura, prácticamente muerta, y no puedo culparte porque en este momento *Yo* no le prestaría atención a mi propia versión de 35 años si me estuviera sermoneando sobre planes de jubilación y zonas de captación escolar. Pero ¿puedo sugerirte al menos algunas cosas que no debes hacer? No uses drogas, no bebas demasiado, no adquieras deudas, no pases demasiado tiempo en Internet, no dejes que te trasnoche lo que piensen los demás (esto está empezando a parecerse a la *Sunscreen Song* de la década de 1990), no te preocupes por los hombres y definitivamente no te odies. Pero todo no puede ser *no* porque, como algún sórdido profesor te dirá alguna vez —dicho con mi mejor voz pedante— tendemos a arrepentirnos más de las cosas que no hacemos que de las que hacemos. Estaba equivocado. A veces uno también se arrepiente de las cosas que *hace*. Lo sé. Él seguramente también. Él más que nadie.

Trata también de ser más amable con tu mamá. Ella no ha tenido una vida fácil y tiene sus propios secretos, que no te puede contar a los dieciséis años, y sigue sin poder contármelos a los veinticinco años. Algún día los compartirá y yo estaré allí para escucharla. El hecho es que tuvo una vida antes de mí, así como yo tendré una vida después de ella. ¿Recuerdas que creías que tener que volver junto a tu madre sería una condena peor que la muerte? Bueno, llegarás a una etapa en la que a veces no podrás esperar para hacerlo. En la que sentirás que sería un privilegio.

Sé buena también con Robster. Puede que hayas dejado de pellizcarlo a los dieciséis años, pero no fuiste precisamente la adolescente más fácil con quien convivir, y él siempre estuvo allí para apoyarte: su hermanita menor que escribía todo con obsesión y que buscó con tal desesperación alejarse de lo que había visto que quemó sus diarios en un arranque de ira.

A propósito, felicitaciones por haber ganado ese concurso de escritura ¿Qué hay en un nombre? No estoy segura de si alguna vez te felicité. Como una resuelta periodista (prepárate, Caitlin Moran), tuve que señalar que tenía demasiados paréntesis y signos de exclamación (¡igual que esto!), y que no respondí del todo la pregunta (¿qué ha cambiado?). Además, solo usaste 996 de las 1000 palabras permitidas. Pero el hecho es que ganaste. Aún me sorprende, casi una década después. Tú (*yo*) ganaste.

Lo que obviamente no sabías, mientras escribías esas 996 palabras, es que pronto llegarías a ver con afecto esa ciudad de la que estabas tan desesperada de salir; que ibas a ir a la universidad de Southampton (por cierto, fue una decisión inteligente rechazar la oferta de Oxford) y que ibas a olvidar tu encaprichamiento con Leonardo DiCaprio 20 segundos después de oprimir el botón de Enviar. No sabías nada de esto, como tampoco que la canción que estarías escuchando en tu iPod, diez años después, mientras escribes esto, "Iris" de The Goo Goo Dolls, sería tu canción favorita; que conocerías a un hombre llamado Luke en un bar en Covent Garden, o incluso que el mismo día en que te enteraste de que habías ganado el concurso, las Torres Gemelas se caerían y que el mundo pasaría la siguiente década buscando al responsable, solo para encontrarlo hace unos pocos meses en Pakistán. El primer indicio de su muerte se filtró en Internet, un vecino trinó sobre el ruido de los helicópteros estadounidenses encima de él.

Te habría gustado Luke. Solías decir la palabra "novio" en secreto o en voz alta, ¿cierto? Disfrutabas su delicioso sonido, la manera en que pronunciarla te hacía mover la boca, sus posibilidades hipotéticas. Aprenderás que es una palabra complicada, una con muchas caras, interpretaciones y grados de certeza. Pero Luke es mi novio y se siente bien.

Algunas otras mujeres llamadas Alice se han hecho famosas desde que hiciste una lista de eso, como Alice Cullen, que saltó a la fama como un personaje de *Crepúsculo*, y Alice Munro, que en realidad siempre ha sido famosa pero tú solo te enteraste recientemente. Nuestro nombre claramente les gusta a los escritores. Llegué a adorar *El color púrpura* de Alice Walker desde que era tú, aunque haya tenido que buscar en el diccionario la palabra "epistolar". Quien sabe, si mis reseñas musicales tienen éxito, incluso podría entrar a la nómina. Imagina. Inmortalizada como una heroína romántica. Yo. *Esta* Alice. Alice Salmon.

Sin embargo, por ahora seré esa chica demasiado alta que ha crecido dentro de mi cuerpo, que ha aprendido a vivir con ello, que se recarga de una dicha efervescente cuando está con sus amigos, que aún se emociona con la colección completa de episodios de *Dawson's Creek*, aunque de vez en cuando escuche las sabias declaraciones de esos adolescentes y murmure en voz baja: "Sí, cómo no". Porque la vida no solo se trata de fiestas en la playa y paisajes de tonos otoñales. Es complicada y no necesariamente tiene un final feliz. No siempre todos están de tu lado, en el equipo de Alice. Pero es como en *Buscando a Nemo* (soy tan aficionada como Luke a citar películas), cuando la pececita que dice que si la vida te hala hacia abajo solo tienes que seguir nadando. Eso es lo que hago, sigo nadando.

Sí, anímate, porque en diez años sentirás que estás donde se supone que debes estar. Incluso habrás dejado de desear alejarte y era algo que siempre habías querido, ¿cierto? Ser la *próxima* revelación.

Finalmente, lo único que puedes hacer es seguir con esto que llamamos "vida". Nadie sale invicto de ella, pero nuestras cicatrices muestran quiénes somos, dónde hemos estado, cómo hemos luchado y cómo hemos ganado. Cuando te deslices hacia abajo por una serpiente, sube de nuevo por una escalera. Recuerda, es como jugar Scrabble: usa tus letras buenas tan pronto como las recibas.

¿Y las cuatro palabras faltantes? Lo que podrían haber dicho, lo que *dicen*. Es fácil.

Yo soy Alice Salmon.

Agradecimientos

ME GUSTARÍA AGRADECER a todos en Janklow y Nesbit, en especial a Kirsty Gordon, quien me apoyó de una manera que nunca olvidaré, y a mi asombrosa representante Hellie Ogden. Sin su genialidad editorial, agudeza comercial e inquebrantable apoyo, este libro sencillamente no habría sido una realidad.

También ha sido un privilegio trabajar con el muy talentoso Rowland White en Michael Joseph/Penguin. El entusiasmo de Rowland y su visión desde el primer día significaron mucho para mí y he sido increíblemente afortunado por haber contado con su inspirado trabajo como editor. Un enorme agradecimiento también a Emad Akhtar por todos sus acertados consejos y al Departamento de Derechos de Autor.

Por último, agradezco a Sarah Knight en Simon & Shuster en Estados Unidos por ser una constante fuente de fabulosas ideas a lo largo de todo este proceso.